JN032886

波

〔新訳版〕

THE WAVES

VIRGINIA WOOLF

ヴァージニア・ウルフ
森山恵 訳

早川書房

波〔新訳版〕

THE WAVES

by

Virginia Woolf

1931

カバー写真／井上佐由紀
装幀／名久井直子

目次

太陽はまだ昇っていなかった。海が、布のなかの襞（ひだ）のようにかすかに皺立つほか、空と見分けるものとてない*。空がほの白むにつれ、海と空を分かつ暗い一線があらわれ、灰色の布は、ひとつ、またひとつ、あとからあとから走るいくつもの太い筋によって縞目をつけられ、水面（みなも）のしたのその筋は、果てしなく、たがいの後を追い、追いかけあった。

どの筋も岸辺に近づくほどに高まり、高く盛りあがり、砕け散り、しぶきの白いヴェールで砂浜のあたり一面を払う。波はしばしためらい、そして無意識のうちに息をする眠り人（びと）のごとく、深い吐息を漏らしながらまた退（すさ）っていった。水平線上の暗い一線は、まるで古いワインボトルが澱（おり）を瓶底へと沈めガラスの緑色になりゆくように、しだいに鮮明になる。そのむこうの空もまた、白色の澱を沈めたかのように明るむ。あるいはまた、水平線のしたにうずくまる乙女の腕がランプを高く掲げ、扇の羽根にも似た白や緑や黄色に広がる光の筋を、天空に放ったかのように。彼女がランプをさらに少し高く差しあげると、大気は繊維のごとくなり、繊維は赤に黄色に燃えあがりゆらめきながら、まるでけぶる炎がかがり火から燃えでるように、碧の水面からひき剝がされてゆく。燃えさかるかがり火の繊維はやがて、ひとつの靄へ、ひとつの白熱する光へ溶けあわさり、上空にある羊毛のような灰色の空の重みを押しあげ、あまたの淡い青の微粒子へとそれを散らしていった。海のおもてはしだいに透きとおり、暗い筋も磨かれて消えるまでさざ波立ち、煌めいて広がっていた。ランプを掲げた腕はゆっくりと、より高くのぼり、ついに巨大な燃える光輪が姿を現わす。弧を描く炎は水平線のふちで燃えあがり、それをかこむ海がきららと黄金色に煌めきわたる。

光は庭の木々にまで届き、葉を一枚、また一枚と透明にしていった。小鳥が一羽、高みで囀る。しばしの静寂。ついでもう一羽が、低いところで囀る。陽の光は建物の壁をきわやかにし、そして白いブラインドのうえに扇の先のように止まると、ベッドルームの窓辺の葉陰に、影の青い指紋を作った。ブラインドがかすかに揺れても室内はまだほの昏く、形をなさずぼんやりとしている。外の小鳥たちは、まっ新なメロディを歌っていた。

「見える、輪（リング）が」とバーナードが言った、「ぼくの頭のうえ、光の輪のなかでふるえ、吊りさがる輪が見えるよ」

「見える」とスーザンが言った、「むらさき色の筋と溶けあうまで広がる、あわい黄色の帯が見える」

「聞こえる」とロウダが言った、「ツツピーツツピー、ピチピチ、っていうさえずりが、高く、低く」

「見える、球が」とネヴィルが言った、「大きな山腹を背に、しずくになってしたたる球が見えるよ」

「見える、真紅のタッセルが」とジニーが言った、「金色の糸とより合わさった、タッセルが見えるわ」

「聞こえる」とルイが言った。「何かが足を踏み鳴らしている。巨大なけもの*の足が鎖につながれているんだ。ずしん、ずしん、ずしん、って足を踏み鳴らしている」

「ほらごらんよ、バルコニーのすみっこのクモの巣を」とバーナードが言った。「しずくが並んでのっている、白い光の粒だ」

「窓のまわりを、とがった耳みたいな葉っぱがとり囲んでる」とスーザンが言った。

「影が小道に落ちる」とルイ、「曲がったひじみたいな影だ」

「お日さまの光が、ちらちら芝草のうえを泳いでる」とロウダ。「木々の葉のあいだから、こぼれ落ちてきたのよ」

「小鳥たちの目が、葉むらのトンネルの奥で光ってる」とネヴィル。

「茎は固くて短い毛でおおわれて」とジニー、「そこにしずくがいっぱいついてるの」

「毛虫がまるまって、みどり色の輪になってる」とスーザン、「まるい足先をさしこんでね」

「灰色の殻のカタツムリが小道を横切っていく。葉っぱをなぎ倒しながら」とロウダ。

「燃える灯りが窓ガラスを照らし、芝生のうえでちらっ、ちらっ、と閃く」とルイ。

「足のうらに石がひやっとするよ」とネヴィル。「ひとつひとつが丸いな、とかゴツゴツしてるな、とか感じるんだ」

「手の甲が燃えるよう」とジニー、「なのに手のひらはつゆでじっとり冷たく湿ってるんだわ」

「ほら、ニワトリがときを告げてる。白い潮の中に、赤い水が勢いよくふき出すみたいだ」とバーナード。

「小鳥たちが、わたしたちのまわりじゅうでさえずってる。舞いあがったり舞いおりたり、近づいたり遠のいたり」とスーザン。

「けものが足を踏み鳴らしてる。足を鎖でつながれたゾウだ。巨大な野獣が、砂浜で足を踏み鳴らしてるんだ」とルイ。

「あの家を見て」とジニー、「どの窓にもブラインドがおりて、まっ白だわ」

「蛇口から冷たい水がほとばしり」とロウダ、「ボウルのなかの鯖にはじけてる」

「壁には金色のひびが入ってる」とバーナード、「それから窓のしたに、指形の青い葉影が落ちてる」

「ほら、ミセス・コンスタブルが、黒い厚手の長くつしたをひっぱり上げてるわよ」とスーザン。

「煙がのぼると、眠りは朝もやのように屋根からうず巻いて、かき消えてゆく」とルイ。

「小鳥たちはじめ、合唱していた」とロウダ。「ほら、流し場のドアが開くわ。飛んでゆく。いっせいに飛んでゆくのよ、種まきみたいに、小鳥たちが。けれど、一羽はベッドルームの窓辺で歌っている、一羽だけで」

「お鍋の底で泡ができて」とジニー、「ぶくぶくぶくぶく銀色の鎖になって、縁までわいてくる」

「ほら、ビディがぎざぎざのナイフで、まな板のうえに魚のうろこをこそぎ落としてる」とネヴィル。

「ダイニング・ルームの窓は濃いブルーで」とバーナード、「空気は煙突のうえでさざ波だってるな」

「ひらいしんにツバメが一羽止まってる」とスーザン。「ビディがキッチンの石床にガシャン、ってバケツを置いた」

「あれは教会の鐘の、最初の音だ」とルイ。「あとからあとから鳴ってる。カーンカーン、ひとつ、ふたつ、カーンカーン、ひとつ、ふたつ」

「ほら見て、テーブルの縁沿いにテーブルクロスが白く舞いあがってる」とロウダ。

「白いお皿がぐるりと並んで、その横には銀のカトラリーがあるの」

「ハチが急に、耳もとでぶんぶん飛ぶ」とネヴィル。「ここにいて、もういない」

「わたしは燃えたったり、ふるえたりするのよ」とジニー、「日だまりから日陰に、出たり入ったりして」

「さあ、みんないなくなった」とルイ。「ひとりぼっちだ。みんなは朝食をとりになかへ入って、ぼくだけが花たちといっしょに壁ぎわにつっ立ってるのさ。朝早くで、まだ授業は始まらない。花また花が、みどり色の海に点々と浮かんでいるな。花びらは色とりどりの道化帽（ハーレクイン）だ。茎は地下のまっ暗闇から伸び出ている。花たちは暗いみどり色の水面を、光でできた魚のように泳いでるよ。ぼくは茎をぎゅっと握る。ぼくがこの茎なんだ。根はれんが混じりの乾いた土から湿った土をつらぬき、鉛や銀の鉱脈をつらぬき、地底深くへと伸びる。全身が植物のせんいだ。すべての振動がぼくを揺さぶり、大地の重みがぼくの肋骨にのしかかる。ここ地上では、ぼくの目はみどりの葉っぱで、何も見ていない。ここ地上では、ぼくはグレーのフランネル服に、真ちゅうのヘビのついたベルトを締めた少年だ。地下の世界では、ナイル河畔の砂漠の、まぶたのない石像*の目がぼくの目だ。見えるよ、赤い水差しを持ってナイル川に行く女のひとたちが。見えるよ、ゆらゆらゆれるラクダたちや、ターバン姿の男たちが。聞こえるよ、ずしん、どしん、ぼくのまわりで踏み鳴らす音や、揺るがす音が。

「ここ地上では、バーナード、ネヴィル、ジニーとスーザンが（でもロウダはいないな）、虫とり網で花壇を払ってる。花たちの揺れる首から、蝶をすくい取ってる。世界のおもてを、さっと払ってるんだ。虫とり網は、はためく蝶の羽根でいっぱい。「ルイ！ルイ！ルイ！」と大声で呼んでいるよ。でもぼくに気づかない。生け垣の反対側にいるからね。生け垣の葉っぱのあいだにちょっとすき間があるだけ。ああ、どうか彼らが通りすぎますように。どうか砂利の上にハンカチをひろげて、つかまえた蝶を並べますように。アカタテハ、ヒオドシ蝶、モンシロ蝶と、数えあげますように。でもどうか見つかりませんように。生け垣の陰で、ぼくはイチイの木のようなみどり色だ。髪の毛は葉っぱでできてる。地球のまんなかまで、根を張っている。ぼくのからだは一本の茎。茎を押す。しずくが一滴、穴からにじみ出ると、じわりじわり濃く大きくふくらんでいく。おや、生け垣のすき間の前を、ピンク色の何かが通りすぎるぞ。おや、今度は目の光がきらっと閃く。その光線が僕を射る。ぼくはグレーのフランネル服の少年だ。彼女がぼくを見つけた。首筋に衝撃が走る。彼女にキスされたんだ。すべてがこなごなに砕かれる」

「わたしは駆けていたのよ」とジニー、「朝食のあと。見えたの、生け垣の穴のところで葉っぱが動いてるのが。「あれは巣に小鳥がいるのね」って思った。それで葉をかき分けて見たの。けれど小鳥なんていなかった。葉っぱは揺れつづけていた。こわくなって駆けだしたの。スーザンもロウダも、道具小屋でおしゃべりしてるネヴィルとバーナードの脇も駆けぬけた。どんどん早く駆けながら泣いていたわ。なにが葉っぱを揺らしていたの？　なにがわたしの心を、わたしの足を動かすの？　それでここに駆けこんできたら、ルイ、あなたが木みたいにまみどりで、枝みたいにじっとして、目を見開いてた。「死んでいるのかしら？」と思って、それでキスしたのよ。ピンク色のワンピースのしたで、胸がドキドキしてたわ、なにもそこにいないのに、ずっと揺れてたあの葉っぱのように。ほら、ゼラニウムの匂いがする。土の匂いがする。わたしは踊る。波立つ。光の網のようにあなたにおおいかぶさる。ふるえながら、あなたに身を投げる」

「生け垣のすき間から」とスーザン、「彼女が彼にキスするのを見たの。植木鉢から顔をあげて生け垣のすき間からのぞいたのよ。彼女が彼にキスするのを見たの。見たのよ、ジニーとルイがキスしてるのを。わたしのこの辛い気持ちをハンカチに包んでしまおう。ぎゅっとまるめこむんだわ。授業のまえにひとりでブナ林へ行こう。机に向かって算数なんかしない。ジニーの隣になんか、ルイの隣になんか、座らない。わたしはこの痛みを、ブナの根もとに置いてくるのよ。じっくりながめて指でつまむ。わたしはだれにも見つからない。木の実を食べ、やぶをかきわけて鳥のたまごを探すから、髪はもつれてくしゃくしゃになるし、垣根のしたで眠って、沢の水を飲んで、そこで死ぬのよ」

「スーザンが駆けていったな」とバーナードが言った。「ハンカチをまるくぎゅっと握りしめて、道具小屋のドアのところを駆けていった。泣いてはいなかったけれど、彼女の目が、とてもきれいな目なんだけれど、その目が跳ねあがるまえのネコのように細くなっていた。ぼく、追っかけていくよ、ネヴィル。気になってしかたがないから、うしろからそっと行って、もし彼女が気持ちを爆発させて「ああ、わたしはひとりぼっちだわ」って思ったときに、そばにいて慰めてあげるんだ。

「みなに変に思われないように、スーザンはさり気ない感じで元気よく野原を横切っていく。さあ、くぼ地に出たぞ。だれも見ていないと思っているんだな。胸のまえでこぶしを握りしめて、駆けだした。爪がまるめたハンカチに食いこんでいるな。光の射しこまないブナ林に行くぞ。近づくと両手をいっぱいに広げ、スウィマーみたいに影のなかへ飛びこんでいく。でも明るいところから急に陰ったから目がくらんで、つまずいて、光がちらちら射したり陰ったりする木の根もとに倒れた。枝がゆらゆら波だってる。あそこには傷ついた心が、ここには悩みがある。あそこにはうす暗闇がある。光は思い出したようにまたたくだけ。ここには苦しみがある。木の根は地表でがい骨になって、その根のあいだに落葉が積もっている。スーザンは胸のつかえをひと息に吐きだした。ハンカチはブナの根のうえにあって、彼女はさっき転んだところで膝をかかえて泣きじゃくっている」

「彼女が彼にキスするのを見たの」とスーザン。「葉っぱのすき間からのぞいたら、彼女が見えた。からだじゅうダイヤモンドの光をきらきら浴びて踊っていた。バーナード、わたしはね、小さいでしょ、背が低い。地面が近いから草むらの虫も見えるのよ。ジニーがルイにキスするのを見たら、脇腹の黄色い温かなものが、石に変わったの。わたしはこれから草を食べて、溝に倒れて死ぬわ。落葉が腐って茶色くにごる水のなかで」

「きみが見えたんだ」とバーナード。「道具小屋のまえを駆けていくときに、『悲しい』って叫ぶのが聞こえたんだ。ぼくはナイフを置いた。ネヴィルといっしょに薪でボートを作っていたのさ。ぼくの髪はぼさぼさだ。ミセス・コンスタブルに髪をとかしなさい、って注意されたんだけれど、ちょうどクモの巣にハエがかかっていて、『ハエを逃がそうかな？　いやそれとも、このまま食わしちまおうかな？』と迷ったからだ。そんなんで、ぼくはいつも遅刻だ。髪はぼさぼさだし、木くずがからまってる。でも泣き声が聞こえてあとをついてきたら、きみは怒りを、憎しみを、ハンカチにぎゅっとまるめこんで、そこに置いていた。すぐに収まるよ。ほら、ぼくたちからだを寄せあってる。ぼくが息するのが聞こえるだろう。カブトムシが葉っぱをかついでいるのも見えるだろう。あっちへ走りこっちへ走りするから、それを見ていれば、何かを（いまはルイだ）なにがなんでも独占したい、というきみの気持ちも、きっとゆらぐ。ブナの葉のあいだにちらつく日の光みたいにね。そのうちきみの心の奥深くで暗くうごめくことばが、このハンカチにねじこまれた固い塊をほどいてくれるよ」

「わたしはね、愛して」とスーザン、「そして憎むの。*わたしはひとつのものがほしいのよ。わたしの目は硬い。ジニーの目は、千の光に砕ける。ロウダの目は、夕暮れに蛾が集まる青ざめた花のよう。あなたの目は、いっぱいになって溢れそうになっても、けっして砕けたりしない。でもわたしはもう探しはじめてるの。草むらの虫が見える。お母さまはいまもわたしに白いソックスを編んだり、ジャンパースカートの裾あげをしてくれたり、わたしはまだ子どもだけれど、でも愛したり憎んだりするのよ」

「でもからだを寄せあっていると」とバーナード、「ぼくたちフレーズといっしょにとけ合っていくよ。ぼくらは霧に縁どられている。ぼくらは空想の世界を作るんだ」

「カブトムシが見える」とスーザン。「黒く見える。みどり色に見える。わたしはひとつのことばでつなぎ止められる。けれど、あなたは離れていく。すり抜けていく。ことば、またことば、と次々フレーズにして、高く昇っていくんだわ」

「さあ」とバーナード、「探検しよう。森のなかに白いお屋敷があるのさ。ここよりずっと遠く、低いところにね。つま先で地面をけるスウィマーみたいに沈んでいくんだ。スーザン、ぼくらは木々のみどりの大気をくぐって沈んでいくんだ。走って、沈んでいく。波がおおいかぶさり、頭のうえでブナが枝を閉じる。きゅう舎の時計の、金色の針が光っている。ほら、あれがお屋敷の屋根の平たいところや、高いところ。ゴム長をはいた馬丁が、中庭でなにかガタガタやってる。あれがエルヴドン*のお屋敷だ。

「梢（こずえ）をぬけて地上に落下した。大気はもう、ゆったりと、悲しげな、むらさき色の波を、頭上でうねらせてはいない。大地に触れ、土を踏みしめる。あれはレディたちの庭、生け垣を短く刈りこんである。ま昼にレディたちは、花ばさみを手に薔薇を切って歩く。さあ、塀に囲まれこんもりした木立ちに出たぞ。ここがエルヴドン邸だ。十字路のところに「エルヴドン邸へ」という矢印を見たっけ。いままでだれもここへ来たことはないんだ。シダが強烈に匂って、その根もとには赤いキノコが生えている。ほら、人間というものを一度も見たことがなかったコガラスを起こしちゃった。あっ、こんどは腐ったオークアップル*の実を踏んじゃった。熟してまっ赤で、すべる。この木立ちを塀がぐるりと囲っている。だれもここには来ないんだ。ほら、聞こえるだろう！　草むらでばさっ、と大きなヒキガエルが跳ねた。ぼとっ、と朽ちゆく原生の松かさが、シダの茂みに落ちた。

「さあ、このレンガに足をかけて。塀ごしに見てごらんよ。あれがエルヴドン邸だ。レディが長窓と長窓のあいだに腰かけて、書きものをしているな。庭師たちは大きなほうきで芝生を掃いている。ここに来たのはぼくらが最初だ。ぼくらが見知らぬ国を発見したんだ。じっとして。庭師に見つかったら撃たれるぞ。獲物のオコジョみたいに、きゅう舎のドアに串ざしだ。ほら、動いてはだめだ！　塀のうえのシダをぎゅっと掴むんだ」

「見えるわ、レディが書きものをしているのが。庭師たちは芝生を掃除している」とスーザン。「もしわたしたちがここで死んでも、だれも葬ってはくれない」

「走れ！」とバーナード。「逃げるんだ！　黒ヒゲの庭師に見つかった！　撃たれるぞ！　カケスみたいに撃たれて、壁にはりつけだ。ここは敵陣だ。ブナの森まで逃げろ。木の陰に隠れるんだ。来るときに小枝を折っておいたからな。秘密のぬけ道がある。なるべく低くかがんで。ふり返らずについて来るんだ。きっとぼくらをキツネと勘ちがいするよ。走れ！

「さあ、もう安心だ。さあ、起きあがってもだいじょうぶ。木々の天蓋（キャノピー）のしたで、大きな森のなかで、腕をいっぱいに伸ばしても平気だ。なにも聞こえない。風のなかでささやく波音だけ。それからモリバトが一羽、梢を破って飛びたつ音。ハトが大気を打つ。硬い木の翼で、ハトが大気を打つ」

「あなたは遠ざかってゆく」とスーザンが言った、「フレーズを作りながら。風船のひもみたいに折り重なる葉むらをすり抜け、手の届かないところへと、どんどん高く昇ってゆく。と、こんどはためらう。ふり返ってわたしのスカートの裾をぐいっと引っぱると、フレーズを作ってる。わたしから逃れていった。ここは庭。ここは生け垣。ここの小道で、ロウダが茶色の水盤に、花びらを浮かべてゆらゆら揺らしている」

「わたしの小舟はどれもまっ白」とロウダ。「わたしはタチアオイやゼラニウムの赤い花びらはいらない。ほしいのは、水盤を傾けたら流れてゆく白い花びら。わたしには、岸から岸へ滑ってゆく船団があるの。小枝を投げ入れる、溺れる水夫を助ける筏(いかだ)よ。小石を投げ入れる、深海から泡がのぼってくるのを見るのよ。ネヴィルは行ってしまった、スーザンも行ってしまった。ジニーは菜園にいて、たぶんルイと房すぐり(カランツ)の実を摘んでいる。ちょっとのあいだ、ミス・ハドソンが教卓にわたしたちの学習ノートを広げているあいだ、わたしはひとりきり。ちょっとのあいだ、わたしは自由。散った花びらをぜんぶ拾って浮かべた。何枚かには雨しずくをのせて。ここにスイートアリス*の花を立てて灯台にするのよ。そして茶色の水盤を左右に揺らすの。そうしたら、ほら、わたしの小舟たちは波にのれるかも。沈むものもある。岩壁に砕けるものもある。一艘(そう)はひとりぼっちでゆく。あれはわたしの舟。あの小舟は、シロクマがほえ叫び、鍾乳石(しょうにゅう)がみどり色のくさりを揺らす氷の洞窟へと入ってゆく。波がもりあがり、波頭がうず巻く。ほら、マストのてっぺんの光を見て。船たちはちりぢりになって沈んでいった。わたしの小舟だけが波を乗りこえ、暴風に立ちむかい、諸島に流れつく。そこではオウムがおしゃべりし、這うものたちが……」

「バーナードはどこだ？」とネヴィル。「ぼくのナイフを持っているんだ。いっしょに道具小屋で、ボートを作っていたんだ。そうしたらスーザンがドアの前を駆けていった。バーナードは自分のボートを放りだして、ぼくのナイフ、船の竜骨を彫る鋭いナイフを持ったまま、彼女を追っかけていった。バーナードは、いつもブーンと鳴っている、垂れさがった電線や、壊れた呼び鈴ひもみたいだ。窓の外に吊ってある海草みたいに、いま濡れていたかと思うと、もう乾いている。ぼくを見捨てていった。スーザンを追っていった。そしてもしスーザンが泣いたら、ぼくのナイフを見せてつくり話をするんだな。この大きな刃は皇帝で、欠けた刃は黒人だ、とね。ぼくはぶらさがったものは大嫌いだ。じめっとしたものは大嫌いだ。うろついたり、混ぜ合わせたりも大嫌いだ。ほら、始業ベルが鳴ってる。遅刻するぞ。ほら、遊び道具は置いて。さあ、いっしょになかに入らなくちゃ。みどりの布張りの教卓に、学習ノートが並んでいる」

「バーナードの発音を聞いてから」とルイ、「ぼくは動詞を活用させるんだ。ぼくの父さんはブリスベンの銀行家で、ぼくにはオーストラリア訛りがあるから。バーナードを待って、彼をまねよう。彼はイギリス人だから。みなイギリス人だ。スーザンのお父さんは牧師。ロウダにはお父さんがいない。バーナードもネヴィルも、紳士階級の息子たちだ。

ジニーはお祖母さんとロンドンに住んでいる。おや、みなペンをなめているな。学習ノートをめくって、ミス・ハドソンを横目でうかがいながら、彼女の上着についた、むらさき色のボタン*を数えている。バーナードの髪に木くずがくっついてるぞ。スーザンの目は赤くなってるな。二人とも頬がほてってる。なのにぼくは青ざめてるんだ。身だしなみが良く、半ズボンは真ちゅうのヘビのついたベルトで締めてある。課題はすっかり暗記している。ぼくはみながこれから学ぶことより、ずっとたくさん知っているんだ。自分の文法上の格も性（ジェンダー）もわかっている。望めば世界じゅうのことがわかるんだ。でも一番になって暗唱なんてしたくない。ぼくの根は、植木鉢のなかのせんいのように、世界じゅうをめぐっている。でもぼくは一番になって、ティックティックと時を刻む、黄色い文字盤の、大時計の光のもとで生きるなんていやだ。ジニーとスーザン、バーナードとネヴィルは、束になって、鞭になって、ぼくを打つ。ぼくの身だしなみの良さを笑う、オーストラリア訛りを笑う。さあ、バーナードのちょっと舌たらずのラテン語を、なんとかまねるんだ」

「あれは白いことば」とスーザン、「海辺で拾う小石みたいな」

「声に出すと、ことばのしっぽが右に左に動く」とバーナード。「しっぽを振るんだ。しっぽをひょいと払うんだ。あちらへこちらへと、群れになって空を飛ぶ。ひとつになったり、散らばったり、またひとつになったりしながら」

「あれは黄色いことば、火のようなことば」とジニー。「わたしは火のようなドレスがほしい、黄金色のドレス、朽葉色のイヴニングドレスよ」

「時制の活用ごとに」とネヴィル、「意味が違う。この世界には秩序がある。この世界には区別があり相違があり、ぼくはその縁に足をのせたところだ。だって始まったばかりだから」

「ほら、ミス・ハドソンが」とロウダ、「本を閉じたわ。恐怖の始まりよ。ほら、チョークをとって、黒板に図形を描く、6、7、8、そして十字を描いてそれから線を一本。答えはなに？ ほかのみなも見てる。答えがわかっているみたいよ。ルイが書く、スーザンが書く、ネヴィルが書く、ジニーが書く、バーナードまで書きはじめたわ。でもわたしは書けない。図形が見えるだけ。ほかのみなはひとり、またひとり、と答案を出している。さあ、わたしの番よ。でもわたしは答えがぜんぜんわからない。みなにはもう、教室を出るお許しが出た。ドアをバタンと閉めていく。ミス・ハドソンも出ていく。わたしはひとりきりとり残されて、正解を考えなくちゃ。図形にはもうなんの意味もない。意味は消えたの。時計がティックティック、と鳴る。二本の針は砂漠をゆく部隊よ。時計盤の黒い線はみどりのオアシスね。長針が水を探しに先をゆく。もう一本の針は、砂漠の灼ける石のあいだを、あえぎよろめいていく。砂漠で息絶えるんだわ、キッチンのドアがバタンと閉まる。野犬がどこか遠くで吠える。ほら、図形のなかの円が、時間でいっぱいになってきた。輪のなかに世界を包んでいる。わたしが図形を描き始めると、そのなかに世界がまるく収まって、なのにわたしはその輪の外。輪のなかに入ろうとすると——円がぴたりと閉じて完全になる。世界は完全になったけれど、わたしは輪の外で泣き叫んでいる。「ああ、だれか助けて、わたしは時間の外に、永遠にはじき飛ばされた！」って」

「ロウダは教室で」とルイ、「じっと黒板をにらんでいる。ぼくたちはこっちでタイムを摘んだり、あっちでヨモギの葉をつまんだりしながら、バーナードのおしゃべりを聞いて遊んでいるのに。彼女の肩甲骨は、小さなチョウの羽根みたいに背中で閉じている。そしてチョークで書いた図形をにらんでいるうちに、心はあの白い輪のなかに入りこんでいる。あの白い輪を抜けて、空っぽのなかに足を踏み入れている、ひとりぼっちで。彼女にはなんの意味もないんだ。なんの答えもないんだ。ほかの子たちのようなからだがないんだ。そしてぼくは、オーストラリア訛りで、父さんがブリスベンの銀行家のぼくは、ほかの子は怖いけれど、ロウダは怖くないんだ」

「さあ、こんどは」とバーナード、「這っていってカランツの茂みにもぐって、お話を作ろうよ。地下の国の住人になろうよ。ぼくらの秘密の領土を手に入れようよ。そこには半分赤くて半分黒い、輝くカランツのシャンデリアが灯っているんだ。ほらジニー、ここでからだをくっつけてまるまれば、カランツの天蓋のしたに座れるよ、吊り香炉が揺れるのを見られるよ。ここがぼくらの宇宙だ。ほかのみんなは馬車道をくだって行く。ミス・ハドソンとミス・カリーのロングスカートは、ろうそく消しみたいに地面を払っていく。

あれはスーザンの白ソックスだ。あれはルイの清潔なキャンバスシューズが、砂利にしっかり足跡をつけて行くところ。うわっ、朽ちた葉や腐った植物のなまぬるい風が、もわっと来たぞ。ぼくらは沼地にいるんだ。マラリアのジャングルにいるんだ。ゾウの死骸にウジ虫が白くたかっている。矢で目を射抜かれて死んだんだ。飛びまわる鳥の——タカやハゲワシの——ぎらっと光る目がよく見える。ぼくらを倒木だと思っているんだ。くねるものをつき刺し——あれはコブラだ——ライオンの爪にひき裂かせようと、茶色くただれた傷をつけたままにしてある。ぼくらの世界はこっちだ、三日月や星の光に照らされている。半透明の大きな花びらが、むらさき色のステンドグラスみたいに葉のすき間をおおっている。なにもかも不思議だな。ものすごく大きかったり、とても小さかったりする。花の茎がまるで、オークの木の幹みたいに太いぞ。枝は巨大な大聖堂（カテドラル）の円天蓋（ドーム）みたいに高い。ぼくらはここに横たわる巨人で、森をとどろかすこともできるんだ」

「わたしたちは」とジニー、「いまいる、ここにいる。でももうすぐ行く。もうすぐミス・カリーがぴーっと笛を吹く。そうしたら歩いていくのよ。別々に。あなたは学校にあがる。白いタイに十字架をさげてる先生たちのいるところよ。わたしは東海岸にある学校で、女の先生がアレクサンドラ女王*の肖像画のしたに座っている。わたしはそこへ行く、スーザンも、ロウダも。これはここだけのこと、いまだけのこと。いまはカランツの茂みのなかに寝ころがって、そよ風が吹くたびに、からだじゅうをまだら模様にしている。わたしの手はヘビの皮みたい。膝はピンク色に浮かぶ小島。あなたの顔は網をかぶせられたりんごの木みたいよ」

「熱気が」とバーナード、「ジャングルから引いていく。ぼくらの頭上で、葉が黒い翼をはためかせる。ミス・カリーがテラスで笛を吹いたんだ。ぼくらはカランツのドームのしたから這い出して、まっすぐ立ちあがらなくちゃ。ジニー、きみの髪に小枝がからまっているよ。首には青虫がいる。ぼくたち、二人ずつ列にならなくちゃ。ミス・カリーがぼくらを外歩きに連れ出すあいだ、ミス・ハドソンは勘定をする」

「たいくつだわ」とジニー、「おもしろいウィンドウもない、歩道に青ガラスのぼんやりした目の光*もない、こんな表通りを歩くなんてね」

「ペアで二列にならなくちゃ」とスーザン、「そしてお行儀よく歩くの。ルイを先頭に足をひきずったり、だらだらしたりせずにね。ルイはきびきびして、うわの空になどならないもの」

「みなといっしょに行くには」とネヴィル、「ぼくはからだが弱すぎると思われているから、すぐに疲れて気持ち悪くなるから、だからこの孤独の時間に、だれともしゃべらずにすむこの間（ま）に、建物のまわりをぐるっとまわって、そしてできれば昨日の夜の気持ちを、料理人（コック）が調理ストーヴの通気孔をぐいっと開けたり閉めたりしていたときに、扉（スウィングドア）越しに死人についての話が聞こえたときの気持ちを、あのときと同じ踊り場の少し先の段に立って、思い出そう。ノドがかき切られているのが発見されたんだ。りんごの木の葉は空に凍りつき、月がぎらりと光った。ぼくの足は、階段の途中で固まった。溝で発見されたんだ。血をどくどくと溝に流して。あごは鱈の死骸のように白かった。ぼくはこの硬直を、このこわばりを、「りんご樹の間の死*」と永久に呼ぼう。青ざめた灰色の雲が浮かんでいたな。そして微動だにしない、幹に銀色の甲ちゅうを当てた冷酷な木があった。ぼくのいのちのさざ波など、なんにもならなかった。ぼくはどうにもその木を通り過ぎられなかったんだ。なにかが立ちはだかった。ほかの人たちは通り過ぎていったのに、「ぼくはこの得体の知れない障害物をのり越えられない」と思った。でもぼくらは、ぼくらはみな、りんごの木によって、この通り過ぎられない微動だにしない木によって、運命づけられてしまったんだ。

「ああ、硬直とこわばりがとけた。建物をまわるのは午後おそくの夕暮れどき、太陽の光がリノリウムの床に油っぽいまだら模様を作り、ひと筋が壁に当たってひざを折り、椅子の脚が折れたみたいに見えるときにつづけよう」

「わたしたちが外歩きから帰ってくるとき」とスーザン、「フローリーが菜園にいたわ。洗濯物を彼女のまわりじゅうにはためかせて。パジャマ、ズボン下、ナイトウェアが、風をいっぱいにはらんでいた。それからアーネストが彼女にキスした。彼はグリーンの厚手のエプロンを掛けて、銀器を磨いていたのよ。きゅっと絞った袋みたいに口をすぼめて、それから二人のあいだに大きくはためいていたパジャマごと、彼女を抱きしめた。彼は牛みたいに突進し、彼女は息が詰まって気絶し、白い頬に細い血管の筋が赤く浮き出ていた。いまお茶の時間に、彼らはパンとバターのお皿やミルクカップをわたしたちに配っているけれど、わたしには、地面が裂けて蒸気が噴きあがるのが見えるの。アーネストがうめいたみたいに、湯わかし器がうなるわ。そしてバターをぬったやわらかいパンが歯にさわり、甘いミルクが舌に触れるいまも、わたしはあのパジャマみたいに大きくはためいているの。わたしは恐れない、灼ける暑さも凍える冬も。* ロウダは、ミルクに浸したパン皮をかじりながら夢想にふけっている。ルイは、カタツムリみたいなみどりの目で向かいの壁をじっと見ている。バーナードは、パンを小さくまるめてそれを〈ピープル〉って呼んでいる。ネヴィルは、手際よくきれいに食べ終えた。ナプキンをくるりとまるめ、銀のリングに通してある。ジニーは、テーブルクロスのうえで指を回転させている。まるで陽だまりの中でダンスするみたいに、ピルエットするみたいに。でもわたしは恐れない、灼ける暑さも凍える冬も」

「さあ」とルイ、「ぼくらはみな席を立つ、起立だ。ミス・カリーがオルガンに黒表紙の楽譜を広げている。こうして自分たちを幼な子（リトル・チャイルド）と呼び、眠っているときも神さまがお守りくださいますようにって、歌って祈っていると、涙が出てしまうよ。悲しくて不安におののいていているとき、みんな寄りそって、ぼくはスーザンのほうへ、スーザンはバーナードのほうへ身を寄せて手をつなぎ、声をあわせて歌うのは、なんて甘やかなんだ。ぼくはオーストラリア訛りを、ロウダは図形をひどく恐れながらも、でも絶対に負けないぞ、と決心して」

「ポニーのように」とバーナードが言った、「ぼくらは並んで上の階へあがっていく、どしんどしん、がたがた、列になって順番にバスルームに入っていく。ぶったり、とっ組みあったり、白くて固いベッドのうえで飛びはねたり。ぼくの順番がきた。さあ、行くぞ。

「からだにバスタオルを巻きつけたミセス・コンスタブルが、レモン色のスポンジを手にとって水に浸すと、それはチョコレートブラウンに変わる。しずくを垂らす。そしてスポンジを高くかざすと、彼女の足もとでふるえるぼくの頭上で、ぎゅっと絞るんだ。背骨づたいに湯が流れ落ちる。感覚の鋭い矢が、両脇に放たれる。ぼくはあたたかな肉体にすっぽり包まれる。乾いた皮膚のひびのすき間まで濡れる。冷えたからだがあたためられ、湯をたっぷりかぶって光っている。湯が流れ落ち、ぼくのからだをうなぎの皮のようにする。それから熱いタオルにくるまれ、背中をこすると、その粗さでぽかぽか血がめぐってくるんだ。ずっしりと豊かな感覚がぼくの心のてっぺんに宿り、今日の一日が降り注ぐ——森、エルヴドン邸、スーザンとハト。ぼくの心の壁を流れ落ち、ひとつの流れになって一日が豊かにきらめいて降ってくる。ぼくはパジャマをゆるく着て、この薄い掛けシーツのしたに身を横たえ、波がぼくのまぶたにかぶせていった水のうす膜のような、光の浅瀬をたゆたうんだ。それを透かして、はるか、はるかに遠く、かすかに遠く、コーラスが始まるのをぼくは聞く。車輪の音。犬。人々の叫び声。教会の鐘。コーラスの始まりだ」

「ワンピースやスリップをたたむみたいに」とロウダ、「スーザンになりたい、ジニーになりたいなんて、かないもしない願いは片づけてしまおう。かわりにベッドの端の柵に触れるまで、つま先をいっぱいに伸ばすのよ。何か硬いもの、ベッドの柵に触れて安心したい。ほら、こうすれば沈まない。薄いシーツから落下することもない。ほら、このたよりないマットレスに身を伸ばして宙吊りになる。地面から浮いているのよ。起きあがっていないから、何かにぶつかって傷つくこともない。すべてのものはやわらかく、たわんでいる。壁も棚も白くなって黄色の角をまるめ、そのうえには青ざめた鏡が光っている。わたしのからだから、心も流れ出られる。わたしの無敵艦隊が、高波をわたっていくのを思い描けるわ。激しくぶつかったり、衝突したりの心配はない。白い崖下をたったひとりで渡っていくのよ。ああ、でも沈む、落下する！　あれは棚の角、あれは子供部屋の鏡。でも棚も鏡も伸びる、大きくなる。わたしは眠りの黒い羽毛に沈んでゆき、その厚い翼がまぶたを押さえつける。暗闇のなかをぬけてゆくと、花壇が広がっているのが見えて、ミセス・コンスタブルがパンパスグラスの向こうから小走りに来て、おばさまが馬車で迎えにきていますよ、と言うの。わたしはのぼる。わたしは逃げる。スプリングヒールジャック*のブーツをはいて、木々の梢を飛びこえる。でも玄関ホールまえの馬車のなかに落下したわ。おばさまが黄色の羽根飾りを揺らし、ガラス玉みたいに硬い目をして座っている馬車に。ああ、夢から覚めるにはどうしたらいいの！　ほら、あれは棚の引き出し。この海からからだを引きあげたい。でも大波がおおいかぶさってくる。その巨大な肩と肩のあいだにわたしをまるごとのみこんでいく。わたしは引っくり返され、ころがされる。この長い光線、長い波、終わりのない道に、からだを伸ばされる。人々に追われ、追われながら」

太陽は少し高く昇った。青い波、碧（みどり）の波は、砂のおもてにさっとすばやく扇を広げエリンギウムの尖った葉先をめぐると、おちこちに、きらめく水たまりを作って引いてゆく。水際（みぎわ）には、黒っぽい波あとが残された。霧がまつわりやわらかだった岩はどっしりと固められ、赤い裂け目が露われた。

草地には影の鋭い筋が伸び、花や葉先には朝露がきらめき踊り、庭をまるで一枚の画をなすまえのモザイク片を集めたようにしていた。カナリア・イエローと薔薇色のまだら模様に胸を染めた小鳥たちは、腕を取りあって陽気に滑るスケーターたちのごとく、メロディのひと節、ふた節を、声を合わせ熱をこめて歌うと、ふっと歌いやめ、飛び散っていった。

太陽はさらに太い光の刃を、建物のうえに投げた。その光が窓の片隅にあるなにか緑色のものに触れると、それをエメラルドの宝石へと、種のない果実のような翡（ひ）翠（すい）の洞窟へと変容させる。光は椅子やテーブルの輪郭を際立たせ、白のテーブルクロスの縁を金の繊細な針金で縫いとった。光がさらに増すにつれ、あちらこちらでつぼみが裂け、緑色の筋をもつ震える花たちが踊り出る。それはあたかも咲き出(いで)ようともがいて、繊細な舌(ぜつ)を白い内壁に打ちつけ、かすかな鐘(カリヨン)の音を響かせ揺れるかのよう。陶製の皿も流れだし、金属のナイフも液体状ののごとく、すべてはゆるやかな不定形へとなりゆく。その間(ま)も砕ける波の震動は、丸太が倒れるような重く、くぐもった音とともに、岸に崩れ落ちていた。

「さあ」とバーナードが言った。「ついにその時が来た。その日が来たぞ。タクシーは玄関ドアのまえだ。ぼくの大きな荷箱で、ジョージがますますがにまたになる。チップとか、玄関ホールでのさよならとか、ぞっとする別れの儀式は終わった。さあ、あとは母さんとの涙ながらの別れの儀式、父さんとの握手の儀式、それから手を振り続ける。そこの角を曲がるまで手を振り続ける。よし、この儀式も終わったぞ。ばんざい、これで一連の別れの儀式はすべて終わった。ぼくはひとりだ。はじめて学校にあがるんだ。

「だれもが、いまこの瞬間、一度きりのことをしているみたいだ。二度としない。二度としないんだ。このせっぱ詰まった感じはなんだか怖いな。だれもがぼくが学校へ行くと、はじめて学校に行くと知っている。「あのぼっちゃまは、はじめて学校にあがるのよ」と、玄関の外階段を掃除しているあの女中は言ってるんだ。ぜったいに泣いてはダメだ。平然と眺めるんだ。ほら、おっかない駅舎の正門が大きく口を開けている。「満月のような大時計がぼくを見つめる」。フレーズまたフレーズを作らなければ。作れば、女中たちの視線や、大時計の視線や、ぼくをじっと見つめる顔や、無関心な顔とぼくとを仕切る、なにか硬いものが築ける。そうしないと泣いてしまうよ。ほら、ルイがいる、ネヴィルがいる。ロングコートを着てかばんを持ち、改札口の横にいる。落ち着いているな。でもなんだか違って見える」

「バーナードが来たぞ」とルイが言った。「落ち着いているな。リラックスしてる。かばんを揺らして歩いてくる。バーナードは怖がっていないから、彼について行こう。ぼくらは、小枝やわらくずが橋脚のまわりに流れ寄せられるように改札口に吸い込まれ、プラットフォームに出る。背中と腿だけで首のない、暗緑色(ボトルグリーン)の馬力ある機関車が、蒸気を吐き出している。車掌が笛を吹き、旗を下げ、また上げる。そっと押すだけで起こる雪崩のように、なんなく、自らの勢いで、ぼくらは出発する。バーナードは布を広げ、ナックルボーンゲーム*をしている。ネヴィルは読書だ。ロンドンが砕ける。ロンドンがうねり、押し寄せる。煙突や尖塔が林立している。向こうには白い教会が、あそこの塔と塔のあいだからは船のマストが見えるぞ。あれは運河だ。ほら、あそこはアスファルト道のある広場、いまごろそこを人が歩いていると思うと、なんだか妙に思えるな。向こうは、いくつもの赤い家が縞模様を作る丘。足もとに犬を連れた男が橋を渡る。おや、赤い服の少年がキジを撃ち出したぞ。青い服の子が彼を押しのけた。「ぼくのおじさんはな、イングランドで一番の射撃の名手なんだぜ。従兄は〈フォックスハウンド犬協会〉の理事だ」。自慢合戦が始まる。でもぼくは自慢できないんだ。父さんはブリスベンの銀行家で、ぼくはオーストラリア訛りだから」

「こんなふうな大騒ぎののち」とネヴィルが言った、「押し合いこづき合いの大騒ぎののち、ぼくらは到着した。この瞬間――この瞬間こそ厳粛なときだ。ぼくは入っていく。定められた大広間に入っていく廷臣(ていしん)のように。あれがぼくらの創立者。中庭で片足を軽く曲げて立っているのが、高名なる創立者の銅像だ。ぼくはわれらの創立者にうやうやしく挨拶する。四方を建物に囲まれたこの峻厳(しゅんげん)なる中庭は、崇高な古代ローマの雰囲気に覆われている。教室にはもう灯りがともっている。あれはきっと実習室だ。そしてむこうが図書館。あそこでぼくは、ラテン語の厳格さを探究し、その見事な構文をしっかり踏みしめ、ウェルギリウス*やルクレティウス*の、明晰かつ格調高い六歩格詩を暗唱するのだ。カトゥルス*の、曖昧さを廃した形式ある恋愛詩を熱をこめて唱えるのだ。余白のある大型四つ折り本で。それから、草がちくちくする野原に寝ころんだりもするだろう。友人たちといっしょに、聳(そび)え立つ楡(にれ)の木陰に寝ころんだりもするだろう。

「おお、見よ、校長を。なんだかからかいたくなるな。やたらにつやつや、ぴかぴか黒光りしている。公園の銅像かなんかみたいだ。それにベストの左側、でっぷりとした太鼓腹のベストのうえには、十字架がぶら下がってるのさ」

「クレイン爺さんが」とバーナード、「立ち上がって演説するぞ。校長のクレイン爺さんの鼻は、夕陽に照り映える山のようだし、顎のまん中の青いくぼみは、旅人が焚火をした渓谷、汽車の窓から見える木々生い茂る渓谷に似ている。重々しく格調高い言葉を響かせつつ、わずかに体を揺らす。ぼくは重々しく格調高い言葉が好きだ。でも校長の言葉は過剰で真実味が薄い。なのに彼はいまでは自分の言葉を信じているのだ。そして大儀そうに左右に体を揺らしながら部屋を出て、スウィングドアを押しあけていくと、ほかの先生たちもみな、大儀そうに左右に身体を揺らしながらドアを押しあけて出ていく。そう、これが姉妹たちから離れての、学校でのぼくらの最初の晩だ」

「そう、これが学校でのわたしの最初の晩よ」とスーザンが言った、「お父さまから離れ、家から離れ。涙がこみあげて、涙が目に沁みる。パイン材やリノリウムの匂いは大嫌い。風に歪んだ植えこみや、洗面所のタイルも大嫌い。みなの賑やかな冗談や輝く顔も大嫌い。お世話するようにって男の子に言いつけて、わたしのリスとハトは家に置いてきた。キッチンのドアがばたん、と閉まる。パーシーがミヤマガラスを撃つと、葉叢（はむら）で弾がぱちぱち弾ける。こっちではすべてはうそっぱち、すべてがまやかしなのよ。茶色の制服姿のロウダとジニーはずっとむこう。アレクサンドラ女王の肖像画のしたのミス・ランバートが、前に広げた本から読みあげるのを見ている。向こうには、あれはきっとだれか卒業生の作品ね、青い刺繍の巻物が広げてある。くちびるをきつく結んでいないと、ハンカチをぎゅっと握りしめていないと、泣き出しそうだわ」

「むらさき色の光が」とロウダ、「ミス・ランバートの指輪（リング）のむらさき色の光が、祈禱書の白いページのうえの黒いしみをわたってゆく。ワイン色の光、なまめかしい光。わたしたちは寮で荷物をほどき終え、いまこうして世界地図のもとで群れなしている。インク壺付きの机が並んでいる。ここではペンでノートをとるのね。でもわたしはここではだれでもない。顔がない。全員茶色の制服姿の大集団になって、わたしの個（アイデンティティ）を奪ったのよ。わたしたちはみな冷淡で友だちもいない。わたしはひとつの顔を、落ち着いた、不滅の顔を探し出し、それに全知を授け、魔よけのお守りのように身につけ、そしてそれから森のなかに隠れ場を見つけて（そうするって誓う）、大切に集めた秘密の宝ものを広げるんだわ。そうすると誓う。そう、だから泣いたりしないのよ」

「頬骨の高く、浅黒いあの女のひとは」とジニー、「貝殻みたいな襞のあるドレスを持っているの。光沢のあるイヴニングドレスよ。夏にはとても素敵だけれど、冬なら赤い糸が暖炉の炎に煌めく、薄手のドレスがいいわ。ランプが点（とも）されたら、わたしは赤いドレスをまとうの。ヴェールみたいに薄くて身体にまつわりつき、わたしがくるくるピルエットしながら部屋に入っていくと、波のようにゆれる。部屋のまん中、金箔の肘かけ椅子に身を沈めると、ぱっと花の形に広がる。なのにアレクサンドラ女王の肖像画のした、白い指でページをぐっと押さえつけているミス・ランバートは、光沢のない服を、雪のように白い襟襞飾りから流れ落ちる服を着ているわ。さあ、お祈りね」

「さあ、今度は二列に整列して」とルイ、「粛々とチャペルへと進む。ぼくは神聖な建物に入っていくときの、ほの暗さに包まれる感じが好きだ。一糸乱れぬ行列も好きだ。列がきれいに分かれ、それぞれの席につく。チャペルに入っていくと、ぼくらは互いの違いを捨てる。ドクター・クレインが、自分の体の重みで少しよろめきながら朗読壇にのぼり、真鍮の鷲の翼に広げられた聖書から、今日の一節を朗読するこの時も好きなのだ。ぼくは喜びに高揚する。ぼくの心は彼の堂々たる体軀と威厳のもとで伸び広がる。ぼくの惨めに、屈辱的にとり乱した心で逆巻く塵を、なだめてくれる――むかしクリスマスツリーのまわりで踊ってプレゼント交換をしたのに、みんなぼくを忘れてたんだ。それで太った女の人から、「あら、この子にはプレゼントがないわね」と、ツリーのてっぺんからピカピカのユニオンジャックを取って与えられ、ぼくは怒り狂って大泣きした――かわいそうな子、ってみなの記憶に残るなんて。いまそういうことのすべてを、彼の威厳が、彼の十字架が鎮めてくれる。ぼくのしたにある大地を感じ、ぼくの根が地下深く深くへと伸び、ついには地球の中心の何か固いものに巻きつく感覚に襲われる。校長先生が朗読するにつれ、ぼくは本来の連続性をとり戻す。行列のなかの一人となり、回転する巨大な輪の一本の輻（や）となり、ついにいま、ここに、ぼくをまっすぐ屹立（きつりつ）させる。ぼくはこれまで暗闇にいた。隠されていた。けれど（彼が朗読するにつれ）輪が回転し、ほの明るい光のなかへ、ひざまずく少年たち、柱、真鍮の記念碑がほのかに見わけられる光のなかへ、ぼくは立ちあがるのだ。ここにはがさつさなどない、不意打ちのキスなどない」

「校長が祈りを唱えると」とネヴィル、「あの獣（けだもの）がぼくの自由を脅かす。想像力の温かさもなく、言葉は敷石のように冷酷にぼくの頭上に落ち、彼のベストのうえでは金めっきの十字架が上下している。権威ある言葉も、語る者によって堕落するのだ。ぼくは嘲り笑うのさ、この惨めな宗教を。痩せ衰え傷つきながら、イチジクの木が陰をつくる白い道を、わななき打ちひしがれて進んでゆく姿を。* イチジクの木陰では少年たちが――裸の少年たちが――土ぼこりまみれで大の字に寝ころがっていたし、居酒屋のドアには、ワインでいっぱいに膨らんだヤギ皮の袋がぶらさがっていた。ぼくはイースターに父さんとローマ旅行をしていたのだ。聖母像がゆらゆら揺れながら通りを担がれてゆき、ガラスケースに収まった傷だらけのキリスト像もまた、通り過ぎていった。

「さあ、今度は腿（もも）を掻くふりで、体を傾けてみよう。そうすればきっとパーシヴァルが見える。あ、あそこにいた、下級生に囲まれて背を伸ばして座っている。彼は鼻筋の通った鼻で深く呼吸する。妙に無表情な青い目は、異教徒的無関心さで正面の柱に据えられている。彼は素晴しい教区代表委員になれるな。悪さをする少年たちを、枝の鞭で打てばいいんだ。彼は真鍮の記念碑に彫られたラテン語碑文と、ひとつに結ばれている。彼はなにも見ない、なにも聞かない。ぼくらみなから遠く離れ、異教徒の世界にいるのだ。でもほら——首のうしろをパシッと叩いた。ああいう身ぶりに、一生どうしようもなく恋してしまうのさ。ダルトンもジョーンズもエドガーもベイトマンも、同じように首のうしろを軽く打つ。でもぜんぜん違うんだ」

「ふう、やっと」とバーナード、「がなり声が止んだ。説教が終わったぞ。校長はドアでひらひら舞っていたモンシロ蝶たちを、粉々に砕いてしまった。あのざらついた耳ざわりな声は、ヒゲ剃りしていない顎のようだ。ほら、酔っぱらった水夫のように、ぐらつきながら席に戻るぞ。ほかの先生たちもあの動きをまねようとする。ところが軽々しくて、薄っぺらで、灰色のズボン姿で、みっともない姿をさらすだけなのさ。べつに軽蔑はしないぜ。ただ彼らの滑稽な動作が、ぼくの目に哀れに映るだけだ。将来の参考になるように、ほかのいろいろなことといっしょに、この事実を書きとめておこう。大人になったら手帳を——頭文字ごとに順序立てた何ページもあるぶ厚い手帳を——持ち歩こう。そしてぼくのフレーズを書きとめる。「チ」のページには「千々(チヂ)に砕ける蝶(チョウ)」だ。いつか小説の中で、窓辺にちらつく日の光を描写することになったら「チ」の項目を見る。すると「千々に砕ける蝶(チョウ)」とあるわけだ。これは使えるぞ。この木は「緑の指で窓に影をつくる」。これも使えるな。ああ、なのに！　ぼくは何かに――ねじりキャンディのような髪の毛とか、象牙細工装のセシリア祈禱書とかに――すぐ気が散ってしまうんだ。ルイはまばたきもせず、何時間でもじっと自然を観察していられる。ぼくは話し掛けられないでいると、すぐだめになるのだ。「ぼくの心の湖は、オールに乱されることなく静かにため息をつき、やがて油のように滑らかな眠りへと沈んでゆく」。これも使えるぞ」

「さあ、ひんやりとした聖堂を出て、褐色のフィールドに向かうのだ」とルイ。「今日の午後は休みだから（公爵の誕生日の祝日だ）、みながクリケットをするあいだ、ぼくらはこの草地でくつろごう。ぼくだって「みな」の一員になれるなら、そっちがいいさ。膝当ての防具をつけ、バッツマンの一番打者になってフィールドを駆け回るのだ。ほら見ろよ、だれもかれもがパーシヴァルについていく。彼はがっしりしている。歩きにくそうに、たけ高い草を掻きわけ、聳え立つ楡の大樹のほうへ向かっていく。中世の騎士団長かなんかのような堂々たる風格だ。パーシヴァルが通ったあとには、草のうえに光の道ができる。彼のあとにつき従うわれら忠実なる僕（しもべ）は、羊の群れのごとく撃たれるのだ。なぜって彼はいずれきっと、勝ち目のない戦いに挑んで、戦場で命果てるだろうから。ぼくの心臓は激しく鼓動し、ぼくの脇腹を両刃（もろは）の剣のごとく削る。刃の片方はパーシヴァルの神々しい姿を崇拝し、もう片刃は彼の投げやりな口調を軽蔑するんだ――彼よりもずっと優れているこのぼくなのに――ああでも、羨ましい」

「さあ」とネヴィル、「バーナードに話させよう。ぼくらはのんびり寝ころんで、彼につぎつぎ話させよう。ぼくらみなが見たものを描写してもらえば、一つの続きものになる。物語ってのはどこにでもあるのさ、バーナードはそう言う。ぼくは一つの物語だ。ルイも一つの物語だ。靴磨きの少年の物語、片目の男の物語、巻貝売りの女の物語。仰向けに寝ころがって、揺れる草のむこう、がっちり防具で身を固めたバッツマンを眺めながら、彼につぎつぎ話させよう。まるで世界じゅうが――地上では木々が、空には雲が、波打ち揺らめいているようだ。木々を透かして空を見上げる。まるであの雲のうえでクリケットの試合をしているみたいだ。白くやわらかな雲のなかから、「走れ」という声が、「判定は？」という声がかすかに響く。雲はそよ風にかき乱され、ふわりとした白い房を失う。もしあの青が永遠であれば。もしあの空の穴が永遠であれば。もしこの瞬間が永遠であれば――

「それにしてもバーナードはしゃべりっぱなしだな。ぶくぶく泡が湧いてくるのだ――イメージの泡が。「ラクダのように」――「ハゲワシのように」とね。ラクダはハゲワシだ。ハゲワシはラクダだ。というのもバーナードってやつは垂れさがった電線で、ゆるんでいながら人を惹きつけるからな。そうさ、彼が話していると、彼がばかみたいな比喩を思いつくと、身が軽くなるんだ。自分も泡のようになって浮かぶ。自由になる。逃れられたぞ、と感じる。ぽっちゃりしたあの少年たちさえ（ダルトンやラーペントやベイカーだ）同じような解放感を味わう。彼らもほんとうはクリケットよりこっちが楽しいんだ。ぶくぶく呟きながらフレーズを捕まえる。やわらかな草に鼻をくすぐらせる。そしてぼくらは、パーシヴァルがみなのあいだにどっしり横たわっているのを感じるのだ。彼の妙な高笑いは、ぼくらの笑いを承認するようだ。でも今度は草のなかでごろりと転がったぞ。たぶん草の茎を噛んでいるのさ。飽きたんだ。ぼくだって飽きてきた。バーナードは敏感に、ぼくらが飽きたのに気づく。なんとかしようと焦って、「ほら見ろよ！」と言わんばかりにフレーズが過剰になるのがわかる。ところがパーシヴァルは「ふん」と言うのだ。というのも言葉の嘘をまっ先に察知するのは、いつも彼だからな。そしてものすごく残酷なのだ。バーナードの文章が弱々しくしぼんでいく。そう、彼が自分の能力に見捨てられるという、驚くべき瞬間が訪れたのだ。話の連続性は途切れ、切れた糸を指でもてあそぶけれど、いまにもわっと泣き出しそうにくちびるをわななかせ、黙りこんでしまう。これぞ人生の苦難と挫折のひとつだ——ぼくらの友人が物語を語り終えられないとはな」

「さあ、やってみよう」とルイ、「立ちあがって行くまえに、お茶に行くまえに、力の限りを尽くし、この瞬間を永遠にとどめるのだ。永遠のものにするのだ。ぼくらはそれぞれ分かれていく。ある者はお茶へ。ある者はスポーツへ。ぼくはミスター・バーカーにエッセイを見せに行く。この瞬間は永遠となるのだ。いがみ合いのために、憎しみのために砕け散ったぼくの心が（ぼくは比喩表現をもてあそぶ者を軽蔑する——場を支配するパーシヴァルの力に憤激する）、ふいにある直観に打たれて、つぎ合わされる。あの木々を、雲を、このまったき統合の証人とするのだ。われ、これより七十年にわたり地の表を歩むであろうわれルイは、憎しみから、いがみ合いから解き放たれ、まったき者として生まれ出づる。ぼくらはこの輪形の草地のうえ、何かの抗いがたい内なる強い力によって結びあわされ、ともに座っていたのだ。木々は揺れ、雲が流れ去る。ぼくらの独白を分かちあう時は近づいている。ぼくらが次から次へと強い感情に打たれても、必ずしも鐘のような音を響かせるとは限らない。けれどそうだ、君たち、ぼくらの生きてきた人生は鳴り響く鐘だったのだ。大騒ぎや自慢。絶望の叫び。庭でうなじに受けた衝撃。

「風が草や木々を吹きわたって青空を開き、やがてまた葉叢を揺らしながらもとに還り、ふたたび空を塞ぐ。そして膝を抱えて座るぼくらのこの輪。こうしたものは理性を不滅のものとする何か別の秩序を、より良き何かをさし示しているのだ。ぼくはそれを一瞬目にしたのだから、今晩言葉にしよう、鉄の輪にしよう。パーシヴァルが、あとにつき従って駆けていく少年らとともに草をなぎ倒し、それを破壊してしまうとしても。いや、でもぼくに必要なのはパーシヴァルなのだ。パーシヴァルこそが、詩の霊感をかき立てるのだから」

「いったいもう何ヶ月、何年」とスーザンが言った、「この階段を駆けあがってきたかしら？　冬の荒涼とした日々も、春のうすら寒い日々も。いまは夏至。白いワンピースのテニスウェアに着替えるために、わたしたちは――ジニーとわたしと、あとからついてくるロウダは――二階にあがる。あがりながら、わたしは一段一段数える。終わったものとして、一段ずつ数え上げる。夜にはカレンダーから終わった一日を破りとり、ぎゅっとまるめてやる。ベティやクララがひざまずく横で、わたしは復讐心をこめてそうするのよ。わたしは祈ったりしない。今日の日に復讐する。今日を象徴するものに、憎しみをぶちまける。学校の一日、憎むべき一日、お前はもう死んだのよ、と言ってやる。彼らは六月の日々ぜんぶを――今日は二十五日――始業ベルや授業、手洗い、着替え、勉強、食事の号令といったもので、磨きあげられた、秩序立ったものにしてしまった。わたしたちは中国で布教してきた宣教師の話を聞く。四輪オープン馬車でアスファルトの道を駆け抜け、音楽堂でのコンサートに出掛ける。ギャラリーや絵画館に連れていかれる。

「いまごろうちでは牧草地が一面に波打っている。お父さまは柵にもたれてパイプをくゆらせているのよ。家のなかでは、がらんとした廊下を夏の風がさっと吹き抜け、ドアがバタンといって、また別のドアがバタンっていう。きっと古い絵が壁で揺れるわね。花瓶に活けた薔薇からは、花びらが一枚落ちるの。農園の荷馬車が、生け垣に干し草の束を落としていく。私にはこういうものすべてが見える、いつも見えるの。前にジニーがいて、後からロウダが遅れてついてきて、踊り場の鏡を通りすぎる時に。ジニーは踊る、ジニーはいつも踊る、ホールのあの嫌な模様タイルのうえで。彼女は運動場で側転する、摘むのが禁止の花を耳のうしろに挿したりする。だからミス・ペリーの黒い瞳には抑えがたく賞賛の色が浮かぶ。わたしではなく、ジニーにね。ミス・ペリーはジニーがお気に入り。わたしだってジニーを好きになれたかもしれない。でもいまはだれも好きじゃない、わたしのお父さまのほかは。わたしのハトとリスのほかは。お世話するように、って男の子に言いつけて、籠を家に置いてきたのよ」

「大嫌いよ、踊り場の小さな鏡は大嫌い」とジニー。「あの鏡は顔しか映さないんだもの。わたしたちの首のところでちょん切る。わたしの口は大きすぎるし、目は寄りすぎ。笑うと歯ぐきが見えすぎ。スーザンの顔が、その意地悪な目つきで、若草色の瞳で、わたしの顔を追い出すのよ。バーナードが言うには、あの瞳が縫いものの白い刺し目近くに注がれるから、きっと詩人のだれもが恋するだろう、って。ロウダのぼんやりした虚ろな顔さえ、彼女がいつも水盤に泳がせていた白い花びらのように、完結している。だからわたしは、自分の全身が見える長い鏡のある次の踊り場へ、二人を追いぬいて駆けあがる。この鏡なら頭と体はひとつ。このサージのワンピース姿でも、わたしの頭とわたしの体はひとつ。ほら、頭を動かすと、わたしのきゃしゃな体が足もとへとさざ波立つ。細い脚まで、風に揺れる茎みたいにさざ波立つ。きっぱりした表情のスーザンとぼんやりしたロウダのあいだで、わたしはまたたく。地面の割れ目を走る炎のように、わたしは跳ねる。動く。

踊る。わたしは動くのを、踊るのを、決してやめない。子供のころ、生け垣で揺れてわたしを怯えさせたあの葉のように、わたしは揺れ動く。暖炉の炎がティーポットのうえでちらちら踊るように、わたしはこの縞模様の、人間味のない、つや消しの、黄色い幅木のついた壁を横切って踊る。女の人たちの冷ややかな目つきさえ、わたしに火をつける。教科書を読んでいると、紫色のふちが黒い本のへりを駆けめぐるのよ。でもわたしは単語の活用なんてわからない。現在から過去へと考えを遡れない。わたしはスーザンのように家を恋しがって、目に涙を浮かべ呆然と立ちつくしたりしないし、ロウダのようにシダの茂みに潜りこんで横たわり、海の底深くで咲く花々や、魚がまわりをゆっくり泳ぐ岩を夢想して、わたしのピンク色の綿ワンピースに緑の染みをつけたりしない。わたしは夢みたりなんかしないのよ。

「さあ、急がなくては。さあ、だれよりも早くこのごわごわする服を脱ぐのよ。ほら、まっ白のソックス。新品のテニスシューズ。髪を白いリボンで結んでおけば、コートを駆け回ったときリボンがひらり、となびいて、でも首のまわりにいい感じで絡んでくれる。髪の毛ひと筋だって乱れやしない」

「あれがわたしの顔」とロウダ、「スーザンの肩越しに鏡に映っている――あの顔がわたしの顔。でもさっと首をすくめて彼女の背に顔を隠そう。だってわたしはここにいないんだもの。わたしには顔がない。ほかのみなには顔がある。スーザンとジニーには顔がある。ちゃんとここにいるのよ。彼女たちの世界は現実の世界。ものを持ちあげれば重みがある。はい、とか、いいえ、とか言う。なのにわたしは移り変わり、変化し、瞬時に見透かされてしまう。メイドは彼女たちと行きあっても、笑ったりしない。でもわたしのことは笑うのよ。彼女たちは、話しかけられたらどう答えればいいか心得ているもの。彼女たちは心から笑う。心から怒る。なのにわたしは、まずほかの子がどうしたのかを確かめてから、それをまねるの。

「ほらジニーを見てよ。ただテニスをするだけなのに、あんなに自信満々でソックスを引っぱり上げている。あれには憧れるわね。でもわたしはスーザンのやり方のほうが好きよ。ジニーよりきっぱりしていて、目立ちたがり屋ではないもの。二人をまねするから、二人ともわたしを軽蔑してるんだわ。でもスーザンはたまに、たとえばリボンの結び方とかを教えてくれる。ジニーは知っていることがあっても、秘密にしている。二人にはいっしょに座る友だちがいる。部屋の隅っこでするないしょ話がある。でもわたしが自分を結びつけられるのは、名前や顔とだけ。それを魔除けのお守りみたいに胸にしまってあるの。ほら、ホールの向こうに知らない顔があるわ。その名前のわからない子が前に座ったら、お茶もほとんど喉を通らない。息がつまる。自分の激しい感情に、身を左右に揺さぶられる。こういう名前のない、まっさらな人たちが、草むらの向こうからわたしを見ているんだ、と想像してみる。あの人たちの賞賛をかき立てようと、わたしは高く跳ねあがる。夜ベッドのなかで、あの人たちを心底驚かせるのよ。涙を誘おうと、何本もの矢に射抜かれていく度も死ぬんだわ。もし彼女たちが、この前のお休みにスカーバラへ行ってきたのよ、と言ったり、彼女たちの旅行かばんのラベルからそれがわかったりしたら、スカーバラの街じゅうが金色になって流れ出す、歩道がみな輝き出す。だからわたしは、自分のほんとうの顔を見せつけてくる鏡が大嫌い。ひとりぼっちで、わたしはよく虚無のなかへ落ちていく。世界の縁から虚無に落下しないように、わたしはひそかに足を突き出さなくてはならない。どこかしっかりした硬いドアを手でドンドン叩いて、自分を自分の身体に呼び戻さなくてはならないの」

「ああ、遅かった」とスーザン。「わたしたち、プレーの順番を待たなくちゃ。背の高い草のうえに座って、ジニーとクララ、ベティとメイヴィスの試合を見るふりをする。でも見てなんかいない。ほかの人のプレーを見るなんて大嫌い。大嫌いなものはぜんぶ、なにかの形にして土に埋めてしまうのよ。このつやつやした小石はマダム・カルロ。彼女を土深く埋めてやる。彼女のへつらいやご機嫌とりのせいよ。ピアノの音階練習のときに、平たく伸ばすよう、わたしの指のつけ根に六ペンス硬貨をのせたりするせいよ。彼女の六ペンス硬貨を土に埋めた。学校ぜんぶを埋めてやる。体育館も。教室も。いつも肉の臭いがこもる食堂も。そして礼拝堂も。赤茶色のタイルや、老人たちの――学校の後援者だとか創立者だとかの――てらてらした肖像画も埋めてやる。好きな木もあるわね。幹に透明な樹液の瘤（こぶ）がある桜の木。屋根裏部屋からはるかに見える丘の木。それ以外はぜんぶ埋めるのよ。桟橋があって観光客のいる海岸に散らばる、この醜い石たちもぜんぶ埋めてやる。うちのほうでは、波は一マイルにもわたるの。冬の夜にはその轟きが聞こえるのよ。去年のクリスマスには、男の人が荷馬車ごと波にのまれたわ」

「ミス・ランバートが牧師さまに話しかけながら通り過ぎると」とロウダ、「ほかの子たちは笑って彼女の猫背をまねるけれど、でもすべては変化し、光を放つようになるのよ。ジニーも、ミス・ランバートが通りかかるともっと高く跳ねあがる。あのヒナギクに目をやれば、それはきっと変化する。彼女がどこへ行こうと、その視線のもとにものは変化させられるのよ。でもいなくなったら、またもとどおりかしらね？　ミス・ランバートは、小さなゲートを通って彼女の庭へと牧師さまを案内する。池のところへ来ると、葉のうえにカエルが一匹いるのを目にする。するとそれも変化する。木立ちのなかの彫像のように彼女がすっくと立つと、すべてはいかめしく、すべては青ざめる。でも彼女が、房飾りのついたシルクマントをするりと脱いでも、彼女のむらさき色の、ワイン色の、アメジストの指輪（リング）だけはずっと輝いている。立ち去る人には、こういう神秘があるのね。立ち去っても、わたしは池までついて行ってその人を厳かなものにできるのよ。ミス・ランバートは通り過ぎるとき、ヒナギクを変化させる。ローストビーフを薄くスライスするとき、すべてが炎の筋のように駆けめぐる。ひと月ひと月ごとにものは硬さを失くしていく。わたしの身体(からだ)さえ、いまでは光を通す。わたしの背骨は、炎に近い蠟涙(ろうるい)のようにやわらかい。わたしは夢見る、夢見るのよ」

「勝ったわ」とジニー、「さあ、今度はあなたの番よ。わたしは地面に倒れこんで息をつがなくちゃ。走りまわったし勝利したし、すっかり息が切れている。走りまわったのと勝利で、身体じゅうのすべてが搾りとられたみたい。わたしの血はきっとまっ赤ね。湧き立って肋骨をどくどく打っている。針金の輪が足のところでいくつも開いて閉じてるみたいに、足の裏がずきずきする。草の葉が一枚一枚はっきり見える。でも額が、目の奥が、激しく脈打つから、何もかもが――ネットも草もすべてが踊っているのよ。あなたたちの顔も蝶みたいに飛びまわる。木々も上へ下へジャンプしているみたい。この宇宙に動かぬもの、不変のものなどないんだわ。あらゆるものはさざ波立つ、踊る。すべては早さと勝利。でもあなたがプレーするのを見ながら、こうして固い土のうえにひとりで横になっていたら、選び出されたいという願望が湧いてきたの。わたしを探しにきて、わたしに惹きつけられて、わたしから離れられなくなる、そういうひとりの人に呼ばれたいって。金箔の肘かけ椅子に、花のようにふわりとスカートを波立たせて座るわたしのところに来るのよ。そして脇の小部屋にこもって、バルコニーに二人きりで腰掛けて、語り合うの。

「ほら、潮が引いていく。ほら、木々が地上に降りてくる。わたしの肋骨を激しく打ち、湧き立つ波は、ずっとゆるやかに揺れ、白い甲板に帆をゆっくりと滑り降ろす帆船のように、わたしの心臓も錨を降ろす。試合が終わったわ。さあ、お茶の時間よ」

「あの自慢屋の少年たちは」とルイ、「今度は群れなしてクリケットをしに行った。声を揃えて歌いながら、四輪オープン馬車に乗って出掛けて行った。月桂樹（ローレル）の木立ちのところで曲がると、みなの頭がいっせいに傾く。さあ、早速自慢話だ。ラーペントの兄さんはオックスフォードのサッカー選手だった。スミスの父さんはローズクリケット場の試合で百得点したことがあるのさ。アーチーとヒュー。パーカーとダルトン。ラーペントとスミス。またアーチーとヒュー。パーカーとダルトン。ラーペントとスミス——名前のくり返し、同じ名前のくり返しだ。その名前は志願兵、クリケット選手、〈博物学協会〉理事だ。彼らは常にキャップに記章をつけ、四列縦隊で行進する。将軍の銅像の前に来ると、びしっと揃って敬礼する。その整然たる様のなんと壮観なことか、忠誠ぶりのなんと立派なことか！　ぼくも彼らに従えるなら、あの一員に加われるなら、知識すべてを犠牲にしたっていい。とはいえ、彼らは蝶から羽をむしり取って痙攣（けいれん）させたり、血がついた汚いハンカチをまるめて片隅へ投げ捨てたりする。下級生を廊下の暗がりで泣かせたりする。彼らにはキャップの陰から突き出た大きな赤い耳がある。それでもネヴィルもぼくも、ああ、あんなふうになれたら、と願っているんだ。ぼくは出発する彼らを羨望のまなざしで見送る。

そしてみなが同時に同じ動作をするのを、カーテンの陰から感嘆して眺めるのだ。もしぼくの脚力が彼らの脚で強められていたら、どんな快走をしただろう！　もし仲間になって試合に勝利したり、伝統のボートレースに出場したり、馬場で一日じゅうギャロップしたのなら、ぼくだってどんなに大声を張りあげて真夜中に歌っただろう。歌の言葉がどれほどの奔流となって迸（ほとばし）り出ただろう！

「パーシヴァルは行ってしまった」とネヴィル。「クリケットの試合しか頭にないのだ。馬車が月桂樹の木立ちの角を曲がるときにも、手を振ったためしがない。身体が弱くてクリケットができないぼくを軽蔑しているのさ（でもいつもいたわってはくれる）。クリケットに勝とうが負けようが、パーシヴァルにとり重大関心事というほか気にも留めないぼくを、軽蔑しているのさ。ぼくの強い思いは受けとめる。震えながら差し出す、どう見ても惨めな捧げものを、ばかにしながらも受けとりはする。なぜならそれは彼の心に向けたものだから。彼は読むこともできないから。それでも草のうえに寝ころんで、ぼくがシェイクスピアやカトゥルスを朗読すると、ルイよりもよく理解するのだ。言葉ではなく――いや、でも、そもそも言葉とは何だ？　ぼくはすでに脚韻も踏めるし、詩人のポープ*やドライデン*や、シェイクスピアの模倣だってできるではないか？　でも一日じゅうボールを睨んで太陽のしたに立っているなんてできない。ボールの飛翔を全身で感じ、ボールだけを一心に思うなんてできない。ぼくは一生、言葉の外側にしがみついて生きることになるのだ。でも彼と暮らして、あの頭の悪さに耐えるなんてとてもできないね。彼はだらしなくなる、いびきをかく。結婚して、朝食のテーブルでは愛情のこもった光景もあるだろうが。でもいまは若い。身体をほてらせ、ベッドにゴロリと裸で寝そべる彼と太陽とのあいだには、雨とのあいだには、月とのあいだには、糸の一本、紙の一枚、入りこむ隙はないのだ。大通りを四輪オープン馬車で駆け抜けるいま、彼の顔は赤や黄色のまだら模様になる。それからコートを脱ぎ捨て、両脚を広げて立ち、両手を構え、ウィケットをじっと見るんだ。そして「神よ、勝たせたまえ」と祈るだろう。彼の頭にあるのは、絶対に勝つぞ、とそのひとつだけなのさ。

「ぼくが彼らといっしょに四輪オープン馬車に乗り、クリケットをしに行くなどありえない。バーナードなら行けるだろうが、ところが彼は遅刻する。彼はいつも遅刻だ。どうしようもなく気まぐれで、そのせいで行きそびれる。たとえば手を洗っていても「あのクモの巣にハエがかかっているな。助けてやろうか？　それとも食われるままにしちまおうか？」と、止まってしまうのだ。無数の雑念にじゃまされて。彼らといっしょにクリケットに行ったら行ったで、草のうえに寝ころんで空を見あげているだろう。そしてボールを打つ音にはっとする。でも彼らはそんなバーナードを許す。なぜなら彼は物語をしてくれるからね」

「彼らは馬車で行っちまった」とバーナード、「またも出遅れたな。ネヴィル、きみやルイがあんなにも羨望するあの憎たらしくも美しい少年たちは、頭を同じ方向にいっせいに傾けて、行っちまったよ。ぼくにはこういう重大な区別がつかないんだ。どれが黒鍵でどれが白鍵かわからないまま、ぼくの指は鍵盤上を滑っていく。アーチーは楽々と百点をたたき出す。ぼくはたまに、まぐれ当たりで十五点とれたりする。じゃあ、アーチーとぼくにどんな違いがあるっていうんだい？　いや、ちょっと待った、ネヴィル。ぼくに話させてくれ。鍋底から銀色の泡が次々にのぼってくるように、イメージが後から後から湧いてくるのだ。ぼくは、ルイのように猛烈な粘り強さで本にかじりついたりできない。ぼくはこの小さなはね蓋を開いて、連なるフレーズを外に出してやらねばならないのさ。起きることがなんであれ、ぼくはそれをフレーズで追っていく。そうすれば支離滅裂ではなく、言葉から言葉へゆるく繋がる流れを感じられるからな。さあ、ドクター・クレインの物語を、君にしてやろう。

「ドクター・クレインは祈禱式のあと、体を揺らしながらスウィングドアから退出していくときも、自分の絶大なる優越性を信じ切っているようだね。ネヴィル、たしかにぼくらは、クレイン校長が出て行くと解放感を味わうけれど、歯が一本抜かれたような気分になるのも否めない。彼のあとを追ってみよう。ふうっと息をつき、スウィングドアを通って自分の部屋へと帰っていく。さあ、想像してみよう。厩舎の向こうにある部屋で服を脱ぐ。ソックス留めをとる（瑣末なところ、個人的なところを想像しよう）。それから独特のしぐさで（こういう常套句を避けるのは難しいね。それに彼の場合には、なんだかこれがしっくり来るのさ）、ズボンのポケットから銀貨をとり出し、銅貨をとり出し、ドレッサーのうえに置く、また置く。椅子の両肘に腕を伸ばして考えをめぐらせる（これが彼の一人きりの時間。ぼくらが捉えるべきは、この瞬間の彼だ）。彼はベッドルームへと架かる薔薇色の橋を渡るだろうか、渡らないだろうか。二つの部屋は、薔薇色の光でできた橋で繋がっているのだ。その光は、クレイン夫人が髪を枕にのせて横になり、フランス語の回想録（メモワール）を読んでいるベッドサイドから流れてくる。読みながら彼女は、諦めたような、絶望したようなしぐさで額を払い、フランスの公爵夫人のだれかと自分を思い比べて、「こんなものかしらね？」とため息をついている。校長のほうは、やれやれわたしも二年後には引退だよ、とつぶやく。イングランド西部の片田舎で、庭のイチイの生け垣でも剪定しているかね。海軍の提督になっていたかもしらんな。さもなくば裁判官だ。校長ではなく、とね。そしてぼくらが見たこともないくらい（なんたって、いまはシャツ一枚姿だからな）両肩を大きくいからせ、ガスストーヴの火をじっと見ながら思うのだ。いったいいかなる力が、わたしをここへと導いたのか。いかなる絶大な力が？　と彼特有の大げさなフレーズで、肩越しに窓を振りむきつつ思うのだ。風の荒れ狂う夜だ。クリの木の枝が大きく上下に波打っている。枝のあいだで星々がまたたく。いかなる絶大な善の力、悪の力がわたしをここへと導いたのだ？　と自問し、彼の椅子が紫色のカーペットに作った小さな穴を、哀し気に見おろす。というわけで、彼はズボンのサスペンダーをぶらぶら揺らしてそこに座っている。ああ、でも他人をプライヴェートな領域まで追っていく物語は難しいな。もうこの物語は続けられない。紐の切れ端を指でもてあそび、ズボンのポッケのなかでコインの四、五枚を転がしただけだ」

「バーナードの物語は」とネヴィル、「最初はぼくを楽しませる。ところが急に先細り、紐をもてあそびつつ口を開けて止まると、ぼくは自分の孤独を思い知る。彼はみなを、なまくらな刃で見る。だから彼にパーシヴァルの話はできないのだ。ぼくのばかげた激しい愛情を、彼の思いやりある共感力に曝（さら）すわけにはいかない。それもまた「物語」にされちまうからな。ぼくに必要なのは、台のうえに振るわれるナタのような心のやつだ。究極のばからしさを崇高に思い、靴紐を尊く思うようなやつ。ぼくのこの切羽つまった激情を、だれに打ち明けたらいいのだ？　ルイは冷淡すぎるし、偏りがなさすぎる。だれもいない――ここでは、灰色の門やうめくハトたち、快活なスポーツ、伝統や競争意識。なにもかもが、孤独を感じないよう巧妙に仕組まれているのだ。とはいえ歩いているとふと、何かの前兆に打たれる。昨日は、ふだんは入れない庭へと続くドアが開いていて、フェンウィックがハンマーを振りあげているのが見えた。芝生のまん中に置いた紅茶わかし器から湯気が噴き出していた。花壇の縁は青い花で埋まっていた。と、そのとき突然、不可解な、神秘的な、憧れの感覚、混沌に勝利したのだ、という完全さの感覚に打たれたのだ。開いた戸のところで呆然と立ち尽くすぼくの姿を見た者はだれもいない。異教の神にわが身を捧げ、破滅し、消滅せねば、というぼくの切迫した想いに気づいた者はだれもいない。彼のハンマーは振りおろされ、ヴィジョンは砕けた。

「ぼくはどこかに一本の木を探し出すべきだろうか？　教室や図書館を捨て、大型本の黄色っぽいカトゥルスの書を捨て、森や野原に行くべきだろうか？　ブナの木陰を歩いたり、水面に木と木が恋人のように結びあう川辺を散策したりすべきだろうか？　けれど自然はあまりに単調で、あまりに活気がない。ただ崇高で広大で、水と緑ばかりだ。だからぼくは炎、親密さ、一人の人間の肉体を、切望する」

「だからぼくは切望する」とルイ、「夜の訪れを。こうしてミスター・ウィッカムのざらついたオーク材ドアに手をかけて立っていると、自分が宰相リシュリュー公爵*の友人か、はたまた国王に自らかぎタバコをさし出したサン・シモン公爵*か、という気分になるな。これはぼくの特権だ。ぼくのウィット溢れる言葉は「野火のように宮廷中に広まる」。感嘆した公爵夫人たちは、イヤリングからエメラルドをはぎ取って――いや、でもこうした妄想の打ち上げ花火は、暗闇で、夜に、自分のキュービクルでするほうが、一番うまくあがるんだ。いまのぼくは、ミスター・ウィッカムのオーク材ドアを拳でノックする、ただのオーストラリア訛りの少年だ。今日の一日も、笑われる不安に怯えながらの屈辱や勝利でいっぱいだったのだ。ぼくは学校一の優等生。でも闇が訪れたなら、この忌まわしい肉体――大きな鼻、薄いくちびる、植民地訛り――を脱ぎ捨て、自由な空間の住人になる。そこでのぼくは、ウェルギリウスの友、プラトン*の友だ。そこでのぼくは、フランス最高の名門一族の末裔だ。と同時にぼくはまた、風吹き荒れ、月光に照らされるこの領域を無理にも離れ、真夜中のさすらいを諦め、ざらついたオーク材ドアと対決する者でもある。ぼくは人生でいつか――どうかそう遠い未来ではありませんように――ぼくには恐しく明瞭な、この二つのかけ離れた世界を、劇的に融合してみせる。苦しみ抜いてやり遂げるぞ。ドアをノックするぞ。部屋に入るぞ」

「カレンダーから五月と六月のぜんぶを破ってやったわ」とスーザンは言った、「それに七月の二十日間を。ぜんぶ破ってぎゅっとまるめたから、もう存在しないってことよ。ただ脇腹のしこりとしてあるだけ。まるで羽根がしぼんで飛べない蛾みたいに、身動きできない日々だった。それもあとたった八日で終わる。八日後の六時二十五分には、汽車を降りて駅のホームに立っている。そうしたらわたしの自由が大きく帆を広げ、萎縮させしぼませる規律の数々――時間割や秩序や懲罰、あそこへここへ時間厳守とかそういったこと――すべてが砕け散るんだわ。馬車の扉を開け、懐かしい帽子とゲートル姿のお父さまを見たら、その日一日が飛び出してくる。きっと体がふるえる。わっと泣き出す。翌朝には夜明けとともに起き出すのよ。キッチンのドアから外に出る。荒野（ムーア）を歩きまわるの。幻の騎手の偉大な馬たちがわたしの背後で蹄（ひづめ）を轟かせ、ぴたりと静止する。ツバメが草をかすめ飛ぶのを見るわ。川辺の土手に身を投げて、魚が水草のあいだを滑っていくのを見るわ。両の手のひらにちくちくする松葉のあとがつく。その場所で、わたしがここで作ったもの何であれ、広げてとり出す。何か固いもの。だってここでいくつもの冬、いくつもの夏を過ごすうちに、階段で、ベッドルームで、わたしのなかに何かができてしまったから。わたしはべつに、ジニーみたいに賞賛されたいわけじゃない。わたしが現われるとき、べつにみなに、賞賛のまなざしで見てほしいわけじゃない。わたしは与え、与えられたい、それから自分の宝ものを広げられる孤独がほしい。

「それからわたしは帰ってくる。頭上に木の実のなる木々がアーチをなし、葉がそよぐ小道を抜けて。小枝でいっぱいの手押し車を押す老女とすれ違う。牧童ともすれ違う。でも言葉は交わさないのよ。家庭菜園を通って帰ってくると、キャベツの巻いた葉がきらきらした水晶の粒で覆われているのを見る。庭の小屋の窓には、カーテンが引かれている。わたしは二階の自分の部屋にあがって、ワードローブに大切にしまってあったものを引っぱり出す。わたしの貝殻。わたしの卵。わたしの珍しい植物。わたしのハトとわたしのリスに餌をやる。犬小屋へ行ってわたしのスパニエルにブラシをかける。そうやって少しずつ、ここで脇腹にできた固いものを引っぱり出す。ああ、でもここではベルが鳴る。絶え間なく足音が聞こえる」

「わたしは暗闇が大嫌い、眠りも、夜も大嫌い」とジニー、「だからじっと横になって夜明けを待ちこがれる。一週間に切れ目がなく、すべてがまとまった一つの日だったらどんなにいいいか。夜明けまえに目が覚めたら——小鳥たちに起こされるのよ——横になったまま、戸棚の真鍮の把手がはっきりしてくるのをじっと見ている。それから洗面器。それからタオル掛け。寝室のもののひとつひとつがはっきりしてくるにつれ、鼓動が早まる。自分の身体が固まってきて、ピンクに、黄色に、茶色になるのを感じる。脚や体に手を滑らせてみる。そのなだらかな丘や細さを感じるわ。鐘が建物じゅうに響いてみなが起き出し——こっちでドシン、あっちでパタパタするのを聞くのが大好き。ドアがバタン。水がざーっ。さあ、一日が始まる、また一日が始まるのよ、って、足が床に触れたとたんにわたしはそう叫ぶ。傷つく日、不完全な日かもしれない。わたしはよく叱られるもの。怠けたり笑ったりして、ひんしゅくを買う。なのにミス・マシューズから軽はずみな不注意にお小言を言われている間にも、何かしら動くものに目を奪われる——絵のうえでちらちらする光とか、芝生を横切って草刈機を引くラバとか。月桂樹の合い間から見える帆船とか。そのおかげでわたしは落ちこまない。熱心に祈るミス・マシューズの後ろで、ピルエットするのをやめられないんだわ。

「さあ、学校を卒業してロングスカートをはくときが来る。夜にはネックレスをつけ、ノースリーブの白いドレスを着るのよ。まばゆく輝く部屋でのパーティーの数々。そして男の人が一人、わたしを選び出し、ほかのだれにもしない話をささやくのよ。スーザンやロウダよりも、わたしを好きになる。わたしのなかの何か、わたしにしかない何かを見つけてくれるの。でもだれか一人には縛られない。束縛されたり、翼を切られたりしたくない。ベッドの端に座って足を揺らし、ま新しい一日が始まるいま、わたしは揺れ動き、わたしはふるえる、生け垣の葉のように。これから五十年、六十年あるんだわ。その宝庫にまだ足を踏み入れていない。これがはじまりよ」

「ああ、まだあと何時間も何時間もある」とロウダ、「灯りを消してベッドに横たわり、世界から宙に浮かぶまでには。この一日をふり落とすまでには。頭上の緑のパヴィリオンのなかでそよぐよう、わたしの木を育てるまでには。ここでは木は育てられない。だれかに倒されてしまう。話し掛けてきたり、じゃましたり、木を倒されてしまう。

「さあ、バスルームに行って靴を脱いで手を洗うのよ。でも洗うにつれ、洗面台に身を屈めるにつれ、わたしはロシアの皇后のヴェール*を両肩になびかせる。宝冠のダイヤモンドが額にまぶしく輝く。わたしがバルコニーに姿を現わすと、暴徒の怒号が耳をつんざく。さあ、元気に手を拭くのよ。だからミスなんとかは——名前なんか忘れたわ——、まさかわたしが、猛り狂う群衆に向かって拳を振りあげているなんて、夢にも思わない。「みなの者よ、わたしはあなた方の皇后である」。毅然たる態度で言い放つのよ。わたしは恐れを知らない。征圧する。

「でも薄っぺらな夢。紙でできた木。ミス・ランバートの前にはひと吹き。廊下の奥に消えていく姿を目にしただけで粉微塵だもの。こんな皇后の白昼夢なんて何の実体もない。何の喜びも与えてくれない――。吹き飛んでしまったいまとなっては、廊下でふるえているだけ。ものはますます色褪せて見える。さあ、こんどは図書館へ行って何か本を借り、読んで眺める。また読んで眺める。生け垣の詩があるわね。わたしは生け垣のほうへとさ迷いゆき、花を摘む、緑色のブリオニア、月光に染められたサンザシ、野薔薇やつる草を摘む。胸にしっかりと抱えて帰り、つややかな輝くデスクに横たえる。揺れる川のほとりに座り、大輪に輝く睡蓮（ウォーターリリー）を見る。水のような月光を放ち、生け垣にかぶさるオークの木を照らし出す睡蓮を。花を摘む。花束を作り、胸に抱えて捧げる――ああ！　でもだれに？*　わたしという存在の流れを堰（せ）きとめるものがある。深い流れが、何かの障害物を圧迫する。ぐいっと引っぱる、たぐる。けれど何か中心にある塊が抵抗する。ああ、これが痛み、これが苦悶！　わたしは気を失い、力尽きる。ほら、わたしの身体（からだ）が溶けていく。封印が解かれ、まばゆく発光する。ほら、流れは深い潮に注ぎ込み、そこを肥沃にし、継ぎ目を押し開き、固く閉じたものを力ずくで押し開き、一気に溢れだしてゆく。わたしの温かな身体を、わたしの透過性の身体を通り抜け、流れゆくすべてのものを、ああ、わたしはいったいだれに捧げたらいいの？　わたしの花々を集めて捧げる――ああ！　でも、だれに?
「水夫たちが、恋人たちが、遊歩道をのんびり歩いている。乗合バスは海岸通りを町へとがたがた走っていく。わたしは捧げる。豊かにする。この美を世界に返す。わたしの花たちを集めて花束を作り、手を差しのべ、進み出て捧げるのよ――ああ! でもだれに?」

「ぼくらは授かったのだ」とルイ、「なぜなら今日が最終学期の最終日だから――ネヴィルとバーナードとぼくの最終日だから――、何であれ、先生たちがぼくらに授けるべきだったものは、すべて受け取ったのだ。序章は終わり、世界が待ち受けている。彼らはここに残り、ぼくらは出発する。ぼくが人間のうちで最高に崇拝する偉大なる博士は、テーブルや記念の装釘(そうてい)本に囲まれ、左右に少し体を揺らしつつ、しかるべき献辞入りのホラティウス*集やテニソン*詩集やキーツ*全詩集やマシュー・アーノルド*全詩集を授与してくださるのだ。ぼくは授与するその手を讃美する。彼は確固たる信念を持って語る。彼にとっては嘘偽りない言葉だが、ぼくらには違う。熱烈かつ親愛の情をこめ、激したしわがれ声で、諸君はいま旅立ちゆくのである、と語られる。「男らしく強くあれ*」と祝詞を述べる(先生が口にすれば、聖書の言葉であれ、タイムズ紙の引用であれ、等しく荘重に響く)。これからある者はこの道へ、ほかのある者はあの道へ。二度と会わない者もあるだろう。ネヴィルとバーナードとぼくも、ここでは二度と会わないだろう。人生がぼくらを引き裂く。でも何らかの結びつきは築いたのだ。ぼくらの少年時代、ぼくらの責任のない時代は終わった。それでも何らかの繋がりは築きあげたのだ。なにより伝統を受け継いだ。この敷石は六百年にわたってすり減ってきた。壁には軍人、政治家、不運なる詩人らの名が刻まれている（いずれぼくの名も彼らとともに）。幸あれかし！　あらゆる伝統に、あらゆる庇護、監督を与えるものたちに。黒いガウン姿の諸兄に、そしてそなた死者たちに、その導きと加護に感謝を捧げよう。しかし結局のところ問題は消えない。それぞれの相違は残るのだ。窓の外では花々が首を揺らしている。野の小鳥たちが見える。すると、最も野生的な鳥よりもいっそう野性的な衝動が、ぼくの野性的な心から湧きあがる。ぼくの目は野性的だ。口はきりりと結ばれている。野鳥は羽ばたき、花は踊る。けれどぼくの耳にはいつも、どーんと重くくぐもった波音が響いているのだ。そして鎖につながれた獣が浜辺を踏み鳴らす。ずしん、ずしん、と踏み鳴らす」

「これが最後の儀式だ」とバーナード。「これが数々の儀式のいよいよ最後だ。ぼくらは何とも不思議な感情にのみ込まれている。さあ、旗を持った車掌が笛を吹くぞ。次の瞬間には蒸気を噴いて、汽車は出発するのだ。いまのこの場面にふさわしいことを口にしたい、感じたい。心は冷静だし、くちびるはしっかり結ばれている。と、そこへ蜂が来て、将軍の奥方レディ・ハンプトンのブーケのまわりを飛びまわる。彼女は贈られた花への謝意を表わそうと、しきりに匂いをかいでいるのだ。もし蜂が彼女の鼻をちくりと刺したら？　ぼくらはみな、心底感動している。けれど悔い改めてはいる。けれど早くこれが終わってほしい。けれど別れたくはない。蜂にぼくらは気を取られている。気まぐれに飛びまわるこの蜂は、ぼくらの張りつめた気持ちを嘲笑うかのよう。低く唸りながらそこらじゅうをかすめ飛び、さあ、こんどはカーネーションに止まったぞ。ぼくらのほとんどは、二度と会わないだろう。いつベッドに入ろうが自由になったいま、そしてちびた蠟燭と不道徳な書物をこっそり持ち込まなくて良くなったいま、たしかにある種の喜びは、二度と味わうこともないだろう。蜂はいま、偉大なる博士の頭のまわりをめぐっている。ラーペント、ジョン、アーチー、パーシヴァル、ベイカー、スミス――ぼくらは彼らが心から好きだった。いや、一人ひどいやつがいたな。意地悪なあいつだけは嫌いだった。いま思い返せば、校長のテーブルでのトーストとマーマレードのおそろしく気詰まりな朝食すら、良い思い出だ。彼だけが蜂に気づいてないぞ。もしあの鼻に止まったら、重々しいしぐさひとつで追っ払うだろうね。おや、冗談を言ったぞ。ずいぶんと声がかすれているが、まだ大丈夫だ。さあ、ぼくらは解散する――ルイとネヴィルとぼくは永遠に。学者然とした少々判読しにくい筆跡で献辞の入った、素晴しくつやつやの本をぼくらは受け取る。席を立ち、散ってゆく。圧迫は消えた。蜂はいまや無意味で無価値な昆虫になり下がり、開いた窓からどこぞへと飛び去った。明日の朝、ぼくらは出発するんだ」

「いよいよお別れだ」とネヴィル。「これが荷物。そしてタクシー。あそこにボウラーハット*を被ったパーシヴァルがいるな。ぼくをすぐ忘れてしまうだろう。ぼくの手紙は、銃や猟犬たちに紛れて、返事も書かない。詩を書き送っても絵葉書が来るのがせいぜいだ。でも彼のそういうところを、ぼくは愛しているのだ。会おうよ、とぼくは誘う――どこかの時計塔のしたで、どこかの交差点のそばで。ぼくは待つ、けれど彼は来ないだろう。でも彼のそういうところを、ぼくは愛しているのだ。知らぬ間(ま)に、ほとんど気づかぬうちに、彼はぼくの人生から消えていくのだろう。そして信じられないけれど、ぼくもほかの人生へと移っていくのだろう。これはおそらくちょっとした脱線、はじまりに過ぎないのだ。校長の大袈裟な身ぶりや嘘くさい感動はがまんならないとはいえ、ぼくらがこれまでぼんやりと感じとっていたものが、はや迫っているのを感じる。これからは、フェンウィックがハンマーを振り上げるあの庭に、自由に出入りできる。ぼくを軽蔑していたやつらは、ぼくの優越性を思い知るがいい。でもぼくの存在の何か不可解な法によれば、優越性や権力の所有だけでは満足できないのだ。常にカーテンをかき分けて奥へと向かい、かすかにささやかれる言葉のみを、求めるのだ。だからぼくは行こう。光が見えず不安でも、喜びに満ちて。耐えがたい痛みを恐れつつも。なぜなら身を賭(と)して、どんなに大きな苦しみものり越えて勝利することになるのだ。最後にはきっと、ぼくが追い求めるものを見出すことになるのだ。さあ、これが最後、頭のあたりにハトたちが飛ぶ、われらのご立派なる創立者の銅像も見おさめだ。彼らは銅像のあたりを永遠にめぐり、糞で白くするだろう。チャペルではオルガンがうめき声をあげている。さあ、座席に腰かけよう。予約したコンパートメントの片隅に自分の席を見つけたら、本の陰に目を隠し、涙のひと粒を覆うのだ。目を隠すのだ、観察するために、ひとつの顔をのぞき見るために。さあ、夏休みが今日から始まる」

「さあ、夏休みが今日から始まる」とスーザンは言った。「でもこの日はまだくるくる巻かれている。夕方、駅のプラットフォームに降り立つまでは広げないでおく。匂いさえかがずにおく。野原からのひんやり冷たい緑の風の匂いをかぐまでは。ああ、でもこれはもう学校の運動場(フィールド)じゃない、学校の生け垣じゃない。この麦畑(フィールド)の人たちは、ほんものの仕事をしている。荷車にほんものの干し草を積んでいる。あの牛もほんもの、学校の牛じゃない。それでも廊下の石炭酸石けんの匂いや、教室のチョークっぽい匂いが、まだ鼻の奥に残っている。ぴかぴかに磨きあげられた床板の映像が、まぶたの裏に残ってる。わたしは待たなくては。野原や生け垣を、森や野原を。ハリエニシダの茂みが点在する急斜面底の線路を、側線の貨物車を。トンネルや、女たちが干しものをする郊外の庭を。そしてまた野原を、門を揺らす子どもたちを。大嫌いだったこの学校をしっかり覆い、深く埋めるには、それを待たなくては。

「わたしは自分の子どもを学校になんかやらないし、ひと晩だってロンドンで夜を過ごしたりしないのよ、一生。この巨大な駅では、何もかもが虚ろにこだまし、反響する。日の光も、まるで日よけの下の黄色い灯りみたい。ジニーはここに住んでいる。ジニーはこの歩道で犬を散歩させる。ここの人々は黙ったまま、さっと通りを横切っていく。店のウィンドウを眺めるほか何も見ないで。彼らの頭はみな、同じくらいの高さで上がったり下がったりする。表通りは電線で編み合わされている。どの家にもガラスがあって飾り布がかかっていて、きらきら輝いているわ。ほら、玄関ドアとレースのカーテン、玄関ピラーと白い外階段。けれどわたしはここを通り過ぎ、またロンドンから出て行くのよ。また野原が広がる。そして家、洗濯ものを干す女たち。木立ちと野原。ロンドンはヴェールに隠れ、消えうせ、砕け散り、崩れ落ちる。石炭酸石けんや松やにの匂いが薄れてくる。穀物やカブの匂いがしてくる。私は白い綿ひもで結んだ紙包みを開くのよ。たまごの殻が両膝のあいだにすべり落ちる。ほら、汽車は駅また駅と停車しては、ミルクのタンクを転がし荷おろしする。ほら、女たちは互いの顔にキスをして、バスケットの荷物に手を貸しあう。ほら、わたしも窓から身を乗り出すのよ。外気が——冷たい空気、カブ畑の匂いの混ざった潮風が——鼻腔に、喉に、勢いよく流れ込む。ああ、わたしのお父さまだわ。こっちに背を向けて、農夫としゃべっている。わたしはふるえる。泣く。ゲートルをつけたわたしのお父さまよ。わたしのお父さまよ」

「わたしは汽車の自分の席に心地よく収まっている」とジニー、「北へ向かう急行は唸り声をあげながら滑らかに駆け、生け垣をなぎ倒し、丘を平たくのしてゆく。信号所をさっと通過し、地面を軽く左右に揺さぶる。はるか前方は絶えず一点に閉じられ、そのはるか前方をふたたび大きく押し広げて行くのよ。次々びゅんびゅんと電柱が現われる。一本が倒れると、また一本が立つ。さあ、ごうっと大音量をあげてトンネルに躍り込むわ。男の人が窓を押しあげて閉じる。トンネルと重なって輝く窓ガラス、そこに映るものをわたしは見るのよ。彼が新聞を少し下げたわ。トンネルに映るわたしに微笑みかける。彼の視線を浴びたとたん、わたしの身体(からだ)は勝手に魅力を発揮しはじめる。私の身体は独立した人生を生きている。ああ、黒い窓ガラスはまた緑色になったわ。トンネルを出たの。彼は新聞を読んでいる。でもさっきわたしたちは、互いの身体を認め合ったのよ。ということは、この世には身体から成る世界があって、わたしの身体もそこに導き入れられたわけね。金箔の椅子の並ぶ部屋に足を踏み入れたのよ。ほら見てよ——ヴィラのどの窓も、そこに掛かる白い天蓋カーテンも、躍っている。そしてあの男たち、ねじった青いハンカチを頭に、麦畑の垣根に座るあの男たちも、わたしと同じように、熱と恍惚を知っているのよ。走り過ぎる汽車に、一人が手を振る。ヴィラの庭園にはあずまやがいくつもあって、シャツ姿の若者たちが梯子にのって薔薇を剪定している。馬で野を駆けゆく人がいる。わたしたちが通ると、馬が後足を蹴りあげる。馬上の人が汽車を見ようと振り返る。そしてまたわたしたちは暗闇をつき抜けごうごう走る。わたしは身をもたせ、恍惚に浸るの。思い浮かべるのよ、トンネルを抜けたら、わたしはランプに照らされ、椅子の並ぶ部屋に入り、そのひとつに身を沈める。賞賛のまなざしを浴びながら、ドレスを身のまわりに波打たせながら。けれどあら、目をあげたら、気難し気なおばさんと目が合ったわよ。恍惚としているのを怪しんでいる。わたしの身体は彼女の目の前で、ぴしゃりと生意気に閉じる。パラソルを閉じるみたいにね。思うまま自由に、身体を開いたり閉じたりするのよ。人生が始まる。わたしの人生の宝庫に飛び込むのよ」

「さあ、今日から夏休みが始まる」とロウダ。「列車がいま、この赤い岩山、この青い海を駆け抜けるにつれ、終わった学期が、わたしの後方でひと塊になっていく。その色が見える。六月は白かった。ヒナギクの花が咲く野の白。ドレスの白。テニスコートに引かれた線も真っ白。それから風とすさまじい雷もあった。ある晩、星がひとつ雲を抜けて流れたとき、その星に願いを掛けたのよ。「わたしを消滅させて」って。あれは夏至のころ、ガーデンパーティーでひどく惨めな思いをしたあとだった。七月には、風と嵐は色彩をもたらす。それから建物に囲まれた中庭のまんなかに、死人のような、恐しげな灰色の水たまりが広がっていた。封筒を手に、伝言を届けにいくときだった。そうしたら水たまりに行き当たった。でも横切れなかった。* 魂が抜けていったのよ。わたしたちは無である、そうつぶやいて気を失ったの。羽根みたいに吹き飛ばされた。ふわふわとトンネルのなかを運ばれていった。それから、恐る恐る自分の足を前に出したの。れんが塀に手をもたせかけて。やっとの思いで戻って来た。灰色の、死人みたいな水たまりをのり越えて、自分の身体にやっと戻って来た。だからこれが、わたしが引き受けた人生ということ。

「そういうわけで、わたしは夏の季節を切り離す。人生はトラの跳躍*のように突然に、断続的なショックとともに、暗い波頭をもたげて海から現われる。わたしたちが結びつけられているのはこれ。縛りつけられているのはこれ。野生の馬に身体が縛られるように。でも、わたしたちは裂け目を埋め、亀裂を覆い隠す方法を作り出してきたんだわ。切符集めの車掌がいる。男の乗客が二人、女の人が三人いる。籠のなかにネコが一匹いる。そして窓枠に肘をつくわたし――それがいま、ここにあるもの。わたしたちは、黄金色にさらさらそよぐ麦畑を抜け、走り去る。麦畑の女たちは鋤で耕しながら、後に残されるのに驚いている。汽車は上へ上へと昇るにつれ、激しく足を踏み鳴らし、ぜいぜい息をつく。ついに荒野の頂上よ。ここにいるのは野生のヒツジ数匹と、ぼさぼさの毛の長い仔馬の数頭だけ。なのにわたしたちには快適な品が揃っているの。新聞を置くテーブルや飲み物ホルダーの輪が。こういう備品を携えて、このムーアのてっぺんまで来た。ほら、頂上よ。わたしたちの後方を静寂が閉ざしていくのよ。ほら、あの剝き出しの山頂越しに振り返れば、静けさがすでに近づき、雲の影が人気ないムーアのうえで互いに追い掛けあうのが見える。わたしたちが一瞬通り過ぎたあとを、静寂が閉ざしていく。そう、これがいまの瞬間。これが夏休み最初の日。これがわたしたちが縛りつけられている、頭をもたげてくる怪物の一部」

「さあ、ぼくらは出発するのだ」とルイ。「ぼくはどこにも属さず、宙ぶらりん。どこにも存在しないのだ。列車でイングランドを駆け抜けている。イングランドが窓の外を流れていく。丘から森へ、川や柳からふたたび町へ、絶えず移り変わりながら。なのにぼくには、向かうべき土地がどこにもないのだ。バーナード、ネヴィル、パーシヴァル、アーチー、ラーペント、ベイカーは、オックスフォードかケンブリッジへ、エジンバラへ、ローマ、パリ、ベルリン、あるいはアメリカのどこかの大学へ行く。ぼくはあてどなく行く、お金を稼ぎにあてどなく行く。だからこの金色のとげとげしたものや、赤いポピー*の野や、境界からこぼれ出しはしないものの端の端までさざ波立つ麦畑のうえに、胸をしめつける影が、鋭い色調が落ちかかる。今日は新しい人生の最初の日、上に向かって回転する輪の一本の幅だ。けれどぼくの身体は鳥の影のようにさ迷いゆく。牧草地に落ちるその影のように、ぼくは儚きものだ。もし頭のなかに形づくるよう脳を強いなければ、またたく間に薄れ、陰り、森にぶつかったところでかき消えるだろう。たとえ詩の一行として書かれなくとも、ぼくはこの瞬間をなんとか言い表わそう。女たちが赤い水差しを持ってナイル川へと向かったファラオたちのエジプトに始まる、長い長い歴史の中の、ほんのひとコマに過ぎぬこの瞬間を刻もう。もう何千年も生きた気分だ。でもいまもし目を閉じたら、もし過去と現在の接続地点、つまり夏休みの帰省の少年で満員の三等車、この地点を見逃したら、人類の歴史は瞬間のヴィジョンを奪われてしまう。――もしぼくがふとした気の緩みから眠ってしまったら、ぼくを通して見るはずのヴィジョンの目が、閉じるのだ。あるいは臆病から、過去や暗がりに引き籠もってしまったら。あるいはバーナードのように、物語ることに黙従してしまったら。あるいはパーシヴァルやアーチー、ジョン、ウォルター、レイサム、ラーペント、ロウパー、スミスのように自慢話にふけっていたら――それにしても名前というものは、自慢屋の少年たちの名前というものは、なんていつも同じなのだ。彼らはみな自慢している。しゃべっている。ネヴィルのほかはみな。彼は時折、フランス小説の本の縁からそっと視線を滑らせる。これからは、暖炉が燃えクッションのある部屋へ、多くの書物と一人の友のいる部屋へ、潜りこむようになるのだろう。ぼくはといえば、カウンターの後ろで事務椅子を傾けるのだ。そして辛辣になって、彼らを軽蔑するようになる。彼らがイチイの古木の陰で、伝統にのっとった安全な人生を継承していくのを妬む。その一方でぼくは、下町訛りのロンドンっ子や事務員とつき合い、街の敷石をこつこつ鳴らすのだ。

「けれどもいまあてもなく、肉体を離れて野のうえを過ぎゆくと——（川が流れている。釣り人が一人いる。尖塔があり、弓形出窓の宿のある村通りがある）——何もかもがぼくには夢のなかのようで、ぼんやり霞んでいる。こういう強情な思い、羨望や辛辣さは、ぼくのなかには長くとどまらないのだ。ぼくはルイの幻影であり、はかなくゆき過ぎる身。その心のなかでは夢が力を持ち、朝早くに底なしの深い水に花びらが漂い、小鳥たちが囀ると、庭が鳴り響くのだ。ぼくは駆け出し、幼年時代の澄んだ水を全身に浴びる。水の薄いヴェールがきらめく。けれど鎖につながれた獣がずしん、ずしん、と岸辺で足を踏み鳴らす」

「ルイとネヴィルは」とバーナード、「黙って座っている。二人とも思いに耽っている。二人ともほかの人間の存在を、仕切り壁のように思っている。ぼくはほかのだれかといっしょにいると、言葉がたちまち煙の輪を作る——ほら、フレーズがみるみる輪になってくちびるから湧いてくる。マッチに火がついたかのよう、何かが燃えているのだ。おや、年配の、見たところ羽ぶりの良さそうな男が、きっと旅のセールスマンだな、乗りこんできたぞ。ぼくはすぐに話し掛けたくなる。ぼくらのなかに、冷たく隔たりのある人物の存在があるのが、本能的に嫌なのだ。ぼくは分断など信じないぞ。ぼくらは個別の存在ではないのだ。それに人生の本質についての貴重な観察コレクションを、ぜひとも増やしたいのだ。知る限りの男たち女たちすべてを網羅するのだから、ぼくの著作は間違いなく厖大なものとなるだろう。ぼくは何であれ、部屋や列車の客車内で起きることを、自分の内面いっぱいにとり込む。万年筆をインク壺のインクで満たすように。ぼくには癒しがたい渇きが常にあるんだ。彼の態度が崩れる微かな兆候を感じるぞ。まだたしかじゃないが、すぐわかるさ。孤独にひびが入る兆候だ。田舎の屋敷について何か言ったぞ。ぼくのくちびるから煙の輪が生まれ（穀物の収穫についてだ）、彼を取り囲み、会話に引き入れる。人間の声には、警戒心を取り払う特性があるのだよ——（ぼくらは個別の存在ではないのだ、一つなのだ）。こうして田舎の屋敷についてちょっとした言葉を親しく交わしつつ、ぼくは彼を磨きあげ、具体的な人物に作りあげていく。彼は大様（おおよう）な夫だが、貞節ではない。雇い人が数名の小建築業者だ。地元の重鎮で、すでに地方議員。おそらくゆくゆくは市長になるのだろう。懐中時計の鎖には、根から割れた八重歯のような大きな珊瑚の飾り（オーナメント）ものが下がっているな。彼に合いそうな名前は、ウォルター・J・トランブル、といったところだ。妻を連れてアメリカへ出張旅行をしてきたのだが、小さめのホテルのダブルルームに、まる一ヶ月分の給料がふっ飛んでしまった。前歯には金がかぶせてあるぞ。

「要するに、ものごとを深く考える能力がぼくには欠けているのさ。何事にも具体性を求める。それを通してしか、世界を把握できないのだ。けれどよく出来たフレーズには、独自の存在感がある気がする。とはいえ、最高のものは孤独のうちに作られるようだな。最終的な冷却が不可欠なのだが、ぼくにはそれができなくて、いつも生ぬるく溶ける言葉をもてあそんでいるのだ。それでも、ぼくの流儀にも彼らより優れた点があるのさ。ネヴィルはがさつなトランブルにむかついている。ルイは一瞥すると、軽蔑するツルのような足取りで、あたかも角砂糖をトングでつまむかのように言葉をつまみ上げる。たしかに彼の目には――野性的で、笑みがあって、でも投げやりな――ぼくらには推し量りようのなかった何かが表われている。ネヴィルとルイ二人には、厳密で正確なところがあるのさ。それにには心底感心するけれど、ぼくには絶対ないものだ。さあ、そろそろ準備しなけりゃな。連絡駅が近づいてきた。連絡駅でぼくは乗り換えねば。エジンバラ行きの列車に乗らねば。なんだかこの事実に正確に触れられないよ――ボタンのように、小さなコインのように、雑多な思いに紛れて宿ってはいる。おや、陽気な切符回収係が来たぞ。持っていた――絶対に持っていたんだ。いや、それはどうでもいい。切符を見つけられるか、見つけられないかだ。財布を調べる。ポケットを片っぱしから探る。まったく、こういうあれこれなんだ。この瞬間にぴたりと正確にはまる完璧なフレーズを求めて夢中なときに、ぼくを邪魔するのは」

「バーナードは降りていった」とネヴィル、「切符なしで。フレーズを作りながら、手を振りながら、ぼくらから逃げていった。バーナードってやつは、馬のブリーダーや配管工相手にも、ぼくらに対するように気楽に話すんだ。配管工は彼をえらく気に入っていたな。「わしにこんな息子がいたら」ってね、「なんとかしてオックスフォードにやるね」。

じゃあ、バーナードのほうは配管工をどう思っていたんだか。心のなかで一時もやまず語り続けている物語を、ただ続けたかっただけじゃないかな。子どものとき、彼はパンを指先で小さくまるめ、あの物語を始めたのだ。小さな粒のひとつは男のひと、もうひとつは女のひと。ぼくらはみな、小さくまるめられた粒だ。ぼくらはみな、バーナードが語る物語のなかのフレーズだ。彼の手帳の「ア」とか「イ」とかの見出しのもとに記される。彼はぼくらの物語を、驚くべき理解力で語るけれど、ぼくらが一番強く感じていることは、そこにない。ぼくらを必要としていないからね。彼はけっしてぼくらの思い通りには動かない。ほら、あそこで、ホームで両腕を振りまわしているぞ。列車に置いてけぼりをくらったんだ。乗り換え列車を逃がしたんだ。切符を失くしてさ。まあでも、たいしたことではない。バーカウンターの女に向かって、人間の運命の本質とは、とかなんとか話すだろうさ。ぼくらは出発する。彼はもうぼくらを忘れている。ぼくらは彼の視界から消えていく、進んでいく。苦い思い、甘い思いの入り混じった感覚をいっぱいにひきずって。なぜって彼はある意味哀れなんだ。フレーズが未完のまま切符も失くし、世界に立ち向かうとはね。彼もまた愛すべきやつなのさ。

「さあ、また読書のふりをしよう。目が隠れるあたりまで、本を持ち上げるのだ。でもぼくは、馬のディーラーや配管工がいる前では、読めやしない。ぼくはご機嫌取りはできない。この男が気に入らないし、この男もぼくが気に入らない。せめて正直でいさせてくれ。このたわけた、くだらぬ、自己満足の世界を、この馬巣織り(ばす)のシートを、桟橋や遊歩道のカラー写真を、糾弾(きゅうだん)させてくれ。ぼくは大声をあげて嘲笑えたぞ。悦に入った自己満足を、時計鎖から珊瑚の飾りをぶらさげた馬のディーラーなぞを次々繁殖させるこの世界の凡庸さを。ぼくのなかには、そういうものをまるごと破壊できる力があるのだ。ぼくの高笑いは、彼らを座席でのたうちまわらせ、ぼくの目の前でうめかせるのだ。いいや、違う。やつらは不滅だ。やつらが勝利するのだ。これからもずっと、ぼくが三等席でカトゥルスを読むのをじゃまするだろう。十月にはどこかの大学に逃げ込むよう、ぼくを追い立てるだろう。そこでぼくは研究員になる。そして教員たちとギリシャへ行って、パルテノン神殿の遺跡について講義するのだ。馬を繁殖させ、ああいう赤レンガの屋敷に住むほうがいいのだろう。うじ虫のようにソフォクレスやエウリピデスの頭蓋骨を這いまわり、大学卒の高尚なる妻を持つよりも。けれどそれがぼくの運命なのだろう。苦しむだろうな。ぼくは十八歳にして、馬のブリーダーがぼくを嫌悪するほどの軽蔑心を抱けるのだ。これがぼくの勝利だ。妥協などするものか。臆病者ではないのだ。ぼくに訛りなんてないぞ。ルイみたいに〈ブリスベンの銀行家の父〉について他人がどう思うだろう、などとびくびくしない。

「さあ、文明社会の中心地に近づいてきたぞ。見慣れたガスタンクがある。アスファルトの道が横切る公園がある。野焼きした芝生に寝ころがって、恥知らずにくちびるを寄せ合う恋人たちがいる。パーシヴァルはスコットランドに入るころだな。彼の列車は赤土のムーアを抜けて走っていく。イングランドとの境の長い山並みや、古代ローマの城壁*を目にする。彼は探偵小説を読むけれど、何でもわかっているのだ。

「ロンドンに、中心地に近づくにつれ、列車は速度をゆるめ、長くのびてゆく。ぼくの心臓もまた、恐怖や歓喜で外へ引き伸ばされてゆく。ぼくはいよいよ出会うのだ――でも何に？　どんな驚くべき大冒険がぼくを待ち受けているだろう？　この郵便貨車やポーター や、タクシーを求めて群がる人々のなかで。ちっぽけで、取るにたらぬ自分。でも喜びに昂ぶっている。やわらかな衝撃とともに、ぼくらは停止する。みなに先に降りてもらおう。あの混沌、あの喧噪（けんそう）に足を踏み入れる前に、ほんの一瞬ここにじっと座っていよう。これから何が起こるかなんて、先のことは考えまい。巨大な唸り声が耳の奥に響く。それはこのガラスの天井のしたで海鳴りのように反響し、木霊（こだま）する。ぼくらは旅行鞄とともにプラットフォームに吐き出された。ばらばらに散らされる。自己（セルフ）の意識も、軽蔑心も、ほぼ消滅する。ぼくは引き込まれ、投げ出され、空高く放り上げられる。プラットフォームに踏み出すのだ。ぼくの持ちものすべてをきつく握りしめて――鞄たったひとつを」

太陽は昇った。幾筋もの黄や緑色の光は、朽ちたボートの肋材（ろくざい）を金色に彩り、エリンギウムの花とのこぎり歯のような葉を鋼鉄のごとくギラリと青光りさせては、砂のうえに落ちた。波が砂浜のあたり一面をすばやく走って水の扇を広げると、光はその波の薄膜をさし貫かんばかり。首を振り、トパーズ、アクアマリン、炎の閃光を秘めた水彩色の水晶など、ありとあらゆる宝石を踊らせていた乙女は、いまは額をあきらかに、両の瞳を大きく見開いて、波を越えるまっすぐな道を疾走していく。煌めいていた銀波の鱗は翳り、ひとつのうねりへと集まった。迷える魚群が横切ったのだろうか、碧（みどり）の虚（うろ）が深まりかぎろう。波がしぶきを散らし引いてゆくと、砂に打ち上げられた小枝やコルク、藻屑や棒きれの作る、黒い縁どりが残った。それはあたかも小船が沈没して舷側（げんそく）が裂け、船乗りは岸に泳ぎ着いて岩壁に飛び移り、壊れかけの船荷を波に洗われるまま、浜に置き去りにしていったかのよう。

あさぼらけの庭の、あの梢、あの茂みで、気まぐれに、きれぎれに囀っていた小鳥たちは、いまやみな声を合わせ、甲高く、鋭く、歌った。こんどは友がいるのに気づいてか、ともに歌い、次いで一羽きりが、淡いブルーの空に向かって歌った。黒猫が茂みでがさっと身動きしたり、コックが燃え殻を灰だまりに投げたりすると、驚いた小鳥たちは、弧を描いていっせいに飛び立つ。囀りには、怖れ、苦しみへの不安、この瞬間すぐにも掴みとりたい喜びが潜んでいた。楡(にれ)の樹上高くを舞いながら、朝の澄んだ大気のなか、たがいに負けじと歌い、追いつ追われつしつつともに囀り、空高くを旋回し、逃げては追い、突(つつ)きあっていた。そして追いかけあって飛ぶことに飽くと、わずかに身を傾けながら、愛らしげに降下してきて、木のうえに、壁のうえに降りたち、静かに止まり、輝く目をまわりに走らせ、首を右に左に振り、張りつめ、注意を払い、なにかひとつに、特定の対象に、はげしく集中していた。

　どうやらそれはカタツムリの殻。草陰で灰色の大聖堂のように盛り上がり、黒い輪形の焦げ痕をつけ、草で緑色に翳り波立つ建造物だ。あるいは小鳥たちは、花壇の花々の華やぎを見ていたのかもしれない。それは、土のうえに溢れるような紫色の陽だまりを作り、そこを横切って茎のあいだに、紫がかった闇のトンネルを走らせている。あるいはうす紅(くれない)に縁どられた花々のあいだで、光をうけたりんごの小さな葉たちが、踊りながらも慎ましげに、硬く光るのを見ていたのか。あるいはまた、生け垣に宿る雨しずくが、垂れさがりながらも落ちず、しずくのなかに家全体を、聳（そび）えたつ楡の木々を、たわめて映し出しているのを見ていたのか、あるいは太陽をまっすぐに見つめ、その目を金色のガラス玉にしていたのか。

　小鳥たちは、あちこちせわしく目をやりつつ、花陰の、暗い小道の奥の、葉が腐（くた）され花が散り落ちる、光のない世界を深くのぞき込んでいたのだ。と、なかの一羽がさっと美しく一閃をひき、狂いなく降りたち、ぐにゃりと気味の悪い、無防備な虫の身を鉤爪で押さえ、嘴でいくどもいくども突き、あとは腐乱するままに飛び去った。花が朽ちた根のあたりには、死臭がもわっと漂い、膨れあがったものの膨れた両腹には、汁が浮いていた。腐ったくだものの皮は破れながらも、どろりと濃い中身は流れだせず、ただ浸みだしている。ナメクジからは黄色い分泌物が滲み、どちらが頭なのか。ぬめりとした胴体を、ときおり左右にくねらせる。葉叢へとすばやく飛びこむ金色の目の小鳥たちは、そのじくじくした、膿（うみ）のようなものを、訝（いぶか）しげにじっと見た。そして思い出したように、嘴の先をその粘つく混合物に残忍に突き刺すのだ。

　昇る太陽はこのとき、カーテンの赤い縁に触れながら窓辺へさし込み、円や線を照らし出していた。日の光は明るさを増し、皿のなかに光の白を注ぎ込み、ナイフの刃ひとつに煌めきを集めた。いくつもの椅子や棚は背後におぼろに浮かびあがり、それぞれ個別のものでありながら、ほぐしがたく溶け合うかのよう。鏡は壁のうえの水たまりのように、さらに白さを増していた。出窓の花には、幻の花がより添っている。幻の花も、ほんものの花の一部なのだ。つぼみひとつが開けば、鏡のなかの淡い花もまた、つぼみをほころばせたのだから。

風が立った。波は岸を鳴り響かせた。腕を高々と振りまわし、草を食む群れへと、白い羊の群れへと、ターバンの戦士が、毒槍を手にしたターバンの男たちが、押し寄せるがごとく。

「ものごとはいっそう複雑に絡みあってきた」とバーナードは言った、「ここカレッジでは、騒々しさとプレッシャーが極まり、生活しているだけの昂奮が、日々ますます高まっていく。四六時中、大きなブランパイ*から宝ものが発掘される。おれはいったい何者か？　と自問する。これか？　いや、違う、こっちだ。特にいまこのとき、あいつらがしゃべっている部屋を出てひとり靴音を敷石に鳴らし、月が古いチャペルのうえに崇高に、ひややかに昇っていくのを見ていると——はっきりしてくるのだ。おれは一つの単純なものではなく、複雑な多くのものなのだと。ひと前でのバーナードは騒々しい。ひとりになれば、話さない。あいつらがわかっていないのは、そこなんだ。いまごろおれの話をしているに違いないからな。おれたちから逃げていったぞ、つかみどころがないやつだ、とね。あいつらはわかっていないんだ、おれがいくつもの場面転換をしなけりゃいけないってことが。バーナードとして入れかわり立ちかわり、何人もの人物を入場、退場させなけりゃいけないってことが。おれは異常なほど、まわりの細々（こまごま）としたことに気づく。列車で読書していても、考えずにいられないんだ。あの男は建築業者だろうか？　とか、あの女性は不幸なんだろうか？　とかな。今日もあの哀れなサイムズのやつが、にきびができて、ああ、これでビリー・ジャクソンに好感をもたれる望みは消えた、と嘆いているのが痛いほどわかったのだ。それで気の毒になって、つい熱心に夕食に誘っちまった。やつはそれを、自分を崇めているんだと思ったろうよ。違うのだ、ほんとうに。しかし「バーナードは女性的感受性とともに」（自分の伝記作家からの引用だ）、「男性的論理的合理性をも兼ねそなえていたのである」。わかりやすい一つの印象、それもおもに良い印象（わかりやすさが善しとされるようだからな）を与えるのは、流れのただなかでも均衡を保つ者たちだ（激しい逆流のなか、頭を一方向に揃える魚たちがすぐさま目に浮かぶよ）。キャノン、ライセット、ピーターズ、ホーキンス、ラーペント、ネヴィル——みな魚だ、流れのなかの魚だ。でも君は、君だけは、おれのセルフは、わかってくれるだろうね。呼びかけにいつでも応えて来てくれる君は（呼びかけてもだれも応えてくれないというのは、なんと虚しいだろう、なんと深夜を虚ろにするだろう。クラブにいる老人たちの表情はそれを物語っている——呼んでも現われない自分のセルフに呼び掛けるのは、もう諦めたのだ）。君はわかってくれるね、おれが今夜話していたことは、おれのほんの表面しか表わしていない。表面下では、異質な人格に分裂しつつ、同時に統合されている。ほとばしる共感力がありつつ、同時に穴に引き籠もったヒキガエルのごとく、何が起きようとまったく冷静に受け止める。いまおれのうわさ話をしている君らのほんの一握りだけが、感性と理性双方の能力を兼ね備えているのさ。ライセットはほら、ウサギ狩りを信奉している。ホーキンスは図書館でこのうえなく有意義な午後を送った。ピーターズは貸し本屋に若きガールフレンドがいる。君らは揃ってみな予定があって、多忙で、何かにかかずらっていて、エネルギーの限りを尽くして活動している——ネヴィルのほかはみな。彼の精神は複雑すぎて、ひとつの活動だけでは掻き立てられない。おれも複雑すぎる。が、おれの場合は何か中途半端に漂い、隔たっているんだ。

「おれがまわりに影響されやすい証拠には、ほら、こうして自室に帰ってきて灯りをつけ、便箋や書きもの机や、椅子の背にぞんざいにひっ掛けたガウンを見るや、たちまち自分が、あの粋(いき)かつ思索的な男、大胆かつ危険な男に思えてくるのだ。彼はひらりとマントを脱ぎ捨てペンを握るや、熱烈に愛する娘に宛てた手紙の続きにとりかかるのだ。

「よし、いい感じだぞ。気分が乗ってきた。何度も書き始めては放り出してきたこの手紙を、一気に書き上げられそうだ。おれはいま部屋に入ってきたところ、帽子とステッキを放り出したところだ。便箋をまっすぐにするのももどかしく、頭に浮かぶそばから書きつける。彼は息もつかず、消したりもせず書いたのね、きっと彼女がそう思うような、見事なものになるぞ。見ろ、文字も躍っているじゃないか——インクの染みもある。スピード感と無造作な感じを出すために、ほかはすべて犠牲にするのだ。す早く、細かな字を走らせる。〈y〉の字はぐっと下に張り出し、〈t〉の横線はこんなふうに――勢いよく。日付はただ「十七日、火曜日」とだけ。そしてクエスチョンマーク。とはいえ同時に、彼女にこう思ってもらわないとな。彼は――というのもこれはおれ自身ではないからな――これほどさり気なく、これほど思いつくまま書いているふうでいて、親愛の情や敬愛の情がにじみ出ているわ、とね。二人の語らいにも触れないと――心に残る場面を呼び覚ますのだ。とにかく彼女にこう思ってもらわないとな（ここが何より肝心なところだ）、彼は見たことがないほど、すらすら自在にペンを運んでいるわ、とね。溺れた男を助けた話から（ふさわしいフレーズはもうできている）、ミセス・モファットと彼女の口ぐせへ（これも書きとめてある）、そしていまおれが読んでいるある本、とある珍しい本についての、何気ないようでいて深みのある考察へと移る（深みのある批評ってのは、えてして何気ない調子で書かれるものさ）。髪を梳いたりキャンドルを消したりしながら、彼女にこうつぶやいてほしいのだ。「あれはどこで読んだんだったかしら？　ああ、そうよ、バーナードの手紙よ」。スピード、熱、熱で融け出すような、溶岩のような文から文への熱い流れ、それが必要なのだ。だれを思い浮かべているかって？　むろんバイロンさ。*おれは、いくぶんかはバイロンに似ている。そうだ、バイロンをちらっと読んだら乗っていけるかもしれないな。一ページ読んでみよう。いや、これは冴えないな。支離滅裂だ。これは型にはまりすぎだ、よし、だんだん摑めてきたぞ。ほら、彼のビートが（リズムこそが書きものの生命だからな）のり移ってきた。よし、一気呵成にいくぞ、生き生きした筆致で――

「ああ、だめだ。しぼんで消えていく。継ぎ目を乗り越える勢いがつけられない。ふりをしていたセルフから、おれのほんとうのセルフが離れていく。それで書き直そうものなら、彼女にばれてしまうのさ。「バーナードは文豪ぶってるわね、自分の伝記作家を意識してるのよ」（当たってるんだな、それが）。やめだ、手紙は明日、朝食のあとに書こう。

「さあ、こんどは想像上の風景を思い浮かべることにしよう。ラングリー駅から三マイルの、キングズ・ロートンにあるレストヴァー家に招かれたとする。おれは夕闇迫るころに到着する。傷んではいるが風格ある屋敷で、中庭には長い足で音もたてずに歩く犬が二、三匹。玄関ホールには色褪せた絨毯。軍人風の紳士がテラスを行きつ戻りつしながら、パイプをくゆらせている。風格のある貧しさと、軍隊との繋がりを感じさせる雰囲気だ。書きもの机には、狩猟馬の――愛馬のだな――蹄鉄が載っている。「馬には乗るかね？」「イエス、サー、乗馬は好きです」「娘は、応接間で待っていますよ」。心臓が肋骨を激しく打つ。彼女はローテーブルのところに立っている。狩りをしてきたんだな。おてんば娘のようにサンドイッチを頰ばっている。おれは大佐にかなりいい印象を与える。賢すぎないところがよろしい、と彼は思っている。未熟すぎでもない。ビリヤードもするしな。と、そこへ、三十年来この屋敷に仕える感じのよいメイドが入ってくる。皿はオリエントのキジ文様だ。暖炉のうえには、モスリンのドレスをまとった彼女の母親の肖像画が掛かっている。おれはあるところまでは、実にすらすら描写できるのだ。けれどそれを動かせるか。彼女の声――二人きりのときに、彼女が「バーナード」と言うときの、その声音そのものを――聞けるか。そしてこの先はどうなる？

「ようするに、おれにはほかの人間からの刺激が必要なのだ。炎の消えた暖炉にたった一人で向き合っていると、自分の物語の薄っぺらなところばかりが目につく。紛れもない小説家というのは単純な人間で、無限に想像を続けられたのだ。おれのように何にでも同化したりしない。燃え尽きた暖炉に残るグレーの灰の、冷え冷えとした感覚を味わったりしない。目のなかでブラインドが揺れているな。何も見通せなくなってきたぞ。想像力が尽きたのだ。

「さあ、思い出そう。まあ、あらかたは良い一日だったな。夕暮れに、魂の天蓋で結ぶ滴（しずく）は、丸く、彩り豊かだ。まず朝は、晴れていた。昼下がりには、散歩をした。おれは灰色の野の向こうに見える尖塔の眺めが好きだ。人々の肩のあいだから垣間見える景色も好きだ。様々なことが頭のなかへと弾けてくる。想像力が働いて、感覚は鋭かった。夕食後のおれは、劇的だったぞ。これまで共通の友人たちに漠然と認めていたいくつもの点に、具体的な形を与えたのだ。継ぎ目をやすやすとのり越えたのだ。けれどいま、暖炉の黒い石炭の断崖と灰色の炎に向き合って、究極の問いを自分に投げ掛けるとしよう。このなかのどの人物が自分なのかと。それは部屋によるところが大きいな。「バーナード」と自分に呼び掛けたら、どの人物が現われるか？　誠実な男か、冷笑的な男か、それとも幻滅している男か、しかし恨みがましい男ではないな。決まった年齢や職業もない。ただ単に、おれ自身というだけだ。いまは火搔き棒を手に取り、火格子からざーっと燃え殻を搔き落としている、それが彼だ。「ちぇっ、なんてひどい灰だ！」と、こぼれ落ちるのを見ながら一人つぶやき、それから沈鬱に、けれどいくらか慰めるような口調で、こうつけ加えるのだ。「ミセス・モファットが、あとですっかりきれいにしてくれるさ――」。これからの人生、始めは馬車のこちら側、それからあちら側とぶつけつつ、がたがたどしんと駆け抜けながら、きっとこのフレーズを幾度となくくり返すだろう、と想像する。「ああ、そうさ、ミセス・モファットが、あとですっかりきれいにしてくれる」とね。だから寝るとしよう」

「現在の瞬間を内包する世界において」とネヴィル、「なぜ識別するのか。何であれ、名づけによって変質させてはならない。この川辺を、この美を、いま一時、喜びに身を浸すぼくを、あるがまま存在させるのだ。陽の光は熱い。見える、川が。見える、秋の日差しに木々がまたたき、燃えるのが。赤色を縫い、緑色を縫い、ボートが流れてゆく。遠くで鐘が鳴る。* けれど弔いの鐘ではない。いのちのために鳴る鐘もあるのだ。葉が一枚落ちる、喜びゆえに。ああ、ぼくは人生を愛している！　見ろよ、柳がその細枝を宙に放つ様を。見ろよ、その柳の枝を縫ってボートが一艘漕ぎゆくのを。懶惰に虚け、けれど力に溢れた若者たちを乗せている。彼らは蓄音機に耳を傾けている。紙袋からくだものをとって食べている。バナナの皮を投げ捨てる。と、それはウナギのようにくねり、川底に沈んでいくのだ。彼らのすることなすことすべてが美しい。彼らの後ろには薬味瓶(クルエット)や飾りもの(オーナメント)が並んでいる。部屋にはオールや石版画が溢れかえっている。が、彼らの手にかかればすべては美に変えられるのだ。あのボートは橋を潜(くぐ)っていく。また一艘が来る。そしてまた一艘。あれはパーシヴァルだな。悠然と、実に堂々と、クッションに身をもたせている。ああ、いや、違う。あれは彼のとりまきの一人が、悠然と、堂々ともたれて、パーシヴァルをまねているだけだ。彼だけがこのおふざけに気づいていないのだが、はっとそれに目が留まると、快活に彼らを拳でぐいっと突く。彼らもまた「しだれる細枝の噴水」を縫い、その黄色とプラム色の描線を縫い、橋を潜り過ぎていった。風がそよぎ、カーテンがひらめく。葉叢の向こうに、荘重ながら、永遠(とわ)の喜びに溢れる建造物が見える。鈍重でなく、透過性あるもの。歴史ある芝のうえに太古から建っていても、軽やかなるものだ。さあ、ぼくの内部に、あのいつものリズムが湧きあがってきた。眠るように横たわっていた言葉が、いまうねり、波頭をもたげ、崩れては盛りあがり、崩れてはまた盛りあがる。ぼくは詩人だ、そうだ。ぼくは偉大な詩人なのだ。過ぎゆくボートと若者たち。はるかな木々、「しだれる細枝の噴水」。ぼくはすべてを見る。すべてを感じる。霊感が満ちる。目に涙が溢れる。それでもこれを感じつつ、ぼくは熱狂をさらに高く高くかり立てていく。それは泡立つ。それは偽りの、つくりものになっていく。言葉、言葉、言葉。* 言葉が駆ける（ギャロップ）――その長いたてがみと尾を激しく振って駆ける。けれどぼくには何かが欠けていて、言葉の背に身を預けられないのだ。女どもや編みバッグを蹴散らして、彼らとともに飛翔できないのだ。ぼくには何か欠陥があって――何か致命的なためらいがあって、それを放っておくと、泡となり偽りとなる。それでも、ぼくが偉大な詩人でないとは、とても信じられない。昨夜書いたもの、あれが詩でないとしたら、何なのだ？　性急に、安易に書きすぎなのか？　わからない。ときどき自分が、この自分を成す性分をどう評価し、名づけ、捉えたらいいのかわからなくなるのだ。

「何かがぼくから離れていく。何かがぼくから出ていって、こちらに向かってくるあの人物を迎える。だれなのかわかるまえから、ぼくの友人だと安心させてくれるような人影だ。それが遠くであれ友人が現われると、なんと不思議な変化が起きるのだろう。友人がぼくらを思い出してくれるとき、なんと大きな役割を果たしてくれるのだろう。とはいえ思い出され、薄められ、自分（セルフ）が混ぜられ、不純にされ、他人の一部にされるとは、なんと痛みが伴うのだろう。彼が近づくにつれ、ぼくは自分自身ではなく、だれかと混ざり合ったネヴィルになる――だれと？――バーナードか？　そう、バーナードだ。そしてそのバーナードに向かってこう問いかけることになるのだ、ぼくはいったい何者なんだ？　とね」

「ともに眺めると、柳は」とバーナード、「なんて不思議に見えるのだ。おれはバイロンで、柳はバイロンの柳だった。涙するごとく激しく滴(しずく)し、嘆き悲しむ柳だった。それがいま、君といっしょにあの木を眺めると、ほら、枝の一本一本が櫛(くし)で梳(す)いたように明晰だ。君のその共感力につき動かされて、おれの感じるところを語るとしよう。

「嫌がっているのはわかるよ、君の圧力を感じる。君といると、おれはだらしなくて、一時の感情に流される人間になってしまう。ハンカチにいつもパンケーキ(クランペット)の脂染みをつけているようなね。そう、おれは片手にトマス・グレイの詩集『哀歌(エレジー)』を持ち、もう片方の手で、バターをぜんぶ吸って、べっとり皿にはりついたクランペットの最後の一枚を、すくい出そうとしているのだ。それが君を不快にする。君の嫌悪感が痛いほど伝わってくるよ。それに奮起し、君の好意を挽回すべく、いまさっき、どんなふうにパーシヴァルをベッドから引っ張り出したかを話そう。彼の部屋履き、彼のテーブル、蠟が流れ落ちたキャンドル、足から毛布をひっぺがしたときのふくれ面の不機嫌な口調、その間(ま)にまた巨大な繭(まゆ)のように毛布に潜(もぐ)った様子。それを描写してみせよう。そういうすべてを細々と話したら、自分の悲しみに籠もっている君も（おれたちが出会ったとき、フードを被った姿が立ちあっていたからね）降参して笑いだし、おれといるのが楽しくなる。予測を超えて、自在に流れ出すおれの言葉の魅力と奔流は、自分をも楽しませる。言葉によって事物からヴェールを剥ぎとっていくと、いかに多くを、言い尽くせぬほどいかに多くを観察していたか、自分でも驚き呆れるのさ。話しながらも、あとからあとから頭のなかに泡が、イメージが、湧きあがってくる。これだ、おれの求めるものはこれだ、と自分に言う。なのになぜ、と自分に尋ねる。あの手紙を書きあげられないのだ？　おれの部屋には、書きかけの手紙が常に散乱しているからな。君といると、自分も最高に才能溢れる人間のひとり、という気がしてくるのだ。青春の喜び、秘めたる力、来たるべきものの予感でいっぱいになる。戸惑いながらも熱く燃え、花のまわりをぶんぶん飛びまわり、真紅の花深く潜り、青い円錐状の花底をぶーんという爆音で鳴らす自分の姿が見える。ああ、どれだけ胸いっぱい青春の喜びを味わうだろう（君はそう思わせてくれるよ）。そしてロンドンを。そして自由を。いや、だがよそう。君は聞いていないね。それは抗議のしぐさだな。いわく言いがたい馴じみのしぐさ、手で膝をさすっている。こういう徴候から、おれたちは友人の異変を診断するんだ。君はこう言っているようだね。「豊かに溢れ出る自分の言葉にかまけて、ぼくを無視しないでくれ」とね。「よしてくれ、ぼくの苦しみを聞いてくれ」と。

「それならこんどは君を創造してみよう（君だっておれに同じことをしたからな）。いま君は、この熱い川縁（かわべり）に寝そべっている。この美しい、陰りゆく、けれどまだ眩しい十月の日に、ボートが一艘、また一艘と、櫛で梳いたような柳の枝（え）を潜ってゆくのを見ている。そして君は詩人になりたい、と思っている。恋人になりたい、と思っている。しかし君の際立って明晰なる知（インテリジェンス）性と理（インテレクト）知の情け容赦ない公正さが（こういったラテン語源の言葉は君から学んだんだぜ。こういった君の教養が、おれを少し不安にし、自分の知識の脆くなった継ぎはぎや、より糸のほころびに気づかせるのだ）君を押しとどめる。君は自分を一切ごまかさない。薔薇色や黄色の靄で目を曇らせたりしない。

「どうだい、当たりかい？　君の左手のわずかなしぐさを正しく読み取ったかい？　そうであれば、君の詩をくれたまえよ。昨晩、インスピレーションの熱狂のうちに書きあげたその詩を渡してくれよ。いま君は、それを少々気恥ずかしく思っている。なぜというに君は、自分のであればくのであれ、インスピレーションというものを信じていないからな。さあ、いっしょに橋を越え、楡の木陰を潜り、おれの部屋に帰ろう。四方を壁に囲まれ、赤いサージのカーテンを引いたあそこでなら、あの心乱す声や、ライムの木の香りや味、ほかの人たちの人生を閉め出せるさ。人を見下すように澄まして歩く気どったあの女店員どもや、疲れきって足を引きずり歩く老女たちも。あのおぼろに消えていく秘やかな姿も――あれはジニーかもしれない、スーザンかも、あるいはまた道の彼方へ消えゆくロウダかもしれない――閉め出せるさ。ああ、またも君のぴくりとしたその動き。君の気持ちを当ててやろうか。おれは君から逃げ出したのだな。蜂の群れのようにあちこち絶え間なくぶんぶん飛びまわって、情け容赦なくひとつだけに集中する君の能力から、身をかわしたわけだ。でもおれは戻ってくるさ」

「こういう建造物があるところに」とネヴィル、「こんな女店員がいるなど、許しがたいよ。あのくすくす笑い、うわさ話にはいらいらする。ぼくの平穏を乱し、最も純粋なる歓喜の瞬間を妨害してきて、われわれの堕落を知らしめる。

「でもぼくらは自分たちの領土を奪還したのだ。さっとかすめ去る自転車も、ライムの香りも、通りを消えていく気を散らす人影も、みな過ぎ去った。ぼくらはここで、静寂と秩序の主（あるじ）だ。誇らしい伝統の継承者だ。街灯が広場に黄色い光の筋を作り始める。川霧が歴史あるこの空間にたち籠（こ）めてゆく。霧は灰色の石にやわらかにまつわりつく。落葉は田舎の小径（こみち）に厚く積もり、羊の群れが靄った野で咳（しわぶ）くけれど、ここ、君の部屋は心地よく乾いている。ぼくら二人は打ちとけて語り合う。暖炉の火がはぜては崩れ、ドアノブのひとつをさっと照らし出す。

「君はバイロンを読んでいたね。君の性質を肯定してくれそうな詩行に印をつけていたね。冷笑的でありつつ熱情的な資質、硬いガラスに身を打ちつける蛾にも似た激烈さ。それを示す詩行すべてに印がついている。鉛筆で線を引きながら君は、「おれも同じようにコートを脱ぎ捨てるじゃないか。運命の鼻先でぱちん、と指を鳴らしてるじゃないか」と思ったのだ。ところがだね、バイロンはそんな紅茶の淹（い）れ方はしないのさ。君はティーポットをなみなみといっぱいにし過ぎて、蓋をしたら紅茶が溢れちまうんだ。テーブルに茶色く溜まって――本や紙のあいだを流れていく。それを君はハンカチで慌てて拭う。挙句、そのハンカチをそのままポケットにつっ込むんだ――それはバイロンではないね、君だ。

君そのものだ。だから二十年後、ぼくら二人とも有名になって、癇癪持ちの鼻持ちならん人間になって、そのときもし君を思い浮かべるとしたら、まさにこの場面だ。もし君が死んでいたら、涙を流そう。一時、君はトルストイ*の青年だった。いまはバイロンの青年。お次はメレディス*の青年ってところだ。そうしてイースター休暇にパリへ出掛け、だれも聞いたことがないようないけ好かないフランス人にかぶれて、ブラックタイ姿で帰ってくるってわけだ。そうなったら君を見限るね。

「ぼくは一つの人格――ぼく自身だ。カトゥルスを崇拝していても、彼を演じたりしない。ぼくはほかのだれより勤勉な学生だ。ここには辞書が、あそこにはノートがあって、ラテン語の珍しい過去分詞形を書きつける。でもいつまでも、こんな古代の碑文をナイフで刻むように記してなどいられるかい。赤いサージのカーテンを閉めきって、青ざめた大理石の塊のようにランプのしたに置かれた本を、いつまでも読んでいられるかい。それは輝かしい人生だろう。完璧というものにとり憑かれ、どんな誘惑にも罠にも惑わされず、砂漠へでも砂嵐のなかへでも、文章のうねりに導かれるまま従っていくのは。いつも貧しく身なりに構わないのは。ピカデリーの笑いものになるのは。

「でもぼくは緊張して、文章をきちんと言い終えることすらできない。自分の不安を隠そうと、行ったり来たりしながら早口に話す。君のぎとぎとしたハンカチにはぞっとする――『ドン・ジュアン』に脂の染みがつくぜ。ぼくの言うことなぞ、聞いていないね。バイロンについてフレーズを作っているのだ。そうやって君がコートを持って、ステッキを持って、腕を振り回しているいま、ぼくはだれにも打ち明けたことのない秘密を明かそうとしているのに。教えてほしい、君に命を預ける気持ちで（背を向けたまま）聞いているのだ。ぼくは愛する人に嫌悪されつづける運命なのか？

「君に背を向けたまま落ち着きなく立っている。いや、手の震えは完全に止まっている。本棚に正確に隙間を作って『ドン・ジュアン』を挿す、ほら。ぼくは砂漠の果てまで完璧を追うより、愛されたい、有名になりたい。なのにぼくは嫌悪感をかき立てる運命なのか？　ぼくは詩人なのか？　これを受け取れ。鉛のごとく冷たく、弾丸のごとく獰猛に、ぼくのくちびるのうしろに装塡されている欲望。ぼくが女店員や女たちや、まやかしの行為や、人生の俗悪さに照準を定めているもの（なぜならぼくは人生を愛しているのだ）。それを君めがけて発射する。さあ、投げるぞ――受けてくれ――ぼくの詩だ」

「彼は矢のように部屋から飛び出していった」とバーナード。「おれに詩を残して。おお、友情よ！　おれだってシェイクスピアのソネット集に花をはさもう！　おお、友情よ、君の矢はなんと鋭く刺し貫くことか――ここに、ここに、そしてここに突き刺さる。彼はくるりと振り向き、おれを見た。詩を渡してきたのだ。すべての霧が、おれという存在の天井から渦巻いて消えていった。この秘密を、おれは最期の日まで守ろう。長い波のように、重たくうねる波のように、おれを頭からのみ込み、彼の破壊的存在によって――おれの正体を暴き、おれの魂の浜辺に小石を剝き出しにしていった。屈辱的だ。小石にされたのだ。すべての仮面は剝ぎとられた。「君はバイロンじゃない、君は君に過ぎない」。他人に、ひとつだけの存在に収縮させられてしまうとはな——なんとも不思議な気分だ。

「なんとも不思議な気分だ。二人を隔てる世界の霞がかった空間をつっ切って、自分たちから紡ぎ出された糸が細い繊維を伸ばしていくのを感じる。彼は行ってしまった。おれは彼の詩を手に、ここにつっ立っている。二人のあいだにはこの糸が伸びている。それにしても、ああ、ほっとするね、自信を回復するよ！　あの異物がとり除かれた、あの厳しい精査の目が陰って隠れたと感じるのはな。ありがたい、ブラインドを降ろしてだれも入れなくていいのだ。そして彼の並外れた力で片隅に追いやっていた、おれのみすぼらしい同居人、親しい者たちが、身をひそめていた部屋の暗がりから戻ってくるのを感じる。危機や激情の瞬間にもおれのために目を光らせてくれる、からかい好きの目ざとい霊たちが、群れをなして戻ってくる。彼らがいてくれたら、おれはバーナードだ。バイロンだ。おれはあいつであり、こいつであり、また別のあいつでもある。彼らは前のようにおどけたり何か言ったりして、空気を陰らせ、おれを豊かにし、おれの感情的瞬間の単純さを隠してくれる。おれはネヴィルが思っているより、もっと多人格なのだ。友人らが期待するほど都合良く単純にはできていないのだ。いや、だが愛は単純だな。

「さあ、おれの同居人、親しい者たちが帰ってきたぞ。さあ、ネヴィルが目覚ましく鋭い剣でおれの防具につけた刺し傷、切り傷はふさがれた。ほぼ無傷だ。見てくれ、ネヴィルに無視されたあらゆるものをまた活性化させ、おれがどれほど喜びに溢れているか。カーテンを大きく開け放ちながら窓の外を見て思う。「これが彼に何の喜びも与えないとはな。でもおれには大きな喜びなのだ」と（われわれは、友人でもって己の才能を測るのだ）。おれの視界は、到底ネヴィルのかなわぬところまで及んでいる。あいつらは向こうで狩りの歌をがなり立てているな。ビーグル犬をひき連れて、狩りの成功を祝っているのだ。かつて四輪オープン馬車が角を曲がるとき、同じ瞬間に頭を傾けた帽子の少年たちが、いま互いに肩を叩き、自慢し合っている。だがネヴィルは巧みに彼らを避け、まるで陰謀者のように秘やかに自分の部屋に急ぎ帰るのだ。背の低い椅子に身を沈め、その瞬間、建造物のごとく堅牢な炎を見つめるのが見える。人生にこの永続性があれば、人生にこの秩序があれば、そう考えているのだ——なにしろ彼はなにより秩序を求め、おれのバイロン風だらしなさを嫌悪しているからね。だから彼はカーテンを閉じる、ドアにかんぬきを掛ける。彼の両の目は（彼は恋しているのだ。おれたちが出会ったとき、愛の不吉な姿が立ちあっていたからな）、憧れに溢れる。涙に溢れる。彼は火掻き棒をひっ摑むと、燃える石炭が一時まとった堅牢な姿を一撃のもとに打ち壊す。すべては変化する。青春も、愛も。ボートは柳のアーチを縫って流れ、いま橋を潜ってゆく。パーシヴァル、トニー、アーチー、それともほかのだれかがインドへ行く。おれたちは二度と会うことはないのだ。それから彼はノートに手を伸ばし――まだら模様の表紙で綴じたきれいな一冊だ――長篇詩を猛然と書く。だれにせよ、目下彼が一番崇拝している人の文体で。

「でもおれはまだしばらくこうしていたい。窓から身をのり出す、耳を澄ます。ほうら、あの陽気な合唱がまた聞こえる。こんどは陶器を割っているぞ――あれもここの伝統なのだ。歌は奔流のように岩々を飛び越え、老木に容赦なく襲いかかり、感情が溢れるままに断崖から激しく流れ落ちる。先へと走る、ギャロップする、猟犬を追い、サッカーボールを追う。粉袋のようにオールにかがみ込み漕ぎに漕ぐ。すべての境界線は溶け――一人の人間になって動く。十月の烈風が、ひゅうっと中庭をめぐって唸り声をあげ、また静寂が戻る。また陶器を割る音――これは伝統なのだ。手提げ袋を持った老女が、暖炉が赤く燃える窓のした、よろめきつつ足早に家へと向かう。窓が倒れてきて、側溝につき飛ばされまいかといくぶん恐れているのだ。けれど、節くれ立つリウマチ気味の手を焚火で暖めようというのか。ふと、足を止める。火の粉が流れ、紙きれが舞いあがり、焚火はめらめら燃えあがる。老女は明るい窓を背に立ち止まる。対照だ。おれはそれに目を留めるが、ネヴィルは見ない。おれは心動かされるが、ネヴィルは心動かされない。だからこそ彼は完全へと至り、おれは挫折するのだ。砂まみれの不完全なフレーズのいくつかを残すのみだ。

「ルイを思い出すな。彼ならこの暮れゆく秋の夕べに、この陶器割りや狩猟歌騒ぎに、ネヴィルにバイロンに、おれたちのここでの人生に、どんな意地悪くも隅々まで照らし出す光を投げかけるだろう。薄いくちびるは少々すぼめられている。頰は青白い。会社でわけのわからぬ業務書類をじっと読んでいる。「ぼくのブリスベンの銀行家の父は」――父親を恥じるからこそ、いつもその話になってしまう――破産したのだ。だから学校一優秀だったルイが、会社勤めをしている。でも対照を求めるおれは、われわれに向ける彼の目、笑っている目、野性的な目をよく感じるのだ。会社で常に追求する、売上げ総計内の取るにたらぬ一項目のように、おれたちを加算しているのだ。そしてある日、先の細いペンを取り赤インクに浸すと、集計が完了する。われわれの総計が明らかになる。でもそれはまったく不足しているのだ。

「バーン！　あいつらはこんどは壁に椅子を投げつけたぞ。ということはわれわれは地獄行きだ。おれの審判も怪しいものだな。おれは徒らに感情に溺れていないか？　おれが窓から身をのり出してタバコを投げ捨てると、それはくるくる回りながら軽やかに地に落ちていく。そうだ、ルイがそのタバコさえ、じっと見ているのを感じるのだ。そしてルイは言う、「あれも何かを意味している。しかし何を？」とね」

「人々は通り過ぎてゆく＊」とルイ。「彼らは途切れなく、この食堂の窓を過ぎてゆく。自動車、箱型車、乗合バス。そしてまた乗合バス、箱型車、自動車――窓を過ぎてゆく。その背景には、商店や人家が見える。それに教会の灰色の尖塔。手前には、レーズンパンやハムサンドの皿がいくつも並ぶガラス棚。そのなにもかもが、湯わかし器からのぼる蒸気でいくぶん靄っている。ビーフやマトンやソーセージ・アンド・マッシュポテトの肉と蒸気が入り混じった匂いが、湿った網のように、食堂のまん中から垂れ下がっている。ぼくはウースターソースの瓶に本をもたせ掛け、まわりのみなと同じに見えるよう努める。

「ところがだめだ（彼らは通り過ぎてゆく。無秩序な行列となって過ぎてゆく）。ぼくは本も読めず、自信を持ってビーフのオーダーもできない。「ぼくは平均的イギリス人だ。ぼくは平均的会社員だ」と言い聞かせても、結局はみなと同じに振るまっているか確かめようと、隣のテーブルの小男たちを窺ってしまう。小じわだらけの卑屈な顔、あれこれの感情とともにせわしく動く顔の筋肉。まさにこの瞬間も脂まみれで、サルのように強くものを握る手。いま何から何まで正解の身ぶりで、ピアノを売る話をしている。それが廊下をふさいじまってな、それで十ポンドで売っ払おうって話さ。人々は相変わらず通り過ぎてゆく。教会の尖塔やハムサンドの皿を通り過ぎてゆく。ぼくの意識の流れは外へと揺らぎ、外界の無秩序さに、常に引き裂かれ苦しめられる。それで自分の夕食にすら集中できないのだ。「おれは十ポンドを受け取るのさ。気前のいい取り引きじゃあないか。でも廊下をふさいじまってな」。まるで翼が油膜でなめらかなウミガラスのように、彼らはするりと飛びこみ、潜る。あの標準を上まわるものは何であれ、虚栄なのだ。あれが標準値、あれが平均値。そうする間にも、いくつもの帽子がひょいひょい上がったり下がったりする。絶えずドアが開いたり閉じたりする。ぼくは流れを、無秩序を、消滅を、絶望を意識する。* もしこれがすべてなら、無価値だ。そうだ、けれどぼくはこの食堂のリズムも感じとるのだ。それはワルツのようなリズムで、内へ外へと渦巻き、くるりくるりと回転する。ウェイトレスたちは盆のバランスを取りながら、スウィングドアを出たり入ったり、くるりくるり、野菜料理、アプリコット・カスタード、と正しいタイミングで、正しい客に配っていく。ふつうの平均的人間なら、彼女のリズムに自分のリズムを乗せて（「おれは十ポンドを受け取るのさ。廊下をふさいじまってな」）、野菜料理を受け取り、アプリコット・カスタードを受け取る。だとしたら、この連続性の切れ目はどこだ？　惨事を垣間見させる亀裂はどれか？　円環はたち切られず、ハーモニーは完全だ。ここが中心のリズム。ここが共有の主動力（メインスプリング）。その輪が拡張し収縮し、また拡張するのをじっと見守る。なのにぼくはそのなかに含まれていない。もしぼくが彼らの口調をまねて話すと、彼らは耳をそばだて、ふたたび口を開くのを待つ――あいつはカナダ出か、それともオーストラリアかね、と聞きわけようとして。ぼくは何より愛情をもって彼らの腕のなかに受け入れられたいと願っているのに、結局異邦人、輪の外なのだ。ぼくは普通という名の庇護の波に包まれたい。けれど目の端が、どこか遠くの地平線を捉えるのだ。無秩序に、果てしなく上下しつづける帽子を意識するのだ。さ迷い、思い悩む魂の嘆きが（カウンターで、歯の悪い女がためらっているぞ）、訴え掛けてくる。「よき羊の群れに、われらを帰らせたまえ。うちひしがれ、頭を上下させつつ過ぎゆくわれらを、ハムサンドの皿が並ぶウィンドウを過ぎゆくわれらを、帰らせたまえ」。よろしい、君らを秩序に帰してやろう。

「ウースターソースに立てかけた本の中には、いくつかの鍛えあげられたリングがあり、いくつかの完璧な叙述、いくつかの言葉がある。しかし詩はない。君らは、君らはだれひとりとして、詩には目もくれない。亡き詩人たちの言葉を忘れきっている。それなのにぼくは、それをわかり易く伝え、詩の持つ束ねる力で君らを引き込み、お前たちは無目的に生きている、このリズムは安っぽく無価値だ、浸りきっているその堕落から脱せよ、もしお前たちが自らの無目的に気づかずにいれば、まだ若くとも老いぼれてしまう、そう解き明かすことができないのだ。あの詩をわかり易くなるよう噛み砕くのは、ぼくの務めとなるだろう。プラトンの、ウェルギリウスの同行者であるこのぼくが、ざらついたオーク材のドアを叩こう。打ち鍛えた鋼の込め矢で、過ぎゆくものたちに抗おう。ぼくは無目的に通り過ぎてゆくこのボウラー帽やホンブルグ帽*や、女たちの羽根飾りや多彩なヘッドドレスには屈しないぞ（ぼくが崇めるスーザンは、夏の日には飾り気のない麦わら帽をかぶるだろう）。キーッと軋む音、窓ガラスを不揃いの水滴となって伝い落ちる蒸気。ガクッという乗合バスの停車や発車。カウンターでのためらい。意味をなさず、もの憂く引き伸ばされる言葉。君らを秩序へと帰してやろう。

「ぼくの根は、鉛や銀の鉱脈を突き抜け、悪臭を放つじめじめした泥土を突き抜け、オークの根が固く束ねられてできた中心の結び目にまで届く。封じ込められ盲目となり、土で耳を塞がれていても、戦争のざわめきは、ナイチンゲールの囀りは、聞こえていた。夏を求める渡り鳥の群れのように、多くの人間の群れが、文明を求めて移動するのも感じていた。赤い水差しを手にナイルの川辺へゆく女たちをも見ていたのだ。と、ぼくはうなじに衝撃を感じて、庭で目を覚ました。熱いキスだった、ジニーの。こうしたすべてを思い出す。まるで夜の火事場での取り乱した叫声(きょうせい)や、赤く黒く焼け落ちる柱や柱身を思い出すように。ぼくは永遠に眠り、また目覚める。いま眠り、いま目覚める。湯わかし器が鈍く光るのが見える。淡い黄色のサンドイッチでいっぱいの、ガラス棚が見える。カウンターのスツール席には、だぼっとしたコート姿の男たちが、彼らの向こうには永遠が見える。これはフードを被った僧侶が、ぼくのふるえる肉体に、赤く灼ける鉄で焼きつけた恥辱の印だ。羽根を折られ、押し込められ、ばたばたもがく過去という翼を背景に、この食堂が見える。それゆえにぼくの口は固く結ばれ、顔は病人のごとく青ざめているのだ。バーナードやネヴィルを、嫌悪と苦々しさを込めて振り返るぼくの顔は、うとましく歪んでいるのだ。二人はイチイ並木をそぞろ歩く。肘掛け椅子を受け継ぐ。ランプの灯が本の上に落ちるようにと、カーテンを閉めきる。

「ぼくはスーザンを崇める。座って縫いものをしているから。彼女は、窓辺に麦がさやぐ家のなか、静かなランプの火影(ほかげ)で縫いものをして、ぼくに安らぎを与えてくれるのだ。なぜならぼくは一番弱くて、一番年下だから。小川が小石のあいだに作った細い流れを、足元にじっと見ている少年だから。あれはカタツムリだ、あれは葉っぱだ、とぼくは言う。ぼくはカタツムリに喜ぶ、葉っぱに喜ぶ。ぼくはいつも一番年下で、一番純真無垢で、一番信じやすいのだ。君たちはみな守られている。ぼくは無防備だ。編みこみ髪のウェイトレスがさっと通り過ぎ、姉（シスター）のように何のためらいもなく、君たちにアプリコット・カスタードを置く。君たちは彼女の同胞（ブラザーズ）なのだ。ところがぼくはパン屑をベストから払いながら席を立つと、一シリングという気前良すぎるチップを皿の陰に滑りこませる。ぼくが店を出るまで彼女がそれに気づかないように。ぼくがスウィングドアを通り過ぎるまで、笑いながらチップをつまみあげる彼女の軽蔑が、ぼくに襲いかからないように」

「ほら、風がブラインドを巻きあげて」とスーザン、「水差しやボウル、マットレスや、穴あきの古びた肘掛け椅子までが、はっきり見えてきた。いつもの色褪せたリボンが、壁紙をちらちらさせる。小鳥たちのコーラスは静まり、いまは一羽だけがベッドルームの窓辺近くで歌っている。ソックスをはいてベッドルームのドアを滑り出たら、階下の台所を抜け、庭の温室横を過ぎ、野原へ行こう。まだ夜は明けたばかり。沼には霧が立ちこめている。一日はまだ、リネンの埋葬布のように寒々しくこわばっている。でもやわらいでいく、ぬくもっていくのよ。この時間、明けたばかりのこの時間、わたしは野原であり、納屋であり、木々なんだ、と思う。小鳥の群れはわたしのもの。危うく踏みつけそうになった瞬間に跳ねあがった、この若い牡ウサギもわたしのもの。大きな翼を億劫そうに広げるアオサギも、草を食(は)みつつ足をのっそり交互に出し、モーッと鳴く牛も。さっと舞いおりる野ツバメも。朝ぼらけの空の紅(くれない)も、紅(くれない)色が薄れたあとの緑色も。静けさも、鐘(ベル)の音(ね)も。荷馬車の馬を野原から呼び集める男の声も——なにもかもがわたしのもの。

「わたしを切り分けたり、切り離したりなんかできないのよ。学校に行かされた。スイスのフィニシング・スクールに行かされた。リノリウムなんか大嫌い。樅(もみ)の木も山も大嫌い。さあ、広がるこの大地に全身を投げ出すのよ。頭上の淡い青空には、雲がゆっくり流れてゆく。道をこちらへとやって来る荷車の姿が、しだいに大きくなってくる。羊たちは野原のまん中へと集まる。鳥たちは道のまん中へと集まる——まだ飛ばなくていいの。薪の煙がのぼっていく。夜明けの荒涼とした感じが薄らいでいく。一日がざわめきだすのよ。色彩が返ってくる。一日が、麦畑とともに黄金色に波打つ。大地はわたしの身体のしたにどっしりと横たわっている。

「それにしてもわたしはだれ？　この門に身をもたせ、わたしのセッター犬が鼻を地面にすりつけ輪を描くのを眺めているこのわたしは？*　ときどき思うの、わたしは女ではなくて（まだ二十歳(はたち)にもなっていないのよ）この門に、この大地に、射しこむ光なのでは、とね。ときどき思うの、一月とか五月とか十一月とか、様々な季節なのでは、泥土とか霧とか、夜明けなのでは、とね。わたしは、波に身を預けたり、静かに流れたり、ほかの人と混ざり合ったりなんてできないのよ。でもこうして腕にあとがつくまで門にもたれ掛かっていると、脇にひとりでにできた塊の重みを感じる。学校で、スイスで、何か硬いものができた。ため息でも笑い声でもなく、輪を描くものでもなく、独創的なフレーズでもなく。ロウダがわたしたちの向こうを肩越しに見るときの、不思議な交信でもなく。ジニーの手足も身体もひとつになるピルエットでもなく。わたしが与えるのは破壊的なもの。わたしは静かに流れたり、ほかの人と混ざりあったりできない。一番好きなのは道で行きあう羊飼いたちの鋭い目つき。側溝に車輪がはまった荷馬車の横で、赤ん坊に乳房を吸わせるジプシー女の鋭い目つき。わたしもいつか、あんな風に子どもに吸わせるのよ。だってタチアオイに蜂がぶんぶん群がる暑い日盛り、もうすぐ私の恋人がやってくるんだもの。彼は杉の木陰に佇むわ。彼のひと言にわたしはひと言で答える。わたしの脇にできたものを彼に与える。わたしは子どもを持つ。エプロン姿のメイドを、熊手の下男を持つ。キッチンを持つ。病気の仔羊を暖めようと籠に入れて運んできたり、ハムが吊ってあったり、玉ねぎがつやつや輝いているキッチンよ。わたしはお母さまのようになるの。青いエプロンを掛け、黙って食料棚に鍵を掛ける。

「ああ、お腹がすいた。セッター犬を呼びましょう。明るく日の射しこむ部屋に並ぶ、パイやパンやバターや白いお皿を思い浮かべるのよ。野原をつっ切って帰る。水たまりをさっと避(よ)けたり、草むらを軽やかに飛んだりしながら、この緑の小径沿いに、力強くしっかりした足どりで帰るの。わたしの粗織りのスカートに、水滴がまるく宿る。わたしの靴はやわらかに、濃い色に変わる。今日の日からすでにこわばりは消え、灰色と緑色と琥珀(こはく)の色を帯びている。小鳥たちはもう表通りにはいない。

「わたしは帰るのよ、霜で毛が灰色になり、荒れ土で足裏がこわばったネコかキツネのように。キャベツのあいだを踏みわけていく、葉をきしらせ、水滴を飛び散らせながら。座って待つ。お父さまがハーブを指につまんで、足を引きずり廊下を来るその足音を。わたしがカップからカップへと紅茶を注(つ)ぐテーブルには、ジャムの瓶やパンやバターに囲まれて、まだ開かぬ花々がぴんと直立している。わたしたちは黙っている。

「そのあとわたしは、食料棚から上等のサルタナ・レーズンの湿った袋を取り出し、重い小麦粉の袋を持ちあげ、きれいに磨きあげたキッチンテーブルにのせる。こねる、のばす、引っぱる。ぐっと、あたたかな生地の奥まで両手をさし入れては、引っぱる。指のあいだから、冷たい水を扇状に流す。ごうっとオーブンの火は燃え、ハエは輪を描いて飛ぶ。わたしのカランツやお米、銀色の袋や青い袋、すべてはまた食料棚で鍵を掛けられる。骨つき肉の塊(スタンディング・リブ・ロースト)はオーブンのなか。清潔な布巾をかぶせられたパン生地は、ゆるやかなドーム形に膨らんでいく。昼下がり、わたしは川へと歩いていく。世界のあらゆるものが繁殖しているのよ。ハエは草から草へ飛びまわる。どの花にもたっぷりの花粉。白鳥は整然と流れにのってゆく。雲はいまや温められ、光のまだら模様を帯び、丘をなで、水のなかに金色を残し、白鳥たちの首に金色を置いて流れてゆく。牛たちがのっそり交互に足を出し、草を食みつつ野を横切ってゆく。わたしは草を掻きわけ、白いドーム形のマッシュルームを探す。そして軸から手折(たお)ると、隣に生える紫色の蘭を抜き、根に土がついたままマッシュルームと並べて横たえる。さあ、家に帰ってお父さまにケトルでお湯を沸かすの。ティーテーブルの薔薇が、ちょうど赤く花開いたところよ。

「けれどやがて夕暮れが訪れ、ランプがいくつも灯される。夕暮れが訪れランプが灯されると、蔦を黄色く燃え立たせるの。わたしはテーブルのそばに座って縫いものをする。ジニーを思い出す、ロウダを思い出す。荷馬車の車輪が敷石にがたがたと鳴り、農園の馬がぽくぽくと家路をゆくのが聞こえる。夕風のなかに自動車の唸り声が聞こえる。うす暗い庭でふるえる葉叢を眺めながら思う、「みなはロンドンで踊っているんだわ。ジニーがルイにキスする」ってね」

「おかしな話よ」とジニー、「寝なくてはならないなんて。ランプを消して寝室に上がらなくてはならないなんて。人々はもう、服を脱いで白いナイトガウンに着替え終わっている。あの人たちの家の灯りはすべて消えている。見えるのは、夜空に煙突(チムニー・ポット)が描く描線。だれもいない部屋に灯るランプのような街灯が、ひとつ、ふたつ。通りには、道を急ぐ貧しい人たちばかり。この通りを行き来する人影ひとつないわね。昼の時間は終わり。

通りの角々に警官が二、三人立っている。けれど夜が始まるのよ。闇のなかでわたしが輝いているのを感じる。わたしの膝にシルクが触れる。シルクに包まれた脚が滑らかに擦れあうのよ。ネックレスの宝石が喉に冷たく触れる。きゅっと締めつける靴を両足に感じる。シートの背で髪が崩れないように、わたしは背筋をぴんとのばして座っているわね。着飾って、準備万端よ。これはつかの間の休止。闇の瞬間。ヴァイオリニストたちが弓を振りあげたわ。

「さあ、車が滑らかに止まる。石畳のうえにひと筋、光が射しているわね。玄関ドアが開いたり、閉じたりしている。次々と人々は到着し、黙ったまま、足早になかに入っていく。玄関ホールに、しゅっとコートを脱ぐ音が響く。これはプレリュード、これは始まり。わたしはちらりと見る、こっそり覗く、粉をはたく。なにもかも完璧、万端よ。髪はひとつにきれいに波打っている。くちびるも望み通りの赤。いよいよ階段にいる男たち、女たち、わたしの同類の人たちに加わるんだわ。彼らの視線に曝されつつ通り過ぎる。わたしも彼らを見る。稲妻のように視線を交わすけれど、表情をやわらげたり、認めた素振りは見せない。互いの身体が伝えあう。これがわたしの天賦の場所。わたしの世界。すべてが定まり、待つばかり。召使いが、ここにも、またここにもいて、わたしの名前を受けとり、わたしの知られていない、未知の名前を、わたしの前でぽんと投げあげる。さあ、部屋に入るのよ。

「だれもいない、人待ち顔の、いくつもの部屋には、金色の椅子が並び、壁を背にして、野の花よりもじっと動かぬ壮麗な花々が、緑を広げ、白を広げている。そして小テーブルの一つには、装釘本が一冊。これこそわたしが夢見ていた世界。これこそわたしが予見していたもの。わたしはここに生まれついている。厚手の絨毯を踏んで自在に歩きまわる。磨きあげられたダンス・フロアで、滑らかに足を運ぶ。この香りに包まれ、この輝きに包まれ、渦巻いていた葉をのび広げるシダのように、わたしものび広がってゆく。わたしは止まる。この世界を値ぶみするのよ。ある見知らぬグループをじっと見る。つややかなグリーンや、ピンクや、パールグレーの女たちのあいだに、男たちは背筋を伸ばしている。彼らは黒と白の正装。服のしたで流れとともに楽しんでいる。わたしはトンネルで窓ガラスに映ったものを、いままた感じる。それは動く。わたしが前へと身を傾けると、知らない男たちの白と黒の姿がわたしを見る。わたしが絵を見ようと身を振り向けると、彼らも振り向く。落ち着きなくタイに触れる。ベストに触れ、胸ポケットのチーフに触れる。彼らはとても若い。何とかして好印象を与えようとしている。わたしは自分のなかにある無数の資質がはじけるのを感じるわ。いたずらっぽかったり、陽気だったり、けだるかったり、メランコリックだったりと、くるくる変わる。しっかり根を張っている。けれどなびく。全身金色で、向こうへなびき、この人に「どうぞ」と言うの。黒くさざ波立ちながら、あの人には「だめよ」ってね。一人が陣どっていたガラス棚のそばを離れる。近づいてくるわ。わたしのほうへ近づいてくるわ。ああ、これまでで最高にどきどきする瞬間だわ。わたしはおののく。さざ波立つ。流れのなかの水草のようにこちらになびき、あちらになびきするけれど、根を張っているから、彼はわたしのほうへ来られるのよ。「どうぞ」と言う。「どうぞ来て」と。青白い肌に黒髪の、メランコリックでロマンティックな人が、近づいてくる。わたしはいたずらっぽくて、おしゃべりで、気まぐれ。なぜって彼がメランコリックで、ロマンティックだから。彼はここにいる。すぐそばに立っている。

「ぐいっと、岩から剝がされる傘貝のように、わたしも引き剝がされる。彼とともに落下する。運び去られる。わたしたち二人して、このゆるやかな上げ潮に身をゆだねる。このためらいがちな音楽に、出ては、また入る。ダンスの流れを岩が堰き止めると、それは揺らぎ、ふるえる。出ては入りしつつ、わたしたちはついにこの巨大な姿にのみ込まれていく。それは二人をしっかり結び合わせる。わたしたちはそのしなやかな、ためらいがちな、性急な、完全にとり囲む壁から外に出られない。わたしたちの、彼の固い身体とわたしのなびく身体とは、その身体のなかで強く抱き合わされる。二人を一つに結い合わせる。そしてなめらかで、しなやかな襞のなかにのび広がりながら、そのなかにわたしたちを巻きこんでいく、いつまでもいつまでも。ぷつり、と音楽が途切れる。血は烈しく流れ続けるけれど、わたしの身体は止まる。部屋はわたしの目の前でふらふらよろめく。そして静止する。

「さあ、あの金箔の椅子まで渦巻きながら行きましょう。思っていたよりも身体はしっかりしているのね。思っていたよりも目はまわっている。何もかもどうでもいいわ。名前も知らないこの男のひとのほかは、どうでもいいわ。ねえ、お月さま、わたしたちいい感じじゃないこと？　いっしょに座っているわたしたち、素敵じゃないかしら？　わたしはサテンに、彼は黒と白に身を包んで。お仲間たちが見ているかもね。男たち、女たち、わたしもあなた方をまっすぐに見返すわ。わたしたちは同類よ。これがわたしの世界。さあ、細い脚のグラスをとりあげて、ちょっと啜りましょう。ワインは強烈で舌をぴりっとさせる。思わず顔をしかめてしまう。香りと花、まばゆさと熱気。それが炎のような黄金色の液体へと蒸留されている。わたしの肩甲骨のちょうど後ろの、何か乾いたもの、大きく目を見開くものが、静かに閉じ、徐々になだめられ眠りに落ちていく。ああ、うっとり。なんていい気分。喉の奥の棒が下がっていく。言葉が押し寄せ、群れをなし、重なり合って押し出てくる。どれだって構うもんですか。言葉はぶつかり合い、互いの肩によじのぼる。ひとりの孤独な友がつまずいて、たくさんになる。わたしが何を言おうと構うもんですか。群れをなし、ばたばたとはためく鳥のように、文章がひとつ、二人のあいだの空間を渡る。彼のくちびるに止まったわ。わたしはまたグラスを満たす。飲む。二人のあいだの薄いヴェールが落ちる。わたしは暖かで、秘やかな、他人の魂の内部に招き入れられる。わたしたちは二人で、どこか高いところ、どこかアルプスの山道にいる。彼は山道の頂点にメランコリックに佇む。わたしは身を屈める。青い花を一輪摘んでつま先立つと、彼の上着に挿すのよ。ほうら！　あれがわたしの恍惚の瞬間。もう過ぎてしまった。

「気だるくもの憂い気分がわたしたちのなかに入りこむ。ほかの人々が、さっとかすめ過ぎる。二人の身体が秘やかに結ばれていたあの感覚を、わたしたちはすでに失っているわね。わたしはブロンドで青い目の人も好き。ドアが開く。開き続ける。わたしは思うのよ、次にドアが開いたら、わたしの人生のなにもかもが変わるんだわ、ってね。さあ、あれはだれかしら？　ああ、あれは召使いがグラスを運んできただけ。そしてあれはお年寄り――わたしは彼の娘、っていうところね。あれはたいそうなご婦人――猫かぶりしていなくちゃ。同じ年頃の女の子たちがいるわよ。彼女たちに対しては、敬意をこめたライバル心の剣を感じる。だって彼女たちはわたしの同類ですもの。わたしはこの世界に生まれついている。ここにこそわたしの危うい賭けがある、冒険がある。ドアが開く。さあ、どうぞ、とわたしはこの人に言うんだわ。頭からかかとまで金色にさざ波立ちながら。「どうぞ」って。そうしたら、彼はまっしぐらにわたしに向かって来るのよ」

「ひとの後ろに隠れて」とロウダ、「知り合いを見つけたふりして、少しずつ進むの。でも知り合いなんていない。カーテンをちょっと引いて月を見る。吹き込む風が、わたしの動揺を払って忘れさせてくれるはず。ドアが開く。トラが飛び跳ねる。ドアが開く。恐怖が襲いかかってくる。恐怖、また恐怖が、わたしを追ってくる。むかし隠しておいた宝ものを、こっそり訪ねさせて。世界の反対側には、大理石の円柱を映す水たまりがある。一羽のツバメが、暗い水たまりで翼を濡らす。* でもここでは、ドアが開いて人が入ってくる。わたしに向かってくる。彼らの残酷さ、冷酷さを仮面で覆って、微笑みでわたしを捉えるのよ。ツバメが翼を濡らし、月はひとり青い海を渡ってゆく。彼の手を取らなくては、返事しなくては。でも何て言えばいいの？　世界の反対側の大理石の円柱と、ツバメが翼を濡らす水たまりを夢見ているわたしなのに、ぐいっと引き戻されて、このみっともない、しっくりこない身体をほてらせながらじっと立って、彼の無関心と軽蔑の矢を受けているの。

「夜はもう、煙突壷の少し先まで回転している。彼の肩越しに、窓の外に、ふてぶてしいネコが見える。ネコは灯りにのみ込まれることも、シルクに搦(から)めとられることもなく、足を止めようが、伸びをしようが、また歩き出そうがまったくの自由。わたしは他人の日常の細々したことなんて大嫌いよ。なのにここで捕まって聞かされている。とてつもない圧力がわたしにのし掛かっている。何百年もの重圧を払いのけないと、身動きひとつできないの。百万本の弓矢がわたしを射抜く。蔑みと侮りがわたしを射抜く。嵐に敢然(かんぜん)と立ち向かい、息を詰まらす霰(あられ)も喜び勇んで受けていたわたしなのに、ここに針(ピン)で留められている。曝されている。トラが飛び跳ねる。鞭を持つ舌、また舌が、わたしにふるわれる。よく動き、休むことなく、わたしのうえで閃く。わたしは言葉を濁し、嘘でかわさなくてはならない。こんな災難を前に、どんなお守りがある？　この熱を冷ますのに、どんな顔を呼び寄せればいい？　荷物にあった様々な名前を、広い膝からスカートが流れ落ちる母親たちを、険しい坂が四方から迫ってくる森の空き地を、思い浮かべる。わたしを匿って、守って、と叫ぶ。わたしは一番年下で、一番無防備だから。ジニーはまるでカモメのように波に乗っていく。あちらこちらと巧みに視線を送り、真実を込めてああ言いこう言いしている。なのにわたしは嘘を言う。言葉を濁す。

「わたしはひとり、水盤を揺らす。この艦隊の女指揮官なのよ。けれどここでは、女主人の窓に掛かるブロケードカーテンの房を指でもてあそびながら、いくつもの破片に砕かれてしまう。いまはもう、ひとつのわたしではない。なぜジニーは、あれほど思いのままに踊れるの？　なぜスーザンは、あれほど確信をもってランプの灯のもと静かに身を屈め、白い木綿糸を針穴に通せるの？　彼女たちはイエス、と言う、ノーと言う。ぱんっ、と拳でテーブルを叩く。けれどわたしはためらう、ふるえる。野生のイバラが砂漠で影を揺らすのを見る。

「さあ、何か目的があるふりして部屋を横切って、覆いの掛かったバルコニーに出ましょう。見える、燦然と輝きわたる月光が、やわらかく羽根を広げる空が。見える、広場の柵と、顔のない二人が空を背に彫像のようにもたれ掛かるのが。ということは、変化を免れた世界があるのね。ナイフのようにわたしを切り裂く舌が閃き、口ごもらせ、嘘をつかせる広間から抜け出ると、わたしは目鼻のない、美をまとった顔をいくつも見る。恋人たちがプラタナスの木陰で抱き合っている。警官が通りの角で見張りに立っている。男がひとり通り過ぎる。ということは、変化を免れた世界があるのね。でもわたしは炎の先端につま先立ち、その灼熱に焼かれ、ドアが開くのが、飛び掛かってくるトラが恐しくて、ひとつのセンテンスを平静に言い終えることすらできない。わたしが言うことは永久に否定されつづける。ドアが開くたびにさえぎられる。わたしは二十一歳にもなっていない。わたしは破滅する運命。一生、侮蔑されつづける。ひきつった顔や嘘をつく舌を持つ男たち女たちのなか、わたしは荒波に浮かぶコルクのように上へ下へともてあそばれる。ドアが開くたび、水草の細ひものように遠くへ投げだされる。波が砕ける。わたしは波の泡。岩の遠くの果ての果てまで洗っては満たす、純白の波の泡。この部屋では、幼い少女でもあるのよ」

太陽は昇り、もはや碧（みどり）の波のうえにうずくまって、水のような宝石を透かして煌めく光を放つのではなく、そのおもてすべてを現わし、まっすぐに波のむこうを見つめていた。どーんという規則的な響きとともに、波頭が崩れ落ちた。芝土を蹴る馬の蹄の轟きとともに、崩れ落ちた。騎手たちが頭上から投げ放つ槍や投げ槍のごとくに、波しぶきが宙に飛ぶ。ダイヤモンドに縁どられた暗青灰色（スティールブルー）の波が、砂浜を洗う。勢いよく動力を吐き出し吸いこむエンジンの力強さと逞しさでもって、波は寄せては引いていった。陽の光は麦畑のうえ、森のうえへと降り注いだ。川は青の色彩といくつもの襞（ひだ）をまとい、また水辺までゆるやかにくだっていく芝地は、やわらかに羽毛を立てる鳥の羽根さながらの緑色に変わる。ととのったカーブを描く丘は、筋肉で引き締められた手足のように、革紐で身を反らすごとくに見え、丘の斜面に誇らしげに茂る木立ちは、短く刈られた馬のたてがみにも似ていた。

庭では聳（そび）える木々が、花壇や池や温室をこんもりと覆い、小鳥たちがそれぞれに、熱い日射しを浴びて囀っていた。一羽はベッドルームの窓辺で、一羽はライラックの頂で、もう一羽は石塀の角で。耳ざわりな不協和音が、ほかの鳥の歌を台なしにしようが構うものか、とでもいうように、湧きおこるまま、熱情をこめ、激情をこめ、賑やかに、それぞれに歌っていた。まるい目は輝きにあふれ、鉤爪は枝や柵を堅く摑んでいる。小鳥たちは身を隠すことなく、天空に向かい、太陽に向かい、貝殻の縞模様の羽毛やら、輝かしく鎖帷子（かたびら）をまとったのやら、ここに淡いブルーの幾筋か、あそこには飛び散る金、鮮やかな羽根のひと筋など、新しく美しい羽毛で装い、歌っていた。小鳥たちはまるで、朝の大気によって歌が押し出されるかのように歌った。小鳥たちはまるで、存在の刃が鋭く研がれて、青緑色（ブルーグリーン）の光のやわらかさに、濡れた大地の靄（もや）に、脂っぽい台所の蒸気や湯気に、マトンや牛肉のむっとする匂いに、焼き菓子やくだものの豊かな香りに、台所のバケツから投げ捨てられ、ゴミの山へと蒸気をもわりと吐き出す湿った屑や皮に、切りつけねば、切り離さねば、とでもいうように歌った。小鳥たちは、じくじくしたもの、湿って染みのあるもの、濡れてそりかえったものへと、乾いた嘴で、残酷に、不意に、急降下した。ライラックの枝から、塀から、襲い掛かった。鋭い目でカタツムリを探り当て、殻を石に打ちつけた。殻が割れ、割れ目からぬるぬるしたものが滲み出すまで、猛烈に、執拗に、打ちつけた。さっと地上を払い、空中高くへ鋭角に飛翔し、短く、鋭い音を発し、どこかの高い梢に止まると、足もとの葉や新芽を見下ろし、向こうの白く花咲き、草とともになびく野や、羽根飾りとターバンの戦士たちを鼓舞する太鼓のように轟く海を、見はるかすのだ。ときに小鳥たちの歌は急テンポな音階となって、ともに駆けあがった。合流する山の早瀬のその水が、ぶつかっては泡立ち、混ざりあい、同じ大きな葉をかすめ、いよいよ加速しながら、同じひとつの水流をくだっていくように。しかし水は大きな岩に割れ、ばらばらに砕けるのだ。

　太陽の光線は、鋭角な楔（くさび）となって室内にさし込んだ。光が触れたものは何であれ、みな過剰な実存性を帯びた。皿は白い湖を思わせ、ナイフは氷の短刀に似た。突如いくつもの光の束に支えられ、何脚ものグラスが浮かびあがってきた。テーブルや椅子が現われた。水底（みなそこ）に沈んでいたものが浮かびあがるように、熟したくだものの皮に浮かぶ蠟膜（ろうまく）のように、赤、オレンジ、紫に覆われて。陶器の釉薬（うわぐすり）の筋、木材の木目、敷物の繊維が、いっそうきめ細かに印された。影を持つものはいっさいない。水差しの緑色は濃く、そのあまりの強烈さに漏斗（じょうご）から目が吸いだされ、傘貝のようにそのうえに張りつくかとも思われた。やがてものは、立体性と輪郭を備えた。ここには椅子の装飾浮き彫りが、むこうには棚の巨体が現われた。光がいっそう強まるにつれ、影の群れはそのまえへと駆りだされ、密集し、いくつもの襞を作って背景に垂れ下がった。

「ああ、ロンドンはなんと美しく、なんと不可思議なのだろう」とバーナードは言った、「いくつもの尖塔、いくつもの円天蓋が霧に包まれ、目の前に煌めきながら横たわっている。近づくと、ガスタンクに守られ、工場の煙突に守られ、ロンドンは眠っている。蟻の群れをその胸に抱いている。あらゆる叫び、あらゆるざわめきは、いまは静寂にやわらかく包み込まれている。ローマすらこれほどの神々しさはないだろう。けれどわれわれは彼女に照準を定めているのだ。彼女の母性的まどろみはすでに揺さぶられている。家々で羽根のように飾られた丘が、霧のなかから浮かびあがってくる。工場、カテドラル、ガラスの円天蓋、官庁街、劇場が屹立している。＊北からの早朝列車が飛翔体のように発射される。走り過ぎるとき、われわれはカーテンを開く。揺れながらさっと駅を閃き過ぎるとき、虚ろな待ち受け顔が、こっちをじっと見る。疾風がどっと吹き過ぎるとき、男たちは死を予感して、新聞を強く握りなおすのだ。けれどわれわれは轟音をあげて突き進む。ロンドンの脇腹で爆発しようとしている。まるでどっしりと重たげで、母性的で、神々しい動物の脇腹で炸裂する砲弾のごとくに。彼女は歌い、ささやく。われわれを待ち受ける。

「列車の窓から立って外を見ていたら、とてつもない幸福感が湧きあがり（おれは婚約しているのだ）、このスピードと、街へと発射する飛翔体と一体となったような、不思議な、説き伏せられたような気分に襲われる。感覚が麻痺して鷹揚になり、従順になる。そしてこう言いたくなるのだ。サー、あなたはなぜスーツケースをおろして一晩じゅうかぶっていたナイトキャップを押し込み、そんなにそわそわしているのですか？　とね。どうしようもありませんよ。われわれはみな、素晴しき一致の気分に包まれているのです。拡張され、神妙にされ、巨大なガチョウの灰色の翼でさっと払われたように、均一にならされたのですよ（美しい、けれど色彩のない朝ですからね）。なぜならわれわれは、駅に到着したい――ただそれだけを願っているのですから、とね。がくん、と衝撃をもって停車してほしくない。夜通し向かいあって座り、われわれを結びつけていた絆が切れてほしくない。憎悪や敵愾心、個々の異なる願望が力を盛りかえした、とは思いたくない。猛進する列車のなか、ロンドン・ユーストン駅に到着したい、というただ一つの願いを持ってともに座していた共同体は、実に喜ばしいものだった。ああ、なのに！　終わったのだ。われわれの願いはかなった。ホームに停まったのだ。急いて、押しのけ合う。われ先に改札を抜けてエレベーターに乗ろうという態度が、剝き出しになる。しかしおれはといえば、真っ先に改札を出たい、個の人生の重荷を背負いたい、とは思わない。月曜日に彼女がプロポーズを受け入れてからというもの、おれの全神経は個（アイデンティティ）の意識に満たされ、ガラスコップに挿した歯ブラシを見ても、「おれの歯ブラシ」と思わずにはいられなかったのだが、いまは握りしめた手をほどいて持ち物が落ちるに任せ、ただこの大通りに佇んで、何とも関わらず、乗合バスを眺めていたいのだ。何の欲望もなく、羨望もなく。おれの精神に果てがないなら、人類の運命に限りない好奇心を持って。いや、果てはないのだ。到着した。受け入れられた。何を望むというのか。

「乳房から離れる赤ん坊のように満たされて列車を降り、いまや深く、通り過ぎゆくものに、この遍在する生に身をゆだね、沈んでゆく（それにしても、なんと多くがズボンに左右されるのだ。書きとめよう。知的な頭脳も、みすぼらしいズボンですっかり台なしになる）。エレベータードアの前でためらう人たちがいるぞ。こっちか、あっちか、それとも？　個が剝き出しになる。行ってしまった。だれもが何かしらの急用に駆りたてられている。何かの約束とか、帽子を買うとか、つまらぬ用事が、一時（いっとき）あれほど結び合わされていたこの美しい人々を切り離すのだ。おれには特に何の目的もない。何の野心もない。全体の運動に身を任せ、運ばれていくのだ。おれの意識の表層は、通りゆくものを映し出す薄灰色の流れのように滑っていく。自分の過去も、自分の鼻も、目の色も、自分で自分をどう思っていたかすら思い出せない。ただ交差点や歩道の縁石で危機一髪、という瞬間にのみ、身の安全を守りたいという願望がはっと飛び出してきて、おれをひっ摑み、ひき止める。この乗合バスにぶつかる寸前で。われわれはどうやら生きることに執着しているようだ。と、また麻痺状態が降りてくる。車の唸り声、こちらあちらへと行き交う見分け難い顔が、麻酔のようにおれを夢へと誘う。彼らの顔から目鼻を拭い去る。おれの身体を人が通り抜けられそうさ。そもそも時のなかのこの瞬間とは、おれ自身が摑まえられている特定のこの日とは、いったい何なのだ？　車道の轟きは何かほかの――森の木々や野獣の咆哮かも知れない。時の車輪がビュッと音をたて、一、二インチ巻き戻ったぞ。わずかな前進は後戻りだ。それに結局のところ、われらの身体は剝き出しな気がする。ボタンを掛けた布きれ一枚に薄く包まれているに過ぎないのだ。そしてこの敷石のしたには貝殻や骨、そして静寂。

「しかし実際のところ、流れの表層を運ばれていくような、夢のなかのような、朦朧とした不確かなおれの前進は、眠りのときのように（あの鞄が無性にほしいな――というような）好奇心や欲望や願望など、脈絡なく湧きあがってくる無自覚な感覚によって妨害され、引き裂かれ、刺し貫かれ、引っぱられるのだ。いいや、でもおれは深いところへ、究極の深みへ行きたい。おれに与えられた特別な才能、つまり常に行動するのではなく探究する力を、時には発揮したいのだ。枝がぎしぎし軋む音、マンモスの音などの漠とした、原始的な音を聞きたいのだ。共感の両腕で全世界を抱きしめたいという――行動の人にはできないことだ――不可能な願望に浸りたいのだ。歩いているおれは、不可思議な共感の振動、振幅でふるえてはいないだろうか。その共感は、個という存在のとも綱を解かれたおれに命ずる。抱擁せよ、この心を奪われた群衆を、凝視する人たちや旅行者たちを、使い走りの少年を、自分の運命も省みず店のショーウィンドウを眺めている、人目を忍ぶしがない身の上の若い女たちを、と。けれどおれは、われわれの生の儚さをわきまえているのだ。

「とはいえたしかに、おれにとって生命は、いまや神秘的に長く引き伸ばされたように感じる。つまり子や孫を持つかもしれない、この世代を越え、運命に捕えられた人々、通りで終わりなき競争に押しのけ合う人々を越え、広く遠くまで種蒔くかもしれない。つまりそういうことか？　おれの娘たちは夏になればここに来るだろう。息子たちは新しく畑を耕すだろう。ということは、われわれは風ですぐに乾き消えてしまう雨雫（あましずく）ではないのだ。庭に花を咲かせ、森を唸らせる。永遠（とわ）に、別のものとして芽吹き続ける。とすればそれがおれの確信、おれの中心にある確固たるものの説明となるだろう。さもなければ、このごった返す街路の流れに立ち向かい、人々の身体をかき分けて自分の通り道を確保したり、道を横切るのに安全な瞬間を捉えたりなど、まったくばかげたことではないか。別に虚栄心ではない。おれには野心などまるきりないからな。特別な才能とか、特異性とか、目鼻立ちといった身体的特徴も何も思い当たらない。いまこの瞬間、おれは自分自身ではないのだ。

「いやしかしほら、戻ってきたな。あれのしつこい匂いは消せないのだ。あれは、この構造物の裂け目から忍び込んでくる――個(アイデンティティ)が。おれはこの大通りの一部ではない――違う、観察する者だ。それゆえに分離していく。たとえばほら、あの路地で若い女がだれかを待っているね。いったいだれを？　ロマンティックな物語ができるのだ。そしてあの店の外壁には小さなクレーンが取りつけてある。いったいなぜあそこにあるんだ？　と疑問が湧いて、でっち上げる。一八六〇年代のあるころ、ランドー馬車*から降りようともがく、円く膨らんだ*紫色のご婦人を、夫が汗だくで引っぱっている。グロテスクな物語ができる。ようするにおれは天性の言葉の創造者で、あれからもこれからもぶくぶくと泡を作り出す。こうした観察記録をたちどころに自在に作りながら、自分自身を練り上げる。他人と差別化する。歩き過ぎながら、「ほら、あれを書きとめるのだ！」という声が聞こえ、いつかきっと冬の夜などに、観察し記録してきたすべてに――次から次へと走り書きしたすべてに――意味を与えよ、仕上げの決め言葉を与えよ、と語り掛けられるだろう、との思いを抱くのだ。しかし路地裏での独白にはすぐ飽きてしまう。おれには聴衆が必要なのだ。それがおれの挫折の原因だ。それがいつも最終的表現の縁を乱し、仕上げの邪魔をする。くる日もくる日も、うす汚れた食堂で同じ飲みものを注文し、ひとつの液体に――ひとつの人生に――完全に染まることができないのだ。フレーズを作り、それを携えてどこか調度品の整った部屋、これから何十本のキャンドルに照らされる部屋へと駆けつける。フリルなどで飾り立てた表現をひき出すのに、おれには他人の視線が必要だからな。自分自身であるためには（書きとめよう）、人々の目という照明が必要で、それで本当の自分さえよくわからない。ルイやロウダのようなほんものは、孤独のなかでこそ完全に存在する。彼らは照明や複写に憤慨する。彼らは一度絵を描いたら、表を下にして野に投げ捨てるのだ。ルイの言葉には厚く氷が張っている。彼の言葉は圧縮され、凝縮され、永続的なものとなって発せられる。

「だから、この半睡半覚のまどろみから醒めたら、友人たちの顔という照明のもとで、多面の切り子面を持って輝きたい。おれは個のない、日も射さぬ領域を横断していた。未知の領土を。そこで耳にしたのだ。個が鎮められた瞬間、消し去られ満ち足りた瞬間に、この眩しい光の輪の向こうから、この冷酷な憤怒の連打音の向こうから、寄せてくる潮の、満ちては引くときのため息を聞いたのだ。とてつもない安らぎの瞬間を味わったのだ。これがきっと幸福というものなのだろう。おれはいま、刺すようないくつもの感覚によって、好奇心や欲望や（腹が減っているんだ）自分自身でありたいという抗いがたい願望によって、現実に引き戻される。自分がものを言える相手を思い浮かべる。つまりルイ、ネヴィル、スーザン、ジニー、ロウダを。彼らといるとき、おれは多面体だ。彼らはおれを暗闇から連れ戻す。ありがたい、今夜われわれは会うのだ。ありがたい、一人にならずにすむ。夕食をともにするのさ。インドへ行くパーシヴァルに別れを言うのだ。その時間にはまだずいぶん間があるが、すでにあの先駆け、前駆け、不在の友人たちの姿を感じるな。ルイが見えるぞ、石に浮き彫りした彫像のようだ。ネヴィルは、はさみでぴしっと切り抜かれ、精確だ。スーザンはクリスタルのような瞳。ジニーは、熱く、炎のごとく、熱病のように乾いた大地のうえを踊る。ロウダは泉の妖精で、いつも濡れている。これはすべて空想上のイメージ——想像の産物、不在の友人たちの幻影で、異様で、膨れあがっていて、ひとたび現実の靴のつま先がわずかでも触れようものなら、またたく間に散り消えてしまう。けれど彼らがおれを打ち鳴らし、生かす。彼らが妄想を払うのだ。おれは次第に孤独に耐えられなくなり——重いカーテンが息苦しく、鬱陶しく、まつわるのを感じる。ああ、これを払いのけて活発に動けたら！　だれでもいい。おれは別に気難しくはないからな。道路掃除人でも、郵便配達人でも、このフレンチレストランのウェイターでもいい。むろん、愛想のいいオーナーのほうが好ましいがね。あの愛想は、大切にとってあるようだな。特等客には、自らの手でサラダを和えるのだ。が、どれが特等客で、そしてなぜ特等なんだ？　あのイヤリングのご婦人に何と言っているのだろう。彼女は友人か、それとも客だろうか。テーブルに着くや、混乱と、不測の事態と、可能性と、憶測とが、豊潤に押し合うのを感じる。すかさずイメージが繁殖する。自分の多産さが少々きまり悪いほどだ。おれはどの椅子、テーブルでも、食事客でも、饒舌に、自在に、描写できただろう。おれの精神は、すべてのものに言葉のヴェールを掛けつつ、あちらこちらでブーンと鳴る。ウェイターとワインの話をするくらいでも、爆発を引き起こす。花火が高くあがる。金の火の粉が想像力の沃土に降り落ち、受精する。この爆発のまったく思い掛けない本性——それは交わりの歓びだ。見も知らぬイタリア人ウェイターと交わるおれとは——いったい何者なのか？ この世界に永続的なものなどないのだ。何についてであれ、それにどんな意味があるのかなど、だれにわかるというのか？ 言葉の飛行を、だれに予言できるというのか？ それは樹上を漂いゆく風船。知識を語っても無益。すべては試みであり、冒険だ。われわれはあまたの未知数のものと、永久に交わり合い続ける。これから何が起きるのか？ 測り知れない。いや、けれどグラスをテーブルに置いたとたんに思い出す。おれは婚約したのだ。今晩、友人らと食事する。おれはバーナードで、おれ自身なのだ」

「あと五分で八時だ」とネヴィル。「ぼくは早く来た。約束の十分も前に席に着いたのだ。待ち時間の一瞬一瞬を味わうために。ドアが開くたびに、「パーシヴァルか？ いや違う。パーシヴァルではない」と思うために。「いや違う、パーシヴァルではない」と思うのには、何か病的な快楽があるのだ。ドアが開いては閉じるのを、すでに二十回は見たな。一回ごとに緊迫感が鋭くなる。彼がいま向かっているのはこの場所。座るのはこのテーブル。いかに信じがたくとも、ここに彼の実物の身体が現われる。このテーブルも椅子たちも、三本の赤い花をさした金属の花入れも、驚異的変容を遂げようとしているのだ。すでにこの部屋は、スウィングドアや、くだもの、冷製肉をたっぷり載せたテーブルともども、何かが起きる予感に満ちた場所特有の、ふるえる、非現実的な様相を呈している。未生（みしょう）のもののようにふるえている。白いテーブルクロスの空白が眩しく光る。ほかの食事客の冷ややかさと無関心といったら、酷いものだ。ぼくらは互いに見交わす。知り合いでないとわかると、じっと見て、目を逸（そ）らす。ああいう視線は鞭だ。あのなかに、世界の残酷さと冷酷さすべてを感じる。もしも彼が現われなかったら、堪（たま）らないな。出て行くほうがいい。いや、でもきっと、だれかがいま彼と会っている。タクシーのどれかに乗っている。どこかの店の前を通り過ぎている。そして瞬間、瞬間ごとに、彼がこの棘のような光を、この存在することの切迫をこの部屋に送りこんでいるようで、それゆえになにもかもが正常な機能を失い——このナイフの刃も切るためのものではなく、ただ閃く光となったかのようだ。正常は破棄されたのだ。

「ドアは開くが、彼は来ない。あれはルイだ、あそこでためらっている。あれはまさにルイだ、自信と怯えが、奇妙に入り混じっている。入ってくるときに、彼は鏡のなかの自分を見る。髪に触れる。自分の見かけが不満なのだ。「ぼくは公爵だ——古い家系の末裔だ」と思っている。あいつは辛辣で、猜疑心が強く、威圧的で気難しい（ぼくはパーシヴァルと比較しているのだ）。でも同時にまた、格別素晴しいんだ。だってほら、目が笑っているじゃないか。ぼくに気づいていたのだな。さあ、彼が来たぞ」

「さあスーザンが来たぞ」とルイ。「ぼくらに気づいていないな。ドレスアップしていないね。ロンドンの虚しさを軽蔑しているからな。スウィングドアのところで一瞬立ち止まって見まわす。ランプの灯りに目が眩んだ小動物のようだ。さあ、動きだしたぞ。彼女には（テーブルや椅子に囲まれていても）野生動物のような、ひそやかで、しかも確信あり気な身のこなしがある。小テーブルのあいだを、あちこち巧みにすり抜ける道を本能的に見つけるみたいだ。どこにも触れず、ウェイターも無視し、なのに奥まったぼくらのテーブルに迷わずやってくる。ぼくらに気づくと（ネヴィルとぼくとに）、まるで欲しいものは手に入れたわよ、とでもいうように、自信に満ちた表情になるのが怖いほどさ。スーザンに愛されるのは、鳥の鋭い嘴に突き刺されること、納屋の扉に釘打たれること。それでもひと思いにぐさりと、鋭い嘴に刺し貫かれたい、納屋の扉に釘打たれたい、と願う瞬間もあるのだ。

「ロウダが来たな。どこからともなく、ぼくらが見ぬ間に、すっと滑り込んで来ていたのだ。見つけられる衝撃を少しでも先送りしようと、水盤で花びらを揺らす時をあとほんの一瞬守ろうと、きっとウェイターの後ろ、装飾柱の後ろと身を隠しながら、曲がりくねった道筋を来たに違いない。ぼくらは彼女を夢想から覚醒させる。彼女を苦しめる。彼女はぼくらを恐れる、ぼくらを軽蔑する。それでも身を縮めながらぼくらの側へと来るのだ。なぜならいかに残酷であろうと、ぼくらのうちのだれかの名前が、だれかの顔が、いつも眩しい光を放ち、彼女の行く道を明るく照らし、彼女の夢をふたたび燃え立たせるから」

「ドアが開く、ドアが開き続ける」とネヴィル、「でも彼は来ない」

「ジニーが来たわよ」とスーザン。「ドアのところに立っている。なにもかもが静止したみたいね。あのウェイターが止まる。ドア近くのテーブル席の人たちも見る。すべてが彼女ひとりに集中するかのよう。ひび割れた窓ガラスのまん中の星が光線を放つように、ジニーのまわりでテーブルも、並ぶすべてのドアも、窓も、天井も、光を放つのよ。彼女はものごとを一点に集め、秩序をもたらすの。あ、わたしたちに気づいた、動き出した、あのすべての光線がわたしたちのうえでさざ波立ち、流れ、揺れ動き、感覚の新たな潮流をもたらす。わたしたちは変貌する。ルイはネクタイに手をやる。緊張ではり裂けそうになりつつ待つネヴィルは、前に置かれたフォークをそわそわと真っすぐにする。ロウダは驚いて彼女を見る。まるではるかな水平線に炎が燃え立つのを見るように。そしてわたしは、湿った草や濡れた野原や、屋根を叩く雨音や、冬の家に吹きつける烈風で自分の心を支え、自分の魂を彼女から守っているけれど、彼女の嘲り笑いが忍び寄るのを感じ、嘲笑の炎の舌がわたしに絡みつき、このみすぼらしいドレスや四角く切った爪を容赦なく照らし出すのを感じて、慌ててテーブルクロスの陰に手を隠すのよ」

「彼はまだ来ていない」とネヴィル。「ドアが開く、けれど彼は来ない。あれはバーナードだ。そうさ、彼はわきの下のブルーのワイシャツがちらり、と見えるようにしてコートを脱ぐんだ。そしてぼくらみなと違い、ドアを押さずに開けて入って来る。知らぬ人だらけの部屋ともわきまえず入って来る。鏡は見ない。髪が乱れているけれどそれも知らない。ぼくらが異なることも、このテーブルが彼のゴールであることも、まったく認識していない。途中でちょっと立ち止まったぞ。あれはだれだったかな、と考えているのだ。豪華なケープ（オペラクローク）を着たあの女性を、知っている気がするんだな。彼はだれのことでもなんとなく知っている。だれのことも知らない（ぼくはパーシヴァルと比較しているのだ）。ああ、でもほら、ぼくらを認め、善意あふれる挨拶を送ってくる。彼があれほどの温かさ、あれほどの「人類愛」で（「愛すべき人類」というたわごともユーモラスに交錯させて）圧倒してくるから、もしこのすべてを霞（かす）ませるパーシヴァルのことがなければ、ほかの皆と同じように感じただろうよ。つまり、さあ、ぼくらの祝祭の時だ、ぼくらはともにいるのだ、とね。けれどパーシヴァルが不在では、しっかりした実体などないのだ。ぼくらは影絵、背景なくぼんやり動きまわる虚しい幻影にすぎない」

「スウィングドアが開きつづける」とロウダ。「見も知らぬ人たちが入って来る。それはきっと、二度とは会うことのない人たち。無遠慮に、無関心に、君たちなしでも世界は回っていくのさ、という感じで、不愉快にもわたしたちを無視する人々。わたしたちは沈むことができない、自分たちの顔を忘れることができない。顔のないわたし、部屋に入ってきても何の変化も起こさないこのわたしでさえ（スーザンとジニーは幾人もの身体や顔を変えたけれど）、どこにも錨をおろせず、統合されず、みなの身体が動きまわる背景に、空白も、連続性も、壁も作ることができず、何とも結びつかないままにはためく。それもこれもネヴィルのせい、ネヴィルの悲嘆のせいよ。あの悲痛なあえぎが、わたしの存在をちりぢりに散らすのよ。落ち着かない。鎮まらない。ドアが開くたびに、彼の視線はテーブルのうえに固まる――とても目など上げられない――それからちらっ、と目をやって言うの、「彼はまだ来ない」って。けれどほら、来たわよ、彼が」

「ついに」とネヴィル、「ぼくの木に花が咲く。ぼくの心臓が高鳴る。あらゆる重圧はとり除かれる。あらゆる障害はとり払われる。混沌の支配は終わりを告げるのだ。彼が秩序をもたらしたのだ。ナイフはふたたび、切るものとなるのだ」

「ほら、パーシヴァルよ」とジニー。「正装してこなかったのね」

「ほら、パーシヴァルだ」とバーナード、「髪を撫でつけてる。虚栄心からではなく（彼は鏡を見ないのだ）、礼節の神の機嫌をとろうというのだ。彼は因襲的だからな。彼はヒーローだ。少年たちの一群は、彼のあとを追ってフィールドを横切っていた。彼が鼻をかむのをまねて彼らも鼻をかんだが、だれもうまくいかなかった。彼はパーシヴァルだからな。おれたちを置いて行こうというい ま、インドへ行こうというい ま、こうした些事のことごとくが甦ってくる。彼はヒーローなのだ。ああ、そうだ、それは否定しがたく、いま愛しているスーザンの隣に彼が着席すると、この場は王冠を戴く。ジャッカルのように互いの踵に噛みつき鋭く吠えていたわれわれは、指揮官のもとに揃った兵士のように、厳粛で自信ある態度になる。若さゆえに（一番年上の者でも、二十五歳にもなっていないのだ）ばらばらになっていたおれたち。熱く囀る小鳥たちのようにそれぞれの歌を歌い、若者の残忍で凶暴なエゴイズムから、自らを包むカタツムリの殻が砕けるまで叩いたり（おれは婚約したのだ）、あるいはまただれかのベッドルームの窓辺に止まって愛を、名声を歌い、そして各々の嘴に黄緑色の芝をつけ、羽毛のまだはえ揃わぬ幼鳥には大切なそれぞれの出来ごとを歌っていたぼくら。それがいま、ここで身を寄せ合う。だれもが異なる関心事を持ち、表通りの絶え間ない往来に気を散らし、苛立ち、ガラスの檻のドアがひっきりなしに開いては無数の誘惑でそそのかし、われわれの自信に侮辱と傷を与えるこのレストランの、この止まり木で、身を寄せ合う——ともに座り、互いに愛し合い、われわれは生き続ける、と信じるのだ

「さあ、孤独の闇から抜け出そう」とルイ。

「さあ、心にあることを、憚（はばか）らず、率直に声に出そう」とネヴィル。「ぼくらの孤立、準備の時は終わった。隠しごとと逃げ隠れの、人目を避ける日々、階段での啓示、恐怖や恍惚の瞬間は終わった」

「懐かしのミセス・コンスタブルがスポンジを高くあげ、温かさが頭上に注がれた」とバーナード。「われわれは変化し、感覚を持つこの肉体の衣に、すっぽり包まれることになったのだ」

「菜園で下働きの男が、皿洗いのメイドに言い寄っていた」とスーザン。「風を孕む洗濯ものにまぎれて」

「風の息づかいは、トラの荒々しい呼吸のようだった」とロウダ。

「男が喉をかき切られ、鉛色になって側溝で倒れていた」とネヴィル。「そしてぼくは二階へあがろうとしたけれど、銀色の葉が硬直し、微動だにせぬりんごの木があって、足があがらなかった」

「だれも揺らさないのに、葉っぱが一枚、生け垣で躍っていたわ」とジニー。

「灼ける日差しの一隅で」とルイ、「花びらが緑の深い水底を泳いでいた」

「エルヴドン邸では、庭師たちが大きなほうきで掃いて掃いて、女の人は机に向かって書きものをしていたね」とバーナード。

「固く巻きあげられた糸玉から、いますべての糸をひき出すのだ」とルイ、「ぼくらは会えば、思い出すのだ」

「それからタクシーが玄関ドアに来て」とバーナード、「ぼくらは男らしくない涙を隠すために、新しい帽子をぐいっと目深にかぶり、表通りを駆け抜けたのだ。メイドたちまでぼくらを見ていたうえに、荷物に白い文字で記された名前は、この子らは学校へあがるのだ、と世界中に声高に宣言していた。荷物には、母親たちが幾夜もかけてイニシャルを刺繍してくれたソックスやズボン下が、規則通りの枚数詰められていた。あれは母体からの二度目の分離だった」

「ミス・ランバートとかミス・カッティングとかミス・バードとか」とジニー、「記念碑みたいな先生方（レディーズ）が支配していたわ。白い襞襟をつけ、大理石の顔色で、謎めいて、フランス語や地理や算術のページに、清らかなキャンドルのように、幽かなホタル火のように、アメジストの指輪を滑らせて。それから地図があり、緑色の布張りの掲示板があり、靴箱には靴がずらりと並んでいた」

「鐘（ベル）は時間どおり正確に鳴ったわね」とスーザン、「メイドたちはぱたぱた動きまわり、くすくす笑っていた。リノリウムの床のうえ、椅子をひき出したり、椅子をひき入れたり。でも屋根裏の窓のひとつからは、青い景色が、はるかな野の景色が見えたのよ。統率された、偽りの存在の邪悪さに、汚されていない景色が」

「わたしたちの頭からはヴェールが流れ落ちていた」とロウダ。「花冠の花は緑の葉で束ねてあって、葉がさらさら鳴っていたわ」

「ぼくらは変わった、いったいだれなのか、もう見わけられなくなった」とルイ。「いくつもの異なる光に照らし出され、それぞれの内面にあったものが（ぼくらはまったく違っているのだ）、断続しつつ、表面に現われてきたのだ。くっきりとあいだに空間のある、乱暴なまだら模様となった。まるで皿の上に何か酸の一種が不揃いに撒かれたかのように。ぼくはこれで、ネヴィルはあれ、ロウダはまた別のもの、バーナードもだ」

「それからカヌーは、淡く色づいた柳の枝のあいだを滑ってゆき」とネヴィル、「バーナードは、広がる緑の芝生に向かって、歴史ある建築物に向かって、彼らしい気楽な足取りでやって来ると、ぼくのそばの地面にドンッと腰をおろした。突然ぼくは激（げき）して――風でもあれほどに荒れ狂い、稲妻でもあれほどに不意打ちではあるまい――ぼくの詩をひっ摑み、投げつけ、背後でバターンとドアを閉めたんだった」

「それなのにぼくは」とルイ、「君らを見失い、オフィスに座ってカレンダーを破りとり、船舶仲介業界、小麦商業界、保険数理士らに向けて、ロンドン市は、明けて十日の金曜日です、明けて十八日の火曜です、などアナウンスしていたのだ」

「それから」とジニー、「ロウダとわたしは、煌めくドレス姿に、宝石がはまった輪を首もとにひんやりのせて登場し、お辞儀し、握手し、微笑みつつお皿のサンドイッチをつまんだのよ」

「トラが飛び掛かり、世界の反対側では、ツバメが暗い水たまりで翼を濡らしていた」とロウダ。

「けれどもいま、ここに、われらはともにいるのだ」とバーナード。「この時刻に、この場所に集（つど）ったのだ。何か深い、何か共通の感情によって、この親しい交わりにひき寄せられる。便宜的にこの感情を、「愛」と名づけようか。パーシヴァルはインドへ出発するのだから、「パーシヴァルへの愛」と名づけようか。

「いいや、それでは狭すぎる、限定しすぎた呼び方だ。この感情の大きさと広がりを、そんな狭い呼称になど結びつけられない。われわれは集ったのだ（北部から、南部から、スーザンの農園から、ルイのオフィスから）。永続しないとはいえ――そもそも永続的なものなどあるかい？――いくつもの目で同時に見つめ、一つのものを作り上げるために。花入れのあの赤いカーネーション。ここに座って待つあいだは一輪だったものが、いまは七つの面を持つ花となり、幾重もの花びらを、赤、赤紫、紫の翳りと、銀色を帯びた硬い葉を持つ――それぞれの目が何かを捧げ尽くす、完全なる花となったのだ」

「若さ特有の激しい衝動や底知れぬ倦怠の後に」とネヴィル、「いま実体あるもののうえに光が降り注ぐ。ナイフとフォークがここにある。世界が現われ、ぼくらも現われ出た、だからぼくらは語り合える」

「ぼくらは異なっている」とルイ、「解き明かすにはあまりに深い相違かもしれない。けれどもやってみよう。ぼくは入って来たとき、ほかのみなと同じに見えたくて、髪を撫でつけた。でも君たちのように一つの人生ですべてではないから、同じには見えないのだ。ぼくはすでに、千もの人生を生きたのだ。日ごと日ごと、掘り起こし――掘り出す。ぼくは何千年も昔、ナイル川のほとりの歌声や、鎖に繋がれた獣たちの足音を聞いたころに女たちが作った、ぼく自身の残骸を砂のなかから発掘する。君たちがいま隣に見るこの男、このルイはだだな、かつて輝かしかったものの燃え殻、燃えかすにすぎないのだ。ぼくはかつてアラブの皇子（おうじ）*であった。見よ、この悠揚たる身ぶりを。ぼくはかつてエリザベス朝の偉大なる詩人であった。ルイ十四世の宮廷の公爵であった。ぼくはとても自惚（うぬぼ）れが強く、自信に満ちている。女たちに同情のため息をついてほしい、という絶大な願望がある。彼は憔悴（しょうすい）しているわね、とスーザンが思ってくれるように、ジニーが同情というこのうえない癒しを与えてくれるように、今日は昼めしを抜いたのだ。しかしぼくはスーザンとパーシヴァルには感嘆するが、ほかのやつらは大嫌いなのだ。なぜというに、彼らのためにぼくは髪を撫でつけたり、訛りを隠したりという滑稽な振るまいをしているんだからな。ぼくは木の実一つにキーキー騒ぐ子ザルで、君らは硬くなった丸パンが入った安物の手提げ袋のみすぼらしい女だ。あるいはぼくは檻のトラで、君らはまっ赤に灼ける焼きごてを持つ監守だ。つまりだ、ぼくのほうが猛々（たけだけ）しく強いのだが、にもかかわらず幾世代もの不在の後（のち）に地上へと現われ出たこの亡霊は、君らに笑われやしまいかと怯えたり、煤の猛攻撃を風向きとともに避（よ）けたり、明晰なる鋼鉄の詩の輪（リング）を作ろうと奮闘したりのうちに、消えてしまうのだ――その輪（リング）はカモメと虫歯の女たちとを連結し、教会の尖塔と、上下するボウラー帽とを連結する――昼食をとりながら、ぼくの詩人を――ルクレティウスだろうか？――調味料瓶やらグレイヴィソースの飛び散ったメニューやらに立てかけながら、ぼくはこういったものを目にしているのだ」

「でもあなたは、決してわたしを嫌いになったりしないわ」とジニー。「わたしに気づいたら、たとえそれが金箔の椅子や大使でいっぱいの部屋であっても、かならずや部屋をつっ切ってわたしのもとへと来るのよ、同情を求めて。さっきここに入って来たとき、すべてがその場で静止したでしょう。ウェイターが止まり、食事客たちもフォークを上げたまま止まった。わたしはなんであれ、これから起きることに準備できている、という感じだったわね。わたしが席に着くと、あなたはタイに手をやり、あなたはテーブルの陰に手を隠した。でもわたしは何も隠さない。心が決まっているもの。ドアが開くたびに叫ぶのよ、「ほらもっと！」ってね。でもわたしの想像力は身体なの。自分の身体が放つ輪を超えては、何も想像できない。わたしの身体は、まるで暗い小道を先立って照らし、暗闇のなかからひとつ、またひとつと光の輪へと招き入れるランタンのよう。身体がわたしの前を行く。あなたたちの目を眩ませる。これがすべて、と信じさせる」

「でも君は」とネヴィル、「ドアのところに立ったとき、静止を押しつけ、賞賛を要求した。あれは交わりの自由への大いなる侵害だ。君は自分に目が集まるよう、ドアで立ち止まった。でもぼくが来たところは、だれも見なかったのさ。早く来たのだ。ここへ、気が急くまま、まっしぐらに、ぼくの愛する人の隣に座ろうと。ぼくの人生には君らには欠けている速度がある。臭いを追う猟犬のようなのだ。日の出から日没まで追いまわる。砂漠じゅう完璧を探求することも、富も、名声も、何ものもぼくには意味がない。ぼくは富を得るだろう。名声を得るだろう。なのにほんとうに欲しいものは決して得られぬだろう。

それもあるべき身体的洗練と勇気が欠けているためだ。頭の回転の速さが身体に勝りすぎている。目的地に達する前に力尽き、弱り、たぶんむかむかして倒れこむ。人生の決定的瞬間に、愛ではなく、哀れみを誘う。だからぼくはとてつもなく苦しむ。でもルイのようなみっともない真似なんかしない。ああいったごまかし、ああいったわざとらしさを自分に許すには、現実への鋭い感覚がありすぎるのさ。ぼくにはすべてが隈なく鮮明に見える——ただひとつを除いて。それがぼくの救いだ。それが苦しみを絶えず掻き立てる。それがぼくの沈黙のときさえ書かせる。そしてある意味、ぼくは欺かれるから、その人は常に入れ替わるから、夜になってだれの隣に座るか朝はわからないから、ほんとうに求めるものではないけれど、ぼくは決して澱まない。悲惨な事態から立ち直り、向きを変え、変化する。小石は、ぼくの体の延長である筋肉の鎖帷子に、跳ね返される。この探求のうちにぼくは年老いるだろう」

「探求と変化のうちに」とロウダ、「年老いると信じられるなら、自分の恐怖から逃れられるのに。何ごとも長くは続かない。ひとつの瞬間が、次の瞬間へと続かない。ドアは開き、トラは飛び掛かる。あなたたち、わたしが来たのに気づかなかったわね。跳躍の恐怖を避けようと、椅子のあいだをめぐりながら来たの。わたしはあなたたちみなが怖い。わたしは怖い、飛び掛かってくる感覚の衝撃が。だってみなのようにはうまく対処できないから——ひとつの瞬間を次の瞬間へと溶けこませることができないから。すべての瞬間が暴力的で、分離している。もしわたしが瞬間の跳躍の衝撃で倒れたら、あなたたちはわたしに飛び掛かり、ひき裂くのよ。わたしには目ざす先が見えない。どうやって一分一分、一時間一時間を進め、どうやって自然の力によって時を解明し、みなが人生と呼びならわす分割できないひとつの塊にまとめあげたらいいのか、わからないのよ。みなには目ざすものがあるから——わからないけれど、たとえば隣に座りたい人とか、何かの考えとか、それとも自分の美しさといったもの?——一日一日、一時間一時間が、臭いを追って走る猟犬にとっての森の枝のように、森の緑の道のように、滑らかに過ぎてゆく。けれどわたしには追うべき臭いひとつ、身体ひとつない。それにわたしには顔がない。わたしは波打ちぎわを走る泡のよう。わたしはここにあるこのブリキ缶に、この鎧を着けたエリンギウムの棘状の葉に、骨に、朽ちかけたボートに、矢のごとく射し入る月光のよう。暗い空洞の底へぐるぐる巻き落とされ、果てしない回廊に紙切れのようにぶつかり、自分の身をひき戻すには、手で壁を押さえていないといけないの。

「でもわたしは何より居場所がほしいから、ジニーやスーザンに遅れて後から階段を昇りながら、目ざすものがあるふりをしていた。二人がソックスを履くのを見れば、わたしも履く。あなたたちが話すのを待って、それをまねて話す。わたしはロンドンをつっ切ってここに、この時点、この場所へ引き寄せられて来る。でもそれは、あなたに会うためではなく、あなたでも、あなたでもなく、人生を存分に、不可分に、憂いなく生きるあなたたち全体の激しい炎で、わたしの火を燃えたたせるためなんだわ」

「今晩この部屋に入って来たとき」とスーザン、「わたしは立ち止まり、わたしはまわりをじっと見た。地面近くに目を這わす小動物のように。このカーペットや家具や香水の匂いにはぞっとする。わたしが好きなのは、しっとり濡れた野を一人で歩いたり、門で立ち止まって、わたしのセッター犬が地面に鼻をすりつけてめぐるのを見て、ウサギはどこかしらね？　と思ったりすること。わたしが好きなのは、お父さまのような人たちということ。ハーブを摘んだり、暖炉につばを吐いたり、長い廊下をぱたぱた室内履きを引きずって歩く人たち。理解できる言葉は、愛、憎しみ、怒り、苦痛の叫びだけ。ここでのおしゃべりは、年老いた女から、身体の一部と化していた服を剝ぎとること。でもいま話す間(ま)にもそのしたには赤らみ、しわだらけの腿や垂れた乳房がある。あなたたちは口を噤(つぐ)むとまた美しくなるのね。わたしはきっと、自然な幸福のほかにはなにも得ないわね。それで充分。疲れてベッドに入る。季節ごとに穀物を実らせる畑のように横たわり、夏には灼熱がわたしのうえで踊り、冬には寒気でわたしはピシッとひび割れる。でもわたしが望もうと望むまいと、灼熱も寒気も自然に従ってめぐり来る。わたしの子どもたちが、わたしを前進させる。乳歯が生え、泣き騒ぎ、学校へ行き、帰ってくる。それはわたしを乗せる波のよう。うねらぬ日は一日とてないのよ。季節季節の波の背に乗って、わたしはあなたたちだれよりも高く持ち上げられる。死ぬまでにはジニーよりも、ロウダよりも、多くを所有することになるのよ。けれどもその一方で、あなたたちは色彩に富み、ほかの人たちの多彩な考えや笑いにさざめいているというのに、わたしは強情になり、嵐を孕み、赤紫（パープル）の一色*になる。獣のような美しい母性の情熱のために品位を落とし、頑固になる。節操なく子どもたちの人生をあと押しする。あの子たちに欠点を見る人たちを憎む。彼らの助けになるなら、さもしい嘘だってつく。あの子たちが壁を作ってあなたからも、あなたからも、あなたからも、わたしを隔てるのを許す。とはいえ、わたしは嫉妬にひき裂かれてもいる。わたしの両手があかぎれで爪を噛んである、と思い知らせるジニーを憎む。わたしはあまりに獰猛に愛するから、わたしの愛の対象が、ぼくは逃れられるぞ、とフレーズひとつで示そうものなら、それはわたしの息の根を止める。彼は逃れ、わたしは梢の葉叢にちらちら見え隠れする紐を摑んだまま、ひとりとり残される。わたしにフレーズはわからないのよ」

「もしおれが」とバーナード、「次々と言葉が連なるなんて知らない人間に生まれついていたら、何者にだってなれたんじゃないだろうか。ところがこうして、どこにでも連続性を見つけ出し、孤独のプレッシャーに耐えられないのだ。おれのまわりに煙の輪のように渦巻く言葉が見えないと、おれは暗闇のなかだ——何者でもない。一人でいると無気力に沈みこみ、炉格子のあいだから燃え殻を掻きながら、ミセス・モファットが来るさ、と陰鬱に一人つぶやく。彼女が来てきれいに掃いてくれるさ、と。ルイが一人のときは、驚異的集中力で見極め、われわれだれよりも永く生き残る言葉を書き記すのだ。ロウダは孤独を愛する。おれたちを怖れているのだ。それというのも、孤独にあるときに極まる存在の感覚を、おれたちが粉々に打ち砕くからだ――彼女がフォークを――あれはわれわれから身を守る武器だ――握りしめる様子を見たまえ。片やおれは、配管工や馬のディーラー、そのほかだれであれ、おれに点火する言葉を発したときになってはじめて、存在し始める。そのときおれのフレーズの煙は、赤いロブスターや黄色のフルーツのうえを何と素晴しく昇っては降り、ふわりとなびいては降りして、すべてをひとつの美へ編みあげることだろう。いやしかし、このフレーズの俗悪さを見てくれ――はぐらかしやお決まりの嘘っぱちじゃないか。要するにおれという人間の一部は、ほかの人たちのもたらす刺激でできていて、君たちのように自分自身ではないのだ。おれには何か致命的な一面が、何かむら気な、不均等な銀脈があって、性格を弱めている。それで学校時代にはネヴィルを置いてきぼりにして、彼を憤激させたものだ。小さな帽子とバッジの自慢屋の少年たちと、大きな四輪オープン馬車に乗って出掛けたのさ――そういったやつらが今晩ここにいるな。ふさわしい正装で、食事をともにしている。このあと完全なる調和のうちに、ミュージックホールへ連れ立って行くのだ。彼らを愛していた。君らと同じく、おれを確かに存在させてくれるからな。だからおれが君らを置いてゆくとき、列車が出るとき、君らは思うのだ。去りゆくのは列車ではなくバーナードだ、ずぼらで、鈍感で、切符のない、財布を失くしたであろうバーナードだ、とね。スーザンは、ブナの梢をちらちら漂う紐を見つめながらこう叫ぶ。「彼は行ってしまった！　わたしから逃げていったのよ！」と。摑みどころが何もないのだ。おれは絶えず作られては、また作り変えられる。異なる人々が異なる言葉を、おれから引き出すのだ。

「だから今宵、隣に座りたい人がおれには一人ではなく五十人いるのだ。でも君らのなかで、ここでくだけすぎず寛げるのはおれくらいさ。おれはがさつではない、俗物（スノッブ）ではない。社会の重圧に身を晒されても、何とか巧みに舌をあやつって、難しいこともうまく言いくるめてしまう。見てくれ、何もないところから一瞬にしてひねり出したとるに足らないものが、いかにみなを楽しませるか。おれはものを溜めておく人間ではない——死ぬときに残すのは、着古した服の棚ひとつだけだろう——ルイを酷く責め苛（さいな）むつまらぬ人生の虚栄に、ほぼ無関心なのだ。けれど多くを犠牲にしてきた。鉄の鉱脈、銀の鉱脈、平凡な泥の層が入り混じっているおれは、手を強く結んで外からの刺激に頼らぬ人たちとは、固い拳を握れないのだ。おれには否定することが、ルイやロウダの勇敢な行動がとれない。これからも会話のなかでさえ、完璧なフレーズを創ることはないだろう。それでも君たちのだれよりも、過ぎ去る瞬間へ何かを捧げることがあるのだ。君たちのだれよりも、いくつもの部屋、いくつもの異なる部屋に入ってゆくのだ。けれども内側からではなく外側からくるものがあって、おれは忘れ去られる身。おれの声が静まれば、君らはおれを忘れてしまうだろう。かつてフルーツのまわりを渦巻いて、フレーズに編みあげた声の、その残響のほかは」

「ほら、見て」とロウダ、「ほら、聞いて。見て、光は一瞬ごとにまばゆさを増し、煌めきと豊饒が至るところに溢れている。そしてテーブルが並ぶこの部屋に視線をめぐらせると、わたしたちの目は色彩のカーテンを、赤やオレンジや赤褐色や奇妙な微妙な色合いのカーテンを、通り抜けてゆくよう。それはヴェールのように流れ、通り抜けたあとに閉じ合わされ、ひとつが次へと溶けこんでゆくのよ」

「そうよ」とジニー、「わたしたちの感覚は広がったのよ。薄膜が、白くやわらかになびく神経の網が、いっぱいに満ちて大きく膨らみ、繊維のようにわたしたちのまわりを漂うから、空気に触れられそう。これまで聞こえなかったはるか彼方のもの音を、包んで捕えるわ」

「ロンドンの唸り声が」とルイ、「ぼくらを取り囲んでいる。自動車、箱型車（ヴァン）、乗合バスが絶え間なく通る、通り過ぎる。あらゆる音が、回転するひとつの輪のひとつの音へと融合していく。個々のあらゆる音が――車輪、鐘（ベル）、酔っ払いや浮かれ騒ぐ者らのわめき声が――攪拌され、暗青灰色（スティールブルー）の、円形の、ひとつの音となる。と、サイレンがホーと鳴る。海岸が滑り出し、煙突は首をすくめ、船は大海原へと出ていく」

「パーシヴァルは行ってしまう」とネヴィル。「ぼくらはここで取り囲まれ、照らされ、さまざまな色彩で座っている。すべてのものが――手、カーテン、ナイフとフォーク、ほかのディナー客たちが――ひしめき合う。ぼくらはここに囲いこまれている。けれど、インドはその外側にあるのだ」

「見えるぞ、インドが」とバーナード。「見えるぞ、平たく長い海岸線が。崩れそうなパゴダのあいだに張りめぐらされた、踏み固めた泥の曲がりくねる小道が。見えるぞ、金箔をほどこし、銃眼のある建物が。まるで博覧会場*にある急ごしらえの東洋館のような、もろく荒廃した雰囲気を漂わせている。見えるぞ、太陽が照りつける道を、雄牛二頭が粗末な荷車を引いてゆくのが。荷車は右へ左へと力なく傾ぐ。と、車輪のひとつが轍にはまったかと思うと、またたく間に腰布の原住民がわっと無数に群がり、興奮してまくし立てる。しかし何もしないのだ。時は悠久で、熱意は虚しい、というかのよう。人間の懸命な努力など無益だ、という徒労感があたりに垂れこめる。変な酸っぱい臭いがするぞ。溝の中で老人がキンマ*の葉を噛み、じっともの思いに耽っている。ああ、そこへ見よ、パーシヴァルが進み出る。芦毛の牝馬にまたがり、サンヘルメットをかぶっている。そして西洋ではごく当たり前のやり方で、彼にはごく自然な乱暴な言葉遣いで、荷車は五分もせぬうちにもち上げられる。東洋の難題は解決された。彼は馬を乗り進め、群衆は彼をとり囲む。あたかも彼が――いや彼はほんとうにそうなのだ――神であるかのごとく」

「神秘的であろうとなかろうと、知られていなくとも、そんなこととは関係なく」とロウダ、「彼はまるで池に落ち、小魚が群がる石のよう。あちらこちらを忙しく動いていたわたしたちも、彼が現われるや、小魚のようにぱっとまわりに集まったもの。偉大な石の存在を感じつつ、満ち足りて波立ち、渦巻いている。安らぎがわたしたちをそっと包む。黄金が血の中に流れる。一、二、一、二、とく、とく、とく、とく、と心臓が穏やかに、確信を持って、幸福感の忘我のうちに、温和な恍惚感のうちに、鼓動する。そしてほら――地の果て――はるか最果ての地平線上に、淡い影が、たとえばインドが、わたしたちの視界の果てに現われる。ずっと縮んでいた世界が、円く膨らんでくる。インドが闇から呼び出される。見えるわ、ぬかるんだ道路、絡み合うジャングル、群れなす人々、膨れた死骸を餌食にするハゲワシが。わたしたちの手も届きそうに、わたしたちの誇らしく輝かしい国の一部が、見えるのよ。それというのも、パーシヴァルが芦毛の牝馬にまたがって、人行き交わぬ道をゆき、陰鬱な森に張ったテントにひとり座り、峨々たる山を見つめているからなの」

「パーシヴァルなのだ」とルイ、「かつて微風が雲をちぎり、それがまた寄り集まる雲のもと、くすぐる草のうえに腰を下ろしていたあのときと同じように、黙って座るいま、こうしてばらばらだったひとつの身体の、ひとつの魂の欠片のように集っているいま、「ぼくはこれだ、わたしはあれよ」と言おうとするなど、実際言っているのだが、それは欺瞞だ、とぼくらに思い知らせるのは、パーシヴァルなのだ。恐怖心から、何かを置き去りにしてしまった。虚栄心から、何かを変えてしまった。ぼくらは互いの違いを強調しようとしてきたのだ。それぞれ異なるものになりたいあまり、自分たちの疵や、独自のものを強調してきたのだ。しかしその下には、暗青灰色の輪のなかで、まわりまわる鎖がある」

「それは憎しみよ、愛よ」とスーザン。「それは凄まじい漆黒の激流で、覗きこめば目が眩む。わたしたちは切り立った岩のうえに立っていて、足もとを見下ろすと目眩がする」

「それは愛よ」とジニー、「憎しみよ。たとえばスーザンがわたしに抱いているような。それというのも、むかしわたしが庭でルイにキスしたから。それというのも、わたしはこんなふうに着飾って、入って来るときに、「わたしの手はあかぎれだわ」と彼女に思わせ、手を隠させるから。でもわたしたちの憎しみは、愛とほとんど区別がつかないんだわ」

「とはいえ、この逆巻く激流のうえに」とネヴィル、「ぼくらはぐらぐら危うい橋を築いたのだが、それさえぼくらが話をしようと立ち上がるときや、「ぼくはこれだ、わたしはこれよ!」と決めつけ、唐突に偽りの言葉を発するときの荒々しい叫び、弱々しく脈絡のない叫びよりは、まだしも安定しているのだ。話し言葉は欺瞞だ。

「しかしぼくは食べる。食べつつ、個々の細かな認識を徐々に失ってゆく。ぼくは食べものとともに重く沈んでゆく。この口いっぱいに頰ばった美味なる鴨ローストは、適度に盛られた添え野菜とともに、温かさ、重さ、甘味、苦味とを絶妙にくり返しながら、口蓋を抜け、食道をくだり、胃へと至り、ぼくの身体を安定させてゆく。穏やかさ、重力、統制を感じる。いまやすべてが確固としている。本能的にぼくの口蓋は、こんどは甘味と軽やかさを、砂糖味の、はかなく消えゆくものを求め、待ち受ける。そして冷たいワインを。それは口蓋からふるえ降りるようなごく繊細な神経にぴたりとかぶさり、（口に含むにつれ）ぶどうの葉が緑に繁り、麝香が香り、ぶどうが紫色に実る円蓋の洞穴いっぱいに広がるのだ。いまなら足もとで泡立つ水車の用水路を、落ち着いて覗きこめる。これをいったいどんな名で呼んだらいいのか。ロウダに話させよう。向こうの鏡に、霧でもやったかのように顔が映っているロウダ。茶色の水盤で花びらを揺らしていたのに、バーナードが盗ったポケットナイフのことを尋ねて、ぼくが邪魔してしまったロウダ。彼女にとって、愛は逆巻く激流ではないのだ。覗き込んでも目は眩まない。ぼくらの頭上はるか、インドの彼方を見ているのだ」

「そうよ、わたしは見ているの。あなたたちの肩のあいだから、頭上はるか、ある景色を」とロウダ、「ある谷間を。そこにはいくつもの切り立った斜面が、折りたたんだ鳥の翼のように迫っている。短く硬い芝草のうえに鬱蒼と藪が茂って、その暗闇を背に、何か白くて、でも石像ではないもの*が動いている、たぶん生きているのね。でもあれはあなたではない。あなたでもない。あなたでもない。パーシヴァルでもない。スーザン、ジニー、ネヴィル、ルイではない。その白い腕が膝のうえに置かれると、三角形を作る。こんどは立ち上がった——円柱になる。こんどは噴水、水が降ってくる。それは合図もしない、さし招きもしない。わたしたちを見もしない。その向こうでは、猛る波音が響く。わたしたちには辿り着けないところ。でもそこでわたしはやってみる。そこでわたしの空虚をふたたび満たし、夜々を広げ、それを夢でひたひたと、ひたひたと満たしにゆく。そうすればいまでさえ、いまここでさえ、ほんのひと時、自分の目的地に辿り着ける。そして言う。「いまはもうさ迷うな。ほかのすべては試練であり、見せかけに過ぎない。ここが終着点なのだ*」と。このいくつもの巡礼、いくつもの出発の瞬間は、いつもあなたたちのいる地点から、このテーブルから、この光から、パーシヴァルとスーザンから、いま、ここから始まる。いつも見える、みなの頭上はるかに、肩のあいだから、あるいはまたあのとき、パーティーの部屋をつっ切って通りを見下ろしたあの窓から、あの木立ちが見えるの」

「彼の靴音か?」とネヴィル。「階下の玄関ホールに聞こえる彼の声か? 彼がこっちに気づく前に彼の姿を見つけるのか? いくら待っても彼は現われない。時は刻々と過ぎてゆく。忘れてしまったんだ。だれかほかのやつといっしょにいるんだ。不実な男、彼の愛など何の意味もない。そして苦悶だ——耐えがたい絶望だ! そしてドアが開く。彼がここにいる」

「金色にさざ波立ちながら、彼に言うのよ、「さあ、来て」とね」とジニー。「すると彼は来るのよ。部屋を横切って、体のまわりにドレスをヴェールのように波打たせ、金箔の椅子に座っているわたしのもとへ。手が触れ合い、わたしたちの身体は炎と燃え上がる。椅子、コップ、テーブル——火のつかぬものはない。すべてがふるえ、すべてが燃え立ち、すべてが輝き出す」

(「ロウダ、見ろよ」とルイが言う、「みな夜行性のものとなって、恍惚としている。目は蛾の羽のようだ。あまりにす早く動くから、まったく動かないように見える」

「ホルンやトランペットが」とロウダが言う、「鳴り響く。葉叢が開く。雄ジカたちが茂みで鳴き騒ぐ。踊りと太鼓。* まるで細身の槍を持つ裸の男たちの、踊りと太鼓のよう」

「焚火をめぐる、蛮族の踊りのようだ」とルイ。「彼らは蛮族だ。無慈悲だ。袋を上下に振りながら、輪になって踊る。彩色した顔に、生きたまま剝いだヒョウ皮をかぶり、生き血が滴る四肢には、炎が飛び掛かる」

「祝祭の炎が高々とあがる」とロウダ。「緑の大枝や花咲く枝を投げ上げながら、延々と行列がゆく。彼らの角から青い煙があがり、肌は松明の炎で赤や黄色のまだら模様に染まる。彼らはスミレを投げる。切り立った斜面に囲まれた円形の草地で、花輪と月桂樹で恋人を飾る。行列がゆく。ルイ、それが通り過ぎる間にね、わたしたちは転落を察知し、消滅を予感するの。影が斜めに傾く。密謀者であるわたしたちは二人離れ、冷たい甕を覗きこみ、赤紫色の炎が落下してゆくのを見つめるの」

「スミレには死が織り込まれている」*とルイ。「死、そしてまた死」）

「わたしたち、なんて誇らかに座っているのかしら！」とジニー。「まだ二十五歳にもなっていないのに。外では、木々が花咲いている。外では、女たちがまだ歩いている。外では、タクシーがさっと曲がりさっと走り去る。若さゆえの試行錯誤や、無名や、眩しい輝きから脱皮する。自分たちの前をまっすぐ見据え、何が訪れようと準備はできているのよ（ドアが開く、ドアが開きつづける）。すべては現実。すべては影も幻影もまとわず揺るぎない。美がわたしたちの額に宿る。わたしの美、スーザンの美があるわ。わたしたちの肉体は揺らがず、落ち着いている。互いの相違は、強烈な日光がつくる岩影のように輪郭がくっきりしている。手もとには、ぱりっとした、黄色くつややかな、丸パンがある。テーブルクロスはまっ白。わたしたちの手は少しまるめて置かれ、いつでもぎゅっと握り締められる。いくつものいくつもの日々がこれから訪れるのよ。冬の日々。夏の日々。貯えたものはまだほとんど手つかず。ほら、葉陰で果実はまるく熟している。部屋は金色で、わたしは彼に言うのよ、「さあ」とね」

「あの男の耳は赤いな」とルイ、「市役所員たちが軽食をとっている食堂には、肉の匂いが、湿った網の中に垂れこめる」

「無限の時間がぼくらの前に広がり」とネヴィル、「さあ、何をしようか、と胸に問う。あちこち眺めながらボンド・ストリートを散策し、緑色が気に入ったからと万年筆を買おうか。それとも青い宝石の指輪（リング）はいくらかい、と尋ねようか。それとも部屋に籠もって石炭がまっ赤になるのを見つめようか。本に手を伸ばしてここから一節、あちらから一節と拾い読みしようか。わけもなく声をあげて笑ってみようか。花咲く草原へとわけ入って、ヒナギクの花鎖を編もうか。それとも、次に出るヘブリディーズ諸島行き列車の時刻を調べ、コンパートメントを予約しようか。さあ、すべてはこれからだ」

「そうさ、君にとってはね」とバーナード、「ところがおれは昨日、歩いていたら郵便ポストにぶち当たったよ。おれは昨日、婚約したのさ」

「なんだかとても変に見える」とスーザン、「お皿の横にある砂糖の山が。それにまだら模様の洋ナシの皮も、鏡のまわりの豪華な縁飾りも。どれもいままで見たことがなかったみたい。いまやすべてが決着した。すべてが定着した。バーナードは婚約したの。何か後戻りできないことが起きたのよ。輪は水に投げ入れられていた。鎖が掛けられる。わたしたちは、もう二度と自由に流れてはゆけないんだわ」

「ほんの一瞬だけ」とルイ。「鎖が切れる前に、無秩序が戻ってくる前に、見てくれ。揺るぎないぼくらを、ぼくらが身をもって示しているものを。悪徳に捉えられたぼくらを。

「ああ、けれどいま、輪が切れた。ほら、水が流れ出す。前よりいっそう速く流れゆく。ほら、あの水底に生える陰鬱な水草の陰で、いまかいまかと潜んでいた激情が膨れあがり、そのうねりがぼくらを激しく打つ。苦悶と嫉妬、羨望と欲望。それよりもさらに深く、愛よりもさらに強く、さらに地下深くにあるもの。行動の声が語る。ロウダ、聞けよ（ぼくらは冷たい甕に手を置く密謀者だから）、打ち解けた、早口な、昂ぶった行動の声を。臭いを追う猟犬の声を。彼らは言葉が途切れるのも構わず話す。恋人たちが交わすような短い言葉で話す。尊大で冷酷な獣が、彼らにとり憑いているのだ。神経線維が彼らの太腿でふるえている。心臓は胸で強く打ち、激しく攪拌する。スーザンはハンカチをぎゅっと握りしめる。ジニーの瞳は炎とともに踊る」

「彼らにはね」とロウダ、「後ろ指をさされたり、詮索的な視線に曝されたりする心配はないの。なんて軽やかに振り返り、視線を投げるのかしら。なんて生き生きと誇らかな態度！　ジニーの瞳はなんて生命力に輝いているの。スーザンの視線は、草の根っこの虫を見逃すまいと、なんて激しいのかしら！　彼女たちの髪はつややかに輝いている。瞳は獲物の臭いを追い、葉叢を払っていく動物の目のようにらんらんと燃えている。輪は壊されたの。わたしたちは、ばらばらに投げ入れられたの」

「しかしすぐに、あまりにすぐに」とバーナード、「このエゴイスティックな歓喜は消えてゆく。あまりにすぐに、貪欲な個の瞬間は去り、幸福を、もっと幸福を、もっともっと幸福を、という欲は満たされてしまう。あの石は沈められ、あの瞬間は去った。おれのまわりに無関心の空間が大きく広がっている。と、おれの目のなかに、千もの好奇心の目が開く。未知の領域のこの空間を、未知の世界のこの森を、触れずに残しておいてくれるなら、婚約したバーナードを抹殺してくれて構わない。なぜ、とおれは問う（慎重なささやき声で）、あの女たちは二人きりで食事をしているのか？　何者なのだ？　なぜこの晩、この場所に来たのか？　奥にいるあの青年は、時折後頭部に手をやる神経質なしぐさからして、田舎から出て来たのだな。招待してくれた父親の友人の好意に、何とか感じよく応えようと必死で、この場をほとんど楽しめないのだ。明日の朝十一時半頃になら、心ゆくまで楽しめるだろうに。あのご婦人が、会話に熱中するまっ最中に──おそらく恋愛話だな、あるいは親友の不幸話──三度も鼻にパウダーをはたくのを見たぞ。「あらまあ、わたしの鼻ときたら！」そう思ったんだな。そこでパフの登場だ。それが忙しく往復して、人間の胸の内にあるどんなに烈しい感情も、跡形もなく消し去るのさ。それにしても、一人きりで食事しているあの片眼鏡の男の謎は解けないな。一人でシャンパンを飲んでいる、あちらの初老のご婦人の謎も。この見知らぬ人々はいったい何者で、何をする人だろうか？　とおれは考える。彼が何と言ったか、彼女が何と言ったか、おれは十何通りもの物語を作れただろう──十何通りもの情景が見える。だがしかし、物語とは何だ？　おれがひねり出すおもちゃ、おれが膨らませるしゃぼん玉、輪を潜り抜けてゆく輪だ。時にはそもそも物語などあるのだろうか、と疑問が湧く。おれの物語とは何か？　ロウダの物語とは？　ネヴィルの物語とは？　実際に起きた事実はある。たとえば、「グレーのスーツ姿のハンサムな青年は寡黙で、まわりの饒舌さのなかで妙に際立っていたが、いまパン屑をベストから払い、威厳もありつつ穏やかな彼特有の身振りで合図を送ると、ウェイターが飛んで来て、一瞬の後には、丁寧に折った会計票を皿にのせて戻ってきた」。これは真実だ、これは事実だ。けれどその先はすべて闇のなか、憶測に過ぎない」

「いま、会計を済ませ、別れようといういまこのとき」とルイ、「ぼくらが互いにこれほど異なっているためにあれほど幾度も、あれほど鋭くたち切られたぼくらの血の中にある円環が、いまふたたび一つの輪（リング）に閉じ合わさる。何かが作り上げられる。そうだ、ぼくらは立ち上がり、少々落ち着きなくそわそわしながら、手のなかにこの同じ思いを握り締めて祈るのだ。「動いてはならない、この光のもと、このくだものの皮や、散らばったパン屑や、行き交う人々のなか、ぼくらが作り上げたものを、ここで球形を成したものを、スウィングドアに切り刻ませるな。動いてはならない、立ち去ってはならない。これを永遠に握り締めるのだ」」

「あとほんの一瞬、握っていましょう」とジニー、「愛、憎しみ、それを何と名づけるにせよ、この球形のものを。殻はパーシヴァルと、若さと美で作られていて、そして何かがわたしたちのなかにこれほど深く埋めこまれたから、二度とこの瞬間をとり去ることはできないのよ」

「世界の反対側にある森や、遠い国々も」とロウダ、「その球のなかに入っている。海もジャングルも。ジャッカルの咆哮も、ワシが滑翔する峰に射す月光も」

「幸福もそのなかにある」とネヴィル、「平凡なものの静謐も。テーブル、椅子、ページのあいだにペーパーナイフを挿した本も。薔薇から散り落ちるこの一枚の花びらも、そして黙って座るぼくらのうえに、あるいはちょっとしたことを思い出しては急に話し出すぼくらのうえに、またたくこの光も」

「平日もそのなかに入っているのよ」とスーザン、「月曜日、火曜日、水曜日。野原へと駆け上がり、また帰ってくる馬たちも。四月であれ十一月であれ、舞い上がり、舞い下りては、網をかけるように楡の木々を捉えるミヤマガラスの群れも」

「これから来たるものも、そのなかにある」とバーナード。「それは最後の、最もまばゆいひと滴で、われらが波立つ、輝かしいこの瞬間のなかへ、天上の水銀のようにしたたらせたもの、われらがパーシヴァルから創造したものだ。これから何があるだろうか？　ベストからパン屑を払いながら思うのだ。外側には何があるのか？　座って食べながら、座って話しながら、われらは瞬間の宝庫に何かつけ加えることができる、と証明したのだ。曲がった背中に記録もされぬ殴打（おうだ）をひっきりなしに受けねばならないような、奴隷ではないのだ。主人にただ従う羊の群れでもない。われらは創造者だ。何かを、過去の無数の会衆に加わる何ものかを創り上げたのだ。* 帽子をかぶり、ドアを押し開け、大きく踏み出す。混沌へではなく、世界へ、自力で制御できる世界へ。そして輝ける、永遠なる道に加わるのだ。

「パーシヴァル、見ろよ、彼らがタクシーをつかまえるあいだ、君がもうすぐ見られなくなるこの眺めを。道路は硬く、無数の車輪の烈しい回転に磨かれている。われらの凄まじいエネルギーの黄金色の天蓋は、燃える帆布のように頭上に掛かっている。劇場、ミュージックホール、人家のランプの灯りが、あの光を作り出しているのだ」

「尖った雲が」とロウダ、「磨いた鯨骨のように暗い空を航行してゆく」

「いま、苦悶が始まる。いま、恐怖の毒牙がぼくに喰いこむ」とネヴィル。「いま、タクシーが来た、パーシヴァルが行ってしまう。どうすれば彼を引き止められるのか？　どうすればぼくらのあいだの隔たりに、橋を架けられるのか？　どうすればこの火を風で煽り、永遠に燃えさからせられるのか？　どうすればこの大通りで、街灯の光を浴びて立つぼくらが、パーシヴァルを愛していたと、後々の世まで永久に伝えられるというのか？　パーシヴァルは、行ってしまった」

太陽は高くまで昇りつめていた。太陽はもはや、碧の海のベッドにうずくまる乙女が、額を水滴の宝石で飾り、オパール色の光の槍を放ち、跳ねあがるイルカの脇腹のごとく、落下する刃の閃きのごとく、霞む大気を貫きつつ、ちらちら煌めいては見え隠れする光ではない。太陽はいま、決然と、揺るぎなく燃えあがっていた。それは硬い砂浜を直射し、岩を赤熱のかまどに変えた。水たまりのひとつひとつを見つけ出し、裂け目に潜む小魚を捕らえ、砂に刺さる錆びついた荷馬車の車輪、白骨、鉄のように黒い紐なしブーツの片足を、照らし出した。すべてのものに正確な色合いを、砂の丘には限りない光を、野草にはまぶしい緑色を与えた。あるいは乾ききった不毛な砂地の、風に鞭打たれえぐれた溝にも、吹き寄せられた積み石にも、縮まり絡み合う暗緑色の木々にも、光を投げ掛けていた。それはなめらかな金箔のモスクを、南方の村のピンクや白のもろく不安定な田舎家を、川底に膝をつき、皺だらけの布を石に打ちつけて洗う乳房の垂れた白髪の老婆たちを、照らした。鈍い音をたてながらゆっくり海をわたる蒸汽船は、太陽の凝視をまともに受け、日光は黄色い日除けを貫き、うたた寝する人々や、目のうえに手をかざし、陸を探してデッキを行きつ戻りつする船客たちを打った。その間も油で汚れ、鼓動する脇腹に圧迫されながら、船は日々、単調に、海を渡って人々を運んでいくのだ。

太陽は南国の険しく迫る山頂を照らしつけ、石だらけの深い川底を灼いていた。高い吊り橋のしたの流れは、洗濯女たちが熱された石にいくら膝をついてかがみ込んでも、ほとんど洗いものを濡らせぬほど涸（か）れている。痩せこけたラバが貧弱な肩に荷籠を吊りさげ、灰色の石ころだらけの道をよろよろ進んでいた。太陽の熱は真昼どきには、山肌をまるで爆破で削りとられ焦げたかのような灰色に変えていたが、片やはるか北方のどんより雨の多い地方の、鋤の背でなだらかに均（なら）されたような丘は、あたかもその奥深くにいる門番が、緑のランプを携え部屋から部屋へとめぐるかのごとく、内部から明るんでいた。陽の光は、大気の灰青色（グレーブルー）の微粒子をとおってイギリスの野に降りそそぎ、沼地や池、杭のうえの白いカモメを照らし、まるい梢の森、青麦畑（あおむぎばたけ）、波立つ牧草地のうえをのんびり流れゆく雲の影を明るくする。果樹園の塀に強く当たり、その煉瓦塀の窪みや粒子それぞれを、銀、紫、赤熱色に変えると、それは触れたらやわらかそう、もし触れたら溶け、熱く灼けた塵の粒子となって飛び散りそう。その塀を背に、カランツの房は、つややかな赤にさざ波立ち、なだれ落ち、プラムの実は、葉を押し上げて膨らみ、草の刃はすべてがひとつに集められ、なめらかな緑の炎と化していた。木々の影は、根元の暗い水たまりにのみ込まれている。氾濫して降り注ぐ光は、ばらばらの葉の茂りを溶かし込み、ひとつの緑の小山にしていた。

小鳥たちは、たったひとつの耳へと情熱的に歌いかけ、やがて歌い止んだ。ピチピチ賑やかに騒ぎながら、より高くにある暗い樹洞（うろ）へと、藁や小枝を運んでいく。キバナフジやフジの円錐形の房が、黄金色に、ライラック色に、ふっさりとこぼれ落ちる庭で、小鳥たちも金や紫色に染められている。それというのも真昼の庭は溢れんばかりに花咲いて、赤の花びら、黄の大きな花びらを透かして陽がさし込むと、花のしたのトンネルさえも、緑や紫や、黄褐色に染まり、にこ毛に濃く覆われた緑の茎は、庭に筋目をつけたのだから。

日光は家を直射し、暗い窓と窓のあいだの白壁をまぶしく光らせていた。緑の枝が厚く覆いかぶさる窓ガラスは、光を通さぬ暗闇の輪を抱いている。鋭く尖った光の楔（くさび）は窓敷居のうえに伸び、室内の青い輪文様の絵皿、弓なりの把手のカップ、大鉢の膨らみ、絨毯の十字形模様、キャビネットや書棚のいかめしい角や線を、際立たせる。光の楔が寄り集まった背後には影の領域が垂れこめ、そこにはその影のなかにさらに影を解き放ちたい物が、あるいは暗く濃い暗闇が、潜んでいるやもしれなかった。

　波が砕け、砂浜のうえに水をすばやく広げた。波、また波が、ひと塊になっては崩れ落ち、崩れ落ちるその反動で、しぶきが舞い散った。波の背は、動きとともに筋肉がうねる駿馬(しゅんめ)を思わせたが、鋭いダイヤモンド形の輝きのほかは、深い青一色へと染めあげられている。波頭が砕けては落ち、引いてはまた砕け落ちた。巨大な獣がずしん、ずしん、と足を踏みならすがごとく。

「彼は死んだ」*とネヴィルは言った。「落馬した。馬がつまずいた。投げ落とされたのだ。世界の帆布（はんぷ）がぐるりと旋回し、ぼくの頭を搦めとった。すべて終わりだ。世界の光*という光が消え去ったのだ。あそこに、ぼくが通り過ぎられない木がある。

「ああ、この電報をぼくの手のなかで握り潰せたら——世界の光をふたたび溢れさせることができたら——これは事実ではない、と言えたら！　しかしなぜ、あちらこちらと目を背けるのか。これは真実。事実だ。彼の馬がつまずいた、彼は投げ出されたのだ。閃光を放つ木々と白い柵が、粉々に吹き飛んだ。大きなうねり。彼の耳のなかでどくどく鳴る、そして衝撃。世界が砕け散った。彼は大きく息を吐いた。落馬したその場で、死んだのだ。

「田園の納屋や夏の日々、ぼくらが並んで座った部屋——すべては早、過ぎ去りし非現実世界*のなかにある。過去はぼくから切り離された。人々が駆けつける。乗馬靴の男たち、サンヘルメットの男たちが、彼をどこかの大型テントに運びこむ。見知らぬ男たちに囲まれて、彼は死んだのだ。彼はよく孤独と沈黙に囲まれたものだ。よくぼくを置き去りにしたものだ。それであとになって彼が戻ってくるとぼくは言ったよ、「おお見よ、彼が来る！」*とね。

「窓の外を、女たちが足を引きずって通り過ぎる。まるでその道に深い淵などないかのように。通り過ぎられない硬い葉の木などないかのように。それならわれわれは、つまらぬモグラ塚にでもつまずくがいいのだ。どこまでも惨めなわれわれは、目を閉じたまま足を引きずって過ぎていく。しかしなぜぼくは従わねばならないんだ？　なぜ足をあげ、階段を昇ろうとするんだ？　ここがぼくの立つ場所。ここで電報を握り締めている。過去は、そして夏の日々やともにいた部屋は、赤い目を持つ燃え尽きた紙のように流れ去る。なぜまた出逢い、ふたたび始めるのか？　なぜまたほかの人たちと話したり、食べたり、結びつきを作ろうとするのか？　この瞬間からぼくは孤独になる。ぼくを知る者はいないだろう。ここに三通の手紙がある。「これから、とある大佐と輪投げをしに行くところさ、じゃあ、またな」。こんなふうに彼は手をひと振りし、人波にわけ入ってのみ込まれ、ぼくらの友情に終止符を打つ。いやしかしこんなお笑い草は、まともな葬送に値しないね。ああ、けれどしかし、もしだれかがひと言「おい、待てよ」と言っていたら。鞍の革帯の穴を、あと三つきつく締めていたら――彼は五十年間司法に就き、法廷に座し、騎兵隊の先頭に立って酷(むご)い暴君を告発し、そしてぼくらのもとへ帰って来ただろうに。

「にやりと笑う口がある、ぺてんがある。陰でぼくらを嘲笑っているものがある。あの少年はバスに飛び乗ろうとして、あやうく足を踏みはずしそうだったよ。パーシヴァルは落下した。死んだ。埋葬された。そしてぼくは通り過ぎる人々を、乗合バスの手すりを強く握る人々を、命を守ろうと心に決めている人々を、見つめている。

「ぼくは階段を昇るために足をあげるのは、やめよう。ぼくはしばしのあいだひとりで立っていよう。微動だにせぬ木の陰に、喉をかき切られた男とともに。階下ではコックが、通気孔を開けたり閉めたりしている。ぼくは階段を昇るのはやめよう。われわれは死すべき運命なのだ、だれもが。女たちは買い物袋をさげ、足を引きずってゆく。ひきも切らず人々が通り過ぎてゆく。しかし、お前はぼくを破滅させることはできない。なぜならこの瞬間、いまこの瞬間、ぼくらはひとつだから。ぼくはお前を抱き締める。苦悶よ、さあ、ぼくを喰らえ。お前の毒牙をぼくの肉に喰いこませろ。喰い千切れ。ぼくはむせび泣く、むせび泣く」

「ああ、なんとも理解不能な配剤」とバーナード、「なんとも錯綜した事態。階段を降りながらも、どちらが悲しみで、どちらが喜びかわからないほどだ。息子が誕生した。パーシヴァルが死んだ。おれは生々しい感情で、どちらの側からもつっかい棒をされ、柱で持ち上げられている。しかしどちらが悲しみで、どちらが喜びなのか？　自問してもわからない。わかるのはただ、必要なのは静寂、一人きりになること、外に出ること、おれの世界に何が起きたのか、おれの世界に死が何をなしたのか、それを突きつめるための一時間を確保せねば、ということだ。

「つまりこれは、もうパーシヴァルの見ることがない世界なのだ。おれが見よう。肉屋が隣に肉を届けている。老人二人がよろよろと歩道を歩いている。スズメが舞い降りる。つまり機械は動いているのだ。おれはそのリズムを、その鼓動を心に留めはしても、彼はもう見ていないのだから（彼は血の気なく、包帯を巻かれ、どこかの部屋に横たわっている）、おれにも無縁のものとして見る。何がほんとうに大切なのかを見極めるチャンスなのだ。注意深くならねば。嘘偽りは許されない。彼へのおれの感情はつまり、そうだ、彼は中心に座していた。もうあの中心に行くことはない。あの場所は虚ろなのだ。

「ああそうさ、そこをゆくフェルト帽の男たちよ、買い物籠をさげた女たちよ、断言しよう――君らにとって、ほんとうに大切になり得た貴（とうと）いものを失ったのだと。従うはずだった指導者を失ったのだ。君らのうちのひとりは、幸福を、子どもを失ったのだ。君にそれを与えるはずだった男は死んだのだ。彼はインドのどこかの暑苦しい病院で、包帯を巻かれて簡易ベッドに横たわり、まわりではクーリーが床にしゃがみ込んで、あの天井から下がった大うちわで*――向こうで何と呼ぶか忘れちまったな――扇（あお）いでいる。しかし重要なのはこれだ。「君はうまいこと逃れた」。と、ハトが屋根を越えて舞い降り、息子が誕生し、おれはそう言ったのだ。まるでそれが事実であるかのように。思い出すな、少年のころの彼は妙に超然としていた。そして続けてこう言うのだ（おれの目に涙が溢れ、やがて乾く）、「それにしてもこれほどうまくやってのけるとはな」と。おれはこの表通りのはるか先の空で、目のない顔をおれに向ける観念的なものに向かって語り掛ける。「お前ができるのは、せいぜいこんなことなのか？」そうであるならおれたちは勝利したのだ。お前ができるのはここまでだ、とおれは目のない残忍な顔に向かって言うが、それも虚しい（というのも彼は二十五歳*で、八十までだって生きられたのだから）。横たわって嘆きのうちに一生を送る*など、おれはしないぞ（おれの手帳に書き記すべきフレーズだな。無駄死にを負わせる者を貶（おとし）めるのだ）。そしてさらにこれは重要だ。これをつまらん滑稽な状況だ、と思わなくては。そうすれば彼だって、立派な馬に乗っかった自分をばからしいと思わずにすむのさ。おれは「パーシヴァルとは、またなんて大仰な名前か」と、思えるようにせねばな。しかし同時に、聞け、地下鉄駅に急ぐ男たちよ、女たちよ、君たちは彼を尊敬せねばならなかっただろう。整列し、彼につき従わねばならなかっただろう。ああ、虚ろな目、燃える目を通して人生を見ながら人波を掻き分け漕ぎゆくとは、何と不思議なのだろう。

「けれど早くも兆しを感じるな、おれを誘い戻そうと手招きしているのだ。好奇心が追い出されていたのは、ほんのわずかなあいだだ。この機械の外で人が生きられるのは、せいぜい半時間といったところだからな。おれは気づく、人々の身体はもう普通に見え始めている。けれどその身体の向こうの背後は違っていて——遠景が見える。新聞売りのプラカードの向こうには、病院があり、細長い部屋でインドの男たちがロープを引っぱっている。これから彼を埋葬するのだ。だがプラカードに有名女優離婚、とあると、いったいだれだろう？　と反射的に思ってしまう。なのに一ペニー硬貨が見当たらない。新聞が買えない。おれはまだ中断するわけにいかないのだな。

「もしおれが二度と君に会えず、実体あるあの姿を目にできないというのなら、おれたちはいったい、どんな形で心を通わせ合うのだろう。君はあの中庭を横切り、遠くへ遠くへと、二人のあいだの糸を細く細く伸ばして、去ってしまった。けれども君はどこかに存在している。君の何かは残っている。裁き手だ。つまり自分の中に新たな鉱脈を発見したら、おれは秘かにそれを君の前に差し出すだろう。さあ、君の評決は？　と尋ねるだろう。審判者としての君は残るのだ。しかしいつまでか？　あれこれ説明するのは難しくなっていく。というのも新しいことが起きるからな。ほら、おれには息子が生まれた。いま人生経験の頂点にいる。あとは下っていくばかりだ。すでに「よし、運がいいぞ！」と胸を張っては声をあげない。心の高揚や、ハトが舞い降りるのは、終わりだ。混沌が、細部が、戻ってくる。もうウィンドウに書かれた店名に、はっとしたりしない。なぜみな急ぐのか、なぜ列車に飛び乗るのか？　とは思わない。連続性が戻り、ものごとは次から次へと連なっていく――いつも通りの秩序だ。

「いやしかし、やはりおれはいつも通りの秩序に嚙みつく。ものごとの連続性を受け入れるようにはまだなるまい。歩くぞ。立ち止まったり、見たりして、精神のリズムを崩しはしまい。歩くのだ。この石段をあがって美術館*に入り、この連続性の外側にある精神、おれと同じような精神の影響に身を委ねよう。あの問いに答える時間はあまり残っていないな。力が衰えてきた。鈍ってきた。ここには絵が並んでいる。ここには柱と柱のあいだに座す冷めた聖母(マドンナ)たちが並んでいる。精神の目の休みない活動を、包帯を巻かれた頭*を、ロープを引く男たちを、この聖母たちに鎮めてもらおう。そうすれば、そのしたにある視覚によらない何かを見つけられるかも知れない。ここには庭園がある。そして花に囲まれたヴィーナス*がいる。ここには聖人たちや、青い衣の聖母(マドンナ)たちがいる。ありがたいことにこの絵画たちは何も言わない、なじることも、諭すこともしない。そのようにして彼に対するおれの考えを拡張し、異なる姿でおれのもとに返してくれるのだ。彼の美しさが思い出されるよ。「見ろよほら、彼が来る*」と、おれは言ったのさ。

「描線や色彩というものは、おれでさえ、安易にフレーズを作り出し、誘惑されやすく、次に起きることを愛し、拳を握り締めることができず、まわりの状況につれてふらふらしつつフレーズを作るこのおれでさえ、英雄的になり得ると思わせてくれる。いま、そんな自分の弱点を通して、おれにとっての彼をとり戻す。つまりおれと正反対の人物を。彼は元来、現実に即した人間だから、こうした誇張表現の意味がまるで理解できず、しかも天性の順応の才があって生きる術(すべ)に秀でた達人で、すでに老成したようでもあり、彼のまわりに無関心とも言うべき穏やかさを広げているようだった。いや、たしかに自分自身の昇進には無頓着だったが、大いなる共感力はあったのだ。子どもが遊んでいるな——夏の夕暮れだ——いくつもの扉が開いたり、閉じたりするだろう、これからも開いたり、閉じたりし続けるだろう。その扉の隙間越しに見る光景は、おれを涙ぐませる。あれを他人に伝え、分かち合うことはできないのだからな。だからこそのわれわれの孤独だ。寂寥だ。心のなかのあの地点を振り返ると、そこは虚ろだ。自分の弱点が自分に重くのし掛かる。あれに抗う彼はもういないのだ。

「おお、見よ、涙の筋をつけた青衣の聖母を。これがおれの葬送だ。おれたちは何の儀式も行わず、それぞれの秘やかな哀悼歌があるのみ。気持ちのもっていきようもなく、各々のばらばらな、荒れ狂う感情があるのみ。われわれの事例にかなう言葉は語られたことがないのだ。ナショナル・ギャラリーのイタリア絵画室に座り、いくつもの破片を拾い集めよう。ティツィアーノ*がこのネズミのかじる感覚を味わったか怪しいものだな。画家たちは一筆一筆描き加え、秩序立った没頭の人生を送る。詩人たちとは——生け贄とは——わけが違う。彼らは岩に鎖で繋がれてはいないのだ。だからこその静寂であり、崇高さではある。とはいえあの真紅は、ティツィアーノの臓腑で燃えたに違いない。おそらく彼はたくましい腕に豊穣の角を抱いて繁栄し、そして没落したのだ、あの転落で。*しかし静寂がおれに重くのし掛かる——あの目が絶え間なく訴え掛けてくる。悲しみは間歇的で、時に弱まる。あまりに幽かで、あまりに朧ろで、気づかないほどだ。弔鐘は抑えられていて、おれはわめいたり、じゃんじゃん鳴って、騒ぎ立てたりはしない。豪華なものに、緑色の裏布が波立つ真紅に、ずらりと立ち並ぶ柱に、オリーブの黒く尖った葉叢を背にしたオレンジの光に、心が異常に浮き立つ。感覚の矢が、おれの背骨から四方に放たれるのだ、無秩序に。

「それでも、おれの解釈に何かがつけ加えられる。何かが深く埋められている。一瞬、それを摑み出そうかと思ったのだ。いや、埋めておけ、埋めておけ、おれの精神の奥深くに匿い、種を育て、いつの日か実を結ばせるのだ。長い人生の果て、啓示の瞬間に、そっと摑めるかもしれないが、いまは手の中でそのアイディアはもろくも毀れてしまう。アイディアというものは、完璧な球形をなしては、そのたびに何千回でも毀れるもの。毀れて、おれのうえに降りかかる。「描線や色彩は長く生き残る、ゆえに……」

「あくびが出るな。感覚がもう過剰なのだ。精神が張りつめ、長い長い時間――二十五分、三十分――機械の外にひとりで居つづけたために、消耗したのだな。麻痺してきた。こわ張ってきた。おれの共感力のある心に傷をつけるこの麻痺状態を、どう打ち破ればいいのだろう。苦しむ者がほかにもいる――あまたの人々が苦しんでいる。ネヴィルが苦しんでいる。パーシヴァルを愛していたのだ。しかしおれはこれ以上、極度に張りつめているのには耐えられないな。ともに笑うだれか、ともにあくびするだれか、ともに彼がどんなしぐさで首を掻いたかを思い出す人がほしい。彼が気を許し、好きだっただれか（愛していたスーザンではなく、むしろジニーだな）。彼女の部屋で、罪の贖（あがな）いもできるかもしれない。こう尋ねることもできるかもしれない。あの日ハンプトン・コート*へ行こうと誘われたのに、おれがどう断ったか彼から聞いているかい？　とね。こうした思いのせいで夜中にうなされ、はっと飛び起きるんだろう——これは世界中の市場で帽子を脱いで、懺悔すべき罪なのだ、あの日ハンプトン・コートに行かなかったのは。

「いやしかし、いまおれは、まわりに生きた人間がほしい。それから書物や、ちょっとした飾り物や、いつもの行商人の売り声がほしい。こうも消耗したあとに、そういったものを枕に頭を休めたい、この啓示のあとに目を閉じたいのだ。それなら階段を降り、最初のタクシーを摑まえ、ジニーのもとへまっすぐに行こう」

「ここに水たまりがある」とロウダ、「わたしはそれを飛び越せない。頭のすぐ横で、巨大な碾臼（ひきうす）が激しく回るのが聞こえる。その風が、わたしの顔へと唸り声をあげ、吹きつける。知覚で捉えられる生命の形は、すべて失われてしまった。手を伸ばして何か固いものに触れなければ、果てのない回廊を永遠に吹き飛ばされていってしまう。だとしたら何に触れたらいいの？　どの煉瓦に、どの石に触れたら、巨大な淵をのり越えて、自分の身体へと安全に戻れるの？

「影はすでに降り、紫色の光が斜めに低く差し込んでいる。美をまとっていたあの姿は、いま屍（しかばね）に包まれる。切り立つ斜面が迫る森に佇んでいたあの姿は、いま屍へと崩れ落ちる。階段のうえでの彼の声、彼の古靴、ともに過ごしたいくつもの瞬間に、それを愛しているとみなが言ったあのとき、わたしが言ったように。

「さあ、わたしは歩いていくのよ、オックスフォード・ストリートへ、稲光に引き裂かれる世界を心に描きつつ。見るのよ、オークの木々がずたずたに裂け、花のついた枝が落下したところが赤く染まっているのを。わたしは行くのよ、パーティー用のストッキングを買いにオックスフォード・ストリートへ。稲妻の閃光のもとでも普段通りにする。道端のスミレを摘んで束ね、パーシヴァルに捧げる、これがわたしから彼への贈りもの。見て、これがパーシヴァルからわたしへの贈りもの。見て、これがパーシヴァルが死んだ後のオックスフォード・ストリート。並ぶ家々の土台は頼りなく、風のほんのひと吹きで飛んでしまう。車は乱暴に、無謀に、先を争って走り、唸り、猟犬のようにわたしたちを死へと狩り立てる。わたしは敵意に満ちた世界でただひとり。人間の顔はおぞましい。それは気に入ったわ。わたしは世の目に曝され、激烈に、石ころのように、岩に当たって砕け散りたい。工場の煙突、クレーン、貨物車、それがわたしの好きなもの。通り過ぎてゆく、歪んだ、無関心な顔、顔、また顔、それがわたしの好きなもの。きれいなものにはむかむかする。プライヴァシーにもむかむかする。荒波に乗り、そして沈んでゆくんだわ、だれにも助けられずに。

「パーシヴァルはその死によって、この贈りものをくれた。この恐怖心を露わにしてくれた、この屈辱に耐えるようわたしを置き去りにした——顔また顔が、皿洗いの女中が配るスープ皿のようにやってくる。粗野で、強欲で、冷淡。袋をぶらさげて店のショーウィンドウを覗いている。いやらしい目つきで、さっと掠め、なにもかもを破壊し、そのうす汚い指で触って、わたしたちの愛まで穢（けが）していくんだわ。

「さあ、ここがストッキングを売るお店。美がふたたび溢れ出すと、信じられるかもしれない。そのささやき声が、通路の向こうから、レースのあいだから流れてきて、色とりどりのリボン籠のなかで息づいている。ということは、この狂噪のただなかにも暖かな虚（うろ）があるのね。真実から身を守り、美の翼のもとに憩える、わたしが願うような、静寂の小部屋があるのね。店員の娘が静かに引き出しを滑らせると、痛みはひと時中断される。それから彼女が何か言う。その声でわたしは覚醒する。わたしは水底へと、水草のあいだをすっと潜っていく。と、彼女が何か言うたびに、羨望、嫉妬、憎しみ、恨みが、砂のうえのカニのように逃げていくのが見える。あれがわたしたちの道づれ。支払いをすませて包みを受け取りましょう。

「ここはオックスフォード・ストリート。憎しみ、嫉妬、焦燥、無関心が泡立って、人生の狂った似姿を見せている。これこそがわたしたちの仲間。ともに座し、食事をする人たちを思い浮かべるのよ。たとえばルイ。夕刊のスポーツコラムを読みながら、笑いものになるのを恐れている。俗物よ。道ゆく人々を眺めながら思っているんだわ、ぼくに従うのなら、君たちを導く羊飼いとなろう、とね。もしも従ったら、わたしたちを秩序のなかに組み入れるのよ。そうやって彼は、パーシヴァルの死を自分の望みどおり、なだらかに均してしまう。薬味瓶（クルエット）越しに、家並みの向こうの空をじっと見上げながら。片やバーナードは目を真っ赤にして、どさっとアームチェアに身を沈める。あの手帳を取り出すわね。そして「シ」の項目に「友の死（シ）に際して用うべきフレーズ」と書き込むのよ。ジニーはピルエットしながら部屋を横切って、彼の椅子のアームに腰をおろすと、こう聞くわね。「彼はわたしを愛してたかしら？　スーザンよりももっと愛してたかしら？」。スーザンは、田舎で彼女の農園主と婚約しているけれど、お皿を持ったまま電報を前にしばし立ちすくみ、それからオーブン扉をバタンと踵で蹴って閉める。ネヴィルは涙にかすむ目で窓をじっと見ている。涙にかすむ目でじっと見て、ふと、「窓の外を通るあれはだれだろう？」――「あの美しい少年は？」と思うのよ。わたしのパーシヴァルへの捧げものはこれ。萎（しお）れたスミレの花、黒ずんだスミレの花。

「それならどこへ行けばいいの？　ガラスの展示ケースに指輪（リング）が収められ、キャビネットや、女王たちのドレスが飾ってある博物館*？　それともハンプトン・コートへ行って、赤い外壁や中庭や、あるいはまたイチイの木が芝のうえ、花々に挟まれて黒いピラミッドをなし、左右対称に行儀よく並ぶのを見たらいいの？　そこで美を取り戻し、搔き起こされ、掻き乱されたわたしの魂に、秩序を押しつけたらいいの？　ひとりきり、だれもいない芝生に立ってきっとこう思う、ミヤマガラスが飛んでいる、バッグをさげた人が通り過ぎる、手押し車の庭師がいる、と。きっと列に並んで、汗とか、汗と同じくらい不快な悪臭とかを嗅ぐ。そしてほかの人たちとともに、吊りさげられる。ずらりと並んで吊りさげられる、肉の塊のように。

「ここはコンサート・ホール*。料金を払ってなかに入り、暑い昼下がり、昼食のあとに来てまどろむ人たちと音楽を聞く場所。わたしたちはビーフ・アンド・プディングをたらふく食べた。あと一週間は何も口にしなくてもいいくらいよ。それで前へと進めてくれる何かの背に、わたしたちはうじ虫のようにたかっている。品良く、恰幅良く――白髪はわたしたちの帽子のしたで波打ち、靴はきゃしゃで、バッグは小ぶり。きれいに剃りあげた頬、そこここに軍人風の口髭。わたしたちの高級布地には、塵ひとつ許したことはない。身体を揺らし、プログラムを開き、友人らと二言、三言挨拶を交わし、席に着く。まるで岩に打ちあげられたセイウチのように、まるで海までよたよた行くことすらできない重たい図体のように。波がわたしたちを高く持ちあげてくれまいかと望むものの、あまりに身体は重たく、わたしたちと海のあいだには、あまりに多くの乾いた石ころが転がっている。飽食に膨れ、暑さにうだって転がっている。ほら、そんなわたしたちを救出しに、膨らんだ身体をつるつるしたサテンドレスに押し込んで、海の碧色の女が来たわよ。くちびるをすぼめ、緊迫した様子で息を吸い込んで膨張し、さあこのとき、という瞬間に猛然と声を発する。まるで彼女はりんごを目にし、声は音符に向かって飛んでいく矢のよう。「ああ！」と。

「斧が木の芯まで断ち割ったわ。芯は温かい。樹皮の内側で音がふるえる。「ああ！」と、彼女はヴェニスの窓辺から身をのり出し、恋人に向かって叫ぶ。「ああ、ああ！」と声をあげ、また「ああ！」と声をあげる。彼女はわたしたちに、叫び声を提供してくれた。でも叫び声だけね。じゃあ叫びとは何？　そこへカブト虫に似た男たちがヴァイオリンを手に現われる。構え、拍子をとり、うなずき、さあ、弓がおりる。するとオリーブの木々が踊るように、灰色の無数の舌形の葉が踊るように、さざ波と笑い声が起きる。そこへ口に小枝をくわえた船乗りが、岸に飛び移る。切り立った斜面がいくつも迫っているところに。

「ように、ように、ように——でもその見せかけのしたに、いったい何があるというの？　稲光が木を深く切り裂き、花をつけた枝は落下し、パーシヴァルが自らの死によってわたしにこの贈りものをくれたいま、それを見せてよ。正方形があり、長方形がある。演奏者たちは正方形を持ち上げて長方形にのせる。正確に据える。彼らは完璧な居場所を作る。その外にはほとんど何も残っていない。いまや骨組みがよく見えるわね。混乱していたものが、ここに収まる。わたしたちはそれほど多様でもなければ、それほど凡庸でもないわけね。わたしたちは長方形を作り、正方形に載せたんだわ。これはわたしたちの勝利、わたしたちの慰めよ。

「この満ち足りた快感が溢れ出し、わたしの精神の壁をつたい落ち、わたしの共感力を解き放つ。もうさ迷うな、とわたしは言う。ここが終着点。正方形のうえに長方形がのせられ、そのうえに螺旋（らせん）がある。わたしたちは小石の浜辺を引きずられて、海まで来た。演奏者たちが戻って来たわね。でも顔を拭っている。もうあまり小ぎれいでも上品でもなくなっている。さあ、行こう。この昼下がりはとり除（の）けておこう。巡礼に出るのよ。グリニッジ*に行こう。わたしはトラムに、乗合バスに、勇敢に飛びのる。リージェント・ストリートでガクンと揺れて、この女のひとへ、この男のひとへと放り出されても、その衝突で怪我はしないし、怒鳴られもしない。長方形のうえに正方形がのっている。この辺りのみすぼらしい通りでは、露店で値切り合いがくり広げられ、種々雑多な鉄軸やボルトやねじ釘が並べられ、人々は歩道を逸（そ）れて群がり、ごつい指で生肉をつまみ上げている。骨組みが見える。わたしたちは居場所を作ったのよ。

「ということはこの花は、牛たちに踏み荒らされ、風に揉まれ、ひしゃげ、実も花もつけない野の荒れ草の中に育ったのね。これがわたしの持ってきた花。オックスフォード・ストリートの敷石のあいだから根ごと引き抜いた花、わたしのちっぽけな花束、わたしのちっぽけなスミレの花束。このトラムの窓から、ほら、煙突のあいだにマストが見える。

川が見える、インドへ渡る船が見える。わたしは川辺を歩く。この川辺をのんびり歩くのよ、そこでは老人がガラスの休憩所で新聞を読んでいる。この川沿いをのんびり歩いて、船が潮の流れにのって、滑らかにくだって行くのを見るのよ。甲板を歩く女の人がひとり、そして彼女に犬がまとわって、吠えている。スカートが風になびき、髪が風になびく。彼らは海へ出て行く、わたしたちを残して出て行く。この夏の夕暮れを去って行く。さあ、わたしは手放す、解き放つ。わたしは燃え尽きたい、消滅したいという、ずっと抑えつけてきた願い、ぐいっとひき止められてきた願いを、ついに自由に解き放つ。わたしたちはともに砂丘をギャロップする。それはツバメが暗い水たまりで翼を濡らすところ、円柱が無傷で立っているところ。岸に砕ける波めがけて、地球の果ての果ての隅々にまで白い泡を投げかけるこの波めがけて、わたしのスミレを、わたしのパーシヴァルへの捧げものを、わたしは抛(なげう)つ」

太陽はもう、天心に聳えてはいなかった。光線は傾き、ななめに光を落としている。それは雲の隅を捉え、薄く切りとり、そこを足も乗せられぬ輝く小島へと燃え立たせた。やがて雲が、ひとつ、またひとつ、さらにまたひとつと光に捉えられると、そのしたの波は、焔の羽根を持つ矢に、ふるえる青を乱れ走る矢に、射抜かれた。

樹冠の葉は陽光に焼かれ、ぱりっとしていた。そして気まぐれに起きるそよ風に、硬い葉音をたてるのだ。小鳥たちは首をぴくりと左右に鋭く動かすほかは、じっと動かない。まるでもう音に飽いた、溢れるばかりの真昼に満ち足りた、とでもいうように歌い止めていた。イトトンボが身じろぎもせず葦のうえに止まり、それからさらに遠くへ、宙を切り、青の一閃を放っていった。はるか向こうのざわめきは、地平線を上へ、下へと舞う繊細な羽根が、ちりぢりにふるえてたてる羽音のよう。川の水はガラスのように葦のまわりに張りめぐらされ、それを固めていた。と、そのガラスが揺れ、葦が低くなびいた。もの思いに沈んで頭を垂れ、身動きもしなかった牛の群れが、もの憂げに、一歩、また一歩と足を運んだ。屋外のバケツは水でもういっぱいとでもいうように、蛇口のしたたりは止んでいたけれども、やがてまた一滴、二滴、三滴、ぽたぽたぽた、っと立て続けにしたたる。

窓ガラスはちらちら燃える火や、曲がった枝を映し、やがて澄みわたった静謐な空間を映しだした。ブラインドは窓の縁で赤く染まって垂れ、室内では、光の短刀が椅子やテーブルを突き刺し、その樹脂ラッカーやつや出しの至るところに亀裂を走らせる。緑色の水差しはすさまじく膨れあがり、その腹に長く伸びた白い窓を映し出す。光は暗闇を前に駆り出し、奥まった角や浮き彫り模様のうえで、見事に二つに裂けた。しかしそれでも闇は、もやもやと朧ろな形に盛りあがっていた。

波は大きな塊となり、弓なりに反りかえり、岸に砕けた。石や小石が弾け飛んだ。波は岩という岩を勢いよくめぐり、高く跳ねあがった波しぶきは、乾いていた洞窟の壁に跳ねかかり、岸に水たまりを作る。波が退ったあとには、残された魚たちの幾匹かが、その水たまりで尾鰭をぴちぴちと打っていた。

「署名した」とルイは言った、「自分の名前をもう二十回は書いたな。自分、また自分、そしてまた自分だ。くっきり、明瞭に、明晰に、ここにぼくの名前がある。明瞭に、明晰に、ぼく自身もある。とはいえ、ぼくのなかには受け継いできた厖大な経験が詰まっているのだ。何千年も生きてきたのだからな。まるで年代もののオークの梁(はり)を延々と喰い進んできた木喰い虫のようだ。しかしいまは収縮している。この晴れわたった朝に、ぼくは一つにまとめられている。

「晴れた空から日の光が降り注ぐ。けれど十二時にやって来るのは、雨でも日光でもないのさ。ミス・ジョンソンが、ぼくの書簡類をワイヤートレイにのせて来るのだ。その白い紙のうえに、ぼくの名前を刻み込む。木々の葉のさやぎ、側溝を流れる水音、ダリアや百日草が点々と咲く緑の深み。ぼくはいま公爵だ。こんどはソクラテスの友のプラトンだ。東へ西へ、北へ南へ、徒歩で渡っていく黒人や黄色人たちだ。果てしない行列だ、いにしえに水差しを持ってナイル川へと行ったように、いまでは、アタッシュケースをさげてストランド街をゆく女たちだ。ぼくのいく重にも重なる人生の、たたまれ、押し固められた、いくつもの層は、いますべて、ぼくの名前ひとつに集約されている。この紙のうえに明らかに、飾り気なく、刻まれている。ぼくはいまでは立派な大人だ。太陽のもと、雨のもと、すっくと立ち、斧のように重くどさりと落ちて、自分自身の重みだけでオークを伐り倒さねばならないのだ。あちこちよそ見して道から逸れたら、雪のように降り落ちてあっさり溶けてしまうばかりだろう。

「ぼくはタイプライターや電話に、半ば惚れている。パリへ、ベルリンへ、ニューヨークへと出す、書簡や電報や、電話で出すてきぱきと的確な指令によって、ぼくはいくつもの人生をひとつに融合してきた。勤勉と決断によって、この地図上に何本もの線を引き、世界各地を結び合わせる手助けをしてきた。ぼくは十時ぴったりに自分のオフィスに入って来るのが好きだ。ダークマホガニーの紫がかった艶が好きだ。このデスクが、その鮮やかな輪郭が、そしてなめらかに滑る引き出しが好きだ。ぼくのささやき声に通話口をいっぱいに伸ばして来る電話器も、壁の日付も、スケジュール帳もとても好きなのだ。四時にミスター・プレンティス。四時半ちょうどにミスター・エアーズ。

「ミスター・バーチャードのプライヴェート・オフィスに呼ばれ、中国との取り引きについて報告するのがぼくは好きだ。アームチェアとトルコ絨毯を受け継ぎたいものだ。ぼくは勤勉に働く。世界の彼方の混沌の地まで貿易を広げ、ぼくの前にある暗黒を進んでいく。もし混沌から秩序を作り出して前進し続ければ、ぼくはいつかチャタム*やピット、*バーク*やサー・ロバート・ピール*のような人物になっているだろう。そうやって過去のあの汚点を消し、屈辱を拭い去るのだ。クリスマスツリーのてっぺんから旗をくれたあの女の人。ぼくの訛り。鞭打ちやその他の体罰。あの自慢たらたらの級友たち。ブリスベンの銀行家の父を。

「ぼくは食堂でぼくの詩人を読み、コーヒーをかき混ぜつつ、小テーブルで賭けごとをする勤め人たちの会話を聞き、カウンターでためらう女たちを見ていた。無造作に投げ捨てられた茶色い紙切れのごとく、見捨てられたものがあってはならない、とぼくは思う。彼らの旅路にも行きつく先があるべきではないか。威圧的な主人の命令のもと働く彼らも、週二ポンド十シリングは得るべきではないか。日暮れにはだれかの手が、何かの衣が、ぼくらを包みこむべきではないか、そう思ったのだ。ぼくがこのような傷を癒し、得体の知れぬこの怪物たちを理解し、ぼくらを無駄に消耗させる弁解も弁明もいらなくなったあかつきには、ぼくはこの通りに、この食堂に、彼らの苦難のときに石ころだらけの浜辺で失ったものを返してやるのだ。いくつかの言葉を組み立て、ハンマーで打ち出した鋼鉄のリングを、われわれのまわりに作り出すのだ。

「しかしいまは、一刻の猶予もない。ほんのひと息つく間も、ちらちら揺れる葉叢の木陰も、日射しをよけて恋人と夕涼みできる小部屋もない。全世界の重みがわれわれの肩にのし掛かっている。その展望（ヴィジョン）は、ぼくらの目を通して開けるのだ。まばたきやよそ見などしようものなら、あるいはプラトンの言葉に触れようと振り返ったり、ナポレオンや彼の数々の征服に思いを馳せたりなどしようものなら、それは世界に重大な損失を与えるのだ。これが人生だ。ミスター・プレンティスが四時。ミスター・エアーズが四時半。ぼくはエレベーターがさっとやわらかに昇降する音、行き先で止まるときのずしんという音、また廊下に響く重鎮の重々しい靴音を聞くのが好きだ。こうしてわれわれは結束し、地の果ての果てまで船を送り出す。船に十分なトイレや運動室（ジム）を完備する。全世界の重みがわれわれの肩にのし掛かる。これが人生だ。このまま前進し続ければ、ぼくはアームチェアと絨毯を受け継ぐだろう。ほかの貿易商のだれもが羨む、珍しいコニファーやメロンや花咲く木のある、サリー州の温室付き屋敷を受け継ぐだろう。

「それでもぼくは、いまだに自分の屋根裏部屋*を手放さないのだ。そこでぼくはいつもの小さな本を開く。そこで雨に光る屋根瓦が、ついには警官のレインコートのようにつやつや輝きだすのを見つめている。そこで貧しい人々の割れた窓を、痩せこけたネコたちを、街に立つためにひび割れた鏡の前で目を細め、化粧する売春婦を見るのだ。そこにロウダが時折訪ねてくる。ぼくらは恋人だから。

「パーシヴァルが死んだ（彼はエジプトで死んだ、ギリシャで死んだ、すべての死はひとつの死なのだ）。スーザンには子どもたちがいる。ネヴィルはまたたく間に目を惹く高みにまで駆け昇った。人生は過ぎゆく。ぼくらの屋根のうえ、雲は絶えず形を変えゆく。ぼくはこれをする、あれをする。そしてまたこれを、あれを。人と出会い、別れ、ぼくらは様々な形を作り出し、様々な模様をなす。しかしもしぼくが、こうした心に生じたイメージを掲示板にピンで留め、ぼくのなかの多人格をひとつにしなかったら。ぼくがいまここにだけ存在し、彼方の山々のまだら雪のように筋やまだらになって散らばっていなかったら。もしオフィスを通り抜けるとき、ミス・ジョンソンに映画の話を尋ね、自分のティーカップを取り、好物のビスケットをもらっているだけなら。そうしたらぼくは雪のように降り落ちてはあっさり溶けてしまうだろう。

「それでも六時がくれば、帽子に手を触れて守衛に挨拶する。受け入れられたいと願うあまり、いつもやたら丁寧になってしまうのだ。風に抗い身を屈め、コートのボタンを襟まで留め、顎は青く目は潤み、ああ、あのかわいいタイピストが膝で甘えてくれたらな、とか、ぼくの一番の好物はレバーとベーコンの煮込み料理だね、とか思いながら、いつの間にか川のほうへ、向こうには行き過ぎる船影が見え、女たちが言い争う裏路地にある、行きつけのパブのほうへと、ふらふらさ迷っていきそうになるのだ。けれどもはっと我に返り、四時にミスター・プレンティス、四時半にミスター・エアーズ、と自分に言い聞かせる。斧は薪割り台のうえに振り降ろされなければ。オーク材は芯までまっ二つに割らなければ。全世界の重みは、ぼくの両肩にのし掛かる。さあ、ここに紙とペンがある。ワイヤートレイの手紙に、自分の名前を書き入れるのだ。自分、また自分、そしてまた自分だ」

「夏が訪れ、冬が訪れる」とスーザン。「季節は移りゆく。梨が丸く実り、枝から落ちる。枯葉が一枚、枝先に残っている。でも蒸気で窓は曇っている。わたしは炉辺に座って、やかんのお湯が沸くのを見つめているの。蒸気で筋のついた窓ガラスを透かして、その梨の木を見るの。

「おねむり、おねむり、とやさしく口ずさむ。夏も冬も、五月も十一月も。おねむりなさい、と歌う――歌ごころのないわたしが、犬の吠え声や、玄関ベル、砂利を走る車輪のざくざくいう素朴な音のほか、音楽を耳にすることのないわたしが、わたしの歌を歌う。暖炉のそばで、浜辺でささやく歳月を経た貝殻のように。おねむり、おねむり。ミルク缶をガタガタ揺らしたり、ミヤマガラスを撃ったり、野ウサギを狩ったりするあらゆる者を、どんな形であれ、ピンクの上掛けにくるまれたいたいけなものの籐の揺り籠に、破滅のショックを及ぼす者を、自分の歌声で脅し、はね除けるの。

「わたしは失ったのよ。わたしの冷淡さ、わたしの虚ろな瞳、根まで見とおした梨の実形の瞳を。わたしはもはや、一月でも五月でも、ほかのどの季節でもない。身体すべてが細い糸へと紡ぎ出され、揺り籠のまわりをめぐり、わたしの血でできた繭のなかに赤ん坊のか弱い手足を包みこんでいるの。おねむり、と言うと、体内にもっと荒々しく獰猛な力が湧き上がるのを感じて、この部屋に押し入り眠る幼な子の目を醒ます、どんな闖入（ちんにゅう）者も略奪者も、一撃のもとに打ち倒せる気がする。

「わたしは日がな一日、エプロンに部屋履き姿で、家じゅうをぱたぱた歩きまわる。癌で亡くなったお母さまと同じように。いまではもう、いまが夏なのか、冬なのか、野（の）の草や荒野（ヒース）の花からではなく、窓ガラスを曇らす蒸気や、窓ガラスに宿る霜から知る。ヒバリが囀りの輪（リング）を空高く響かせ、やがてそれが剝いたりんごの皮のように落下してきたら、わたしは身を屈める。赤ん坊にお乳を与える。かつてブナの森じゅうを歩きまわり、カケスの羽根が舞い落ちながら青く変わるのを見ていたわたし。羊飼いや流浪者とすれ違い、側溝に車輪がはまった荷馬車横にうずくまる女をじっと見ていたわたし。それがいまでは、はたきを手に部屋から部屋へとめぐっている。おねむり、と唱える、ねむりが羽毛ふとんのようにふわりと舞い降りて、このか弱き幼な子を包んでくれるようにと願って。生はその鋭い鉤爪を収めよ、その稲妻の剣を抜かずに通り過ぎよ、と命じて、自分の身体を窪ませ、赤ん坊が眠れる温かな庇護の場所を作るんだわ。おねむり、おねむり、とわたしはくり返す。でなければ窓辺に寄って、高くにあるミヤマガラスの巣を見あげる。それからあの梨の木を見る。「わたしが目を閉じれば、彼の目が見る」と思う。「自分の身体を越えて彼の目と混ざり合い、インドを見る。彼は国（ホーム）へ戻り、わたしの足もとにトロフィーを並べる。わたしの富を増やしてくれるのよ」と。

「けれどもう、夜明けとともに起き出して、キャベツの葉に宿る紫色の朝露を見たりしない。薔薇の花に宿る薔薇色の朝露も見ない。セッター犬が円を描きつつ鼻をすりつけるのも見ないし、夜に横たわって葉叢に隠れる星を眺め、その星が動いても葉叢は変わらずじっとしたままね、と見上げたりもしない。肉屋が来たわね。ミルクが酸っぱくならないように、日陰に置かせなくては。

「おねむり、とくり返す。おねむり、と。お湯が沸き出し、やかんの口からさらにさらに蒸気を太く吐き出し、一気に噴き上がるあいだも。こうして生命がわたしの血に滾る。こうして生命がわたしの全身をかけ巡る。こうしてわたしは先へ先へと駆り立てられ、日の出から日暮れまで開いたり閉じたり、ついには「ああ、もうたくさん。自然な幸福はもうたくさんよ」と悲鳴をあげる。それでもまだまだこれから、さらに子どもが。さらに揺り籠が。台所のバスケットも、熟成するハムも。つやつやした玉ねぎも、レタスやじゃがいもの苗床も、さらにさらにやって来る。わたしは突風に飛ばされる葉のよう。ほら、いま濡れた草を掠めたかと思うと、こんどはつむじ風に巻きとられる。自然な幸福はもうたくさんよ。それで時折、わたしたちが座って読書するとき、わたしが糸を針穴に当てているときなどに、ああ、わたしからこの充足感が消え去り、眠れる家の重みが軽くなってほしい、と願ったりするの。ランプが暗い窓ガラスに火をつける。炎は蔦の茂みのまん中で燃え立つ。わたしは見る、常緑樹のなかに街灯輝く大通りを。わたしは聞く、小道の向こうからさっと吹き来る風のなかに、街のざわめきを、切れ切れの人声を、笑い声を、そしてジニーの声を。ドアが開くたびに「さあ、さあ！」と声をあげているわ。

「でも戸口で麦畑が吐息を漏らすこの家では、静寂を破るもの音ひとつない。楡の木々のあいだを、風がさらってゆく。蛾がランプを打つ。牛が鳴く。天井の梁がピシッと鳴り、わたしは針穴に糸をぐいっと通す。そして低い声で言うのよ、「おねむり」」

「さあ、いよいよこの瞬間よ」とジニー。「さあ、わたしたちは出会って、いっしょにここへ来たところ。さあ、話しましょう、物語りましょう。彼はだれ？　彼女はだれ？わたしは好奇心に溢れ、これから何でもありなのよ。だからはじめて会うあなたがもし、「長距離バスはピカデリーから四時に出ますよ」と言うのなら、身のまわり品を安スーツケースに放り込む暇（いとま）も惜しんで、飛んでいく。

「飾り花の陰、絵の横のソファに腰かけましょう。わたしたちのクリスマスツリーを事実、また事実で飾りましょう。みなすぐにいなくなってしまうから、ここに留めておくのよ。あのキャビネットの横にいる男の人。あなたの話では陶磁器の壺に囲まれて暮らしているとか。ひとつ割ったら千ポンドが砕け散るわけ。むかしローマで恋をして、でも彼女に捨てられたのよ。そんなこんなで、安宿やら砂漠やらで掘り出したガラクタの壺に至る、というわけね。美が美のままであるためには日々破壊されるべきなのに、彼は静止したまま陶器の海で澱んでいる。でも不思議だわね。彼とて若かりし頃には、一兵卒に混じってぬかるんだ地面にも座り、ラム酒をくみ交わした、って言うんだから。

「さあ、手際よく、器用に事実を加え、ツリーの飾り人形のように、指先でひねって留めていかなくちゃ。彼は身を屈める、まあ、アザレアの花のところまで低く身を屈めているわね。あの老婦人にも身を屈めている。それというのも、なんせ彼女はダイヤのイヤリングをしているものね。そのうえポニーが引く馬車に乗りこんで自分の領地をまわっては、だれだれを手伝うようにとか、どの木を伐るようにとか、明日はだれが勤めに出なさいとか、命ずる人だからよ（いいこと、わたしは自分の人生を生きてきたのよ、何十年もね。三十歳を過ぎ、危うくも、野生のヤギのように尖った岩場から岩場へと飛び移っている。どこにも長くは留まらない。だれか一人に執着したりもしない。でもほら、わたしが腕をあげさえすれば、だれかがすぐその場を離れて寄って来るんだわ）。さて、あの男性は裁判官ね。あちらは大富豪で、あそこの眼鏡の人は、十歳のときに自分の女性家庭教師（ガバネス）のハートを矢で射抜いたのよ。その後は緊急外交文書を携えて砂漠を駆け抜け、革命のいくつかに身を投じ、いまはノーフォークの古い家柄である母方一族の年代記を書こうと、資料を集めている。あちらの小柄な、青い顎のひとは、右手が不自由のようね。どうしてかしら？　わからないわね。あなたがわたしにそっと耳打ちする、あの女性、パゴダ形真珠のイヤリングをしているあの女性はですね、わが国のとある政治家が生涯を燃やした、まったき愛人だったのですよ。彼が亡くなってからは降霊術をしたり、占いをしたり、それにコーヒー色の肌の青年を養子にしましてね、彼を救世主（メシア）とか呼んでいますよ。それから騎兵隊長のような垂れ口髭のあの男ですが、放蕩の限りを尽くしていたのが（どこかの回想録（メモワール）に何もかも記されているとか）、ある日列車で乗り合わせた見知らぬ人に聖書を説かれて、エジンバラからカーライル*のうちにすっかり回心してしまったのですよ。

「ほら、こうしてわたしたちはまたたく間に、手際よく、器用に、人々の顔に記されたヒエログリフを読み解くのだわ。ここ、この部屋にいるのは、波に揉まれて、摩耗し、浜辺に打ちあげられた貝殻たち。ドアは開きつづける。知識、苦悩、種々様々な野心、多くの無関心、そしていくらかの絶望とで、部屋はさらにさらに満ちてゆく。ここだけの話ですがね、とあなたが言うの、われわれならカテドラルを建造することも、政策を決定することも、死刑を宣告することも、いくつもの役所の公務を施行することもできたのですよ。共通の経験の蓄積は、たいへんなものですからね。われわれには数多くの息子たち娘たちがいて、教育を施しているところで、はしかに罹（かか）れば学校まで迎えに行き、育てあげ、やがてはそれぞれの屋敷を継がせようというわけです。われわれは何らかの方法でこの一日を、この金曜日を作り上げる。たとえばある者は裁判所へ、ある者はシティへ行く。またある者は保育園へ、ある者は四列になって行進する。百万人もの働き手が縫い針を運び、レンガ容器を持ち上げる。活動には終わりがないのです。明日もまた一から始める。明日には土曜日を作り上げる。フランス行きの列車に乗る者、インド行きの船に乗る者がいる。

この部屋に二度と足を踏み入れない人もいるでしょう。今晩亡くなる人もいるかもしれませんね。子が生まれ、父となる人もいる。われわれから、ありとあらゆる建造物、政策、冒険、絵画、詩、子ども、工場が生まれ出るのです。人生が始まり、人生が終わる。われわれが人生を作り上げているのですよ。と、こんなふうにあなたは言うのね。

「けれどもわたしたち身体に生きる者は、身体の想像力でものの輪郭を摑むのよ。わたしは太陽の眩しい光のもとで岩を見る。こういう事実を、どこかの洞窟に持ち込んで目を陰らせたまま、その黄色や青や暗褐色を見きわめてひとつの実体にするなんて、とてもできやしない。わたしは、ひとところにじっとなんてしていられない。ぱっと立ち上がって行かなくちゃ。長距離バスはピカデリーから出るはずよ。この事実すべてを——ダイヤモンドとか、不自由な手とか、陶磁器の壺とかのなんやかやのすべてを、わたしは振り捨てる。サルがその剝きだしの手から木の実を投げ捨てるようにね。人生とはこれだとか、あれだとか、語るなんてできない。わたしは異種混合の人波のなかへと、自分の身体を押し出してゆく。きっと激しく揺さぶられる。きっと荒波に揉まれる船のように、男たちのなかで投げ上げられ、投げ落とされるんだわ。

「だっていつも高速で走る感覚の矢となって、黒く荒々しい「ノー」や、黄金色の「イエス」のサインを発するわたしの同志、わたしの身体が、合図するから。だれかが動いているわね。わたし腕をあげたかしら？　視線を送った？　わたしのイチゴ柄の黄色いスカーフがなびいて、合図した？　彼が壁ぎわを離れた。ついてくる。森のなかまで追ってくる。すっかり夢見心地で、すっかり夜のなかのようで、そこへオウムたちの叫び声が枝の奥からつんざいてくる。わたしの五感すべてがピンと立ち上がる。ほら、いま押し分けたカーテンの繊維の粗さを手に感じる。この鉄柵のひんやりした感覚を、その気泡のできたペンキを、手のひらに感じる。ほら、暗闇の冷たい波がわたしの頭上で砕ける。わたしたち外に出たのよ。夜が開く。さ迷える蛾が渡ってゆく夜。密会のためにさすらう恋人たちを隠す夜。薔薇の香りがする、スミレの香りがする。赤と青紫がいま闇に沈むのを見る。ほら、足裏に砂利道の感触、そしてこんどは芝生。怪しい灯のともる宿の腰板がぐらついている。ロンドンの街全体がぎらっと点滅する光にかき乱されている。ほら、わたしたちのラブソングを歌うのよ――来て、来て、来て、って。ほら、わたしの金色の合図はいま、ピン、と羽根を張るトンボのよう。ジャグ、ジャグ、ジャグとわたしは歌う。狭すぎる喉の管で、囀りが詰まったナイチンゲールのように。ほら、聞こえる、枝が折れ、裂ける音。ぴしっと枝角が鳴る音。まるで森じゅうの獣という獣が獲物を狩り立て、後脚で立ち上がり、茨のなかへ飛び込むかのよう。ひとつがわたしを突き刺した。ひとつがわたしのなか、深くに打ちこまれた。

「水にひんやりと冷やされていたベルベットの花と葉が、わたしのまわりでたゆたい、わたしを包みこみ、香気で満たす」

「なぜ君は」とネヴィル、「時計がマントルピースのうえで時を刻むのを見ているんだい？　そうさ、時は過ぎゆく。* ぼくらは年老いる。けれど君といること、君と二人きり、ここロンドンで、この暖炉が燃えさかる部屋で、君がそこに、ぼくがここにいること、それがすべてじゃないか。隅々までくまなく略奪された世界、あらゆる高地から根こそぎ花が毟(むし)りとられた世界には、もう何もないのだ。見ろよ、暖炉の灯りが、カーテンの金糸を駆け上り、駆け下りていく。重く実った果実のまわりをめぐっている。灯りは君の靴のつま先に落ち、君の顔に赤い縁どりを作っている——いや、それは君の顔ではなく暖炉の灯りかな、と思うのだ。あの壁ぎわにあるのは、あれは本で、あれはカーテン、そしてあれはたぶんアームチェアだろうね、と思うのだ。でも君が現われると、何もかもが一変するよ。今朝も君が入ってきたとたんに、カップとソーサーは変身した。間違いないな、と新聞を押しやりながらぼくは思ったのさ。ぼくらのつまらぬ日常はまったく見られたものではないとはいえ、愛のまなざしのもとであれば、輝きをまとい、意味を持つようになるのだ、とね。

「ぼくは立ち上がる。朝食は終えていたのだ。まっさらな一日がぼくらの前に開けていて、しかもその日は晴れわたって、穏やかで、何の予定もなかったから、ぼくらは公園*を抜けてテムズ河畔(ヴィクトリア・エンバンクメント)まで、さらにストランド街を通ってセント・ポール大聖堂*へ、それからぼくが傘を買った店まで歩いて行ったね。絶え間なくしゃべりながら、時々足を止めてまわりを見まわしながら。しかしこんなことが続くだろうか？　とぼくは思った。トラファルガー広場のライオン像の横で、一度見たら忘れられないあのライオン像の横で。――それでぼくは、自分の過去へ、一場面ごとに戻ってみる。楡の木が一本あり、そこにパーシヴァルが寝そべっている。永遠に、いついつまでも、とぼくは誓ったのだ。するとたちまち、いつもの猜疑心が襲ってきた。君の手を摑んだ。けれど君はぼくを置き去りにしたのさ。地下鉄に降りていくのは、死のようだった。ぼくらは切り離された、切り裂かれたのだ。この顔という顔によって。砂漠の巨岩をごうごう吹きくるような、虚ろな風によって。ぼくは自分の部屋に座ってじっと睨んでいた。五時には君が裏切ったとわかった。受話器をひっ摑み、無人の部屋で鳴るブーッブーッブーッ、といういまいましい音に心が打ち砕かれたその時、ドアが開き、そこに君が立っていた。あれは最高に完璧な二人の時だったね。けれどああいった二人の時間、そして別れといったものが、ついにはぼくらをだめにするのだ。

「いまぼくにとってこの部屋は、中心をなすもの、果てしない夜から掬いあげた何ものかに感じられる。戸外で線は捻れ縺れていても、ここではぼくらを包み込んでいる。ここで、ぼくらは中心をなしている。ここで、ぼくらは沈黙していられる。話すとしても声を張り上げたりなどしない。君はあれに気づいたかい？　それにあれにも？　とぼくらは言う。彼はああ言っていた、それはつまり……彼女はためらっていたね、いや、疑っていたんだろう。とにかくぼくは聞いたのだ。夜遅くに階段のところで声がして、一人がすすり泣くのを。あの二人は終わりさ。こうしてぼくらは際限なく、ごく細い繊維をまわりに紡ぎ出し、ひとつの体系を構築するのだ。そこにプラトンとシェイクスピアは含まれるし、まったく無名の人物も、なんら取り柄のない人物も含まれる。ぼくはベストの左側に十字架をさげるやつらを嫌悪する。宗教儀式や嘆きの声も、それから身をふるわす惨めで悲し気な人のかたわらで、身をふるわす惨めなキリスト像も嫌悪する。それに星形の勲章やメダルをつけ、夜会服でこれでもかと着飾って、シャンデリアのもと延々と弁じたてるやつらの、虚飾や無関心や、的はずれな主張も嫌悪する。そうではなく生け垣の小枝、さもなければどこまでも広がる冬野に沈む夕陽、あるいはまた老女が乗合バスのなか、籠を膝にのせ、両腕を腰に張る姿――そういうものを見るように、ぼくらは人々を促す。そう促せることは、苦痛を大いに軽減してくれる。話をしないよう、精神の暗い道を辿り過去に分け入るよう、書物をひも解くよう、その枝を掻き分け果実をもぎとるよう促すことも。君はそれを手に受け、感嘆する。ぼくが君の身体の何気ない動きを受けて、その自在さに、その力強さに感嘆するごとく――君はなんて大きく窓を押し開くことか、なんて鮮やかに手を使うことか。なぜというに、ああ、悲しいかな！　ぼくの精神は持ちこたえられず、すぐに生気を失うのだ。ぼくはゴールできっと胸が悪くなり、ぐったり倒れこんでしまう。

「ああ、悲しいかな！　ぼくはサンヘルメットをかぶってインドを駆けめぐり、バンガローに帰る、ということはできなかった。君がしたように、船の甲板でホースの水を浴びせ合う上半身裸の少年たちのように、転げ回ったりはできないのだ。ぼくにはこの暖炉の火が必要だ。この椅子が必要だ。一日の探究とそのすべての苦悩ののちに、一日じゅう耳を澄ませ、待ち、不信に苛まれたのちに、だれかそばにいてくれる人が必要だ。いさかいと和解の後に、このざわつきを秩序へと鎮めるための自分の時間が——君と二人きりになる時間が必要だ。なぜというにぼくはネコと同じくらいきちんとした習性なのだ。ぼくらはいびつで荒んだ世界に、ぐるぐる渦巻いては吐き出され、手荒く踏みにじってくる群衆に、抗わねばならないのだ。小説のページとページのあいだにペーパーナイフを水平に、正確に滑らせて、切り開かねば。緑色のシルクリボンで、手紙をきれいに束ねなければ。暖炉ぼうきで燃え殻を掃除しなければ。いびつな惨状を譴責するためには、あらゆることをせねばならないのだ。古代ローマの厳格さと美徳を説く作家たちを読もう。砂漠に踏み入って完璧を探求しよう。いや、でもそうだ、ぼくは高貴なるローマ人の厳格さと美徳を、喜んでかなぐり捨てる。君の瞳の灰色の光のもとで。踊る野の草や夏のそよ風や、笑い声や歓声をあげてはしゃぐ少年たち——甲板でホースの水を浴びせ合う裸の少年たちのもとで。それゆえぼくは、砂漠へと踏み入って完璧を追うルイのような、私欲のない探求者ではないのだ。色彩がいつもページを染める。雲がそのうえをゆき過ぎる。そして思うに、君が語る声こそが詩なのだ。アルキビアデス、アイアス、ヘクトル、パーシヴァルは君でもある。みな乗馬を愛し、気まぐれに命を危険に晒し、読書には熱心でなかった。いやしかし君は、アイアスでもパーシヴァルでもない。君そっくりのしぐさで鼻にしわを寄せたり、額を掻いたりしなかったからな。君は君だ。それが欠陥だらけのぼくを——ぼくは醜く、ぼくは弱い——そして世界の腐敗を、過ぎ去った青春とパーシヴァルの死を、あるいは数々の苦悶、怨恨、羨望を慰めてくれるのだ。

「けれどもしある日、君が朝食のあと現われなくなったり、もしある日、君がだれかを鏡のなかで目で追っているのに気づいたり、電話がブーッブーッと無人の君の部屋で鳴り続けたりしたら、そうしたらぼくは筆舌に尽くしがたい苦悶ののち、そのときはきっと——人間の愚かさには限りがないからな——ほかを探し求め、ほかを見つけるだろう、ほかの君を。いまは時を刻む時計を一撃のもとに打ち倒そう。さあ、そばに来いよ」

太陽はすでに、空の低くへと移っていた。密度を増していた叢雲が陽のおもてを過ると、にわかに岩は黒く翳り、身をふるわせるエリンギウムは、青の色を失って銀色と化し、影は海のうえで灰色の布のようにゆらめいた。波はもう水際から離れた奥の水たまりには及ばず、岸辺に不規則に残された黒い筋にさえ届かなかった。砂は真珠色に、なめらかに、艶めいていた。

鳥たちはすいっと舞い降りては、また空高くを旋回した。何羽かは風の轍で追いかけあい、転回し、そこを薄く切るようにして飛んでいた。それはまるで一つの身体が、千もの欠片に切り分けられたかのよう。小鳥の群れは一枚の網のごとく、樹冠を包むようにいっせいに舞い降りてきた。一羽が沼沢地を指して飛んでゆき、白い杭のうえにぽつりと止まって、そこで翼を開いては閉じている。

庭には、花びらの幾片かが散り落ちていた。土のうえ、貝殻の形で横たわっている。朽葉はもう花壇の縁を離れ、吹き飛ばされ、風に転げたり、茎に当たってしばし休んだりしていた。花々のあいだを同じ光の波が、誇らかに閃き過ぎていく。それは魚の鰭が、湖面の緑のガラスを切り裂くのにも似ていた。時おり、どっと吹きつける激しい横風が、無数の葉を上下に揺らし、やがてその風がゆるむと、葉はもとの一枚一枚の個を取り戻す。日射しを受けて大輪を鮮やかに燃えたたせていた花々は、風にゆさぶられると陽光をふり落とすけれども、それでもまだ花首が重すぎるものは、わずかにうな垂れたままだ。

午後遅くの太陽は、野を温め、影に青色を注ぎこみ、麦畑を赤く染めた。うるしのような濃い艶が、野を覆っていた。荷車、馬、ミヤマガラスの群れ——野で動くものはなんであれ、金色に包まれていた。牛が足の一本を動かせば赤金色にさざ波立ち、角は光をまとったかのよう。生け垣には亜麻色の麦穂が何本も載っていた。荷を山積みして牧草地から帰る、丈の低い原始的な荷馬車が、落として行ったのだ。まるい雲は空を転げながらも縮むことなく、まるみの一つも失わなかった。流れゆきながら、投げ広げるその網のなかに村すべてを捉え、流れ去りつつ、また自由に飛びたたせるのだ。はるか彼方の地平線上の、数えきれぬ青灰色の塵の微粒子のなかで一枚の窓ガラスが燃えたち、あるいは尖塔か樹木かが、一本の線となって立っていた。

赤いカーテンと白いブラインドが窓枠をぱたぱた打っては、内へ外へとはためき、光はその不規則なはためきに沿ってさし込むときには、いくらか褐色の色合いを含み、突風に舞いあがるカーテンを抜けるときには、自由気ままさを帯びた。あちらではキャビネットを褐色にし、そちらでは椅子を赤く染め、またこちらでは緑の水差しの腹で窓を揺らめかせたのだ。

一瞬、あらゆるものが揺らめき、不確かさ、曖昧さに身を委ねた。まるで巨大な蛾が部屋を横切り、宙に漂うその羽根で、どっしり揺らがぬ椅子やテーブルを翳らせたかのように。

「そして時は」とバーナードは言った、「その滴を落とす。滴は魂の天井に膨らんでゆき、したたり落ちる。おれの精神の天井に膨らんだ時の滴が、したたり落ちる。先週、髭を剃っていたら、滴がひとつ、落ちてきた。剃刀（かみそり）を手にふと、自分の動作は単なる習慣の惰性に過ぎぬと気づいて（これが滴を膨らませてゆくのだ）、勤（いそ）しむ自分の手を、皮肉をこめて祝福してやったのだ。ほら、剃れ、剃れ、剃れ。剃り続けろ、と。滴はしたたり落ちた。おれの頭はその日一日、仕事のあい間あい間に空（から）になった空間へと赴いては、「何が失われたのだ？　何が終わったのだ？」と尋ねていたのだ。そして「完璧に終わりだ」とつぶやき、「完璧に終わったのだ」と、言葉で自分を慰めていた。おれの虚ろな表情と、心ここにあらずの会話に、みな気づいたろうよ。言葉が掻き消えてゆく。そして家に帰ろうとコートのボタンを留めながら、さらに芝居がかった口調で言ったのさ。「おれは青春を失ったのだ」とね。

「それにしてもおかしなものだ、危機のたびごとに、そぐわぬフレーズが救出しようと馳せ参じるとはな——手帳を片手に古い文明社会を生きる罰さ。この滴の落下と青春を失ったこととは、何の関係もない。この滴の落下は、一点へと細っていく時間だ。眩しい陽光を燦々と浴びる牧草地のような時間、真昼どきの草原のように、水平に伸び広がる時間。それが垂れさがるものとなっていく。時間が先へと細っていく。水滴がなんらかの沈澱物で重くなってガラスから落ちるように、時はしたたり落ちる。これが真の循環、これが真の事象。そして目を眩ます輝きという輝きが大気中から引いていったかのように、おれは底の底まで見通す。おれは見る、習慣が覆い隠すものを。おれは何日かベッドでごろごろしている。外食し、鱈のようにぼんやり口を開けている。言葉を言い終える労も厭い、いつもはひどくいい加減なおれが機械のように的確になる。そんな折だ、通り掛かったとある代理店に入ると、機械人間特有の沈着さを発揮して購入したのだ。ローマ行きのチケット一枚を。

「いま、庭園の石のベンチに腰をおろして永遠の都*を見渡していると、五日前にロンドンで髭を剃っていた小男は、はや古着の塊のように思える。ロンドンも崩れ落ちていた。ロンドンは倒壊した工場と、ガスタンクのいくつかから成っている。と同時におれはまた、ここの野外劇とも無縁なのだ。赤紫色のサッシュ*を締めた聖職者たちや、絵のように美しい子守女たちを眺める。表面に目を留めるだけ。おれはここに、回復期の病人のように、単純な言葉しか知らぬ素朴な人間のように座っている。「日ざしがあつい」と言う。「風がつめたい」と言う。まるで虫のように地球に乗っかって、ぐるぐる運ばれている気がする。いや本当だ、ここに座っていると、地球の堅さとその回転を感じるのだ。地球の裏側まで行きたいとはまったく思わない。ただこの感覚をあと六インチ伸ばせたら、どこか不思議な領域に触れられそうな気がするのだ。しかしおれの鼻器官にはずいぶんと限界があるな。こんな切り離された状態をひき伸ばしたいなど、露も望んだことはなかった。そんな状況は嫌いだ、軽蔑もしている。おれは同じ地点に五十年間じっと座って、自分の問題だけをひたすら考えているような男になんぞ、なりたくないのさ。小石を敷いた道をがたがた行く荷車を、野菜の荷車を、引くようつながれたい。

「実のところおれは、一人の人間とか、無限性とかに満足を見出すタイプの人間ではないのだ。部屋に一人でいるのは退屈、天空も退屈だ。おれという存在は、多くの人たちにすべての切り子面が曝されるときにのみ、輝くのだからな。しくじってみたまえ、おれは穴だらけになって、燃え尽きた紙のように縮んでゆく。ああ、ミセス・モファット、ミセス・モファット、これをきれいに掃除してくれ、と言うのさ。様々なものが、おれからしたたり落ちていった。夢のいくつかは、おれより先に消えていった。いく人かの友を失った。ある者は死に――パーシヴァルだ――、ある者は通りを渡る才がなかった。おれには、一時思えたほどの才能はなかったのさ。ある種のものにはおれの能力は及ばない。哲学の難解な命題は決して理解できないだろう。ローマが旅の限界だ。夜に眠りに落ちるとき、ときどき胸が激しく疼くのだ。燃えさかるかがり火に照らされ槍で魚を突き刺すタヒチの原住民や、ジャングルで跳ね上がるライオン。生肉を食らう裸の男などを見ることは、一生ないのだ。ロシア語を身につけることも、インドの聖典を読むこともない。歩いていて郵便ポストにぶつかることも、もう二度とない（けれどあのときの衝突の激しさから、いまなお星のいくつかが、おれの夜のなかを美しく流れ落ちるのだ）。しかし思うに、真理はしだいに近づいている。長年おれは得意気に、「おれの子どもたち……おれの妻……おれの家……おれの犬」と口ずさんできた。鍵をあけて家に入ると、慣れ親しんだ一連の儀式を経て、暖かなベッドに潜り込む。いまやあの喜ばしいヴェールは、剝がれ落ちたのだ。もう所有物はいらない（メモ。イタリア人の洗濯女は、イギリスの公爵令嬢同様の洗練された身体つきである）。

「しかしまあ、よく考えてみよう。滴が落ちる。さらに次の段階に到達しているのだ。一段、その上にまた一段。しかし果たして段に終わりはあるのか？　この一段一段の行きつく果てはどこなのだ？　いったいどんな結末へとつづくのか？　彼らは荘厳な衣をまとってやって来る。信仰篤い人々ならこういう苦境のときには、いま脇を行列していった赤紫色のサッシュを締めた、好色そうな高位聖職者に相談するものだ。おれたちときたら、先生たちに憤る。だれかが立ち上がって「見よ、これが真理だ」と言ったとしよう。ところがおれは、向こうで魚をくすねる灰色のネコに、すぐさま目が行ってしまう。ほら見ろ、ネコを忘れていただろう、と思う。だからこそネヴィルは、校長の十字架を見て、学校のあのほの暗いチャペルで怒り狂っていたのだな。おれはといえば、ネコであったり、レディ・ハムデン*が熱心に鼻を押し当てている花束(ブーケ)を飛びまわる蜂であったりと、いつも気が逸れてすぐに物語を作り出すから、十字架のことなどすぐ忘却の彼方さ。おれは何千もの物語を作り上げてきた。数えきれない量のノートをフレーズで埋め尽くしてきた。いつの日か真の物語を、すべてのフレーズが嵌まるただひとつの物語を見出したときに使えるようにと。しかし、いまだにその物語を見つけ出せていない。そしてこうまで思い始める、そもそも物語なんてものはあるのか？　とね。

「ほら見ろよ、このテラスのしたに見える人の群れを。見ろよ、人々の活発な動きと喧噪を。あの男はラバに手を焼いているな。人の良さそうな暇人の五、六人が助けてやっている。ほかはみな目もくれずに通り過ぎてゆく。彼らには、桛(かせ)に巻いた糸と同じくらい、ほかにも山ほど関心事があるからな。見ろ、白く丸い雲が大空を転がっていく。想像してみろ、何リーグも広がる平原と、水道橋と、ローマ街道のでこぼこの石畳と、ローマ郊外のカンパーニャの墓碑を。そしてカンパーニャの向こうの海、さらにまた陸、そしてまた海を。おれはこの風景の細部どこでも切り取って――たとえばあのラバの荷車だ――いとも易々と描写することができる。しかしラバに手を焼く男を描写して、いったいどうなるのだ？　とはいえ、石段をあがってくるあの娘の物語も、いくらでも作れるね。〈彼女は、うす暗いアーチ道のしたで彼と会う……「終わりだ」、彼はそう言って、陶製のオウムがさがっている鳥籠から目を逸らした〉。いやそれともすっきり、〈これまでだ〉としようか。それにしてもなぜ、おれの気まぐれな素描を押しつけるのか。なぜここを強調し、あそこの形を整えして、トレイにのせられ街角で売られている人形のような、小型の人物像をひねり出すのだ？

「ここでおれは、人生の外膜の一枚を剝ぎとっているというのに、みなはきっと「バーナードはローマで十日間過ごしている」と言うだけさ。おれはここに馴じめずに、一人でテラスを行ったり来たりしている。しかしよく見ろ、行き来していると、点やダッシュが勝手に集まってきて、途切れ目のない線をなしていく。あの段を昇っていたときには物それぞれが持っていた、剝き出しの、ばらばらの個が失われていく。大きな赤い壺だったものは、いまでは黄緑色の波のなかにある赤味がかった筋だ。世界が動き出し、おれを追い越していく。まるで列車が走り出すときの土手の生け垣のように。汽船が滑り出すときの海の波のように。おれも動き、動きながら、次から次へと連なる全体の連続性のなかにのみ込まれ、木が現われ、電柱が現われ、生け垣の切れ目が現われ、という連なりが必然に思えるのだ。そしておれが動き、取り囲まれ、取り込まれ、いざ乗り出していくと、例のフレーズたちが泡立ちはじめ、その泡を脳内のはね蓋から解放してやりたくなり、それであの男、後頭部に見覚えのあるあの男のほうへと歩を向けるのだ。学校でいっしょだったやつだ。われわれは間違いなく顔を合わせるだろう。必ずや昼食をともにする。話をする。いやだが待てよ、ちょっと待て。

「こういった脱出は貴重だ。大切にすべきだ。タヒチだって可能になる。おれは欄干から身をのり出し、彼方の茫漠（ぼうばく）たる海を望む。と、鰭がひるがえる。この視覚にじかに訴えかけるヴィジョンは、理性とはいっさい何の関わりもなく、水平線上にイルカの鰭が見えるかもしれない、という瞬間に跳ねあがってくる。こんなふうにヴィジョンというものは、やがていつかわれわれが明らかにし、巧みに言語化するであろう主題を、簡潔に伝えてくれるのだ。であるからおれは、「ヒ」の項目に「茫漠たる海に鰭（ヒレ）*」とメモする。いつかの究極的主題表現のために、休みなく脳内の余白に書き込みつづけ、いつか訪れる冬の夕暮れを待ってこの印象を記す。

「さあて、どこかで昼飯にしよう、グラスを高くかざし、そのワインを透かして見るのだ。いつもよりさらに距離を置いて観察し、たとえば美しい女がレストランに入ってきてテーブルのあいだを抜けこちらへ来たら、こうつぶやく、「ほら来るぞ、彼女は茫漠たる海を背に、やって来るぞ」とね。無意味な観察だが、しかしおれにとっては、滅びゆく世界の運命的な音と、破滅へと流れ落ちる水音を響かせる、荘厳で、不吉な色合いを帯びているのだ。

「というわけでバーナードよ（君を思い出すよ、君はいつもながら、ぼくの大事業のパートナーだからな)、われわれでこの新しい章を書き始めよう。そしてこの新しい、未知の、見知らぬ、正体不明の、恐しげなる体験が形をなすのを——新しい滴だ——いままさに形をなそうとしているものを、観察しよう。ラーペントというのがあの男の名前だ」

「この暑い昼下がり」とスーザン、「この庭で、わたしの息子と散歩するこの麦畑で、わたしは自分の望みの頂点を極めたのよ。門の蝶つがいは錆びついている。息子が力いっぱい押し開けてくれる。子供時代の荒々しい感情を、たとえばジニーがルイにキスしたときに庭で流したわたしの涙とか、松材の匂いがした教室でのわたしの激しい怒りとか、見知らぬ土地でラバが尖った蹄をぽくぽく鳴らして来たときや、イタリアで女の人たちがショールを掛け、髪にカーネーションを編みこみ、噴水でおしゃべりしていたときのわたしの孤独とかそういったものを、いまの安心感や、所有物や、親密さが贖ってくれた。わたしは平穏で実り豊かな歳月を送ってきた。いま目に入るすべてはわたしのもの。わたしはこの木々を種から育ててきた。睡蓮の大きな葉陰に金魚がひそむ池も、作ってきた。イチゴやレタスの苗床を網で覆い、洋梨やプラムをスズメバチから守る白い袋で包んでは、縫い閉じてきた。くだもののように、ベビーベッドで網に包まれていたわたしの息子たち娘たちが、その網の目を破り、わたしよりも背が伸びて、草の上に影を投げつつ、いっしょに歩くのを目にしたのよ。

「わたしは自分の木と同じように、ここでフェンスに囲まれ、根づいている。「わたしの息子」「わたしの娘」と言うから、金物屋の主人さえも、釘やらペンキやら金網やらが散乱した店のカウンターから顔をあげ、戸口に停めた虫獲り網、膝当て、蜜蜂の巣箱を積んだおんぼろ車にも敬意を表する。クリスマスには掛け時計にヤドリギを飾り、ブラックベリーやマッシュルームをはかりに掛け、ジャムの瓶を数えあげ、背たけを測ろうと、毎年毎年リビングの鎧窓を背に立つの。それから白い花に銀色の葉の植物を編みこんで死者への花輪を作り、亡くなった羊飼いを悼むカードを、亡くなった荷車引きの妻にもお悔やみカードを添える。今際の際の恐怖をささやく女、わたしの手を握る死の床にある女、彼女たちのベッドサイドに座る*。わたしのように早くから、農家の裏庭や、肥やしの山や、出たり入ったりうろつくニワトリを見知っていなければがまんできないような部屋、たった二間に母親と小さな子どもたちがいる部屋、そんなところを訪れる。灼熱でだめになった窓も見てきたし、どぶの臭いもかいできたのよ。

「いま、わたしのはさみを手に、わたしの花に囲まれて佇んでいれば、暗い影が入りこむ隙などある？　苦労してかき集め、容赦なく押し固めてきたわたしの人生を揺るがせにする、どんな衝撃がありうる？　それでも時折、自然な幸福に、実りゆく果実に、いくつものオール、鉄砲、しゃれこうべ、賞品の本やらトロフィーで家じゅう散らかす子どもたちに、うんざりする。身体にうんざりする、自分の手で作ったものに、勤勉さと抜け目なさに、母親ならではの無遠慮さで子どもたちを庇護し、大テーブルにわたしの子どもたち、いつまでもわたしだけの子どもたち、と嫉妬深いまなざしのもと、集めるのにもうんざりする。

「そこへ不意に、黄色の花々が咲き出し、寒く雨がちな春が訪れ——青い覆いのしたの肉の塊を見たり、紅茶やレーズンの重たい銀色の袋を押したりするときに、ふと思い出す。太陽が昇る姿を、ツバメが草をかすめ飛ぶ姿を。わたしたちが幼かったころに、バーナードが作ったいくつものフレーズを。いく重にも重なり、軽やかにわたしたちの頭上で揺れ、空の青を砕き、わたしが座ってすすり泣いていた骸骨みたいなブナの根に、木漏れ日をまき散らしていた木々の葉を。ハトが飛び立った。わたしは飛びあがって、風船から垂れさがる紐のように、高く高く、枝から枝へと流れ、すり抜けてゆく言葉を追い掛けた。そのとき、安定していたわたしの朝がひび割れたボウルのように砕け、小麦粉の袋を降ろしながら思ったのよ。ガラスに閉じこめられた蕁のように、わたしは〈人生〉に閉じこめられている、と。

「はさみを持ってタチアオイをちょきんと切っているわたしは、かつてエルヴドン邸へ行き、腐ったオークアップルを踏みつけ、書きものをしているレディや、大きなほうきの庭師たちを見たのよ。息を切らせて逃げた。オコジョのように撃ち殺されて、壁に釘づけにされないようにね。いまわたしは計量し、貯蔵する。夜には、アームチェアに座って腕を伸ばし、縫いものを取りあげる。夫のいびきを聞く。通り過ぎる車のライトが窓をさっと照らすと顔をあげ、わたしの人生の波が、ここに根づいたわたしのまわりで、高くしぶきを上げ、砕けるのを感じる。そして叫び声を聞き、ほかの人たちの人生が橋脚のまわりのわら屑のように渦巻くのを見る。片やわたしは、ここで縫い針を刺したり引いたり、キャラコに糸を潜らせている。

「時折、わたしを愛していたパーシヴァルを思い出す。彼はインドで落馬した。時折、ロウダを思い出す。死んだような夜中、不安な叫び声にわたしは目を覚ます。けれど、たいていは息子たちと幸せに散歩している。タチアオイの死んだ花びらを切り落とす。太り気味で、年の割には白髪だけれど、澄んだ梨形の瞳で、わたしの麦畑をゆったりと歩む」

「わたしが立つここは」とジニー、「地下鉄の駅*、魅惑的なものすべてが――ピカデリー・サウスサイド、ピカデリー・ノースサイド、リージェント・ストリート、ヘイマーケットが――集まるところ。わたしは一瞬のあいだ、ロンドンの心臓部のその真下に立つ。頭のすぐうえを無数の車輪が駆け抜け、足が踏みつけていく。文明の偉大なる大通りがここで合流し、ここから四方へ放たれる。生命の中心部にいるんだわ。ああ、でも見て――あそこの鏡にわたしの全身が映っている。なんて孤独で、なんて縮んで、なんて年老いているんでしょう！　もう若くはない。もうあの隊列の一員ではないのだわ。何百万人もの人々が、あの恐しい下り階段を降りていく。巨大な輪が冷酷にかき回し、人々を地下へと追い立てる。何百万人もの人々が死んだ。パーシヴァルが死んだ。わたしはまだ動いている。まだ生きている。でもわたしが合図を送っても、だれが来るというの？

「わたしは、恐怖で両脇を激しく痙攣させる小動物。ふるえおののきながら、ここに立っている。でもわたしは恐れない。わたしの脇腹をぴしゃり、と鞭打つ。弱々しく鼻を鳴らして物陰に逃げ込む小動物なんかではないわ。自分の姿を見るまえに、いつもは心の準備をするのに、心の準備をする間もなくぱっと目に入って、動揺しただけ。たしかに、そう、若くはない――わたしが腕をあげても無駄という日も近い。スカーフは、合図を送ることなく脇にだらりと落ちる。夜のなかふいにだれかのため息を聞くことも、闇を抜けてだれかが近づいて来ると感じることもない。暗いトンネル内で窓ガラスに映る人も、きっともういない。人々の顔を覗きこみ、その人たちがほかの顔を探し求めていると悟るのよ。認めましょう、たしかに一瞬、翼を縛られた鳥のように、直立したいくつもの身体がエスカレーターを音もなく降りていくのが、一連隊の死者が地下へと向かう恐しい下降が、そして巨大なエンジンの攪拌がわたしたちを一人残らず無慈悲に前へ前へと送り出していくのが、わたしをすくませ、隠れ場所へ逃げこませた。

「けれどもいま、あえてこの鏡に向かってちょっと繕い気合いを入れ、わたしは恐れない、と誓う。考えてみて、時間きっちりに整然と発着する赤や黄色の見事な乗合バスを。考えてみて、歩くペースまで速度を落としたかと思うと勢いよく発進する、馬力あるあの美しい車を。考えてみて、身なりを整え、準備し、車で前進する男たちを、女たちを。これは勝利の行進よ。軍旗や真鍮のワシの紋章や、戦闘で勝ちとった月桂樹の冠を戴いた、勝利の隊列よ。腰布をつけた未開人より、髪が湿り、乳房が垂れ下がり、その垂れた乳房に赤ん坊がぶらさがっている女たちより、この人たちは優れているんだわ。広い道幅の大通りは、――ピカデリー・サウス、ピカデリー・ノース、リージェント・ストリート、ヘイマーケット――ジャングルを貫通する砂を敷いた勝利の道。わたしもエナメルのきゃしゃな靴に、紗のごく薄織りのハンカチ、赤く塗ったくちびるに、きれいに描いた眉という姿で、この一群とともに勝利の行進をするのよ。

「ほら見てよ、この地下であってさえ常に眩しい光を放ち、人々がいかに自分の装いに誇らしく胸を張っているか。彼らは土も、虫だらけのぬかるみにはしておかない。ガラスのショーケースには、照り輝くシルクや紗や、いく百万の細かな縫いとりで刺繍を施したランジェリー類が飾られている。真紅、緑、スミレ色と、とりどりの色に染めぬかれている。考えてみて、彼らがいかに組織立ち、ローラーでならし、染料に浸し、岩を爆破して地下道を掘り進めるかを。エレベーターが上昇し、下降する。地下鉄が止まり、発車する。海の波のように規則正しく。これがわたしの愛着あるもの。この世界にわたしは生まれ属し、この旗のもとに従っている。彼らがあんなにも素晴しく勇敢で、大胆で、好奇心に溢れ、しかもその奮闘の最中、一時中断して壁にジョークを自在に書きなぐる強さがあるというのに、わたしが逃げ隠れなんてできる？　だからわたしはパウダーをはたいてくちびるを赤く塗る。いつもより眉のカーブを鋭く描く。地上に昇り、ピカデリー広場でほかのみなとともに背筋を伸ばして立つのよ。きびきびした身振りで手をあげると、タクシーの運転手はいわく形容しがたい機敏さで、わたしの合図を了解したと示すわ。なぜって、わたしはまだ熱意を掻き立てるもの。わたしはまだ、男たちが通りで会釈してくるのを感じるもの。まるでそよ風に赤く波立ち、黙って身を屈める麦のように。

「わたしは、タクシーで自分の家に帰るのよ。わたしは、大きな束になって揺れる豪華で、豪奢で、贅沢な花々を溢れるほど花瓶にいける。わたしは椅子を一脚あちらへ、もう一脚こちらへと置く。タバコとグラスと、そして万が一バーナードかネヴィルかルイが来たときのために、美しい装幀の未読新刊本を用意する。でも来るのはたぶん、バーナードでもネヴィルでもルイでもないわね。だれか新しい人、だれか未知の人、だれか以前に階段ですれ違い、すれ違いざまに振り返り、わたしが「ねえ」とささやきかけた人。彼は今日の午後に来る。だれかわたしの知らない人、だれか新しい人よ。沈黙の死者たちの大群は、地下へと下ればいい。わたしは前進するのよ」

「ぼくにはもう部屋はいらない」とネヴィル、「壁も暖炉の火もいらない。もう若くないのだ。ジニーの家の前を、ぼくは何の羨望も抱かず通り過ぎ、若い男がドア前の石段で緊張気味にタイを直すのを微笑んで見やるのだ。あのめかし込んだやつがベルを鳴らせばいいのだ。彼女と会うがいい。ぼくも、会いたければ会うさ。さもなければ通り過ぎるまでだ。腐食していた古傷の痛みは消えたのだ――羨望も、策略も、苦い痛みも、きれいに洗い流された。ぼくらは栄光も失ったのだ。若かったときは、ドアがしきりにばたばたする吹きさらしのホールの固いベンチだろうと、構わず座ったものだ。船の甲板でホースの水を浴びせ合う少年たちのように、上半身裸で転げまわったものだ。いまでは一日の仕事終わりに、地下鉄から吐き出されるひと塊の、雑多な、無数なるこの人々が好きだ、と断言できる。ぼくは自分の実りをもぎ取ったのだ。ぼくは冷めた目で眺めている。

「しかし所詮、ぼくらの責任じゃないさ。ぼくらが審判を下すわけじゃない。同志たちを蝶ねじや鉄枷（てっかせ）で拷問しろと命じられたわけでも、薄暗い日曜の午後ごとに説教壇に上がって彼らに説教しろと求められたわけでもない。だから薔薇の花を眺めたり、いまぼくがしているように、シャフツベリー通りにシェイクスピア劇を読み取るがいいのだ。ここに道化がいる、ここに悪漢がいる。かと思えば飾り船のうえで輝いていたクレオパトラ*が車に乗ってやって来る。ここに地獄に堕ちた者どもがいる。警察裁判所の塀ぎわ、鼻のない男たちが、足を炎に焼かれ喚（わめ）きまわっている。書き記したりしなくとも、これこそが詩なのだ。彼らは決して過（あやま）たずそれぞれの役割を演じており、その口を開く前に、ぼくには彼らが何を言うかがわかっている。だからすでに記されていたに違いないその言葉が語られる、神聖なる瞬間を待ち望む。このシェイクスピア劇のためならば、永遠にシャフツベリー通りを歩いてもいいくらいだ。

「それから、街から来てどこかの部屋に入って行くと、そこには話をしている人やら、話をしようともしない人やらがいる。彼は言う、彼女は言う、だれかほかの人が言う、あまりにくり返し言われてきたために、いまやたった一語ですべての重みを持ち上げられるほどだ。議論、笑い声、お決まりの不平不満——それが空中から降ってきて、空気を濃密にする。ぼくは本を一冊手に取り、どこでもいい、半ページ読む。このティーポットの注ぎ口は、まだ修理していないね。あの子どもは、母親の服を着て踊っているな。

「けれどそのときロウダが、いやそれともルイか、飢えと苦悩に満ちた魂が過り、また出て行った。彼らは何か筋書きがほしい、そうなのか？　何か理にかなったものを探しているのか？　いいや、彼らはこんな平凡な場面では満足できないのだ。すでに記されていたかのような言葉を待つのでは満足できないのだ。文章の泥のひと刷けが、正しいところにぴたりと塗られて人物像を作るのでは、空を背景に人の群れが輪郭を作っているのでは、満足できないのだ。しかしもし彼らが暴力を望むというのなら、ぼくは見てきたのだ。この部屋での死や殺人や自殺を。一人が登場し、一人が退場する。階段にすすり泣きが響く。糸が切られ、玉むすびが作られ、女が膝のうえで、白いリンネルの布をいつまでも縫い続ける静かな縫いとりの音を、ぼくは聞いてきたのだ。なぜルイのように秩序を求めたり、ロウダのようにはるかな森へと飛んでゆき、月桂樹の葉叢を掻き分け、彫像を探したりするのだ？　この逆巻く波の向こうでは太陽が輝き、ふわりと柳に縁どられた池に、その太陽の光が真っすぐに射し込んでいる。そう信じて嵐に向かって翼を羽ばたかせねばならないという（いまここは十一月で、貧しき人々は風にかじかむ指で、マッチ箱を差し出す）。そこでは真実が完全な姿で見出せる、ここでは袋小路へとのろのろ歩む美徳も、完璧な形で手にできるという。ロウダは首を長く伸ばし、闇雲な、狂信的な目つきで、ぼくらの側を飛び過ぎる。ルイはいまでは相当裕福だが、膨れた屋根に囲まれた屋根裏部屋の窓に寄り、彼女が去っていった方角を見つめている。しかし彼は自分のオフィスでタイプライターや電話に囲まれ、われわれへの指示のため、われわれの再生のため、まだ生まれぬ世界の刷新のため、すべてを解決せねばならないというわけだ。

「しかしこの部屋、ぼくがノックもせず入るこの部屋では、ものごとはすでに記されていたかのように語られている。ぼくは本棚へ行く。選んだらば何であれ、半ページを読む。口をきく必要などない。ただ耳を澄ます。ぼくは素晴しく研ぎ澄まされている。たしかにこの詩は手ごわいな。ページはあちこち傷み、泥がつき、破れ、褪せた葉や、バーベナかゼラニウムの花片でページがくっついている。この詩を読むには、数限りない目が要るのだ。真夜中の大西洋で、海草のほんの一茎が水面につき出たり、あるいは波が突然がばりと裂けて怪物が押し上げられてきたり。そんなときに、逆巻くぶ厚い波に向かって光を放つランプのような目が要るのだ。嫌悪感や嫉妬心は忘れよ。中断してはならない。葉のうえのクモの繊細な足音であれ、どこかの無用な排水管に聞こえる水のふくみ笑いであれ、その幽かな音を、忍耐強く、限りない注意深さをもって響かせてやれ。どんなものでも、恐れやおののきから斥けてはならない。これを書いた詩人は（人々のしゃべり声のなか、ぼくが読んでいる詩だ）、ページの奥にひっ込んでいる。カンマもセミコロンも一切ない。詩行も適切な長さではない。ほとんどがまったくのナンセンスだ。懐疑的であるべきだが、しかし警戒心など投げ捨て、扉が開いたなら無条件に受け入れなければ。そして時には泣くのだ。煤、樹皮、何であれ固い付着物を、ナイフで情け容赦なく削ぎ落とせ。そうして（彼らがしゃべっているうちに）、網をさらに深く深く沈め、彼が言ったこと、彼女が言ったことをそっと網に引き入れ、水面に引き上げ、詩を作るのだ。

「ぼくは彼らの話をじっと聞いていた。もうみな立ち去った。ひとりきりだ。ぼくは暖炉の火が、ドームのように、溶鉱炉のようにいつまでも燃えるのを見つめていれば、満ち足りる気がする。ほら、あの薪の尖った先が、絞首台か、落とし穴か、いやそれとも幸福の谷のようになったぞ。こんどは白い鱗を持つ真っ赤に渦巻く蛇だ。カーテンのくだものが、オウムの嘴のしたで膨らんでいる。キューキュー、森の奥で虫が集くように炉の火が軋る。キューキュー、パチン、と炎が弾け、戸外では木々の枝が空気を打ちすえ、そしていま一斉射撃のように一本の木が倒れる。これがロンドンの夜の音。と、ぼくは待ち侘びていたたったひとつの音を聞く。一歩一歩昇ってくる、近づいてくる、ためらう、ぼくのドアの前でぴたりと止まる。「入りたまえ。ぼくの側に座れよ。その椅子の端に座ってくれ」と声をあげる。昔の幻覚にさらわれて、ぼくは叫ぶ、「近くに、もっと近くに来てくれよ」と」

「ぼくはオフィスから帰ってくる」とルイ。「コートをここに掛け、ステッキを――リシュリューはこんなステッキで歩いただろうと、夢想するのが好きなのだ――ここに置く。こうやって、己の権威を自ら剝ぎとるのだ。ぼくは日がな一日、取締役の右手のニス塗りデスクに座っていた。真正面の壁には、好調な社の事業地図が貼ってある。我が社の船舶で、世界じゅうを結び合わせてきた。地球はわれわれの航路で繋ぎ合わされているのだ。ぼくはたいそう重要なポストにある。オフィスに入って行けば、部屋じゅうの若い女子社員が、ぼくに挨拶してくる。いまならどこでも好きなところで食事できるし、わけなくサリー州に屋敷を一軒、車を二台、温室と珍しい品種のメロン各種をわがものにできる。そう考えても、あながち思い上がりではないだろう。それなのに、ぼくはいまも帰ってくる、ぼくの屋根裏に帰ってきて帽子を掛け、孤独のうちに、先生のざらついたオーク材ドアをやっとの思いでノックしたときからの奇妙な努力を、また始めるのだ。小型本を開き、詩を一篇読む。一篇の詩でこと足りるのだ。

ああ、西風よ……*

ああ西風よ、お前はぼくのマホガニーのデスクや靴カバーや、そしてまた、ああ、まともな英語も話せたためしのない――哀れな女優であるぼくの愛人の下品さと、敵対している――

ああ、西風よ、そなたはいつ吹くのか……

けれど、ひたすらに抽象化するロウダ、カタツムリの肉色を映すおぼろな瞳のロウダ、西風よ、彼女はそなたを滅ぼしはしない。彼女が星の輝く真夜中に訪ねて来ようとも、最も散文的な真昼間に訪ねて来ようとも。彼女は窓辺に佇み、煙突壺（チムニー・ポット）や、貧しい人々の家の割れた窓を眺め――

ああ、西風よ、そなたはいつ吹くのか……

「ぼくの職務、ぼくの心労は、いつもほかのだれよりはるかに重かった。ピラミッドが常に両肩にのし掛かってきたのだ。ぼくは厖大な量の仕事をこなそうとしてきた。猛烈な、御（ぎょ）しがたい、獰猛なチームを率いてきた。オーストラリア訛りのまま食堂で食事し、事務職員に気に入られようと努め、しかし同時に自分の厳粛で厳格な信念も、解決すべき齟齬（そご）

や矛盾も、決して忘れたことはなかった。少年の頃のぼくはナイル川を夢見て、その夢から醒めたくなかったにもかかわらず、ざらついたオーク材のドアを拳で叩いたのだ。スーザンのような、一番憧れたパーシヴァルのような運命に生まれていたら、ぼくも幸せだったのだろう。

　ああ西風よ、そなたはいつ吹くのか、
　細雨（さいう）をもたらすそなたは　いつ

「人生はこれまで、ぼくにとって過酷な難行だった。ぼくは何かの激しく吸引する、粘着性の、吸着性の、貪欲な口のようなもので、生身の肉体から、中心に埋めこまれた核を吸い出そうとしてきたのだ。ぼくは自然な幸福をほとんど知らずにきた。ロンドンの下町訛りで気を楽にしてくれるかと、あの愛人を選んだというのに。しかし彼女はうす汚れた下着類を床に投げ散らかすばかりだし、掃除婦や店の小僧たちは、日に何度となくぼくの堅苦しく澄ました歩き方を嘲笑って、後ろからはやし立てたのだ。

　ああ西風よ、そなたはいつ吹くのか、
　細雨をもたらすそなたは　いつ

「ぼくの運命はいったい何だったのだ？　ぼくの肋骨は、ピラミッドの鋭い先端にぎりぎりと苛まれてきた。ナイル川や、頭に水差しをのせて運ぶ女たち、それは記憶している。いくつもの麦穂を揺らす長い夏や、川を凍らせてきた長い冬。そこに自分は織りこまれている、そうは感じる。ぼくは、ひとつの、はかなく過ぎゆく存在ではないのだ。ぼくの人生は、一瞬だけ表面が煌めくダイヤモンドではないのだ。看守が独房から独房へランプを運ぶように、ぼくは地下を曲がりくねりながら進んでいく。ぼくはそして夥しい糸を、細いものも、太いものも、切れたものも、一本の太綱へと撚り合わせ、われわれの長い歴史や動乱や多種多様な日々を生き延びるものへと、撚り合わせねばならない。それがぼくの運命だった。常に理解すべきこと、耳を傾けるべき不協和音、非難さるべき偽りがさらに現われる。煙突の通風孔や、ずれた屋根瓦や、泥棒ネコや、裏窓のあるこの辺りの屋根は、煤け割れている。ぼくは割れたガラスを踏みわけ、膨れ上がった屋根瓦のあいだを辿り、いかがわしい、飢えた顔ばかりを探すのだ。

「たとえば、ぼくがこのすべてに道筋をつけ――一ページの詩にして死ぬとしよう。請けあってもいい、それは喜ばしくなくはないのだ。パーシヴァルは死んだ。ロウダはぼくを捨てた。なのにぼくは生きながらえ、やせ衰え、しなび、たいそう尊敬され、街の敷石を金の持ち手のステッキをついて歩くようになるのだ。おそらくぼくは死ぬこともなければ、あの連続性や永続性にすら達することもないのだろう――

ああ西風よ、そなたはいつ吹くのか、
　細雨をもたらすそなたは　いつ

「パーシヴァルは青葉とともに花開き、なおも夏の風に吐息をついていたその若葉の枝ごと、土に横たえられたのだ。そしてロウダ、みなが話しているときにぼくと沈黙をわかち合ったロウダ。馬が群れ集まり、つややかな背を整然と並べ、緑豊かな牧草地をギャロップしていくときに、後ずさり、はぐれていったロウダ。彼女は砂漠の炎熱のように、すーっと消えてしまった。ぼくは彼女を思い出す、太陽が街の屋根瓦を膨れさせるとき、枯葉が地面へと散り急ぐとき、老人たちが尖った杖を手にやって来て、ぼくらが彼女を突き刺したごとく、小さな紙切れを突き刺すときに――

ああ西風よ、そなたはいつ吹くのか、
　細雨をもたらすそなたは　いつ
おお、わが愛しき人はわが腕のなかに　かつて、
　われはまたわがしとねに！

さあ、ぼくの本に戻ろう。さあ、ぼくの務めに戻ろう」

「ああ、人生、どんなにあなたを恐れてきたか」とロウダ、「ああ、人間たち、どんなにあなたたちを憎んできたか！　わたしをどれだけ小づきまわし、傷めつけたか。オックスフォード・ストリートで、どんなにおぞましく見えたか、地下鉄で向かい合って座りじろじろ見合うのが、どんなに忌々しかったか！　いま頂上からアフリカを見ようとこの山を登りながらも、わたしの心には、あの茶色の紙袋といくつもの顔が焼きついている。あなたたちに穢され、堕落させられたのよ。*　チケットを買おうとドアの前に行列しながら、なんて不快な臭いがしたことか。みなグレーや茶色のくすんだ服装で、帽子にブルーの羽根一本さえ挿していなかった。だれひとりとして、ああではなくこうである、という勇気などなかったのよ。一日を無難にやり過ごそうと、どれだけの魂を死滅させ、どれだけの嘘、へつらい、小ぜりあい、おしゃべり、お追従（ついしょう）があったか！　わたしを一ヶ所に、一つの時間に、一つの椅子に鎖で縛りつけたまま、わたしの向かいに座ったのよ！　時間と時間のあいだの白い空間をわたしから奪って、それをあなたたちの脂ぎった手で汚い粒にまるめ、屑入れに投げ込んだんだわ。とはいえ、それがわたしの人生だった。

「けれどわたしは妥協した。冷笑やあくびは手で隠した。通りに飛び出したり、側溝で瓶を叩き割ったりして、怒りを表わしたりなどしなかった。激情に身をふるわせても、不意打ちではないふりをした。あなたたちがすることを、わたしも真似た。スーザンとジニーがああしてソックスを引き上げれば、わたしも同じに引き上げた。人生があまりに恐しくて、次から次へと覆いをかぶせつづけた。これを透かして、あれを透かして人生を見るのよ。薔薇の葉をかざし、ぶどうの葉をかざし——わたしは街の通り全体を、オックスフォード・ストリートとピカデリー・サーカスを、わたしの精神の炎とさざ波で覆った。ぶどうの葉と薔薇の葉で覆った。それから学校が終わって休暇で散っていくときに、廊下に荷箱も並んでいたわね。わたしはラベルを見るためにそっと近寄って、名前や顔を空想したの。ハロゲイトだったか、エジンバラだったか、そこにはもう名前も忘れた少女が歩道に佇んでいて、黄金色の栄光で波立っていた。でもそれは名前だけのこと。わたしはルイと別れたのだわ。抱き合うのが恐しかったのよ。やわらかな布で、衣服で、暗青色（ブルーブラック）の刃を隠そうとした。わたしは昼が夜へと変わるようにと切望した。わたしはかつて、食器棚が縮んでいくのを見たいと、ベッドがやわらかくなるのを感じたいと、宙に浮かびたいと、木が、顔が長く伸びるのを、荒野（ムーア）の緑の斜面や、嘆きのうちにさよならを言う二つの姿を感じたいと、強く願っていたの。あたかも種まく人が、草ひとつない土を鋤（す）き耕し、種を投げ広げるように、わたしは言葉を扇状に投げた。わたしはいつも、夜をのび広げ、それを夢でひたひたと満たしたいと、そう切望していたのよ。

「かと思うと、わたしはどこかのホールで音楽の枝を掻き分け、わたしたちが作り上げた家を見た。長方形のうえに正方形がのっていた。パーシヴァルが死んだあと、乗合バスのなかでよろめいて他人の肩にぶつかったときに、「わたしたち全員を収められる家」と思ったのよ。それでもやはりグリニッジへ行った。テムズ河畔（エンバンクメント）を歩きながら祈った。一木一草とて生えぬ、けれど大理石の円柱がそこここに立つ世界の縁で、どうか永遠に大声をあげさせて、って。広がる波に向かって花を投げ入れたのよ。「わたしを消滅させて、地の果ての果てまで運び去って」と。波は砕けた。花は萎れた。いまはもう滅多にパーシヴァルを思い出しもしない。

「ほら、いまわたしは、スペインの山に登っている。このラバの背はわたしのベッドで、ここで死んでいく、と想像してみる。わたしと底なしの深淵とのあいだには、薄布の一枚きり。マットレスのなかのしこりが、わたしのしたでやわらかになっていく。わたしたちはつまずきつつ登る——つまずきつつ進む。わたしの道は、いつも上へ上へ、てっぺんの水たまりのほとりに立つ、孤独な木を目指しての登り坂だったのよ。鳥が翼をたたむように山が暮れていく夕べに、わたしは美の水面を薄く切ってきた。時折、赤いカーネーションや干し草の細い束を拾ってきた。ひとり、芝地に身を沈め、何かの古い骨に指で触れて、こう思ったの。風がこの高台をかすめ、吹き過ぎたら、どうかあとには一握（ひとにぎ）りの塵のほか何も残りませんように、と。

「ラバはつまずきつつ登り、進む。山の背は霧のように湧きあがってくるけれど、でも頂上からわたしはアフリカを見るのよ。ほら、わたしのしたでベッドがたわむ。シーツは黄色い穴だらけで、わたしを落下させる。ベッドの端にいる白馬のような顔の善良な女性が、告別の身振りをして、背を向けて去っていく。それならわたしと来てくれるのはだれ？　花だけね。白いブリオニアと月光の色のサンザシの花。それをゆるく束ねて花輪を作って贈る——ああ、けれど、だれに？　わたしたちは断崖から飛び立つ。眼下にはニシン船の灯りがいくつも見える。崖が消える。小さく波立ち、灰色に波立ち、無数の波がうねり広がっている。わたしは何も触れない。何も見ない。わたしたちは沈み、そして波のうえに宿る。海がわたしの耳のなかで唸る。白い花びらは、海で黒ずんでいくのよ。波間にほんの一瞬浮かび、すぐ沈んでいく。波はわたしを頭から巻きこみ、水底へと引きずりこむ。何もかもが激流となって落下し、わたしを消滅させていく。

「でも、あの木の枝は棘々しく逆立っている。あれはコテッジの屋根の硬い輪郭線。赤や黄色に塗られたあの袋形のものは顔。わたしは土に足を降ろし、慎重に歩を進め、スペインの宿の堅い扉に、手をぐいっと押しつける」

太陽はいましも沈もうとしていた。昼間の硬い石が割られ、光はその断片を貫いて注いだ。赤と金色が、暗闇の矢羽根をもつ矢となって、波を射抜いていった。光線はまるで、海に沈んだ島々からの点滅信号のごとく、あるいはまた、うぬぼれて笑いさわぐ少年たちが月桂樹の木立ち越しに投げ放った矢のごとく、不規則にきらめきながら、逸れていった。けれど波は、岸に寄せるにつれ光を奪われ、あたかも岩壁が、あたかも光のひと筋さえも通さぬ灰色の岩壁が、崩れ落ちるように、残響を長く曳(ひ)きながら崩れ落ちた。

風がそっと起きた。木の葉のあいだをささめきが駆けめぐった。するとかき乱された木はまとまった全体の形を変え、閃き、半円形の統一性をなくし、それとともに葉は茶色の密度を失い、灰色や白となりゆく。木のてっぺんに止まっていた鷹は、ぱしりとまばたきすると、舞いあがり、風に乗り、かなたへ滑翔(かっしょう)していった。沼沢(しょうたく)地(ち)で鳴くチドリは、逃れ、旋回し、孤独のうちに鳴きながら、さらに遠くへと飛び去る。汽車や煙突からのぼる煙は広がり、ちぎれ、やがて海や野のうえにふわりと掛かる天幕へと溶けていった。

　麦は刈りとられていた。あれほどなめらかに波打っていた畑には、ぴんと立つ刈り株が残るばかり。大フクロウがゆっくりと楡を離れ、少し沈んでから、ぐいっと大きな弧を描いて、杉の樹冠へと昇っていった。丘のうえを移ろう影は、広がっては縮みしながらゆっくりと流れてゆく。荒野（ムーア）の頂上の水たまりは、虚ろ。のぞき込む毛に覆われた顔も、しぶきを散らす蹄も、水をかき乱すほてる鼻面も何もない。アッシュ色の小枝に止まった小鳥は、嘴いっぱいに含んだ冷たい水を少しずつのみ込んでいた。あたりには麦刈る音も車輪の音もなく、聞こえるのはただ、時おり風がその帆をふくらませ、ざーっと草のおもてを吹き払う唸り声のみ。一本の骨が、海水に磨きぬかれた小枝さながら、雨に穿たれ、日光に晒され輝いていた。春には赤褐色に燃え、夏至のころにはやわらかな葉を南風に遊ばせていた木は、いまでは鉄のような黒。そして裸木。

　岸はあまりに遠く、光る屋根もきらめく窓も、いまはもう見えない。影に覆われた大地のすさまじい重みは、もろい枷やカタツムリの殻のような邪魔ものどもを、まるごと押し潰していた。あとには液体となった雲の影。たたきつける雨。陽光の一矢。あるいはにわかに起きる雨嵐の残す傷痕のみ。ひっそりと聳え立つ木々は、遠い丘をオベリスクのように見せていた。

　熱を失い、燃える黒点の激しさも散らしつくした夕陽が、椅子やテーブルをさらになめらかにし、そこを琥珀や金色のドロップ飴の菱形で飾っていた。色彩は傾いて片側に流れていったかのように、背後から影に覆われてどっしりと重みを増していた。ナイフやフォークやコップは長く引き伸ばされ、膨らみ、不吉な様相を呈している。金色の輪に縁どられた鏡は、その目のなかは永遠とでもいうように、じっと動かぬこの光景を抱え込むのだった。

　その間にも影は浜辺に長く伸びゆき、闇は濃くなる。鉄色のブーツは、いまでは濃青（ディープブルー）の水たまり。岩も堅さを失った。朽ちたボートのまわりで澱んでいた水は、黒いムール貝が沈んでいるかのような暗黒だ。波の泡は鉛色に変わり、おぼろな砂のうえのここかしこに、真珠色の輝きを残して去っていくのだった。

「ハンプトン・コート」とバーナードは言った。「ハンプトン・コート。ここでおれたちは会うのだ。見よ、ハンプトン・コートの赤い煙突や四角い胸壁を。ハンプトン・コート、と言うときの声の調子は、おれが中年だと物語っている。十年前、十五年前なら、「ハンプトン・コート?」——どんなところだ? 池や迷路園があるのか? と疑問符つきで言ったはずだ。さもなくば、そこで何が起きるだろう? だれと会うだろう? という期待をこめて言ったはずだ。ハンプトン・コート——ハンプトン・コート——いまではこの言葉は、おれがこんなに苦労していくつもの電話やメッセージやハガキを片づけたこの空間で、ゴングを鳴らし、ボーンボーンと、音の輪また輪と次々響かせ、反響させるのだ。すると映像が現われ出る——夏の昼下がり、ボート、スカートをつまみ上げる年寄りのご婦人たち、冬の甕(かめ)がひとつ、三月の黄水仙——こういったすべて、いまはどの場面でも底深く横たわっているものが、水の面(おもて)へと浮かび上がってくるのだ。

「ほら、あそこのホテルに近いドア、あそこが待ち合わせ場所だ。おや、もう来ているぞ――スーザン、ルイ、ロウダ、ジニー、ネヴィルだ。もう来ていたのだ。一瞬後におれが加わると、たちどころにまた別の配列が、別の型(パターン)が形成される。いまは無駄になろうが構わず、いくらでも自由に場面をなしているのに、それが堰きとめられ、固定される。おれは強要されるのは嫌なのだ。五十ヤード離れていても、すでにおれの存在の秩序は変化させられていると感じる。仲間内の磁力が働いているのだ。おれは近づいていく。まだだれも気づかないな。ロウダが気づいた、けれど彼女は顔を合わせる衝撃が怖くて、知らないふりをする。やあ、ネヴィルが振り向いたぞ。唐突におれは手をあげ、ネヴィルに挨拶を送りながら「おれもシェイクスピア集に、花をはさんだぞ」と大声で言って、心が激しくかき乱される。おれの小舟は、うねり逆巻く波に揉まれ、不安定に上下するのだ。再会の衝撃に効く万能薬(パナケイア)（これは書きとめておこう）など一切ない。

「ぎざぎざの縁、剝き出しの縁を合わせて揃えるのも、気づまりだな。ゆっくりと足音をたててなかに入り、コートや帽子をとりながら、少しずつ集まりは好ましいものになってくる。われわれは、飾り気のない、縦長のダイニング・ルームに集(つど)って腰を下ろす。ここからは庭園が、緑の空間が見渡せる。沈みゆく夕日に幻想的に照らされ、木々のあいだには金色の光がひと筋射しこんでいるのだ」

「いまこうして並んで」とネヴィルが言った、「この窮屈なテーブルに座り、最初の昂ぶりが収まる前に、何を感じるだろう？　ようやく再会した古い友人にふさわしく、正直に、率直に、ありのままに、ぼくらはこの再会に何を感じるだろう？　悲しみだ。ドアは開かない。彼は来ない。そしてぼくらは重荷を担っている。いまやみな中年になり、ぼくらは重荷を負っているのだ。この荷を降ろそう。君らは人生で何を成してきたのだ？　そしてぼく自身は？　君は？　バーナード。君は？　スーザン。君は？　ジニー。君は？　ロウダ、そしてルイは？　ドアには成績表が貼り出されていたな。目の前のロールパンを割り、魚とサラダに手をつける前に、ぼくは内ポケットを探り、信任状をたしかめる——ぼくの優越性を明かすために持ち歩いているのだ。審査に通ったのだ。それを証明する書類が、この内ポケットに入っている。でもスーザン、君の瞳はカブや麦畑でいっぱいで、ぼくを不安にする。内ポケットの書類は——ぼくが審査に通ったと証明する民衆の声だ——かすかな音をたてる。それは人気のない畑で、ミヤマガラスを追い払おうと手を打つ音に似ている。そしてじっと見つめるスーザンの視線のもと、それさえ（ぼくがたてた手を打つ音と、その残響は）虚しく消え、あとに聞こえるのはただ耕した畑を吹き抜ける風音と、小鳥の鳴き声ばかり——あれはたぶん自分の声に陶酔するヒバリだな。ウェイターにぼくの音が届いただろうか？　それにあそこの人目を忍び、永遠の愛を誓うカップルたちにも？　彼らはそぞろ歩き、かと思うと立ち止まり、暮れなずんで、横たわっても二人の身体を隠してくれぬ木々を見上げるのだ。いいや、手を打つ音は届かなかったのだ。

「書類をとり出し信任状を読み上げても、審査に通ったんだぞ、と君らに信じてもらえないなら、あとはどうすればいい？　スーザンの辛辣な緑色の瞳が、彼女のクリスタルの梨形の瞳が、白日のもとに晒す。ぼくらが集まるとき、そして集いの縁がまだぎざぎざ不揃いのとき、均されまい、と抵抗する人物が必ずいる。そうなると、その個を組み伏せたくなるものだ。いまのぼくにとってそれはスーザンだ。スーザンを感心させようとして話している。聞けよ、スーザン。

「だれかが朝食に現われるとだね、カーテンに刺繍されたくだものまでが、オウムが突けそうなほど膨らむのだ。指にはさんでもぎとれそうに。早朝の薄いスキムミルクが、オパール色に、ブルーに、薔薇色に変わる。その時刻、君の夫は――ゲートルをぴしゃりと打ち、不妊の雌牛を鞭で指し示すような男だ――ぶつぶつ文句を言っている。君は何も言わない。君は何も見ない。習慣が君を盲目にしているのだ。その時刻、君らは無言で、ゼロで、灰褐色だ。片やぼくのその時刻は温かで、多彩。反復などない。どの一日にも危険が潜んでいる。表はなめらかでも、そのしたはとぐろを巻く蛇のように骨だらけなのだ。例えばタイムズ紙を読んでいるとしよう。ぼくらは議論しているとしよう。これは一度きりの出来事だ。いま冬だとしよう。屋根にずしりと雪が降り積もり、真っ赤な地下室に閉じこめられているとしよう。水道管が破裂する。ぼくら二人は部屋の中央に黄色いブリキ製のバスタブを置く。大慌てで洗面器をとりに行く。見ろよ、あそこを――本棚のうえでまた破裂しているじゃないか。その惨状に大笑いしながら叫ぶのさ。がっちり安定したものなど破壊されちまえ。所有物など一切なしだ。それとも夏だとしてみようか？　湖までぶらぶら歩いて行って、シナガチョウが水辺まで平たい足でペタペタ行くのを見るか、あるいは骨のような町の教会を、その前で揺れる若葉を見るか（ぼくは思いつくまま選んでいるのだ。目につくものを選んでいるのだ）。どの光景も、深い関係が孕む偶然性と奇跡を描き出すアラベスク模様なのさ。雪、破裂した水道管、ブリキのバスタブ、シナガチョウ――どれもが宙に高く投げ上げられた記号で、思い返すとそこにそれぞれの愛の特徴が、互いにいかに異なっていたかが、読みとれるのだ。

「一方の君は――ぼくは君の敵対心、ぼくにじっと据えられた緑色の瞳、着古したドレス、荒れた手、そのほか君の母性の輝きを表わす印を傷つけたくて言うのだが――傘貝のように同じ岩に張りついてきたのさ。いやそうだ、べつに君を傷つけたいわけではないよ。君が登場してすっかり挫けた自信を甦らせ、磨き直したいだけさ。変化することはもはや不可能。ぼくらはもう縛られている。昔ロンドンのレストランでパーシヴァルもいっしょに会ったときは、ぼくらはみな湧き立ち、揺れ動いていた。可能性は無限だったはずだ。いまではすでに選んでしまった、いや、時には何かに選ばれたような――トングで首根っこを摑まれたような気がするのだ。ぼくは選んだ。外側からではなく内側から、未加工の、白い、無防備な繊維のうえに人生を焼きつけたのだ。焼きつけたいくつもの心や顔、またあまりに幽かで、匂い、色彩、手ざわり、実体はあっても名前のないものたちによって、ぼくは曇らされ、傷つけられている。君にとってぼくは単なる「ネヴィル」で、君はぼくの人生にせせこましい限界や越せぬ境界線を見るのだ。しかしぼくからすれば、無限だ。だれも気づかぬうちに世界の奥底へと、繊細な糸の網を広げている。その網と網が取り囲むものとは、ほとんど見分けがつかない。それはクジラを──巨大なる海獣を、白いクラゲを、不定形のさ迷えるものを、引き上げる。ぼくは発見し、感受する。ぼくの眼のもと──本が開く。ぼくは底の底まで見通す。心の──その深みまで見通す。ぼくは知っているのだ、どんな愛がふるえて炎となるか。いかに嫉妬がその緑色の閃光を四方に放つか。いかに愛と愛が複雑に絡み合うか。愛が結び目を作り、愛がそれを残酷に引き裂くか。ぼくは結び目を作ってきた。ぼくは引き裂かれてきた。

「かつてはしかし、別の栄光があった。ドアが開くのを見つめていて、パーシヴァルが現われたときだ。ぼくらが学校のラウンジの固いベンチの端に、それぞれ離れて飛び乗ったときだ」

「あそこにはブナの森があった」とスーザン、「エルヴドン邸が、そして樹間にきらりと光る時計の金色の針が。ハトが葉叢を破ったわ。変わりゆき移りゆく光が、わたしの頭上をさ迷っていた。わたしから逃げていったのよ。それでもね、ネヴィル、わたしはわたしであるために、あなたを認めない。見てよ、テーブルにのせたわたしの手を。ほら、このこの関節や、手のひらの健康的なグラデーション。わたしの身体は、熟練工の道具のように日々的確に使われてきたのよ。ナイフの刃は清潔で、鋭利で、真ん中がすり減っている（わたしたちは、まるで野で戦う獣のように、角で激しくぶつかり合う雄ジカのように、ともに戦っている）。あなたの青ざめた、しなやかな肉体を通して見たらきっと、りんごやぶどうの房さえ、ガラスを被せたように薄膜を通して見えるわけね。一人の人間と、一人の人間とだけ、けれど入れ替わる一人の人間とだけ、椅子に深く身を横たえていたら、肉体のわずか一インチしか見ない。あなたが見るのは神経や、繊維組織や、そこを流れる緩やかだったり速かったりする血液だけ。決して全体ではないの。あなたは家を庭に置いては見ない、馬を野に置いては見ない。広がる街全体も見ない。老女が繕い物に目を寄せるように、身を屈めている。わたしはね、人生を実体ある、巨大な、ひと塊として見てきたのよ。その胸壁、塔、工場、ガスタンクを。太古の昔から代々継承してきた様式にのっとった居場所として。そういうものがわたしの心のなかにしっかりと、確実に、解体されずに根を張っている。わたしはしなやかでもやわらかでもない。ここでみなといっしょに座って、あなたたちのやわらかさをわたしの硬さで削りおろし、銀色にまたたく蛾の羽のような言葉のふるえを、わたしの澄んだ緑色の瞳の力で抑えこんでやるわ。

「わたしたちは枝角をぶつけ合った。これはなくてはならぬ前奏曲。幼なじみが交わす身ぶり」

「金色は木の間に消えていった」とロウダ、「そして木々の後ろに、緑色がほんのひと筋消え残っている。夢に現われるナイフの刃のように、だれも足を踏み入れぬ細く消えゆく孤島のように、長くひき伸ばされている。ほら、あの並木道をくる車が、ちらっちらっと明滅しはじめた。いまなら恋人たちも闇に身を隠せる。恋人たちで木々の幹は膨らんで、みだらになる」

「前は違った」とバーナード。「前は自由に流れを断ち切ることができた。いまではハンプトン・コートで再会するただそれだけのために、どれだけの電話とハガキがいることか。一月から十二月へと、人生はなんてあっという間に流れていくのだ！　いまではすっかり慣れっこになって、もはや暗い影を落とすこともない波風に、われわれみな慌ただしく押し流されている。比べてみることもない。自分について、君らについて、ほとんど考えもしない。そしてこの麻痺状態のなか、日々の雑事をできる限り振り払い、底に沈んだ水路の入口にはびこる水草を、掻き分けるのだ。われわれはウォータールー駅*発の列車を捕まえるために、魚のように高く、空中高く、跳ね上がらなくては。けれどいかに高く跳ね上がろうとも、また流れのなかへと墜落するのだ。おれが南海諸島行きの船に乗ることはない。ローマが旅の限界だ。息子たち娘たちがいる。パズルの自分の場所に嵌めこまれているのさ。

「でもそれは身体のみ――身動きできぬほど縛られているのは――君らがバーナードと呼ぶ中年男の身体のみと思いたい。以前より利害を越えてものごとを考えられる。若いころは、自分自身を知るにはブランパイを掻き回す子どものように、必死で探らなければならなかった。「おや、これは何だ？　そしてこれは？　これはいいプレゼントになるか？　これでぜんぶかい？」とね。いまでは包みには何が入っているかわかっているし、そもそも何であろうとさして構いもしない。自分の心を空中に投げ上げる。高々と、大きな扇状に種をまき、それが紫色の夕映えを通って、均され、照り輝く耕地に落ちてくるように投げ上げる。

「フレーズ。不完全なフレーズ。しかしフレーズとは何なのだ？　フレーズはおれに、スーザンの手と並べてテーブルに載せられるようなものも、ネヴィルの信任状とともにポケットから取り出せるようなものも、何も残さなかった。おれは法律の権威でも、医学や財政学の権威でもない。藁屑みたいにつまらんフレーズにとり巻かれている。光を、燐光を発している。だからおれが話をすると君らはみな、「身体に光が灯された、光を発している」と感じるのだ。少年たちはかつてフィールドの楡の木陰で、おれの口からフレーズが泡立ち湧き出すと、「ああ、すごいぞ、すごいぞ」と言ったものだ。彼らも湧き立った。そしてフレーズとともに消えていった。おれは孤独のうちに嘆き悲しむ。孤独がおれの破滅のもとだ。

「ロザリオ*の祈りやバラッド*で、女たちや娘たちを目くらました中世の托鉢修道僧のように、おれは家から家へと訪ね歩く。バラッド一篇で一夜の宿を購う旅人、行商人さ。なんのこだわりもなく、たやすく満足する客さ。天蓋つきベッドの最上の部屋に通されることもあれば、納屋で干し草の山に寝ることもある。蚤も気にしないが、シルクもむろん悪くはない。おれはたいそう寛大なのだ。モラリストではない。人生のはかなさも誘惑もよくよく心得ているから、厳しい線引きはしない。とはいえ君らがおれの饒舌さから思うほど、いや裁くほど——君らはおれを裁いているからな——見境がないわけではないのだ。軽蔑と厳格という短剣を秘かに隠し持っている。ただ気が散りやすいのだ。物語を次々作る。何からでも人形をひねり出せる。たとえば若い娘がコテッジのドアのところに座っているとする。だれかを待っている。さあ、いったいだれを？　誘惑されたのか？　誘惑されていないのか？　校長が絨毯の穴に気づく。彼はため息をつく。妻はまだなお豊かに波打つ髪を指で掻きあげ、思い巡らせている——エトセトラ。手を振るしぐさ、街角でのためらい、側溝にタバコを投げ捨てる人物——すべてが物語だ。しかしどれがほんものの物語なのか。それがわからないのだ。そういうわけでおれのフレーズは、棚の洋服のようにぶら下がったまま、だれかに着てもらうのを待っている。このメモまた次のメモと書き記しては、こんなふうに待ち、こんなふうに思い巡らせ、おれは人生に執着しない。ヒマワリにまつわる蜂のように、追っ払われるのがおちさ。常にかき集め、瞬間、瞬間に湧き上がるおれの人生哲学は、水銀のように一瞬にして四方八方に飛び散るのだ。けれど、野性の目を持ちながらも厳格なルイは、彼の屋根裏で、彼のオフィスで、知るべきものの本質について、すでに動かしがたい結論に達しているのだ」

「ぼくが紡ごうとする糸は」とルイ、「すぐに切れてしまう。君らの笑いが、無関心が、そして美しさが断ち切るのだ。何十年も前、ジニーは庭でぼくにキスして、その糸を断ち切った。学校では自慢ばかりの少年たちが、オーストラリア訛りを嘲笑って断ち切った。

「これが意味なのだ」とぼくは言って、傷心のまま始める――虚栄を。「さあ、聞け」とぼくは言う、「ナイチンゲールの囀りを、ずしん、ずしんという足音のなか、征服や大移動のなか歌う声を聞け。信じるのだ――」。ところがここでぼくはぐいっと引っぱられ、こっぱ微塵さ。割れた屋根瓦やガラスのあいだを縫って、用心しいしい歩く。そこへまた別の光が降り注いで、ありふれたものをヒョウのまだら模様へと、未知のものへと変える。ぼくらが集い、結び合う、この和解の瞬間。ワインとさやぐ木々の葉と、白いフラノズボンの若者たちがクッションを手に川から上がってくる夕暮れのこの瞬間。いやだが、ぼくにとっては城の地下牢の暗がりや、人間が人間に犯してきた拷問や非道な行いで、真っ暗闇なのだ。ぼくの五感はあまりに不完全で、ここに座っているいまも、ぼくの理性が次々加えてくるゆゆしい攻撃を、紫一色では追い払えないのだ。どうすればいいのだ？　そして架け橋は？　と自問する。どうすればこの眩い、跳ねまわる過去の亡霊たちを、一つに繋ぎうる一行へと還元できるのだろう。それでぼくは黙り込む。すると君らは、ぼくのきつく結んだ口や、土気色の頬や、変わらぬしかめ面を、意地悪く観察するのだ。

「でも頼むよ、ぼくのステッキやベストにも気づいてくれよ。地図が何枚も掛かった部屋で、ぼくはマホガニーのどっしりとしたデスクを受け継いだのだ。わが社の汽船は、豪華なしつらえの客室によって、だれもが羨む評判を勝ち得たのだ。プールもジムもついている。ぼくはいまでは白いベストを身につけ、約束の時間を決めるときにはスケジュール帳を開くのだ。

「こういう姑息で、皮肉なやり方で、ぼくのふるえる、脆い、いつまでも幼い、無防備な魂から、君らの目を逸らせようとしているのだ。なぜと言うに、ぼくはいつまでたっても一番年下で、不意打ちを食らいやすいから。不快感や嘲りのこもった気づかいや、同情心に晒されまいと——鼻に煤がついてやしないか、ボタンを閉め忘れてやいないかと先まわりするのだ。ぼくはどんな屈辱も耐えがたい。と同時に冷酷で、大理石のように冷たい。どうして君たちは生きて来て幸福だったなどと言えるのか、どうにも理解できないよ。やかんの湯が沸いただの、ジニーの水玉のスカーフが風になびいてクモの巣のようにふわりと浮かんだだの言っては、ちょっと興奮したり、子どもっぽく有頂天になるなど、ぼくに言わせれば突進してくる雄牛に投げるシルク布のようだ。ぼくは君たちを糾弾する。いやしかし、心は君たちを切に求めているのだ。君たちとなら死の炎も潜ろう。とはいえ一人のときが一番幸せだね。豪奢な金や紫色の衣に溺れる。いやだがしかし、ぼくは火膨れした煙突に毛の抜けた腹をすりつけるネコを煙突壺越し（チムニー・ポット）に見ているほうが、割れた窓ガラスを見ているほうが、好きなのだ。煉瓦造りのチャペルの尖塔から聞こえるしわがれた騒々しい鐘の音のほうが、好きなのだ」

「わたしが見るのは」とジニー、「目の前にあるもの。このスカーフ、ワイン色の水玉。グラス。マスタード壺。花。わたしが好きなのは手で触れられるもの。味わえるもの。雨も、触れられる雪に変わったときが好き。それにあなたたちより無謀だし、ずっと度胸があるから、自分の美しさで自分を焼き尽くさないようになんてケチな手加減はしない。わたしはそれをまるごと飲み込む。それは肉体でできている。物質でできている。わたしの想像力は身体の想像力なの。そのヴィジョンは、ルイのように繊細に紡がれた汚れなき白ではないの。あなたの痩せこけたネコも、火膨れした煙突壺も嫌いよ。あなたの屋根裏から眺める貧相な美とやらにはぞっとする。制服姿の男たち女たち、法廷判事のかつらやガウン、ボウラーハットや襟もとできれいに開くテニスシャツ、無限のヴァラエティに富む女たちのドレス（わたしは常に、すべての衣装に目を配っているの）、それがわたしを喜ばせる。彼らとともにわたしは渦巻き流れ、内へ外へ、内へ外へ、いくつもの部屋へ、広間へ、ここへ、あそこへ、どこへでも、彼らの行くところどこへでも行く。この人は、馬の蹄を持ち上げる。この人は、自分の蒐集品（しゅうしゅうひん）の引き出しを開けたり閉めたりしている。わたしが一人でいることはない。常に仲間の一団を従えている。わたしのお母さまはきっと太鼓のあとを追い、お父さまは海を渡ったのね。わたしはまるで軍楽隊を追う仔犬のよう。道を駆けおり、ふと止まって木の幹をくんくん嗅いだり、茶色の汚れを嗅いだり、かと思うとどこかの雑種犬を追って不意に道をつっ切り、その犬が肉屋の店先から来るうっとりする匂いを嗅いでいたら、前足を一本あげて合図を送る。わたしは冒険し、見知らぬ場所へと運ばれた。ああ、なんてたくさんの男たちが、壁を離れてわたしのもとへ来たかしら。ただ手をあげればいいのよ。ダーツの矢のごとくまっしぐらに、彼らは密会の場所へと――バルコニーの椅子であれ、街角の店であれ、現われたわ。あなた方の人生の苦悶や、分裂とやらは、いつも夜になれば解けてしまったわ。たとえば夕食をともにしながら、テーブルクロスのしたで指を一本触れる――それだけでわたしの身体は流れる液体となり、指一本触れるだけで、いっぱいに膨らみ、満ちてゆき、ふるえ、煌めき、恍惚のうちにしたたり落ちる。

「あなたたちが机に向かって、何か書いたり数字を足したりしていたときに、わたしは鏡に向かっていたのよ。そう、ベッドルームという聖域の鏡の前で、自分の鼻や顎を、大きすぎて歯ぐきが見えすぎる口を、吟味してきた。見てきた。心に留めてきた。黄色か白か、光沢かくすみか、ふわりとしたのか細身のか、どれが似合うか見極めてきた。わたしはある人には気まぐれ、ある人には頑な。銀をまとえば氷柱（つらら）のように尖り、金をまとえば蠟燭の炎のように官能的。わたしは猛然と駆けまわってきた。極限まで、力尽きるまで、打ち振られる鞭のように。あの奥にいるあの人のシャツの胸当ては白かった。それが真っ赤になった。炎と煙がわたしたちをのみ込んだのよ。狂ったような劫火の後――とはいえ、暖炉前の敷物に座って、眠っている家のだれも起こさぬよう、貝殻にささやくような小声で胸の奥の秘密を打ち明けあったときも、わたしたちは声をひそめていたのに、それでも一度はコックの気配を耳にしたし、もう一度は二人して、時計の針の音をだれかの足音と聞き違えたわ――灰へと燃え尽きた。あと形もなく、燃え残りの骨ひとつなく、密会のしるしにロケットへと忍ばす髪のひと房もなく。いまでは髪もグレーになり、すっかりやつれたわね。でも昼日なか、光がいっぱいに射すなか、鏡のまん前に座り、自分の顔を見て、鼻、顎、大きすぎて歯ぐきが見えすぎる口を、しっかり心に刻む。でもわたしは恐れないのよ」

「いくつもの街灯が」とロウダは言った、「そしてまだ葉を落とさぬ木々が、駅からの道筋に並んでいた。木々の葉が、いまでもわたしを隠してくれたかもしれない。でも木の後ろに隠れたりしなかった。昔のように、感覚のショックを避けようと曲がりくねったりせず、まっすぐに来た。でもそれはただ身を守る術(すべ)を身体に覚えさせただけ。心は何も悟っていない。わたしはあなたたちを恐れ、憎み、愛し、妬み、軽蔑している。喜んで加わったことなどない。木や円柱形のポストの影に入るのを拒絶しつつ駅から歩いてきたとき、遠くからでさえ、あなたたちのコートから、傘から、すぐ感じとったのよ。ともに過ごす瞬間を重ねて出来上がる物質に、あなたたちがいかに深く根ざしているかを。子どもたちや、権威や、名声、愛、社交に対していかに熱心かを、どんな態度を取っているかを。そこではわたしには何もない。わたしには顔がない。

「あなたたちは、このダイニング・ルームに雄ジカの枝角、タンブラー、塩入れを見る。テーブルクロスの黄色い染みを見る。「ウェイター！」とバーナードが呼ぶ。「パンを！」とスーザンが言う。するとウェイターが来る。パンを持って来る。なのにわたしがここに見るのは、山にも似たコップの側面と、枝角の一部、そして闇に走る亀裂のような水差しの側面の輝きだけ。驚異と恐怖をひき起こす。森で軋る木のようなあなたたちの声も。そして顔も、顔の突起物と虚（うろ）になったところも。真夜中にどこかの広場で柵にもたれ、距離を置いて佇んでいれば、どんなに美しいか！　あなたたちの背後で、三日月形の海が白く泡立ち、世界の果ての漁師たちが、網をたぐり寄せては投げ入れている。太古の木々の梢が、風に波打っている（けれどわたしたちはここ、ハンプトン・コートにいる）。オウムの甲高い声が、ジャングルの張りつめた静寂を切り裂く（ここではトラムが走り出す）。あのツバメが、真夜（まよ）の水たまりで翼を濡らす（ここではわたしたちが話をしている）。ともにテーブルを囲みながらわたしは、こういうまわりの状況をなんとか把握しようとしている。こうやって正確に七時半に、ハンプトン・コートでの苦行に耐えている。

「ああ、でもこのロールパンやワインボトルはわたしに必要とされているから、突起物や虚（うろ）のあるあなた方の顔は美しいから、このテーブルクロスと黄色い染みが共感の輪を広げ、やがては全世界を抱擁できるほどに広がるなど望みようもないから（ベッドが宙に浮きあがる夜に、地球の縁から落下してゆきながらそう夢見るけれど）、わたしは個々の異様さに耐え抜かねばならないのね。あなた方の子ども、詩、しもやけ、何であれすることなすこと、悩みごとが、わたしをぐいっと引き戻し、そのたびに、はっと我に返らされる。でもだまされやしない。あちらへこちらへと呼ばれたり、ぐいっと引っぱられたり探されたりしていても、必ずやわたしはこの薄いシーツをつき抜け、炎の深淵へとたったひとりで落下していく。そしてあなたたちのだれも助けてはくれない。いにしえの拷問官よりもさらに残酷に、落下するわたしを見殺しにし、そして落ちてしまえば、ずたずたにひき裂くのよ。それでも心の壁が薄くなっていく瞬間がある。溶け合わぬものはない瞬間がある。そして巨大な泡を、そのなかで太陽が沈みまた昇ることができるほど巨大な泡を、膨らませられるかもしれない、真昼の青も真夜の闇も携え、舫（もやい）を解いて、いま、ここ、から逃れられるかもしれない、そう夢想できる瞬間があるのよ」

「ひと滴、またひと滴」とバーナード、「静寂がしたたり落ちる。それは精神の天井で膨らんで、水たまりへと落下する。永遠に、ひとり、ひとり、ひとり*——静寂がしたたり落ちるのを聞き、その輪（リング）を世界の果てまで押し広げる。たらふく、たっぷり、中年男の満足感を詰めこみ、孤独に打ち砕かれたこのおれは、ひとつ、またひとつ、と静寂がしたたり落ちるに任せるのだ。

「しかしいま、落下する静寂がおれの顔を穿ち、雨に打たれる庭の雪だるまのように鼻が削がれていく。静寂がしたたり落ちるにつれ、おれはすっかり溶解され、目鼻をなくし、ほとんど他人と見分けられなくなる。それは何も問題ではない。何が問題なのだ？　われわれはご馳走を食べた。魚料理と仔牛のカツレツとワインは、エゴイズムの鋭い牙を鈍らせた。悩みもひと休みだ。おれたちのなかで一番の見栄張り、それはたぶんルイだが、彼さえ他人にどう思われようと構わない。ネヴィルの苦悶もひと休みだ。ほかのやつらがうまくやればいいんだ——彼はこう思っているのさ。スーザンは、子どもたち全員の安らかな寝息に耳を傾けている。おねむり、おねむり、とささやく。ロウダはむかし、岸辺へと小舟を揺らしていたものだ。あの舟たちが沈没したか、ぶじに錨を降ろしたか、もはやどうでもいいのだ。われわれは、世界がさし出すやも知れぬいかなる暗示も、公平に受け入れる心構えができている。地球とは、太陽の表面から偶然はじき飛ばされた礫にすぎない、*宇宙の深淵のどこにも生命など存在しない、いまはそう思うのだ」

「この静寂のなかにいると」とスーザン、「このまま葉の一枚散ることも、小鳥一羽飛び立つこともないかのよう」

「まるで奇跡が起きて」とジニー、「人生が、いま、ここに、静止したかのよう」

「そして」とロウダ、「これ以上生きなくてもいいみたい」

「いやしかし、聞くのだ」とルイ、「無限なる宇宙の深淵を通り抜けていく地球の音を。

唸り声をあげている。光に照らされた歴史のひとコマが過ぎゆく。われわれの王や女王たちも。ぼくらはもう存在しない。われわれの文明も、ナイル川も、すべての生命も存在しない。ぼくらのひとつひとつ分離した滴は消滅した。われわれは絶滅し、時の深淵のなかに、闇のなかに滅びていった」

「静寂がしたたり落ちる、静寂がしたたり落ちる」とバーナード。「いやしかし、聞くのだ、ティック、ティック、ホーホー。世界が呼んでいる。われわれが生命の一線を越えたとき、一瞬、暗闇の猛る風音を聞いたのだ。やがてティック、ティック（時計の音）。次いでホーホー（車の警笛）。われわれは着陸した。上陸した。六人でテーブルを囲んでいる。おれを呼び返したのは、自分のこの鼻の記憶だ。おれは立ち上がる。「戦え」と声をあげる。「戦え！*」と、自分の鼻の形を記憶の底から呼び返しつつ、戦いを挑むごとく、スプーンでテーブルを叩くのだ」

「この果てのない混沌に」とネヴィル、「この形のない愚昧（ぐまい）に、ぼくらは抵抗する。木の陰に隠れて子守女と愛を交わすあの兵士は、空の星すべてよりもあっぱれだ。とはいえ時には、またたく星のひとつが澄みわたる空に現われ、世界は美しいのだ、われわれうじ虫どもが、欲望によってこの木々までいやらしく歪めているだけなのだ、と思わされる」

（「ルイ、それにしても」とロウダ、「静寂の時はなんて短いのかしら。彼らはもう、お皿の横でナプキンを伸ばしている。「だれが来るの？」とジニーが尋ねる。と、ネヴィルは、ああ、パーシヴァルが来ることは二度とないのだ、と思い出してため息をつく。ジニーは鏡を出しているわね。画家のような目つきで顔を点検し、鼻筋にパウダーのパフを滑らせ、しばしの熟考ののち、くちびるに必要だったまさにその紅(べに)を差す。こうした身繕いを軽蔑もし、恐れもしているスーザンは、コートの一番上のボタンを留めては、またはずす。彼女は何に対して身構えているのかしら？　何かに対して。でも何か別のものに対して」

「みな何かをつぶやいている」とルイ。「「時間だ。自分にはまだエネルギーが溢れているぞ」、そう言っているのだ。「この顔は、無限なる宇宙の闇に刻まれるのだ」と。彼らはおしまいまで言い終えない。「時間だ」とくり返す。「庭園が閉まってしまう」。そしてともに歩きながら、ロウダ、彼らの流れへと押し流されていくけれど、でもぼくら二人は、少し後に遅れてゆく」

「何かをささやき交わす密謀者のように」とロウダが言った。）

「これは史実だ」とバーナード、「みなで歩いているまさにこの大通りで、たしかにあの王は、モグラ塚につまずいて落馬したのだ。* それにしても、無限なる宇宙の渦巻く深淵を背に、金のティーポットを載せたちっぽけな人物を置いてみると、なんと滑稽に思えることか。まあ、人物に対する信頼は程なく回復できるとしても、あの頭に載っけたものに対しては、そうすぐとはいくまい。われらイングランドの歴史は――光のわずか一インチに過ぎない。なのにティーポットを頭に叫ぶのだ、「われは王なり！」とね。いやいや、歩きながらおれは時間の感覚をなんとか回復しようとしているが、あの暗黒の潮流が目のなかにあって摑み切れないのだ。この王宮(ハンプトン・コート)が、ほんのひととき空に浮かべられた雲のように、軽そうに思える。王冠を戴いた王たちを次から次へと玉座につけるのは――精神のいたずらに過ぎないのだ。それならおれたち自身は六人横に並んで歩みつつ、脳とか感情とか呼びならわす、われらの内で気まぐれにまたたくこの光でもって、何に抗おうというのだろう。どうしたらこの奔流と戦えるのだろう。何に永続性があるのだろう。われわれの人生もまた、街灯の消えた大通りをゆき過ぎ、時間の断片をゆき過ぎ、だれとも知れぬまま流れ去るのに。かつてネヴィルは、おれの頭めがけて詩を投げつけてきた。そのとき突如、不滅(イモータリティ)*を確信して言ったのだ。「おれもシェイクスピアと同じに知っているぞ」と。だがそれすらも消えてしまった」

「どういうわけか、おかしなことに」とネヴィル、「こうして歩いていたら時を遡った。犬が飛び跳ねて時を巻き戻したのだ。機械仕掛けが働く。歳月がすっかりあの門を古めかしくしている。三百年の歳月は、あの犬の前に消えた一瞬だけではないのだ。ウィリアム王が、かつら姿で馬にまたがっているぞ、宮廷の貴婦人たちは、刺繍を施したパニエ・スカートで芝を払っていく。こうして歩いていたら、ヨーロッパの命運はとてつもなく重大であり、いかにばかげて聞こえようとも、すべてはブレンハイムの戦い*に懸かっているのだ、という確信が湧いてきた。そうだ、この門を潜(くぐ)りつつぼくは宣言しよう。これが現在の瞬間だ、ぼくはジョージ王*の臣下だ」

「この表通りをともにゆきつつ」とルイ、「ほんのわずかジニーに身をもたせかけ、バーナードはネヴィルと腕を組み、ぼくはスーザンの手を握って歩いていると、どうしたって涙ぐまずにいられない。自らを幼な子と呼び、神よ、眠りのときも守りたまえ、とぼくらは祈る。ともに歌うのはなんて甘やかなんだ。ミス・カリーのオルガンに合わせ、闇を恐れてしっかり手をつなぎ合って」

「鉄の門が押し戻された」とジニー。「時の毒牙が、むさぼり喰うのを止めた。わたしたちは宇宙の深淵に勝利したのよ。ルージュで、パウダーで、薄手のハンカチで」

「わたしは摑む、しっかりと握る」とスーザン。「だれの手であれ、この手にしっかりと握る。愛をこめて、憎しみをこめて。どっちだっていいのよ」

「しんと静かな感じが、魂が離脱したような感じがわたしたちを包み」とロウダ、「心の壁が透明になるときの、癒しの一瞬を味わう（心に不安がひとつもないなんて、滅多にないこと）。サー・レンが建てたハンプトン・コートのこの一角*は、まるで一階一等席で退屈したまま身動きさせぬ観客に向かって演奏する、四重奏(カルテット)*のような長方形。その長方形のうえに正方形がのっていて、わたしたちはこう言うのよ、「これがわたしたちの居場所。骨組みがいまは見える。外にとり残されたものはほとんどない」と」

「あの花は」とバーナード、「パーシヴァルとともにレストランで食事したときに、テーブルの花入れにあったあの赤いカーネーションは、六面体の花となった。六つの人生でできた花となった」

「神秘的な光が」とルイ、「あのイチイの向こうに見える」

「あまたの苦しみ、あまたの衝撃によって作り上げられたのよ」とジニー。

「結婚、死、旅、友情」とバーナード、「町と田舎。子どもたちや、そのほかもろもろ。多面的な要素が、多面体の花が、この闇から切り出される。一瞬、足を止めよう。足を止め、われわれが作り上げたものを見つめよう。イチイの木々を背に煌々と輝かせよう。ひとつの生命体が。あそこに。もう消えた。消えてしまった」

「消えていく」とルイ。「スーザンはバーナードと。ネヴィルはジニーと。ロウダ、君とぼくは、この石甕の側で一瞬足を止めるのだ。それぞれ二人組（カップル）で木立ちへと赴いたいま、ぼくらは何の歌を聞くだろう。ジニーは睡蓮を見つけたふりで、手袋をはめた手で指さし、ずっとバーナードを愛してきたスーザンは、「台なしになったわたしの人生、虚しいわたしの人生」と彼に言い、そしてネヴィルは、ジニーのさくらんぼ色をした爪の小さな手を取り、池のほとりで、月光に照り映える水のほとりで、「愛、愛」とむせび、ジニーは小鳥を真似て「あい、あい？」と答えるのだ。ぼくらが聞いているのは、何の歌だろう？」

「みな消えていく、池のほうへと」とロウダ。「芝生をそっと踏み、秘やかに、確信を持って歩み去る。まるで大昔からの特権の——邪魔しないでくれという——請願の許しをわたしたちから得たかのよう。魂のなかの潮流が傾き、むこうへと流れていく。わたしたちを捨てていかずにはいられないの。宵闇が彼らの身体を包み、閉ざしていく。わたしたちが聞いているのは、何の歌？——フクロウ、ナイチンゲール、それともミソサザイ？蒸汽船がホーホーと警笛を鳴らす。列車のレールにライトが閃く。木々が厳かに枝をたわめ、身を屈める。輝く光がロンドンの街のうえでゆらめいている。老女が一人、ひっそりと家路につき、帰り遅れた釣人が釣竿を手に、向こうからテラスをやって来る。音のひとつ、動きのひとつも、わたしたちは逃してはならないのよ」

「一羽の鳥が、塒（ねぐら）へと帰る」とルイ。「夕闇が彼女の目を開き、眠りにつくまえに木立ちへと最後の一瞥を送る。どうやって彼らが、いや彼らだけではない、いにしえのあの王、この王の時代にここを歩きまわった多くの死者たちが、少年ら少女ら、男たち女たちが、ぼくらに送り返してくる込み入った複雑なメッセージを、まとめ上げたら良いのだろう」

「錘（おもり）がひとつ、夜のなかへ」とロウダ、「夜を引きずり落としながら、落ちていった。すべての木は、背後の木の影とは別の影をまとって膨らんでいる。聞こえる、断食月のトルコ人たちがお腹を空かし、ささくれた気分で、屋根のうえで打ち鳴らす太鼓の音が。聞こえる、彼らの「開けろ、開けろ」という雄鹿のような鋭い叫び声が。ほら聞いてよ、トラムのキーッと軋る音、レールから飛び散る火花の音を。聞こえる、ブナやカバの木々が腕を持ち上げる音が。まるで花嫁がシルクの夜着をすべり落としながら扉まで行き、「開けて、開けて」と言うかのよう」

「万物が息づいているようだ」とルイ。「今宵は、死のもの音がどこにも聞こえない。あの男の顔にある呆けた様も、あの女の顔にある老齢も、その呪いはあまりに絶大で、死が抗いがたくやって来るように思えるだろう。けれど今宵、どこに死があるというのだ？すべて未完のもの、半端なもの、あれやこれやはガラスの破片のように粉々になって、赤く縁どられた青い潮流へとのみ込まれていったのだ。その数限りない魚で豊饒なる潮流は、岸辺に引き寄せられ、いまぼくらの足もとで砕け散る」

「わたしたちがもし、ともに昇っていかれたら、もし十分な高みから見渡せたら」とロウダ、「もしわたしたちが、何の支えがなくとも変わらずにいられたら——でもあなたは、賞賛の拍手の微かなもの音にも、笑い声にもすぐ心を惑わされるし、わたしは、ひとが口にする妥協や、善だの悪だのが許しがたく、孤独や死の暴力だけを信じるから、だからわたしたちは隔てられている」

「永遠に」とルイ、「隔てられている。ぼくらはシダの茂みでの抱擁や、湖のほとりでの愛、愛、愛を、犠牲にしたのだ。まるで秘密を分かつために皆から離れた密謀者のように、甕のそばに佇んで。だからほら、見ろよ、ここに佇むいま、向こうの水平線で波が砕ける。網が上へ上へと引き上げられてくる。水面まで上がってくる。波は、銀色の、身をふるわす小魚たちに砕かれる。魚たちはぴちぴち跳ね、しなやかにしなり、岸に打ちあげられる。人生がその獲物を、芝生のうえに投げ上げる。人影のいくつかがこっちへと来るぞ。男だろうか、女だろうか。彼らはさっきまで浸っていた潮流のおぼろな衣を、まだ身にまとっている」

「いま」とロウダ、「あの木の横を通り過ぎ、彼らはもとの大きさをとり戻した。ふつうの男、ふつうの女。潮流の衣を脱いでしまえば、驚異も畏怖も消えうせる。月影のもと彼らが敗残兵のごとく浮かびあがると、憐れみが還ってくる。夜ごとわたしたちの身がわりとなって戦（いくさ）へと赴き（ここであれ、ギリシャであれ）、夜ごと傷を負い、傷だらけの顔で帰還する。いままた光が彼らに当たる。顔があるわね。わたしたちの知るスーザンとバーナード、ジニーとネヴィルになる。まあ、たちまち縮んでしまった！　なんてしなびて、みすぼらしいの！　例の身ぶるいが、憎しみと恐怖が全身に走る。彼らがわたし目がけて投げてくる鉤針に一ヶ所ひっ掛けられて、自分が吊り下げられているように感じる。挨拶や会釈や、指でぐいっと引っぱったりや、探るような目つきで。でも聴きなじんだ声の最初の言葉は、いつも願っているものとはかけ離れているけれど、それでもひと度彼らが口を開けば、手の動きで過ぎ去ったいく千もの日々を闇に甦らせれば、わたしの決意はぐらつくの」

＊

「何かが閃き、踊っている」とルイ。「彼らが大通りを近づいて来ると、幻想が還ってくる。さざ波と問いが始まる。ぼくは君をどう思っているのか——君はぼくをどう思っているのか。君はだれか。ぼくはだれか。——その不安な空気がぼくらの上でまたふるえ出し、鼓動が早まり、目が輝き、それがなければ人生は失敗に終わり死ぬことになる、個人の存在の狂気が、そのすべてが、ふたたび始まる。それはぼくらの上にある。南の太陽が、この甕(かめ)のうえに明滅する。ぼくらは荒れ狂う残忍な海の潮流へと、小舟でのり出す。主よ、戻って来る彼らを迎えるとき、どうかわれらの役柄を演じられるよう助けたまえ——スーザンとバーナード、ネヴィルとジニーだ」

「おれたちは自分たちの存在で、何かを破壊してしまった」とバーナード、「おそらくはひとつの世界を」

「けれどぼくらは、息も絶え絶えで」とネヴィル、「疲れきっている。ぼくらは、切り離された母胎に還りたいとひたすら願うときの、受け身で、消耗しきった精神状態にある。ほかは何もかもが疎ましく、押しつけがましく、疲弊させるものだ。この光のもとだと、ジニーの黄色のスカーフは蛾の色に見えるな。スーザンの目からは光が消えている。ぼくらは川とほとんど区別がつかない。タバコの火の一点だけが、ぼくらのなかで目を引くものだ。ぼくらの満ち足りた思いに悲しみが忍び入る。君たちをそっとしておくべきだったのに、織物をひき裂いてしまった。たったひとりでより苦い、より黒い汁を絞り出したいという、甘美でもある欲望に屈してしまった。しかしぼくらは疲れ果てたのだ」

「わたしたちの炎のあとには」とジニー、「ロケットに形見として忍ばせるものひとつとして残らない」

「いまでもわたしは雛鳥のように」とスーザン、「大きく口を開けているの。何かを摑みそこねて、わたしは満たされない」

「もうしばらく」とバーナード、「帰らずにここにいよう。ほとんどだれもいなくなった川沿いのテラスを歩こう。もう寝る時刻も近い。人々はすでに家に帰っている。向こう岸の小売店主らのベッドルームから、灯りが漏れてくる。あれを眺めるのは、なんとも心安らぐな。あそこにひとつ灯る――あそこにまたひとつ。おい、今日の儲けはどれくらいだったと思うかい？　かろうじて家賃と電気代と食費と、子どもたちの服代を払えるくらいさ。かろうじて。あの小売店主のベッドルームの灯りは、人生はまあ悪くもないものだ、という思いを与えてくれる！　土曜日が訪れる、恐らく映画代くらいはなんとかある。灯りを消す前には狭い庭に出て、大型ウサギ（ジャイアント・ラビット）が小屋でまるまっているのを見るのだろう。日曜日の午餐に食べるのは、そのウサギだ。そして灯りを消す。そして眠りにつく。何千何万の人々にとって眠りとは、暖かさと静けさと、何か現実離れした夢を見てひと時の気晴らしを得るものにすぎない。「今日は投書したぞ」と八百屋は思うのだ、「新聞の日曜版にな。サッカーくじで五百ポンド当てたと思ってみろ。おれたちはウサギも潰すしな。人生は愉快だ、人生は良いものだ。投書したぞ。ウサギも潰すのさ」。そして眠りに落ちる。

「これが続いていく。ほら、聞くんだ。鉄道の側線で、貨物車のノッキングのような音がするだろう。あれはわれわれの人生で次から次へと起きる出来事が連結する、幸福の音だ。ノック、ノック、ノック。せねば、せねば、せねば。行かねば、寝なければ、目覚めねば、起きねば——安心感を与えてくれる、正気の世界だ。毒づくふりで、その実われわれがしっかり胸に抱き締めている世界、それなしには生きてゆけぬだろう世界。側線で貨車がノッキングするのに似たあの音を、われわれはどんなに愛していることか！

「はるか川下からコーラスが聞こえる。自慢屋の少年たちが大型バスに乗って、遠足から帰ってくる歌声だ。人気の蒸汽船に乗ってきたのだ。昔とまったく同じようにいまも歌っている。冬の夜に中庭越しに、あるいは夏の日に窓を大きく開けて、酒に酔い、家具を壊し、ストライプの帽子(キャップ)をかぶり、四輪オープン馬車が角を曲がると、いっせいに同じ方向に頭を傾け、歌っている。そうだ、ほんとうはおれだって彼らといっしょにいたかったのだ。

「コーラスや、渦巻く水や、かすかに聞きとれるそよ風のささやきとともに、われわれはそっと立ち去る。小さな欠片がほろほろ崩れていく。ほうら！　大切な何かが落ちたぞ。おれは自分をひとつにまとめておけない。寝てしまいそうだ。けれどもう行かねば。列車を摑まえねば。駅に行かねば——せねば、せねば、せねば。われわれは肩を並べてゆっくりと歩むただの肉の塊だ。おれは足裏にだけ、疲労した腿の筋肉にだけ、存在している。

何時間も歩いていた気がするな。しかしどこを？　思い出せないね。おれはどこかの滝を滑り落ちていく丸太のようだ。おれは判事ではない。見解を述べるよう求められているわけではない。この灰色の光のもとでは家も木もみな同じさ。あれは郵便ポストか？　あれは歩いている女か？　さあて、駅だ。もし列車がおれを真っ二つに切り裂いたとしても、向こうでまたひとつに合わさるだろう。分割できないひとつに。いや、でもおかしいぞ、おれはまだ右手の指のあいだに、帰りのウォータールー行きチケットの半券を、しっかり握っているぞ。眠っている、いまも」

陽はすでに落ちていた。空と海は見分けられなくなった。波が砕けては砂浜の遠くまで白い扇を広げ、こだまする洞窟の奥深くにまで白い影を伸ばし、やがてため息を漏らしながら、丸石のうえを退いていった。

木が枝を揺すり、葉はちりぢりに地へと落ちた。そして朽ちゆくのを待つまさにその場所で、静かにじっと横たわるのだ。かつて赤い光を灯した破船(はせん)からは、黒や灰色の影が、庭へと投げられている。暗い影は、茎のあいだのトンネルも暗闇に変えていた。ツグミは黙りこみ、虫は狭いねぐらへと吸いこまれた。白茶けた空洞の藁が、時おり古巣から吹き飛ばされて、腐ったりんごが転がる暗い草むらのなかへと落ちていく。道具小屋の壁から光はすでにかき消え、クサリヘビの皮だけが釘にだらりと掛かっている。部屋にあった色という色は、もう縁からこぼれ落ちてしまっていた。正確に描かれていた輪郭は片側に膨れあがり、別々の茶色のまとまりだった食器棚や椅子はいまでは溶け合って、ひとつのぼんやりした巨大な塊。床から天井への空間には、闇の大きなカーテンがゆらめいている。鏡は、垂れた蔓草（つるくさ）に入口を翳らされた洞窟のように、血の気を失っていた。

重みのあった丘からは、実体が消え去っている。移動する光が、目に見えぬ窪んだ道に羽根状の楔を走らせても、翼を折りたたんだ丘は少しも明るまず、鳥が一羽、さらに孤独な木を求めて鳴くだけで、あたりは静まりかえっていた。切り立った崖にあるのは森を吹き抜けた風音、大海原の真っただ中で無数のガラスのような虚（うろ）で冷やされていた、水と同じようなざわめき。

空中にも暗闇の波があるかのごとく、闇はうねり進み、難破船の腹を洗いめぐる波のように、家、丘、木々と包んでいった。暗闇は道へと流れこみ、孤独な人のまわりで渦巻き、巻き込み、真夏の楡の鬱蒼たる木下闇（こしたやみ）でかたく抱（いだ）き合う恋人たちを、覆い隠した。暗闇の波は、ぽつんと生えたサンザシや、その根元のカタツムリの殻をまるごとのみ込みながら、草深い乗馬道に沿って皺立つ芝土の面（おも）を進んでいく。暗闇はさらに高くへ、高地の剥き出しの斜面をなでのぼり、えぐれてすり減った山頂に行き当たる。渓流に水が迸り、ぶどう黄葉（もみじ）が溢れる季節にも、そこには雪がいつまでも消え残り、ベランダに座る娘たちは、額に扇をかざしてその雪を見上げるのだ。暗闇は、そのすべてをも覆い尽くした。

「さて、要約してみましょうかね」とバーナードが言った。「さて、私の人生の意味を、君にお聞かせしましょう。我々は知り合いではないわけで（とはいえ、一度会ったことがあるように思うのだが、アフリカに行く船上で）、だから心の赴くまま語り合えるというものです。とある幻想が宿ったのですよ、何かが一瞬とり憑き、まるみと、重みと、深みを得て、完成する、といったね。一瞬、これが私の人生のように思える。もし可能なら、それをそのまま君に手渡すのですがね。ぶどうのひと房のようにもぎ取り、「さあ、受け取りたまえ。これが私の一生だ」と。

「しかしながら不幸にも、私に見えるものが（この人物像に溢れる、この球体が）君には見えない。テーブルで差し向かいに座る君が見るのは、太り気味の、こめかみに白髪の混じった、初老の男だ。君が見るのは、私がナプキンを取って広げるところ。君が見るのは、私が自分でワインをグラスに注ぐところ。そして私の背後に見るのは、ドアが開いては、人が通ってゆくところだ。だから君にわかってもらうには、私の人生を手渡すには、物語をせねばなりませんな——物語はたくさん、あまりにたくさんある——幼年時代の物語、学校時代の物語、恋愛、結婚、死の物語など。しかし、どれひとつとして真実ではないのですよ。それでも我々は子どものごとく物語をし合い、それをよく見せようとして、大袈裟で、きらびやかな、美しいフレーズをでっち上げるわけです。ああ、どれだけ物語にうんざりしていることか、現実に見事に着地するフレーズに、どれだけうんざりしていることか！　それにノート半ページにうまく描かれた人生図も、どれだけ怪しく思っていることか。私はいまでは、恋人たちが使うような短い言葉、歩道で足を引きずるような切れ切れの言葉、不明瞭な言葉を切望するようになっているのです。私はいまでは、時折どうしようもなく訪れる屈辱的瞬間や勝利の瞬間に、よりぴったり嵌まる図を、求めるようになっているのです。たとえば雨の降り続く荒れた日*に溝に横たわっていると、巨大な嵐雲がぐんぐん空を進んでくる。雲の欠片も、ちぎれ雲も。そんなときの雲の乱れ、高さ、冷酷さと激情、私にはそういったものが好ましいのです。絶えず形を変える雄大な雲、そして動き。慌ただしく、輪転する、地獄の煙のような、邪悪な何か。それが高く聳え、たなびき、引きちぎれ、消えゆき、一方の私は、溝のなかの忘れられたちっぽけな存在。そこには物語や見取り図（デザイン）など皆目見当たらないのです。

「ですがまあ、食事のあいだに、いくつかの場面を巡るとしましょうか。子どもが絵本のページを捲（めく）り、子守が「ほら、これが牛ですよ、ボートですよ」と指さしていくようにね。次々ページを捲り、君が楽しめるよう余白に説明を加えるとしましょう。

「はじめに幼稚園ありき。* 窓は庭へと開け、その向こうには海がありました。何かが——きっと戸棚の真鍮の把手でしょう——明るく光るのが見えました。それからミセス・コンスタブルが、スポンジを彼女の頭上に高々と掲げ、絞り、すると右に、左に、背骨沿いに、感覚の矢が放たれたのです。ですからそれからというもの、残りの人生我々の息ある限り、椅子やテーブル、あるいは女の人にぶつかったり——庭を歩いたり、このワインを飲んだりするときに、感覚の矢に刺し貫かれるわけです。いや実際のところ、どこぞで子どもの生まれたコテッジの窓灯りを過ぎるときなど、ああ、その生まれたばかりの身体にスポンジを絞らないでくれ、と懇願したくなるほどですよ。それから庭があり、何もかもを包み込むようなカランツの葉の天蓋（キャノピー）がありました。碧（みどり）の深海の面（おも）には、火花のように煌めく花々。ルバーブの葉陰には、うじ虫がのたうつネズミの死骸。幼稚園の天井には、ぶんぶんぶん、とうるさく飛びまわるハエ、そして清らかなパンとバターの皿が重なっていました。このすべてが一瞬のうちに起き、いつまでも残るのです。いくつもの顔がぼんやりと現われる。だれかが角を曲がって突進してきて、「おおい」とね、「ジニーがいるぞ。あれはネヴィルだ。グレーのフランネルズボンにヘビ形バックルのベルトは、ルイだな。あれはロウダさ」と。彼女はいつも、水盤に白い花びらを浮かべていましてね。私とネヴィルが道具小屋にいたあの日に、泣いていたのはスーザンでした。私から無関心が溶け去ったのを感じましたよ。ネヴィルからは消えなかった。「つまり」と思ったわけです。「ぼくはぼくで、ネヴィルではないのだ」と。ものすごい発見でした。スーザンが泣き、私が追い掛けた。彼女の濡れたハンカチに、そして小さな背中をポンプの手押しハンドルのように上下させながら、絶対あれが欲しいのよ、と泣きじゃくる姿に、私の神経はひき絞られるようでしたよ。骸骨のようにゴツゴツした木の根に並んで座って、「こんなの許せないよな」と、そう言いました。このときはじめて、姿は変われど常に存在する敵、我々が戦いを挑むべき強大な力に気づいたのです。おとなしく黙っているなどあり得ない。「世界よ、向こうがお前の道だ」と、「ぼくはこっちを行く」と言いました。そうして、「さあ、いっしょに探検しよう」と叫んで跳ねあがり、坂をスーザンとともに駆け下りていくと、厩舎の馬丁が長靴でドサドサ庭を歩き回るのが見えましてね。こんもり茂った葉叢の向こうには、庭師たちが大きな庭ぼうきで掃除するのが見おろせました。女主人は座って書きものをしていた。立ち止まり、釘づけになり、思ったのです、「ぼくには、あのほうきの動きを、ただの一回も止められないんだ。彼らは掃いて、また掃く。あの女の人がじっと書き続けているのも、変えられない」と。庭師たちの手を止めることも、女主人を動かすこともできないとは、何だか不思議でした。彼らは私の生涯を通じて、あそこに居続けてきたのですよ。まるで目覚めたらそこはストーンヘンジ*で、巨岩に、この敵どもに、こういった存在にとり囲まれていたかのようでした。そのとき、モリバトが木々のあいだから飛び立ちました。初めて恋に落ちていた私は、それでフレーズを作ったのです――モリバトの詩を――たったひとつのフレーズを。なぜなら私の心にはふいにひとつの穴が、そこからすべてを見通せる透明なところができたのですから。そしてまたさらにパンとバターがあり、天井にはさらにハエがぶんぶん飛び、そこにオパール光を放つ小島が、ふるえ、波立っていたのです。その煌めく光の先端は、マントルピースの隅へと青をしたたらせていました。来る日も来る日も私たちは、お茶の時間にこうした光景を眺めていたのです。

「しかしながら、私たちはそれぞれに異なっていました。蠟は――背骨の表面を覆う純粋無垢なる蠟は、それぞれに異なるまだら模様へと溶けたのです。グースベリーの茂みで女中と愛を交わす下男の唸り声。紐で凧を大きく孕む洗濯物。側溝の死体。月光のもと硬直するりんごの木。うじ虫のたかるネズミ。青くしたたる光――私たちの汚れなき蠟は、こうしたひとつひとつによって、別種の筋やまだら模様がつけられました。ルイは人間の肉体の本性を、ロウダは我々の残酷さを嫌悪し、スーザンは人と分かち合えず、ネヴィルは秩序を求め、ジニーは愛を求めたのです。我々が切り離された個々の身体となりゆくのには、非常な痛みを伴いました。

「しかし私にはそういった極端さはなく、でっぷり、白髪混じりになるまで、いわば胸鎧に守られて、多くの友人より生き延びたわけですよ。なぜなら私を喜ばせるのは人生のパノラマであり、屋上からではなく四階くらいの窓からの眺め。一人の女性が一人の男性に話すことでもない。たとえその男が私だとしてもね。ですから学校で、私がいじめられるなどありえませんでしたよ。私を苛立たせるものもなかった。まるで強風に揺らぐ戦艦のうえかのように、よろめきながらチャペルに入ってくる校長がいましてね、メガホンから大声で号令していました。お偉いさんというのは、常にどこかメロドラマ風になるんですな——私はネヴィルのように校長を憎悪することも、ルイのように崇拝することもなかった。チャペルに並んで座りながら、メモをとっていたのです。そこには柱が、影が、記念碑があり、生徒たちがつかみ合ったり、祈禱書の陰で切手を交換したりしていました。錆びたポンプの音がして、校長は永遠の生命が、とか、男らしい立派な行いは、とか、朗々と説いていました。パーシヴァルは腿を掻いていましたな。私は物語のためにメモをとったり、手帳の隅に似顔絵を描いたり、そうしていっそう切り離されていきました。さて、そのとき私が見た二、三は、次のような人物です。

「パーシヴァルはあの日、チャペルで前をじっと見つめて座っていました。それに彼には首筋を叩く独特のしぐさがありましてね。その動きはいつも目を惹きました。だれもが首筋を叩いてみましたよ——でもまるで似ない。彼には決して触れられないような美しさがあったのです。彼はおおよそ早熟などではなかったので、我々の道徳教育のために書かれたものを批判ひとつなく、すんなり受け入れましたし、そこいらの粗野で下品なものなど寄せつけないぞ、という神色自若たる態度（マグニフィセント・イークワニミティ）で（自然とラテン語源の言葉が出ますよ）、ルーシーのブロンドの二つ結びと薔薇色の頬*こそ女性美の極み、と考えていたのです。このような好みが維持され、後々やたらと細かくなりましてね。いやしかし、ここで音楽が、野性的な歌がほしいですな。もどかしく、駆り立てられるような、生命から迸り出る狩りの歌が――丘のあいだに湧きあがり消えてゆく叫び声が、窓を抜けて響いてくるべきところですな。何か瞠目（どうもく）すべきもの、思い掛けぬもの、我々には説明のつかぬ、調和をナンセンスに変えてしまうもの――彼のことを考えていると、そうしたものが浮かんでくるのですよ。つまらぬ観察装置など壊れてしまう。柱は崩れ落ち、校長は流れに浚（さら）われ、私は突如、昂揚感に包まれる。彼はレース中に落馬しました。それで今晩、私がシャフツベリー通りから来たとき、地下鉄のドアから泡のように噴き出てきた、とるに足らぬ人々の顔、あるいはまた多くの名もなきインド人たち、飢えや病で死にゆく人々、欺かれてきた女たち、鞭打たれる犬たち、泣き叫ぶ子どもたちを目にして――彼らみなが何かを奪われたように思えたのですよ。彼は正義を行えたでしょう。庇護を与えてくれたでしょう。四十歳になるころには、お偉方を震撼（しんかん）させたでしょう。彼を安らかに眠らせる子守歌など、私にはひとつとして思いつきませんよ。

「いやしかし、いま一度スプーンを突っこんで、掬い上げてみるとしましょう。我々が「友人の人物像」とのん気にも呼ぶところの極小の物体をね――ルイです。彼は説教する校長をじっと見つめていました。彼の全存在が額に集まったかのようで、唇は固く結ばれ、目は一点に据えられていましたが、それがふと笑いできらりと閃く。血のめぐりが悪くて、しもやけに悩まされていましたね。故国から離れ、友だちもなく、不幸で、けれど時折、自信が湧きあがる瞬間には、故郷ではどんなふうに荒波が浜をのみ込んでいくか、話してくれましたよ。若者の残酷な視線はつい、彼の膨れた指の関節に据えられてしまったのですがね。そうだ、それでも我々は彼がいかに切れ者で、いかに賢く、いかに辛辣かにもすぐに気づきましたから、楡の木陰で寝転がってクリケットを見ているふりをしつつ、やはり彼に認められたかったのですよ。そんなことは滅多になくてね。パーシヴァルは崇拝されていましたが、ルイの優等生ぶりは嫌われましたな。ツルのように足を運び、堅苦しく、警戒心が強い。しかし昔、素手でドアを打ち破ったという伝説もありましてね。とはいえその種の霧をまとわせるには、彼の孤高の頂はあまりに剝き出しで、岩だらけでした。人と人とを繫ぐ単純な連結装置が欠けていた。いつまでも打ち解けず、謎めいていた。畏れを抱かせる、傑出した緻密さを持ち合わせた学者だったのですよ。私のフレーズ（月をいかに描写するか）を、彼は認めませんでしたな。その一方で、使用人たちと気さくに接する私を死ぬほど羨んでいましたがね。とはいえ彼自身の価値観を捨てはしませんでした。秩序を尊んでいましたからね。そうして彼はついに、成功を収めたのです。しかし幸せではありませんでしたよ。いやだがまあ、見たまえ——私の手のひらに乗せられて、彼の目が白く濁ってきましたな。みるみるその人らしさが消えていきますよ。さあ、息をふき返せるよう、水に返すとしましょうかね。

「ついでネヴィルです——彼は仰向けに寝そべって夏空を見上げていました。フィールドの陽だまりの片隅にもの憂げに現われ、アザミの綿毛のように我々のあいだを漂い、耳を傾けるでもなく、かといって距離をとるでもない。私が本格的に古典ラテン詩を学ばずともそこそこ楽しめたのも彼のお陰でしたし、我々に消しがたくこびりついた思考偏向も——たとえば十字架の磔刑像は、あれは悪魔の印なのだ、など——彼から来ているのですよ。こうした問題に関しての我々の愛憎半ばする曖昧な態度は、彼にしてみれば弁解の余地なき裏切りでした。身体を揺らしながら重々しく語る校長を、私はガスストーヴの前に座らせ、ズボン吊りをぶらぶら揺らす姿で想像していたんですが、ネヴィルには異端審問の手先でしかなかった。そういうわけで、彼は怠惰を埋め合わせようと情熱を傾けてカトゥルス、ホラティウス、ルクレティウスに向かい、寝転んでまどろんでいるようで、そうです、クリケット選手たちに恍惚とした注意深い視線を送り、その一方でアリクイの舌のようにすす早く、器用に、粘り強い精神でもって、古代ローマの文章の捩れ、ひねりを隈なく読み解き、そしてともに居られるひとりの人、ただひとりの人を、いつも探し求めたのでした。

「それから先生の奥方たちの巨大なロングスカートが、シュッシュッと音をたてて、威嚇するようにやって来るのです。それで私たちは大慌てで帽子に手を伸ばしたものでしたな。あとは果てしなくどんよりとした日々が、途切れなく、単調に、垂れこめました。何も、何も、何も、あの鈍色の大海原を破る鰭ひとつなかった。あの耐えがたい退屈の重圧を払う出来事は、何も起きなかった。学期は続きました。私たちは成長しました。変化しました。当然です、我々は生き物ですからな。必ずしも常に意識しているわけではありませんよ。無意識のうちに息をし、食べ、眠る。我々はそれぞれ個別に存在しているだけでなく、未分化な物質の滴でもあるのです。ひと揃いで四輪オープン馬車いっぱいの少年たちが集められ、クリケットへ、サッカーへと出掛ける。軍隊がヨーロッパ大陸を進軍する。我々は大庭園や大邸宅に集まり、独立した個を打ち立てた裏切り者に（ネヴィルとルイとロウダですよ）、あくまで対抗する。それでも私はこういう性質だから、ルイが、あるいはネヴィルが口ずさむような、独自のメロディ一つ二つにも耳を傾ければ、その一方でまた中庭を横切って夜に響いてくる懐かしい歌にも、歌詞も意味もほとんどないコーラスにも、抗いがたく惹きつけられましてね。ほら、車や乗合バスが人々を劇場へと運ぶいまも、我々のまわりでその歌声が鳴り響いています（聞きたまえ、車がこのレストランの前を勢いよく走り過ぎ、川下では時折、出航の汽笛がホー、ホーと鳴っていますよ）。私はですね、もしも列車で乗り合わせたセールスマンにかぎタバコを勧められたら、頂きますよ。私が好むのは、ものごとの豊かで、まとまりなく、温かで、あまり賢すぎず、非常にくつろいだ、いくぶんか粗野な面。クラブやパブでの男たちの会話、ズボン下に肌脱ぎの鉱夫たちの雑談――あけすけで、気どりなどまるでなく、あるのは食事と恋と金と、そこそこやっていくということ。大それた望みや理想やそういった類いとは無縁のもの。それなりに上手くやっていく以外高望みしないこと。そういったものが好きなのですよ。ですからネヴィルが不機嫌なときや、ルイにそっぽを向かれたときなど、まあこちらとしても願ったりで、彼らのほうに加わったわけです。

「というわけで、私の蠟びきのベストは、秩序もなくむらに、こちらから一滴、あちらから一滴と、太い筋をつけて溶け落ちました。ほら、この透明なものを透かして、神秘的な牧草地が浮かんできましたよ。はじめはまだだれも足を踏み入れぬ、月のように白く、輝きを放つ場所。野薔薇やクロッカスが咲き、岩があり、ヘビもいる草地。まだらで黒ずみ、厄介に巻きついて、足を絡めとる草地。ベッドから跳ね起き、窓を押し上げる。なんとにぎやかに小鳥たちが飛び立つことか！　急にばたばたと羽ばたき、鋭く叫び、歌い、乱れ飛ぶ、ほら、あれですよ。錯綜し、囀りまわる。そして朝露のすべてが煌めき、身をふるわせる。消えゆき、またたき、庭はまるで、ひとつの画をなす前のモザイク片を散らしたよう。そして一羽の小鳥が窓辺で囀る。私はいくつもの歌を聞きましたよ。いくつもの幻影のあとを追いましたよ。名は忘れましたが、いく人ものジョーン、ドロシー、ミリアムが通りを歩き過ぎ、反った石橋のまん中で足を止め、川を見下ろすのを見ました。そのなかの一人、二人の姿が、若さに驕り、酔い、窓辺で歌った小鳥たちが、浮かんできます。獲物のカタツムリを石のうえで砕き、べとべとねばつく中身に嘴を突っこむ。激しく、熱烈に、残忍に。ジニー、スーザン、ロウダ。彼女たちは東海岸だったか南海岸だったかの学校へ行きました。長い髪を二つ結びにし、思春期特有の、驚いた仔馬のような表情をまとっていましたな。

「まず最初にジニーが、砂糖を食べにおそるおそる門へと近づいて来る。手のひらからさっと巧みに砂糖をひっさらったものの、噛みつくわよ、とでもいうように両耳をぴたりと後ろに倒していました。ロウダは人になつかず——捉えようがなかった。怯え、ぎこちなかった。まっ先に大人の女性となり、完全な女性らしさをまとったのはスーザンでしたね。私の顔に熱くたぎる涙を落としたのは、彼女だったのです。恐るべき涙、美しい涙、その両方であり、どちらでもない涙。彼女は詩人に崇められるべく生まれたひとでしたよ。詩人は安息を求めますからね。だれか座って縫いものをする人、だれか「私は憎む、私は愛する」と言う人。贅沢な身でも裕福でもない、けれど高邁ながら力まぬ純粋な様式美と調和する資質を持つ人。それを詩人らは殊に賞賛するのですから。彼女の父親は、部屋から部屋へタイル敷きの廊下を、ガウンを翻し、履き古したスリッパで、足を引きずり歩き回っていました。しんと静かな夜には、石壁のような波濤が崩れ落ちる音が、一マイル向こうに聞こえる。老犬はやっとのことで自分の椅子によじ上る。屋根裏部屋からは、気の狂った女中がぐるぐるミシンの輪をまわしながら笑っているのが聞こえる。

「私は観察していたのですよ、スーザンがハンカチをぎゅっと握りしめ、「私は愛する、私は憎む」と泣いて、私が激しい苦痛を感じていたその最中(さなか)にさえ、「つまらぬ女中が」と、「屋根裏で笑うのだ」と観察していたのですよ。こうした芝居がかったところからしても、我々がいかに生半可にしか目の前の出来事に身を入れていないかがわかりますな。どんな苦悶にも、その遠くの果てには観察者がいて、指さし、ささやき掛けるのです。あの夏の朝、麦穂が窓辺にさやぐあの家で、「ほら、川のほとりの芝地に柳の木が一本。庭師たちは大きなほうきで掃除し、女主人(レディ)は座って書きものをしている」と私にささやいたように。こうして観察者は、我々の範疇を超えた外界へと、象徴的でそれゆえ恐らく永遠なるものへと、私を導いたのです。まあ仮に私たちの睡眠、食事、呼吸というたいそう動物的であり、精神的であり、混沌とした日常に、何らかの永遠性があるとしての話ですがね。

「柳の木は川のほとりに生えていました。私はなめらかな芝の上に、ネヴィル、ラーペント、ベイカー、ロムジー、ヒューズ、パーシヴァル、ジニーと座っていました。柳には春は緑色の、秋はオレンジ色の、そばだてた小さな耳のような葉がつき、そのふわりとした細枝(ほそえ)の向こうに、ボート、建物が見えました。先を急ぐひどく年老いた女たちが見えました。理解のプロセスの各段階に目印をつけようと（それは哲学だったり、科学だったり、私自身のことだったりしたわけですが）、私は芝生に、思い切り良く、次々とマッチ棒を刺し始め、またその一方で、どこにも固定されずに漂う私の知性の縁（へり）は、彼方の感覚を捉え、しばらくの後、精神がそれをたぐり寄せ、働きかけていました。それは鐘の音（ね）、あたりのざわめき、消えゆく人影、あるいは自転車の娘です。自転車で駆け抜ける彼女は、友人たちや柳が作る輪郭の向こうで波打っては、人生の雑多で未分化な混沌を覆い隠すカーテンの端を、ひらりと捲（めく）りあげるかのようでした。

「あの柳の木だけは、我々の永遠なる流転に抗っていました。私は変化しては、また変化しましたからね。ハムレットになったりシェリーになったり、名前は忘れましたがドストエフスキーの主人公*になったり。信じがたいことに、まる一学期間ナポレオンだったこともありましたよ。しかし何といってもバイロンでしたな。何週間ものあいだずっとバイロン気分で、少し眉根を寄せ、大股に部屋へと歩み入り、手袋とコートを椅子の背に投げ出す、というのが私の役どころでした。しきりに本棚の前に行っては、かの神聖なる霊薬で舌を潤す。そんなこんなで私は、夥しい数のフレーズを、まったく見当違いの人に向けて連射してしまったのですよ——いまは結婚したあるひとに、葬られたあるひとに。どの本にも、どの窓ぎわの椅子にも、私をバイロンに仕立てたその女性宛ての、書きさしの手紙が散乱していました。他人の文体でなど、書き上げられるものではありませんからな。私はひどく昂ぶって、彼女の家に到着しました。愛のしるしを交わしましたが、結局結婚には至らなかった。まあ、恐らくそこまでの関係になるほどには熟していなかったのでしょう。

「さあ、ここでまた音楽が要りますね。こんどはあの勇ましい狩りの歌、パーシヴァルの音楽ではなく、せつなく、のどをふるわせ絞り出される、ヒバリの囀りのように空高くへ響く歌。初恋の舞い上がる瞬間を描こうと虚しく挑む、翼の萎えた、愚かしい複写品ではなく——なんとまあわざとらしく、なんとまあ理屈っぽいことか！——それにとって代わる歌ですよ。赤紫色のスライドがあの日に被せられる。ご覧なさい、彼女が部屋に現われる前と後を。ご覧なさい、外では何も知らぬ人々が、自分の道をひたすら行く。彼らは何も見ず、何も聞かず、*ただただ歩いていくのです。眩しく、けれどねっとりとした空気のなかで、ひとつひとつの動作がはっきり意識される——手に何かがはりつく、くっつく、新聞をとり上げる手にも。次いで内臓を抉られたものが——引きずり出され、クモの巣のように糸を掛けられ、茨に絡まれ苦悶しているものがいる。そしてあくまで無関心な雷鳴。光が吹き消される。と、測り知れぬ、見境ない喜びが湧きあがってくる。どこかの草原は永遠の緑に輝くかのようで、あたかも原初の暁の光に包まれたごとくの無垢なる景色が——たとえばハムステッドの緑のひとところが——現われる。そしてみなの顔が明るく輝き、柔和な喜びの穏やかさのうちに助け合う。ついで成就の神秘的な感覚。ついであの削り取るような、サメの皮のような、ざらつく感覚——彼女が郵便を出しそびれるだの、彼女が来ないだのいう時の、ぞっとする感覚の黒い矢。角のはえた猜疑心が飛び出し、戦慄、戦慄、戦慄――いやしかし、連綿と続くこんな文章を苦心して編み上げたところでいったい何になるというのでしょうかね。人々が求めるのは連続性などない吠え声ひとつ、うめき声ひとつというのに。そして何年も経ってから、中年の女がコートを脱ぐのをレストランで見ることになろうとはね。

「しかし話を戻しましょう。いま一度、人生とは球形の、しっかりした実体であり、我々はそれを指でぐるりと回転させている、と仮定してみましょう。我々はわかり易い、筋の通った物語が作り出せる、だから一つの案件を片づけたら――たとえば恋愛といったですね――秩序立てて次へと進める、と仮定してみましょう。柳の木があった、と話していたのでしたね。しなやかに枝垂れる枝や、樹皮がひび割れねじれた幹は、我々の幻影をとどめることはできないにせよ、その外側にあり続け、こんな力を持っていました。つまりそれはいっとき変化させられるとしても、安定し、動かず、我々の人生には欠けた厳格さで示してくるのです。したがって批評を加え、規範を与え、私たちが流れ、変化していくと、その原因を突きつけ判定してくるように思われます。たとえばネヴィルは私とともに芝生に座っていました。けれども彼の視線を追っていけば、柳の枝を透かして川に浮かぶ小舟や紙袋のバナナを食べる青年が、鮮やかに甦ってきました。この一場面はあまりに強烈に切り取られ、彼のヴィジョンの鮮明さのままに浸透して、一瞬私にもそれが見えたのですよ。柳の枝越しの小舟、バナナ、青年がね。そしてかき消えました。

「ロウダはあてもなく、曲がりくねりながらやって来ましたな。彼女は、ガウンを膨らませた学者であれ、蹄が伸びて芝をよろつくロバであれ、隠れられるものなら何にでも身を隠しつつ来たのです。彼女の灰色の、驚いたような、夢見る瞳の奥で、いったいどんな恐怖が揺れ動き、身を潜め、炎となっていたでしょうか。私たちは残酷で、底意地悪いとはいえ、そこまで酷（むご）くはないのですよ。本質的には善良で、いやそうでなければ、いまこうしているように、見も知らぬ他人に心を割って話せますか――話せませんよ。彼女の目に映る柳の木は、小鳥一羽囀らぬ*灰色の砂漠の縁にありました。彼女が見つめると葉は縮れ、側を通れば苦し気に身を捩（よじ）るのです。トラムや乗合バスは大通りで耳ざわりな唸り声をあげ、岩を轢き、泡を残して走り去りました。きっと彼女の砂漠には、野生の獣がそっと水を飲みに来る水のほとりに、一本の柱が太陽に照らされて立っていたのです。

「それからジニーが来ました。そして彼女の炎を柳の木に、ぱっと燃え移らせたのです。彼女は真っ赤に波打つポピーに似て、熱を持ち、乾いた土を求めて渇いていました。矢のように尖り、けれど衝動からなどではなく、決然とやって来ました。いくつもの乾いた土の割れ目を、ごく小さな炎たちがジグザグと走って来るのです。彼女は柳の木を踊らせましたが、それは決して幻影によるものではなかった。彼女はないものを見たりしませんからな。木があり、川が流れ、ときは昼下がり。私たちはそこにいて、私はサージのスーツ、彼女はグリーンのドレス、という具合です。過去もなく、未来もない。あるのはただ瞬間の光の輪に包まれたいまの一瞬と、我々の身体のみ。そして必ずや訪れる絶頂と、恍惚のみ。

「ルイは草のうえに座る時には、慎重にマッキントッシュの防水布を敷き（決して誇張ではないのですよ）、自分の存在を主張していました。たいしたものでしたよ。私は彼の高潔さに敬意を示すくらいの知性はありましたよ。しもやけに布を巻いた骨ばった指で、永久不滅の真実というダイヤを求める彼の探求にね。私は彼の足元の芝に、何箱分ものマッチの燃え殻を埋めました。彼の妥協を許さぬ辛辣な舌は、私の怠惰を責めたてました。彼のみすぼらしい想像力の世界は私の心を捉えましたよ。彼の語る英雄たちはボウラーハットをかぶり、十ポンドでピアノを売る話をしているんですからな。その世界ではトラムがキーッと軋り、工場はひりひり目を刺すような煙を吐いていました。女たちが酔いつぶれ、ベッドカバーの上に裸で倒れこんでいるような、そんな裏ぶれた路地や下町を、彼はクリスマスの日にうろついたのですよ。散弾製造タワー*から落下してくる彼の言葉が水面を打つと、それは迸り出ました。月を言い当てる一語を、たった一語を、彼は見出したのです。すると彼は立ち上がって行ってしまいました。私たちもみな立ち上がり、立ち去りました。けれど私は足を止めてその木を眺めていたのですが、秋の燃えるような赤や黄色の葉を見ていると、何か沈澱物が形づくられました。私が形づくられました。滴がひとつ落ち、私は倒れました――つまり、あるひとつの経験が完結し、そこから私は抜け出たのです。

「私は立ち上がり、歩み去りました――私、私、私。バイロンでも、シェリーでも、ドストエフスキーでもない私、バーナードである私です。私は自分の名前を一、二度口に出してみたほどですよ。ステッキを振りながら店に入り――音楽が好きなわけでもないのに――銀のフレームに入ったベートーヴェンの肖像画を買いました。音楽が好きなわけではなく、生の総体が、その征服者たち、冒険者たちが、そして気高き人類が、長い隊列をなして私の背後に現われたからです。そして私が、その継承者。この私が引き継ぐ者、奇跡のごとく、それを引き継ぐよう選ばれた人間だったからです。ですから私は、誇りよりむしろ謙虚の涙をうっすらと目に浮かべ、ステッキを振りつつ通りを歩いて行きました。最初の翼の羽ばたき、喜びの歌声、歓喜の叫びは、すでに飛び去っていました。さあ、今度は入っていったのです。温か味のない、妥協のない、人の家へ、その伝統様式と、付随品と、がらくたの山と、テーブルに広げられたお宝の山のあるところへ、入っていったのです。我が一族ご用達の仕立て屋を訪ねましたらね、私のおじを覚えていましたよ。ああ、いくつもの顔が現われましたが、それははじめに現われた顔（ネヴィル、ルイ、ジニー、スーザン、ロウダ）のような鮮明さはなく、見わけがつかず、特徴がなく、あったとしてもあまりにすす早く変化するために、まったく特徴がないかのようでした。こうして頬を紅潮させ、けれども斜に構えて、青臭い歓びと猜疑心の入り混じった実におかしな精神状態のまま、私はショックを、入り乱れる感覚を、浴びたのです。つまり至るところで、しかも同時に起きる、複雑で心乱す人生の衝撃に対して、まったく準備できていなかったのです。どれだけ混乱したか！　どれだけ屈辱的だったか！　次に何と言えばいいのかわからぬ、あのひりつく沈黙。まるで小石のことごとくが剝き出しになってぎらつく、荒れ地のようでした。そしてあらぬことを口走り、世間知らずのばか正直な一矢だった、と恥じ入ったのでした。できることなら喜んでその一矢とあたりに振りまくなめらかなコインとを、ジニーが悠然と金箔の椅子に座って四方に光線を放つそのパーティーの席上で、交換したいところでした。

「それからどこぞの女性が思わせぶりなしぐさで、「さあ、いっしょに来て」と言うのです。彼女は二人きりの小部屋へと導き入れ、親密さという光栄に与らせてくれました。名字で呼び合っていたのが名前に、名前がさらに親しい呼び名へと変わる。インドはどうすべきでしょうかね？　アイルランドは、モロッコは？　シャンデリアのもと、勲章の老紳士たちがその問いに返答する。いつの間にか驚くべき量の知識が蓄積されている。戸外では雑多な集団がわめき騒いでいる。けれど室内の我々は、親密で、非常に卒直。その日が何曜日であれ、それを決めるのはここ、この小さな部屋のなかでなのだ、という感覚を共有していたのです。金曜日か、あるいは土曜日か。やわらかな魂のうえに真珠層のつややかな殻が厚みを増し、その殻を五感の鋭い嘴が虚しく突く。私にはその殻が、ほかの多くの人たちよりも早くにできたんですな。みながデザートを終えていても、悠々と梨の皮を剝けるようになりました。静まり返った場でも、自分の言葉をおしまいまで言い切れるようになりました。完璧の域に惹かれるのもその年頃ですな。右のつま先に紐を結んで早起きし、スペイン語を習得しようとする。スケジュール帳の狭い枠に、八時にディナー、一時半にランチョンとぎっしり書き込む。ベッドのうえに着替えのワイシャツ、ソックス、タイをきれいに並べる。

「けれどこんな度を越した几帳面さ、秩序立った軍隊のような前進は、誤りなのですよ。好都合なだけ、まやかしです。我々がいくら白いベストを身につけ、社交儀礼を守り、約束の時間通りに到着するとしても、底深くにはいつも決まって激しい流れがあって、破れた夢、子守歌、街の喧噪、言い掛けた言葉やため息が――楡の木々、柳の木々、掃除する庭師たち、書きものをする女たちが――ディナーテーブルへとレディに腕を貸しているときであっても、盛り上がってはまた沈みしているのです。テーブルクロスのうえのフォークをまっすぐ揃えているときも、何千もの顔が眉をひそめる。一見そこには、スプーンで掬い上げられる何ものもない。事件と呼べる何事もない。けれどその実、この流れもまた生きていて、深いのです。そのなかに身を浸し、ひと口、またひと口とする合い間にふと手を止め、たとえば赤い花の挿してある花瓶などをじっと見ていると、いきなり真理が、啓示が、閃くのです。かと思うとストランド街を歩いていて、たいそう美しい伝説上の幻の鳥、魚、あるいは炎のような赤に縁どられた雲などが流れてくる。それが私にとり憑いていた漠然としたイメージをひと息に捉え、「これだ、これが探していたフレーズだ」と思わず声をあげ、あとはまた、その新たにした喜びとともに、ショーウィンドウのネクタイやら何やらを吟味しつつ、足取り軽く行くのです。

「人々が人生と呼びならわす水晶の球体に触れてみると、それは決して冷たく硬いものなどではなく、ごくごく薄い空気で囲われている、とわかります。押せばすべて破れてしまう。結局のところ、私がこの大釜からまるごと無傷で引き上げられる文章は、せいぜいが自分から網に掛かってきたひと繋がりの小魚五、六匹といったところ。残りの何百万匹は、飛び跳ね、シューシュー音を立て、大釜をまるで沸騰する銀のように泡立たせ、私の指のあいだから滑り落ちていく。ふたたび顔が浮かんできます――顔また顔が――その美しさを、私の泡に押しつけてくる――ネヴィル、スーザン、ルイ、ジニー、ロウダ、そのほか幾千もの顔。それを秩序立てて制御するなど不可能。ひとつを切り離すなど、全体の効果を与えるなどとても不可能――そう、これまた音楽のようなのです。和音と不協和音、高音部の主旋律と複雑な低音部。そこから何というシンフォニーが湧き上がったか！　ヴァイオリン、フルート、トランペット、ドラム、そのほか何の楽器であれ、それぞれが自らの調べを奏でたのですよ。ネヴィルとなら「ハムレットを議論しよう」と、ルイとなら科学を。ジニーとは恋を、とね。かと思うと急にむしゃくしゃして、思い立ってカンバーランド*へ出掛け、窓ガラスを雨が流れ落ち、夕食にはマトン、マトン、そしてまたマトンという宿屋で、無口な男とまる一週間も過ごしたこともありましたよ。それでもあの一週間は、記されることのない感覚のうねりのなかに、確かな核として残っている。ドミノゲームをしたのはあの時でしたね。それから硬いマトンのことで口論もしました。高原の荒野も歩き回りました。と、そこへ少女がドアから顔を出し、青い便箋の手紙を渡してくれたのですが、その手紙で、かつて私をバイロンに仕立てたあの娘が、田舎の大地主と結婚すると知ったのでした。ゲートルをつけた男、鞭を持つ男、ディナーの席で肥えた雄牛について一席ぶつ男——嘲るような叫び声を上げ、走る雲を見上げ、自らの挫折を思い知り、自由になりたい、逃れたい、束縛されたい、終わりにしたい、続けたい、ルイになりたい、自分自身でありたい、と様々な思いに駆られたのです。そこでレインコートを着てひとり外に出ましたが、永遠なる丘の麓（ふもと）でむっつり不機嫌になって、とても崇高な気分になどなれませんでしたね。ですから宿に戻るとマトンに八つ当たりし、荷物を詰め、ふたたび逆巻くうねりへ、苦悶へと戻ったのです。

「まあそうは言っても、人生は愉快、人生は悪くないものです。月曜日のあとには火曜日が続き、そして水曜日が来る。精神が輪（リング）を鍛え、個性が強固になっていく、苦痛は成長にとり込まれていく。開いたり、閉じたり、閉じたり、開いたり、騒々しさとたくましさを増し、その存在全体が、まるで時計の主ぜんまい（メインスプリング）のごとく内へ外へと拡張していって、若さの性急さと熱情もついには、公益へと引き入れられていくのです。一月から十二月へと、なんと速く流れゆくことか！　我々は、あまりに慣れっこになって、もはや何の影も落とさなくなった雑事の奔流にさらわれていく。ただ流れ、流れ、流れ……

「しかしながら（あなたにこの物語をするためにはですね）、飛躍が必要ですから、ここで、この地点で飛躍して、何かまったくつまらぬ物のうえに着地するとしましょう――たとえば、火掻き棒とか火箸（トング）とかいった物、それもしばらく後、私をバイロンにしたあの女性はとうに結婚し、私が三番目のジョーンズ嬢と呼ぶ、そのひとの光のもとで見た物などのうえにです。彼女は、ディナーの席で期待通りのドレスを身にまとうタイプ、ああいった薔薇を摘むような、男が髭を剃りつつ、「落ち着くんだ、落ち着くんだ、これは重大な一件だぞ」と思うような、そんな類いの女性ですよ。それから、「彼女は子どもにどんなふうに対するだろうか」と私は考える。傘を扱う彼女の手が少々ぎこちないのに気づく。しかしモグラが罠に掛かったときは気にしていたぞ。何より朝食のパンすら（私は髭を剃りながら、延々と続く結婚生活の朝食の数々を想像していたのですよ）、無味乾燥にはしないだろう――このひとと向かい合って座れば、朝食のパンにトンボが止まるのを見ても驚くまい、とね。それにまた、彼女のお陰で成功したい、という野心も掻き立てられましたし、それまでは不快だった生まれたての赤ん坊の顔を、もの珍しくしげしげと眺めるようにもなった。こうして小さくも猛烈な精神の鼓動は――ティック、タック、ティック、タック――より雄壮なるリズムを持つようになったのです。私はオックスフォード・ストリートを当てもなく歩きました。我々は継承者だ、引き継ぐ者だ、とわが息子たち、わが娘たちへと思いを馳せていたのです。たとえこの感情がばからしいほど壮大に思えて、バスに飛び乗ったり、夕刊を買ったりしてごまかそうとしても、それでもやはり熱狂のなかの不可思議な一要素で、我々はその感情とともに靴紐を結んだり、別の人生に身を投じた友人たちに語り掛けたりするのです。ルイ、屋根裏部屋の住人。ロウダ、いつも濡れている泉の妖精(ニンフ)。二人はともに、その頃の私がたいそう肯定的に捉えていたものを否定していました。私にははなはだ当たり前に思えたことの（我々が結婚するとか、家庭的になるとかの）正反対の面を示していたのです。それゆえに私は彼らを愛し、哀れみ、そして異なる運命を心底羨んだのでした。

「かなり前に消えてしまいましたが、かつての私には伝記作家というものがいましてね、仮に彼が以前と同じように私を絶賛しつつあとをついて来ていたなら、この時点でこう記すでしょうな。『バーナードはこの頃に結婚し、屋敷を購入し……友人たちは、彼がいよいよ家庭人になっていく兆候を認め……子どもたちの誕生により、収入の増大を計るよう強く望まれるようになった』。これが伝記のスタイルというもので、切れ端を、縁が整わぬまま綴じ合わせるためにこうなるんですな。結局のところ、我々は手紙といえば「親愛なる」と始めて「敬具」で締めくくるのですから、伝記スタイルを非難などできやしませんよ。それにまた、我々の混沌とした日々を横断してローマ街道のように敷きつめられるこういったフレーズを、軽蔑などできますかね。なぜというにそれは、我々を無理にも文明人らしい歩調で、警官のゆったりと規則正しい歩幅で歩けるように整えるからです。とはいえ、口のなかでは何か無意味なことをつぶやいているかもしれませんがね――「ほら、きけ、きけ、犬がほえているぞ*」だの、「来たれ、来たれ、ああ死よ*」だの、「真(まこと)の心と心との結びつきを阻(はば)ませることなかれ*」などですね。「彼は専門分野では成功を収め……おじから少しばかりの遺産を相続した」――伝記作家はこう続けるわけで、もしその人がズボンをはき、それをサスペンダーで吊っているのであれば、それを記録せねばならない。時にクロイチゴ摘みに道草したくなろうと、フレーズと戯れたくなろうと、そういう誘惑を振り払って、やはりあれを書かねばならないのですよ。

「つまりですね、私はある型の人間になったのです。目印をつけながら野の小径をゆくごとく、成功の刻み目をつけながら人生を歩む、といったね。私の靴は左側が少々すり減ってきましたよ。私が入っていくと、ある種の再編成がなされたのです。「バーナードだぞ！」とね。ああ、なんと種々様々な人が種々様々な口調でこう口にすることか！　多くの部屋があり――多くのバーナードがいる。魅力的だが、意志が弱い。強いが、傲慢。才気あるが、冷酷。いいやつだが、実につまらん。思いやりはあるが、冷淡。みすぼらしいが、しかし隣の部屋に行けば――気取った俗物で、やたらとめかしこんでいる、といったように。自分にとっての私は違いました。このどれともまったく違っていたのです。私としては何より、妻とともに朝食のパンを前に座ったところに、自分をピンで固定したいものです。妻はいまではすっかり私の妻。もはや私に会うのを待ち侘びて薔薇の花を身につけたあの娘ではなく、私をまるで保護色の葉のうえにうずくまるアマガエルのような無意識状態にしてくれる人。「取ってくれ」……たとえば私がこう言うとします。すると彼女は、「ミルクね」……とか、あるいは「メアリーが来るのよ」……とか答えるでしょう――全時代の蒐集品を受け継いだ者たちが交わす短い言葉であるとはいえ、すべてを得た、完全だ、人生最高潮と思っているときに、くる日もくる日も朝食の席で、こんな口調では言いませんな。筋肉、神経、内臓、血管、我々の生存のコイルやスプリングといった動力を成すすべてが、意識にのぼらぬエンジン音が、さっと動き閃く舌ともども、実に滑らかに機能していたのです。開いては閉じ、閉じては開く。食べる、飲む。時折、口をきく――メカニズム全体が時計のメインスプリングのように、拡張し、収縮する。トーストとバター、コーヒーとベーコン、タイムズ紙と手紙――と、そこへいきなり、緊急だ、とでもいわんばかりに電話が鳴り出すので、私はおもむろに立ち上がり電話口へと向かう。黒い送話器を手に取る。よし、落ち着いているな、とメッセージに集中する自分を意識する――これはもしや（人間はこういった妄想をするもので）大英帝国の命を受けるのかもしれんぞ、とね。私は冷静沈着な我が身を観察しました。なんという旺盛な活力で私の注意力は拡散し、割り込み通話に集中し、メッセージを吸収し、新しい状況に順応したか。そして送話器を置くまでにいかにより豊かで、より強靭で、より複雑な世界を構築したか。私はその世界で役割を果たすよう求められ、それが何であれ間違いなくまっとうできる、との確信がありました。私は頭にポンと帽子をのせ、同様に帽子をのせた男たち大勢が生息する世界へと踏み出し、列車や地下鉄で押し合いへし合いしながら、互いにライヴァルでありかつ同志である、と認め合う視線を交わしたのです。我々は同じ目的——生活の糧を得ること——の達成のために、幾千もの輪罠やごまかしでがんじがらめでした。

「人生とは愉快なもの。良きもの。人生の道行きは満足のいくものです。ふつうの健康な男を例にとってみましょう。彼は食べること、眠ることを好みます。新鮮な空気を吸いこみ、ストランド街をきびきび歩くのを好む。田舎であれば門には時をつくる雄鶏がのり、野には駆けめぐる仔馬がいる。次にすべきことが常にあるのです。月曜日のあとには火曜日、火曜日のあとには水曜日。それぞれが同じ幸福のさざ波を広げ、同じリズムの曲線を反復する。潮が新鮮な砂をひやりと冷たく覆っては、緩やかに引いていく。こうして存在は輪(リング)をいくつも鍛え、個は強固になりゆくのです。空高く撒かれ、四方から吹きつける人生の疾風に揉まれる麦粒のごとく、熱情的で、けれど取りとめのなかったものが、いまでは整然と秩序だち、目的を持って撒かれる——そのように見えるのです。

「おお、なんと愉快！　なんと良きかな！　列車が郊外を駆け抜け、ベッドルームの窓灯りが見えれば、小売店主*の人生も、まあ悪くはないさ、と思うでしょう。労働者たちが袋を抱え、街へと流れこむのを列車の窓から眺め、アリの群れのように活発で活力に満ちているぞ、とね。白いズボン下姿で一月のまだら雪のなか、サッカーボールを追って走り回るとは、なんと屈強で、エネルギッシュで、たくましい手足なんだ、そう思ったのですよ。何かつまらぬことで——たとえば肉料理のことなどで——不機嫌になって波をたて、我々の結婚生活の大いなる安定を乱すのは、いまにも赤ん坊が生まれ、喜びを増そうとしていたあの時、その波風も贅沢のひとつに思えました。夕食の席で私はぴしゃりと言いました。まるで自分が大富豪で五シリングなぞはした金さ、とでもいうように、さもなくば尖塔の修理工がわざと足元の踏台につまずいた、とでもいうように、私は理不尽に言いました。私たちはベッドルームへ上がる階段の途中で仲直りすると窓辺に佇み、青い宝石の内側のように澄みわたった空を見上げながら言ったのですよ、「ありがたいことだ」と、「我々はこの散文的状況を詩へと駆り立てずともよいのだよ。短い言葉で充分なのだ」と。なぜというにその眺めは、遮るものとて一切なく広々ときわやかに開け、我々の生を、尖り林立する屋根や煙突を越え、遠く、はるか遠く、曇りなき地平線の果てまで広げてくれるようだったからです。

「そこへ死が——パーシヴァルの死が轟いたのでした。「どちらが幸福で、どちらが痛みなのだ？」（子どもが生まれたのですよ）と、私は階段を降りながら、自分の両脇腹に注意を向け、単に身体についてのことのように言いました。邸内の様子にも心を留めました。カーテンが風に揺れている。コックが歌っている。半開きのドアから衣装ダンスが見える。「彼に（私のことですよ）しばしの休息を与えたまえ」と、階段を降りながらつぶやきました。「この居間で、彼はこれから苦しむのだ。逃れようがない」。しかし苦痛には言葉が欠けているもの。あるのは叫び、亀裂、裂け目、インド綿カバーを走る白、時空感覚の歪み。それから過ぎゆく事物のなかにある、究極的永続性の感覚。はるか彼方の物音が、こんどは間近に。ざっくり裂けた肉と噴きだす血、急に捻（ひね）りあげられた関節——こういったすべての奥底に、とてつもなく重要な、遠く離れているとしても、孤独においてならしっかり捉えられる何かがあるのです。ですから私は外に出ました。彼がもう二度と見ることのない一つ目の朝を、私は見ました——スズメは、まるで子どもが紐先にぶら下げて遊ぶ作りもののよう。感情移入せずにただ外側から物事を眺め、しかもありのままの美を理解するとは——何と奇妙なことか！　やがて重荷はとり除かれたのだ、という感覚がやって来ました。仮面や見せかけや虚構は消え、一種の透明性を備えた軽やかさが訪れ、自分を透明にし、歩きながら向こうが透けて見える——何とも不思議でした。「さあ、こんどはどんな発見があるだろう？」と私は思い、そしてそれを確実に摑まえようと、新聞売りのプラカードを無視し、絵画を見に行ったのです。創られたはじめの日のまま静かに、けれど深い悲しみを知る姿*でそこに掛かっていたいくつもの聖母マリア像と円柱、アーチ門とオレンジの木々、それを私はじっと見つめました。「ここでなら」と私はつぶやきました、「おれたちは何にも邪魔されず、二人きりさ」と。その自由、その隔離状態は、その時には勝利とも思われ、異常なほどの昂揚感が私の身内に湧きあがったので、いまも私はあの昂揚感とパーシヴァルを甦らせたくて、時折そこを訪れるのです。しかしその感覚は長続きしませんでした。人を激しく痛めつけるのは、恐しい精神の目の働き――彼がどのように落馬し、どんな状態だったのか、どこへ運ばれたのか。ロープを引く腰布の男たち。包帯と泥。それから何の前触れもなしに、身をかわす間もなく、胸を苛む記憶が襲いかかってきました――おれは彼といっしょにハンプトン・コートへ行かなかったのだ。記憶が爪を立てて引っ掻く。毒牙が喰いちぎる。おれは行かなかった。いや別に、まったく構わないさ、彼はやたらと強がったけれど。なぜお前は邪魔するのか、おれたち二人きりの大切な交わりの瞬間を、壊すのか――それでもなお私は、陰鬱にこうくり返したのですよ――おれは行かなかったのだ、と。

「こうして私は割り込んでくる悪鬼たちに聖域から追い立てられ、部屋を持つジニーを訪ねました。装飾品の小物が散らばる小テーブルがいくつかある部屋です。そこで私は目に涙を浮かべながら告白しました――おれはハンプトン・コートに行かなかったのだと。ところが彼女は、私にはどうでもいいように思える、けれど彼女には責め苦にほかならぬ様々なことを思い出していたのですから、私は思い知りましたよ。人生とは、分かち合えないものがあるといかに色褪せるものかとね。そのうえすぐにメイドが伝言を持って入って来て、ジニーは返事を書こうと背を向けましたし、私は私で、彼女はいったいだれに何を書いているのだろう、と好奇心が湧く自分に気づいて、彼の墓所に最初の葉が一枚、ひらりと散り落ちるのが見えました。我々がその瞬間を超えて前進し、永遠に置き去りにするのがわかったのです。それから二人並んでソファに座っていると、みなが言っていたことがいやでも思い出されました。「このひと日のユリ花は、五月(さつき)になおかぐわし」*。我々はパーシヴァルをユリの花に喩(たと)えたのでした――彼の髪が薄くなっていくのを、お偉方たちをあっと言わせるのを、ともに老いていくのを見たいと私が願ったパーシヴァル。なのに早、ユリの花々に覆われようとは。

「こうして瞬間の純粋さは失われました。象徴的なものとなりました。それが私には耐えがたかった。こんなユリの甘ったるい汁を絞り出すくらいなら、嘲り、罵(ののし)り、瀆神(とくしん)の罪を犯すのだ、フレーズで彼を覆ってしまえ、と叫んだのです。そんなわけで私が不意に別れを告げると、未来もなく、深い考えもなく、その瞬間の、刹那の純粋性を愛するジニーは、己の身に鞭を入れ、顔にパウダーをはたき（そんな彼女を私は愛していたのですよ）、玄関前の石段に立ち、風が髪を乱さぬよう片手で押さえつつ私に向かって手を振りましたが、その彼女の身振りを私は讃えましたよ。それはあたかも我々の決意を――ユリの花などで覆わせまいという決意を——確かにするようでしたから。

「私は幻想を喪った冷めた目で、実体を欠いた軽蔑すべき街の事物を観察しました。玄関ポーチ。窓のカーテン。買い物する女たちの冴えない服、がめつさ、自己満足。マフラーをぐるぐる巻きつけ散歩する老人たち。道を渡る人々の用心深さ。何とか生き延びようという人類共通の決意。お前たちはなんと愚かでだまされやすいのだ、いつなんどき屋根瓦が飛んでくるか、道路から車が突っこんでくるか知れない、棒を手によたつく酔っ払いには何の脈絡もない——それで一巻の終わり、というのに。私はまるで人生の舞台裏を見せられたかのよう、舞台演出の種明かしをされたかのようでした。ところが快適なる我が家へ帰れば、どうか靴をお脱ぎになってそっと二階におあがりくださいまし、赤ちゃんがおやすみでございます、とメイドに諭される始末だ。私は自室へと向かいました。

「どこかに剣はなかったのでしょうか。こういった塀や防護壁、子をもうけて父となり、カーテンの内側で生活し、日々本や絵画に囲まれ縛られて身動きできなくなる。そういったあれこれを打ち壊せるものは、なかったのでしょうか。ルイのように完璧を切望し命を燃やし尽くすほうが、さもなくばロウダのように我々を残して砂漠へと飛翔するほうがまし。あるいはネヴィルのように何百万人から一人を、ただ一人を選び出すほうが、スーザンのように、灼熱の太陽や霜枯れの草を愛したり憎んだりするほうが、ジニーのように卒直な、一匹の動物になるほうが良かったのです。彼らはそれぞれに人生の歓びがあり、共有する死への感覚があり、各々の境遇がある、そう思いました。だからこそ私はわが友らを順々に訪ね、彼らの鍵の掛かった宝の小箱を、ぎこちないこの指でなんとかこじ開けようとしたのですよ。私は自分の悲しみを――いや、悲しみではありませんな、我々の人生という理解不能なものの本性を――検証してもらおうと、それを抱えて友から友へとめぐり歩いたのです。こんなとき人によっては司祭のもとへ、あるいは詩へと向かうのでしょう。私の場合は自分の仲間へ、自らの心へ、無傷の何ものかを求めてフレーズや言葉の断片へ――月や木の美しさではもの足りぬ人のところへ、一人の人との触れ合いがすべてであるのにそれさえ摑めぬ人のところへ、こんなにも不完全で、脆く、言葉にできぬほど孤独である私は向かうのです。そこに私は座りました。

「さあ、これが物語の終わりであるべきでしょうかね？　ある種の嘆息？　最後のさざ波？　どこかの側溝にぽたりと落ち、泡立ち、消えていくひと滴。テーブルに触らせてもらいますよ――こう――そうして、いまの瞬間の感覚をとり戻すのです。ずらりと薬味瓶（クルエット）が並ぶサイドボード、ロールパンが山盛りの籠、バナナがのった皿――心なごむ光景ですな。いやしかし、そもそも物語など存在しないとしたら、どんな終わりが、どんな始まりがあり得るのでしょうかね？　人生とはおそらく、私たちがどう物語ろうと何ら影響されぬもの。夜中まで起きていると、なぜもっとうまく手なずけられないのか不思議に思えてきますよ。分類、整理しても何の益もない。エネルギーの潮（うしお）が衰え、どこかの乾いた入江へと、どんどん遠のいていくとは、なんと不思議なことか。一人きりで座っていると、もはや涸れ果てたような気がするのです。我々は弱々しく、水はエリンギウムの穂をようよう洗うばかり。さらに奥まったところまで寄せていって、そこの小石を濡らすなどできません。もう終わりだ、終わらされたのだ。いや、だが待て——私は夜を徹して待ったのです——またも動力が全身を駆り立てる。我々は立ちあがり、白いしぶきのたてがみを振りあげ、岸に強く身を打ちつける。閉じこめられてはならない。私は髭を剃り、顔を洗い、妻を起こさずに朝食をとりました。帽子を頭にのせ、生活の糧を得るために家を出ました。月曜の後には、火曜日が来るのです。

「とはいえまだ何かがわだかまり、問いただすべきことが残っていました。ドアを開けた私は、人々がこれほど忙しそうなのに驚きました。ティーカップをとり上げつつ、砂糖は？　ミルクは？　と聞かれたかと狼狽えました。いまと同じに、何百万光年を旅してきた星々の光が私の手のひらに落ち——凍星の清冽なショックを受けたのです。——けれどそれもほんの一瞬。私の想像力はあまりに弱々しく、長くは続かない。それでもまだ何かが、もやもやとわだかまっていました。黄昏れ時にテーブルや椅子をかすめる夕まぐれの蛾の羽根のように、暗い影が私の心をよぎりました。たとえばあの夏、リンカンシャー州*までスーザンに会いに行き、彼女が庭を横切り、風を半ば孕んだ帆のような、身重の女性特有のゆらり、ゆらめく動きで私のほうへ向かってきたとき、思ったのですよ。「こうして続いていく。しかしなぜだ?・」と。私たちは庭で腰をおろしました。干し草を山と積んだ荷車が向こうから来ました。田舎びたカラスやハトの騒々しい鳴き声。ネットが掛けられ、くるまれた果実。土を掘る庭師。紫色の花のトンネルを飛びまわる蜂、ヒマワリの黄金の盾に身を埋める蜂。風に吹かれて草のうえを転がっていく小枝。それはなんとリズミカルで、半ばまどろんでいて、靄に包まれたもののようであったか。ところが私にとっては、もがく手足を折り曲げて縛る網のように忌まわしいものでした。彼女はパーシヴァルを拒んで、これに、この網に、身を任せたのですから。

「ベンチに座って列車を待ちながら、我々がいかに屈するか、いかに愚かなる自然に屈服するかを、私は思いめぐらせていました。緑の葉叢に厚く覆われた森が、目の前に横たわっていました。ふと、何かの匂いか、はっとさせる物音が、なつかしいイメージを――掃除する庭師たち、書きものをするレディを――甦らせたのです。エルヴドン邸のブナの木陰の人影がありありと浮かびました。掃除する庭師たち、座って書きものをするレディが見えました。けれどこのとき、幼年時代の直感に成熟が貢献したのです――倦怠と死すべき運命、我々の宿命の避けがたさの感覚、死、限界を知ること。かつて思っていたよりも、人生がいかに残酷であるか。ついで子どものころ、すでに敵の存在が明らかになっていたことを思い出しました。ぼくは立ち向かうぞ、と駆り立てられたのでした。跳ね起きて、「さあ、探検しよう」と叫びました。あのときは、その場の恐怖を打ち負かしたのです。

「ではこのとき打ち負かすべきは、どんな事態だったでしょうかね。そうです、衰退と死すべき運命です。では何を探検すれば？　木々の葉も、森も何ひとつ隠してはいなかったのに。もし一羽の鳥が舞い上がったとしても、そのときの私はもう詩を作らなかったでしょう――かつて言ったことを、ただくり返すだけ。ですからもし、実存の曲線に刻まれたいくつかの印をさし示す棒を私が持っているとしたら、あれが一番底辺の刻み目ですよ。潮も届かぬ地点、それが虚しく渦巻くぬかるみ――私が生け垣を背に、帽子をまぶかに、座っていた地点。向こうでは羊の群れが彼らのいつもの森の道を、尖った硬い脚で一歩一歩、無頓着に進んでいました。けれど鈍な刃も存分に砥石にかければ、何かが――鋭い炎先が閃き出るものです。ですから無秩序、無目的、凡庸さ、すべてをひと塊に砥石にかけると、ひとつの炎が閃き出ました。憎しみと軽蔑が。私は自分の精神に、自分の存在に、この古びて萎れ、生気を失った物体に、油の浮いた水面を漂うゴミや屑、小枝や藁、汚らしい残骸や浮遊物や、捨て荷と混ざっているそれに、鞭をふるったのです。私は跳ねあがりました。「戦え、戦え！」と私は言いました。そうくり返しました。それは悪戦と苦闘。永遠に続く闘争。砕け散ってはつなぎ合わさる――勝利するにせよ敗北するにせよ、日々の奮闘であり、身を賭す探求なのです。ばらばらだった木々が秩序をまとい、厚く被さった緑は透きとおり、きらきらと舞う光へと溶けていきました。私はふいに湧きあがったフレーズの網で、それを一気に捕えました。形なきもののなかから、言葉でたぐり寄せたのです。

「列車が入って来ました。ホームに長く伸びていき、ゆっくり停車しました。私は自分の客車に乗り、夕刻にはロンドンに戻ったのです。良識やタバコの煙渦巻くあたりの空気。籠を抱え三等車へとよじ昇る老女たち。くゆらせるパイプ。友たちがおやすみ、また明日、と田舎駅で交わす挨拶。やがて見えるロンドンの街明かり――若いころのたぎる熱情でも、ずたずたに裂けた紫色の旗でもないとはいえ、やはり変わらぬロンドンの街明かり。高いところで灯る、オフィスの強烈な電灯。乾いた歩道を縁どる街灯。露店で唸る照明灯。なんて心地よいんでしょうかね。敵を打ち負かしたばかりの一瞬のあいだは、こういったすべてが好ましい。

「同様に私は、実存劇が唸りをあげているのを見るのも、好きなのですよ。たとえば劇場などでね。野にあっては土色で目立たぬ動物が、そこでは二本足で直立し、緑の森や緑の野と、あるいは草を食みつつ規則的な歩調で進む羊の群れと対峙し、全身全霊で闘いを挑むのです。またむろん灰色の長い街路に面した窓には、明かりが灯され、細長い光の筋が舗道を横切っていました。きちんと掃除され、装飾された部屋、暖炉の火、食べもの、ワイン、語らい。皺だらけの手の老人たちや、パゴダ形の真珠のイヤリングを揺らす女たちが、入っていっては、出ていく。世の荒波のために皺と嘲りが深く顔に刻まれた男たち。

大切に手入れしてきたために、老いてなお花開いたばかりのような美貌。そして快楽はあるべきと思わせる、快楽にふさわしい若者たち。あたかもそのために牧草地はそよぎ、大海原はさざ波へと切り分けられるかのよう。そして若者らのため、期待に満ちた若者らのため、色鮮やかな小鳥たちで森はさらさら鳴るのです。そこでジニーとハルや、トムとベティに会いました。そこで冗談を交わし、心の内を打ちあけ合った。そして玄関先で別れる前には必ず、今度はいついつどこどこで会おう、と約束するのでした。人生とは愉快、人生とは良きもの。月曜日のあとには火曜日が来て、また水曜日が続くのです。

「そうですとも、しかしながら時とともに変化が訪れる。たとえばある夜、その部屋の何か、椅子の配置か何かがそれを暗示する。いやいや、ソファに身を沈めて部屋の隅から眺め、耳を傾けるほうが快適そうですな、と思えるのです。すると窓の外の大きく枝を広げた木を背にして、二つの人影が現われる。「あそこに顔のない人物が美をまとって立っているぞ」とどきりとする。それから波紋の広がりゆくしばしの間があり、あなたの話し相手の娘がこうつぶやく。「このひと、おじいちゃんだわね」と。けれどそれは誤りですな。年齢ではないのですよ。つまり滴がひとつ落ちた、ということ。そしてまたひと滴。時が、配置にまたも揺さぶりをかけたわけです。我々は出たのです、カランツの葉の茂みから、より広大な世界へと這い出たのです。事物の真の秩序が――これは我々の永遠なる幻影なのですが――いま明かされました。こうして我々の人生行路は、天空を渡りゆく一日の壮麗なる進行と、一瞬にして、客間にいながらにして、重なり合っていくのです。

「こうしたわけで、エナメル革の靴を履いたり、まともなネクタイを選んだりする代わりに、私はネヴィルに会いに行きました。バイロンだったときの私を、メレディス作品の青年だったときの私を、名は忘れましたがドストエフスキーの主人公だったときの私を知る、一番古くからの友に会いに行ったのです。彼はひとりで本を読んでいました。完璧に整えられたデスク。まっすぐ几帳面に垂れるカーテン。フランス装の本に挟まれたペーパーナイフ――私は思いましたよ、人間というのは人柄も服装も、最初に出会ったときから寸分変わらぬものだな、とね。我々が初めて会ったときから、彼はずっとここで、この椅子に、同じ格好で座っていましたよ。そこには自由がありました。そこには親密さがありました。暖炉の火が、カーテンの丸いりんごの実を浮き上がらせていました。そこで私たちは語り合ったのです。座って語り合いました。あの並木道を、木陰に伸びる道を、緑ざわめく木陰の道を、果実を重く実らせる木々のしたを、のんびり歩きました。我々があんなにもともに歩いたので、何本かの根元の芝が、いく篇かの戯曲や詩のまわりが、我々が殊に愛したもののまわりが、いまでは擦りきれている――休みなく無闇やたらと歩きまわったために、芝がはげているのです。待ち時間には、私は本を読みます。夜中に目が覚めれば、書棚を探ります。私の頭のなかでは、記されなかった事柄の厖大な蓄積が、絶えず激しくうねり、膨れあがっている。折にふれ私は、よし、これはシェイクスピアかもしれないぞ、いや、ペックという名のただの老女か、とそのなかから、ひと塊をつかみ出す。そしてベッドでタバコをふかしながら、「そうだこれはシェイクスピアだ、こっちはペックだ」と、ひとり言うのです。だれに伝えるあてもないとはいえ、見分けたぞ、という確信と、心躍る発見の喜びに打たれる。ですから私たちは、自分たちのペック、自分たちのシェイクスピアを見せ合いました。それぞれを比較し、各々のペックやシェイクスピアをより明るい光で照らそうと、互いに鋭い批評を与え合ったのです。そしてふっと沈黙が訪れました。荒涼と凪いだ海を破って鰭が閃くに似た、そんな二言、三言。あとはまたその鰭ももの思いもふたたび底へと沈み、まわりに満足感、充足感の細かな波紋を広げるのみ、そういった類いの沈黙ですよ。

「そう、ところが突如時計が時を刻むのが耳につく。その世界に浸っていた私たちは、別の世界の存在に引き戻される。それは苦痛を伴います。我々の時間を変えたのはネヴィルでした。シェイクスピアから我々までを一望のもとに捉える、そんな精神の果てのない時間軸で思考していた彼が、火を掻き立て、あの別の時計によって、だれか特定の人物が来ると告げる時計によって、生き始めたのでした。広大で高貴なる彼の精神領域は縮んでしまったのです。彼は神経を張りつめだしました。通りのもの音に耳を澄ます。クッションに触れる。その様子が私の目に留まりました。数限りない男たちのなかから、過ぎ去ったすべての時のなかから、彼はただひとりの人を、ただひとつの瞬間を選び出したのでした。玄関ホールでもの音がひとつ。彼の言葉が、びくっと揺れる炎のように宙でまたたきました。絡みあういくつもの足音から彼がただひとつの足音を聞き分けるのを、確実なしるしを待ち、ドアノブに蛇のようなす早い視線を投げるのを、私はじっと見守っていました（だからこその彼の恐しく鋭敏な知覚なのです。ひとりのだれかによって、常にとぎ澄まされてきたわけですよ）。これほどまで一点に集中した情熱というものは、きらめき静止した液体のなかの異物のように、ほかの人を弾き出すもの。私は自分自身の沈澱物だらけの、迷いだらけの、手帳に書きとめるべきフレーズやメモだらけの、もやもやと濁った性質を痛感したのです。カーテンの襞は静止し、彫像のよう。机のうえのペーパーウェイトは硬化し、カーテンの糸筋は閃光を放ちました。すべてのものに境界線が引かれ、外界となり、そこに私の居場所はなくなりました。ですから私は席を立ちました。彼のもとを去りました。

「ああ、なんてことだ！　いかにあの昔年（せきねん）の苦悶の毒牙が、そこにはいないだれかを強く求める気持ちが、部屋を出る私を襲ったか！　しかしだれかとはだれだ？　はじめはわからなかったのですよ。そのとき、パーシヴァルを思い出しました。何ヶ月ものあいだ、彼を思い出しもしなかった。いまおれは彼とともに笑いたい、彼とともにネヴィルを大声で笑いたい——おれは彼と腕を組んで、笑い合いながら歩み去りたいのだ。しかし彼はいない。あの場所はいまや虚ろでした。

「それにしても死者たちが街中（まちなか）で、夢の中で、不意打ちで襲い掛かってくるのは、何とも不思議ですな。

「その突風があまりに冷たく身を切るようで、私はその夜、仲間を、信頼できる人物を、触れあいを求めて、ロンドンをつっ切ってほかの友、ロウダとルイを訪ねたのでした。階段を昇りながら思いめぐらせていました。あの二人はどういう関係なんだ？　二人きりで何を話すのだろう？　やかんを無器用に扱うロウダを思い浮かべました。屋根瓦の向こうを見つめるロウダ——いつも濡れそぼち、幻覚にとり憑かれ、夢想している泉の妖精（ニンフ）。夜の闇を見ようと、彼女はカーテンをそっと掻き分ける。「去るがよい！」と、「月影のもと、荒野（ムーア）は闇に沈む*」と、彼女は言うのです。私はベルを鳴らしました。待ちました。ルイはきっとネコにやるミルクを皿に注いでいるに違いない。猛り狂いそそり立つ波に抗って、ゆっくり苦しげに閉じていくドックの側門のように、骨ばった指を固く握りしめるルイ。エジプト人、インド人、高い頬骨の人々、粗織りウールシャツの人々、彼らが語ったことを知るルイ。私はノックしました。待ちました。返事はありませんでした。私はふたたび重い足取りで石の階段を降りました。友というものは——なんと遠く隔たり、なんと寡黙で、なんとまれにしか会うこともなく、わずかしか知ることがないのだろう。そして私もまた友人らにとって、遠くかすんだ、わからぬ存在。まれにしか現われぬ、ふだんは目に見えぬ亡霊。そうです、人生とは夢幻（ゆめまぼろし）*なのですよ。我々の炎、瞳の奥で踊る鬼火は、またたく間に吹き消され、すべては消えゆく。私は友たちを喚び返しました。スーザンを思い浮かべました。彼女は畑を買い入れていたな。温室にはキュウリやトマトが豊かに実っていた。前の年に霜にやられたぶどうの木も、一枚、二枚と葉を出していた。身体を重そうに揺らしながら、息子たちとともに牧草地を横切る。ゲートルをつけた男たちを従えて領地をまわり、修理が必要な屋根、生け垣、塀と、ステッキで指していく。彼女の有能かつ田舎風の指からこぼれ落ちる穀物を目あてに、ハトたちがよたよたと後を追う。「でも夜明けとともに起き出すことは、もうないのよ」とそう言っていたな。そしてジニーだ――だれかまた次の若い男を楽しませている、間違いない。ありきたりの会話が行きづまる。部屋は暗くされ、椅子の位置が変えられるだろう。彼女はいまも瞬間を追い求めているからな。幻想など抱かず、水晶のように硬く澄みきって、胸も露わにその日を乗りこなす。その大釘に、彼女の身をさし貫かせる。額の髪のひと房が白くなっても、そのまま潔くほかの髪にねじ入れるのだ。だからいつかみなが彼女を埋葬しに来るときにも、乱れているものは何もないだろう。リボンの切れ端のいくつかがまるまっているかもしれない。しかしいまもドアは開く。準備はできている。だれが来たの？　彼女はそう尋ね、彼を出迎えに立ちあがる。かつての初春の夜々と同じように。ロンドンの大邸宅では、まっとうな市民らはおとなしくベッドに就くころ。そのしたにあった木々も、彼女の情事を隠し切れなかったのだ。トラムのキーッと軋る音は彼女の歓びの声と混ざり、波打つ木々の葉は、快楽のすべてが満たされ、鎮もり、身を横たえる彼女の快い痺れと甘やかな気だるさが、人目につかぬよう陰をつくらねばならなかったのだが。友というものは、なんとまれにしか会わず、知ることもないものか――そう、そうなのでしょう。とはいえ私が見知らぬだれかと出会い、このテーブルで、「私の人生」と呼ぶものを打ち明けようとするとき、私が顧みるのは、ひとつの人生ではないのですよ。おれはひとりの人間ではない、多くの人間だ。自分が何者なのかすらまるでわからない――おれはジニーであり、スーザン、ネヴィル、ロウダ、あるいはルイでもある。そうでないとしたら、どうやって自分の人生を彼らから切り離せばいいのだ。

「と、私はこのように思ったのですよ。初秋のあの晩、ハンプトン・コートに集ってともに食したときにね。はじめはずいぶんとぎこちなかった。それというのも、我々それぞれに標榜する立場ができていたというのに、道の向こうから待ち合わせ場所へと向かって来る人物は、あれこれのいでたちで、ステッキを手にしていたりいなかったりで、それを否定してかかるように思えたからです。ジニーがスーザンの荒れた指を見、自分の手を隠す。私はそれを目撃しました。またネヴィルが隙なくビシッとしているのを思うと、私は例のフレーズの群れにぼんやり覆われ、模糊たる自分の人生を痛感しました。そのうえ彼は自慢を始めたのです。自分のひとつだけの部屋、ひとりだけの人物。それというのも自分の成功を恥じていたのでね。密謀者であり、テーブルで目を光らせるスパイであるルイとロウダは、「ようするに、バーナードはウェイターに命じてパンを持って来させられる人――わたしたちは無視されたのに」と、思っていました。そのとき一瞬、我々のただなかに、自分たちはなれなかった、けれど決して忘れ得ぬ、完璧なる人物が横たえられるのを見ました。こうなれたかもしれないというすべてを、失ってしまったすべてを我々は目にし、一瞬のあいだ、ほかの人々がそれをさらっていくのを恨めしく思ったのです。あたかも小さな子どもが、目の前のケーキが、ひとつのケーキが、たったひとつのケーキが切りわけられ、自分のひと切れが縮んでいくのを見つめるように。

「それでも私たちはともにワインをあけ、その魔力のもとにしこりは解けていき、比較し合うのをやめました。そしてディナーの中ごろには、我々の外部にあって我々でないもの、つまり巨大な暗黒がまわりに大きく広がるのを感じたのです。風は、輪の激しい回転は、時間の唸り声となり、私たちは猛進しました――けれど、どこへ？　おれたちはいったい何者なのだ？　一瞬消滅させられ、燃え尽きる紙の火の粉のように吹き飛ばされ、暗黒が唸る。時を遡り、歴史を遡り、我々は行く。けれどそれが私には一秒しか続かない。自分自身の議論好きのせいで途切れてしまう。スプーンでテーブルを叩く。もし物事をコンパスで測れるのならそうしたでしょうが、私の唯一の物差しはフレーズですから、フレーズを作るのです――この場面で何を作ったかは忘れてしまいましたがね。我々はハンプトン・コートのテーブルを囲む六人に戻りました。席を立ち、ともに並木道を歩いていきました。淡く現実味のない黄昏(たそが)れのなか、どこかの裏通りからきれぎれに木霊してくる笑い声のように、私に、私の肉体に、温か味が戻って来ました。向こうの門を背景にして、杉の木を背景にして、私は見たのです。赤々と燃えたつ炎を、ネヴィル、ジニー、ロウダ、ルイ、スーザン、そして私を。我々の一つの生を、我々の一つの個(アイデンティティ)を。ウィリアム三世は現実味を失った君主に思われ、王冠も金メッキのまがいもののようでした。けれども我々は——煉瓦を背に、枝々を背に、何百何千億人のなかの六人は、過去と未来の計り知れぬ莫大な時間のなかのあの瞬間、あの場所で、勝利のうちに燃えあがったのです。瞬間がすべてでした。瞬間で充分だったのです。一瞬ののちには、ネヴィル、ジニー、スーザンと私は、波が砕けるごとく、飛沫となって飛び散り——すぐ隣の一枚の葉へと、一羽の小鳥へと、輪回し遊びの子どもへと、跳ねまわる犬へと、暑い一日の終わり、森に籠もるぬく味へと、さざ波の水面に白いリボンのごとく織り込まれた光へと、それぞれに身を投げ出しました。私たちは離れていきました。森の宵闇に吸いこまれていったのです。テラスの甕の横に佇むロウダとルイを残して。

「我々はあの陶酔から覚醒して水面に浮き上がり——ああ、なんと甘美で、なんと深かったか！——密謀者の二人がまだ同じ場所に佇んでいるのを目にして、ある種の痛みを覚えました。我々は二人が守り続けているものを、すでに失っていたのです。途中で止めてしまったのです。けれどももう疲れていましたし、それが良かったにせよ、悪かったにせよ、成就したにせよ、挫折したにせよ、我々の苦闘のあとには黄昏れのヴェールが落ち掛かっていました。川を見おろすテラスでしばし足を止める間にも、光は沈んでいきました。蒸汽船からは乗客らが下船しています。遠くから歓声と歌声が響いてきました。あたかも人々が帽子を振り、最後の歌に声を合わせているかのよう。そのコーラスが水をわたって響いて来ると、それまでの生涯を通じていつも私をつき動かしてきたあの衝動が、跳ねあがるのを感じました。つまりみなと同じ歌を歌いたい、その荒々しい歌声に上へ下へと揉まれたい、わけもない浮かれ騒ぎ、感傷、勝利感、欲望のうねりに揺さぶられたい、という衝動です。いや、だめだ。まだだめだ！ 私は自分自身をひとつにまとめられませんでした。自分が見わけられませんでした。ついさっきまで私を烈しく掻き立て、楽しませ、妬ませ、警戒させたものや、そのほかあまたのものどもを、水のなかに投げ落とす自分を、どうしようもなかったのです。私は果てしなく投げ捨て、自己を散逸すること、意志に反して我々が溢れ出し、音もなく石橋のアーチのしたへと押し流され、木立ちか小島のまわりをめぐり、海鳥が休む杭へと流れ逆巻く水を越え、ついには海の波となりゆく——そういった散逸から、自己をとり戻せませんでした。ですから、我々は別れたのです。

「ということは、そうしてスーザン、ジニー、ネヴィル、ロウダ、ルイと混ざり合って流れてゆくことは、一種の死だったのでしょうか？ 様々な元素の再構成、それとも来たるべき何かの暗示だったのでしょうか？ メモが走り書きされ、手帳は閉じられました。

私は気が向いたときにだけ勉強する学生ですからね。決まった時間に学課をするなど、ぜったいにしませんよ。あとになってラッシュアワーのフリート街*を歩きながら、あの瞬間を思い返しました。あの瞬間を続けたのです。「これからもずっと」と私は思いました、「スプーンでテーブルクロスを叩き、自己を主張せねばならないのか？　私とて同意するのではなかろうか？」。乗合バスの何台かが道に滞っていました。一台のあとにまた一台が来て、石の鎖に輪がひとつ足されるようなガチャッ、という音をたてて停車しました。人々は通り過ぎていきました。

「人々は無数にさざ波立ち、アタッシュケースを手に、驚くほど機敏に身をかわしつつ、氾濫する川のように流れていきました。トンネルを走り抜ける列車のように、轟音をあげて過ぎていきました。私はわずかな隙を捉え、道を渡りました。うす暗いわき道に飛びこみ、散髪してくれる店に入ったのです。頭をうしろに倒し、白い布に包まれました。対面する鏡には、翼を縛られた鳥のような自分と、道ゆく人々が、足を止め、眺め、無関心に行き過ぎる人々が映っています。床屋は前へ後ろへハサミを動かしはじめました。おれはこの冷たいスチールの往復運動の前にまったくの無力、と感じましたよ。こうして我らは刈りとられ、刈り跡のうえに横たえられる。こうして我らは枯れ枝も、花咲く枝も並んで湿った牧草地に横たわる、と私は思いました。剝き出しの生け垣のうえで、雪や風に曝されることはもうない。風が吹きすさぶなか、身を起こさなくともよい。重荷を担い、身を支えなくともよい。あるいは小鳥が枝に忍び寄り靄が葉を白く包む、そんなもの憂い真昼どきに、不平も言わずにじっと堪(た)えなくともよい。我らは刈りとられ、倒される。我々が鋭敏に目覚めているときには眠り、横たわって眠るときに赤々と燃えあがる、あの冷酷な宇宙の一部となるのだ。自分の持ち場を捨て、水平に横たわり、消えゆき、ああ、我々はなんとあっという間に忘れ去られるのだ! と、そのとき私は、床屋が通りの何かに気を引かれたような表情を、彼の目の端に読み取りました。

「何が床屋の注意を引いたのだろう? 通りの何を目にしたのだろう? 私はいつもこんなふうに現実に引き戻されるのです(なぜというに、私は神秘主義者ではないのでね。いつも何かが私をぐいっと引っぱるのです——好奇心、羨望、賞賛、床屋の関心事やそれに類したものが、私を水面に引きあげる)。床屋が私のコートのほこりをブラシで払っているあいだも、いったい彼はどんな人物だろう、と懸命に見極めようとし、それからステッキを振りつつストランド街に出ると、こんどは私自身の正反対としてロウダの人物像を喚び起こしました。いつもひどく人目を避け、いつも恐怖を瞳に宿し、いつも砂漠の柱を求めていた彼女は、ほんとうにそれを探しに行ってしまった。自殺してしまったのです。「待つんだ」、想像のなかで、彼女の腕に自分の腕をからめながら(こうして我々は友と交わるのですよ)私は言いました。「バスがぜんぶ通り過ぎるまで待つんだ。そんな危険な渡り方をしてはだめだよ。このひとたちは君の仲間(ブラザーズ)じゃないか」。彼女を説き伏せるようにして、自分の魂をも説き伏せていたのです。なぜならこれはひとりの生ではないのですから。自分が男なのか女なのか、バーナードなのか、ネヴィル、ルイ、スーザン、ジニー、それともロウダなのかすら定かではないのですから——人と人との出会いはかくも不可思議なものですな。

「刈りたての髪で、首筋をひりつかせ、ステッキを振りつつ、私はセント・ポール大聖堂脇の路上でトレイを差し出す、ドイツ製のブリキのおもちゃ(ペニー・トィ)売りたちの前を通り過ぎました。——セント・ポール大聖堂は、翼を広げ卵を抱く牝鶏のようで、そのふところから、朝夕の混雑時には、乗合バスや男たち女たちがどっと溢れ出すのです。ぱりっとスーツを着こみ、ステッキを手にしたルイが、彼らしいぎくしゃくと、少々とり澄ました足取りで、この石段を昇る様子を思い浮かべました。オーストラリア訛りの彼は（「ぼくの父さんはブリスベンの銀行家なんだ」）、私のように千年にわたって同じ子守歌を聞いてきた者などより、はるかに大きな敬いの心をもって、この古え(いにしえ)よりの儀式に参列するだろう。なかに入ると私はいつも、すり減った鼻、磨きあげられた真鍮類、旗のはためきや歌声に、そして少年の泣き声が、はぐれさ迷うハトのように円天蓋(ドーム)をめぐって反響する様に、胸打たれるのです。死者たちが——軍旗のもとに眠る戦士らが、安らかに憩(いこ)う様にも胸打たれます。かと思えば、ごてごて装飾を施した墓碑は大袈裟で、滑稽で、くだらなく思うのでした。トランペットや戦(いくさ)の勝利や紋章や、声高らかにくり返される復活への、永遠の生命への確信も。そのときふと、私の落ち着かぬ好奇心旺盛な視線が、畏敬の念に打たれている子どもを、足をひきずる年金生活者を捉える。あるいは膝を折って祈る疲れた女子店員たちを。彼女たちはこんな混雑時に、その痩せこけた胸にどんな悩みを抱え、癒しを求めてここに来たのか、神のみぞ知る、ですな。私は歩き回り、眺め、驚嘆し、そして時々、気づかれぬようそっと、誰かの祈りの矢に乗ってあの円天蓋（ドーム）のなかへ、外へ、そのはるか向こうへ、それが向かうどこへでも、舞い上がろうとする。けれど結局は、もの悲しく鳴いてさ迷えるハトのごとく力尽き、尾羽を打ち、降下し、怪異なガーゴイルのうえ、風雨に晒された鼻のうえ、つまらぬ墓石のうえに、当てもなく、不思議そうに止まっている自分に気づくのです。ですから私はふたたび、少年の声が円天蓋を舞いめぐり、時折パイプオルガンが圧倒的勝利の瞬間に浸るなか、ベデカーのガイドブック*を手に歩き過ぎる観光客を眺めやるのでした。それならルイは、いったいどうやっておれたちみなをひとつの屋根で覆うのだ？　どうやって彼の帳簿用赤インクで、極細のペン先でおれたちを囲いこみ、ひとつにするのだ？　私は問いかけました。その声は悲しくむせび泣きつつ、円天蓋のなかへと細く吸いこまれていきました。

「というわけで私はまた表通りに出て、ステッキを振り、文房具店のウィンドウではワイヤートレイを、次いで籠に盛った植民地産のくだものを眺め、無意味（ナンセンス）な言葉や詩を——「ピリコックがピリコックの丘に座って」*やら「ほら、きけ、きけ、犬がほえているぞ」

やら、「偉大なる時がいまふたたび始まる」*やら、「来たれ、来たれ、ああ死よ」やらを一緒くたにつぶやきつつ、流れにのって漂っていきました。次になすべきことが常にある。月曜日のあとに火曜日が来て、水曜日、木曜日と続く。それぞれが同じ波紋を広げる。命あるものは、樹木のように輪を広げる。樹木のように葉を落とす。

「というのもある日、野原に通じる門から身をのり出していたところ、リズムが、つまりあの韻（ライム）、ハミング、ナンセンスや詩が、ぴたりと停止したのです。心のなかにぽっかりと空洞ができました。習慣という葉叢が隠していた向こうが見渡せたのです。ロンドンを横切って友人に会うこともままならぬほど、ましてや船に乗ってインドへ渡り、青い海で裸の男が銛（もり）で魚を突くのを見ることもできぬほど、人生は約束事にまみれているとは、と門に身をもたせながら、その雑然とした状態を、未完成ぶりを、そして疎遠を悔やみました。人生は不完全な、未完のフレーズだった、と私は言いましたね。列車で乗り合わせたセールスマンからかぎタバコをもらう私のような人間にとって、連続性を保つのは——幾世代にもわたる感覚と、赤い水差しをナイル川に運ぶ女たち、そして征服者や移住者の群れのなかで歌うナイチンゲールの感覚を保ち続けるのは、とても不可能。私の手にあまる重い務めでありましたから、私はわが自己（セルフ）に向かって、階段を昇るこの足を、いったいどうやって休みなくあげ続けられるというんだい？　とね、こう言ってやったのですよ。まるで北極点へ向かう探検隊仲間に言うようにね。

「あまたの目覚ましい探検をともにしてきたあのセルフに、私は語り掛けました。セルフ、つまりみなが寝静まったあとに火搔き棒で燃え殻を突(つつ)きながら、炉端にともに座る忠実なる男。つまりかつてブナの森で、あるいは川辺の柳の根方で、あるいはハンプトン・コートの欄干で、個が急激に成長したときに、摩訶不思議にも同時に存在を強めた男。つまりさし迫った場面でも冷静に、「私は賛同しませんぞ」と、スプーンでテーブルを叩いて異議を唱えてきたあの男。

「ところが門に身をもたせ掛け、色彩の波となってうねる野原を見おろしていた私に、このセルフはもう何も答えませんでした。何の反論も投げ返してこなかった。何のフレーズも作ろうとしなかった。拳を作ろうとしなかった。私は待ちました。耳を澄ませました。何も聞こえない、何も。完全に見捨てられたのだ、という確信が突然閃き、私は叫び声をあげました。もう何もないのだ。この広大無辺の大海原を破る鰭ひとつないのだ。人生は私を打ち負かした。語り掛けても何の木霊も、何の言葉の変奏も返っては来ない。友の死よりも、青春の死よりも、これこそ紛れもないほんものの死。私は床屋で白布に包まれた、あれっぽっちの空間を占めた亡霊に過ぎぬのだ。

「眼下の景色は色褪せました。それはまるで太陽が隠れて真夏の鬱蒼たる地表を萎れさせ、すべてを冷え冷えとした、仮象のものとする日蝕*のようでした。私はまた土けむり舞う曲がりくねった道に、我々が作ったいくつかの人の群れが踊る*のを見たのです。彼らがいかに群れをなし、ともに食したか、いかにあの部屋この部屋で集ったか。私は己の疲れを知らぬ多忙ぶりを見ました――いかに次から次へと忙(せわ)しく飛びまわってきたか、飛び乗っては運ばれ、出掛けては帰り、このグループあのグループに加わり、ここで挨拶のキス、ここで退出。何かの非凡なる目的のために、いかにいつも粘り強くやってきたか。臭いを追う犬のように鼻づらを地面にすりつけ、時折はっと頭を振りあげ、時折驚きや絶望のなき声をあげ、また鼻先を臭いへと戻す。なんたるとり散らかり――なんたる混迷。ここには誕生があり、ここには死がある。新鮮さと瑞々しさが。苦闘と苦難が。そして私自身は始終あちらこちらと駆けずりまわっていた。それはすべて終わったのだ。私にはもはや満たすべき食欲も、他人を刺す毒針も、噛みつく鋭い歯も、摑みかかる手も、梨やぶどうや、果樹園の塀から降り注ぐ陽の光に触れたい、という熱い思いもないのです。

「あの森は消滅していました。地の表(おもて)は闇の荒野。寒々とした風景の静寂を破るもの音のひとつとてありません。雄鶏も時をつくらず、煙のひと筋も昇らず、列車も身動きしない。セルフのない男*、と私はつぶやきました。門にもたれ掛かる鈍重な肉体。死んだ男。しらじらとした絶望と容赦ない幻滅のまなざしで、舞いあがる土けむりを見ました。私の人生、友たちの人生。そしてあの神話的な存在、庭ぼうきの男たち、書きものをする女たち、川辺の柳――雲や、そして土けむりでできた、移り変わる土けむりでできた亡霊たち。それは崩れては盛りあがり、金となり赤となり、頂を崩してはあちらこちらと大きくうねり虚しく移ろう、はかない雲のよう。手帳を持ち歩いてフレーズを作っていた私は、ただ移ろいを記録していたに過ぎない。影を、影ばかりを、せっせと書き溜めてきたのだ。これからは自己（セルフ）もなく、重力もなく、ヴィジョンもないまま、重力も、幻影もない世界を、どうやって前へ進めばいいのだ？　そう私は言いました。

「おのれの喪失感の重みが、もたれていた門をぐい、と押し開け、初老の男、白髪の太った男を、色彩のない野へ、空疎（くうそ）な野へと押し出しました。もう聞くべき木霊も、見るべき亡霊も、呼び出すべき敵もなく、あとは影もなく、死した大地に痕跡を残すこともなく、ただ歩むのみ。たとえそこに、かつては草を食みつつ足を出す羊の群れがいたとしても、一羽の小鳥、土を鋤く男がいたとしても、あるいはまた足をとる野茨や、積もる落葉に濁る溝があったとしても――いやしかし、そのもの悲しい小道は平原に沿って、同じ地表のいっそう荒涼たる、青ざめ変わり映えのない殺風景へとつながっていたのです。

「そうであるなら日蝕の後、光はいかにして世界に還ってくるのでしょうかね？　それは奇跡のごとく。幽かに。か細い条（すじ）となって。ガラスの鳥籠のように、垂れさがるのです。小瓶に触れただけでも毀れそうな輪。と、向こうに閃光が走る。つぎの瞬間にはこげ茶色が迸る。そしてあたかも大地がはじめて一回、二回、と息を吸って吐くごとく、靄が湧きあがる。やがて薄明のなか、だれかが緑色の灯りとともに歩み出す。白い亡霊がねじり取られる。森が青や緑に脈打ち、野は赤、黄金、茶色を少しずつのみ込み、のみ干す。やにわに川が青い光を摑みとる。大地は水をゆっくり吸いとるスポンジのように、色彩を吸いこんでいく。光は重みを増し、まるみを帯び、垂れさがり、ついに私たちの足もとへと至り、そこで揺れ動くのです。

「風景はこのようにして私に還ってきたのですよ。眼下に広がる野が、色彩の波となってうねるのを私は見ました。とはいえ、それまでとは異なっていたのです。私は見ているのであって、もう見られてはいない。私は影もなく歩み、先触れもなくやって来ました。すでに古い衣は私から脱げ落ち、木霊も絶え、音を打ち返す虚しい手も消えていたのです。私は亡霊のようにおぼろに、何の痕跡もあとに残さず、ただ感じとるのみ。まだだれも足を踏み入れぬ新たな世界を、ひとり歩みました。見慣れぬ花々をすうっとかすめ、幼な子のような一音節のほか言葉もなく。あれほど夥しい数のフレーズを作ってきた私なのに――フレーズから身を隠す場所もいらず。いつも仲間に囲まれていた私なのに、連れだつ者もおらず。空っぽの炉格子や、金の輪のさがった戸棚を、いつもだれかとともに使ってきたこの私なのに、たったひとり。

「しかしセルフを失ってから見た世界を、どのように表現したらいいのでしょうか。そこに言葉はありません。青、赤――この言葉さえ逸れてしまう。光を通すどころか厚い葉で覆ってしまう。どうすればふたたび、明晰な言葉で描写したり表現したりできるのでしょう？――それは消えてゆくほかないというのに。徐々に変容してゆくほかない、こんな短い散策の間にも、——この場面すら、ありふれたものになってゆくほかないというのに。けれど動きまわるうちに盲目状態が戻ってきて、一枚の葉は、またもう一枚の葉を反復するようになる。見つめるうちに、一連のフレーズの亡霊とともに、美しさが戻ってくる。人間は生存のため、息を吸い、息を吐く。谷底の列車は、煙をウサギの耳のように倒して、野を走り抜けるのでした。

「けれどかつて私には、海のうねりや森のざわめきよりも高くのどこか、芝のうえに座り、あの家を、庭を、砕け散る波を見ていた瞬間があったのです。なつかしい乳母が絵本のページを捲る手を止めて「ご覧なさいな。これが真実ですよ」と、言った瞬間があったのです。

「こういったことを、今晩シャフツベリー通りを来る道々、私は思っていたわけです。絵本のあのページを思っていたわけです。そして君とあのコート掛けのところで行きあったとき、こう思いました。「だれと出会うのかなぞ、さして重要ではないさ。〈実存〉の些事はもう終わりだ。この人物が何者なのか、知りもしなければ構いもしない。いっしょに食事することにしよう」とね。そこで私はコートを掛けると君の肩を叩き、「ごいっしょにいかがですかな」と声を掛けたのですよ。

「さてと、食事は終わりですな。くだものの皮やらパン屑が散らばっている。私はこのひと房をもいで君に手渡そうとしました。しかしながら、そこに幾ばくかの本質や真実が含まれているやら、わかりません。いや、そもそも、厳密には我々がいまどこにいるかすら定かではないのですよ。あの空の広がりが見おろしているのは、いったいどの街でしょうかね？　パリか、我々のいるロンドンか。はたまたどこかタカが空高く舞う山脈の麓、イトスギの木々のもとピンク色の家が並ぶ南方の街か。いまこの瞬間の私には測りかねますな。

「私は忘れはじめています。このテーブルの不変性、いま、ここ、の実存性が疑わしく思われてきて、外見はしっかりした物体に見えるものの縁を、拳の背で軽く叩いてみるのです。『ほんとうに堅いのか？』とね。私は実に様々なものを見聞きし、実に様々な文章を作ってきました。そうして食べたり飲んだり、ものごとの表面を見てやり過ごすうちに、失っていたのですよ。魂を収める堅くて薄い殻を、若いときには人を閉じこめる殻を――だからこそ若者特有の苛烈さがあり、コツ、コツ、コツ、と鋭い嘴で情け容赦なく突くのですが。そうしていま自らに問うのです。『私は何者だ？』と。私はバーナード、ネヴィル、ジニー、スーザン、ロウダ、ルイの話をしてきました。私はこのすべての人物なのでしょうか？　それともひとりの個別の人間なのでしょうか？　わかりません。私たちはここで同席しましたね。それなのにパーシヴァルは逝ってしまった。ロウダも逝ってしまった。私たちは隔てられている。ここにはいない。それでも、私たちを引き裂く邪魔ものなど、何ひとつ私には見当たらない。私と彼らのあいだには、何の隔てもありません。話をしながら、「やあ、ぼくは君じゃないか」と感じましたよ。我々があんなにも重んじる互いの相違、あんなにも熱く尊重する個(アイデンティティ)は、打ち負かされました。そう、かつてミセス・コンスタブルがスポンジをかざし、私に湯を絞りかけ、肉体というもので覆ってからというもの、私は感覚も知覚も、鋭敏になったのです。この額には、パーシヴァルが落馬したときの傷がある。首筋には、ジニーがルイにしたキスの跡がある。両目はスーザンの涙で溢れている。はるか遠くには、ロウダが見た柱が、金色の糸のようにふるえるのが見えますし、彼女が身を躍らせたときにさっと吹いた、飛翔の風を感じるのですよ。

「ですから私の人生の物語を、このテーブルで両の手のひらに形づくり、完全なものとしてあなたの前に置くとなれば、遠くへ、深くへと去ったものを、この人生あの人生に埋めこまれ、いまやその一部と化したものを、呼び起こさねばならない。さらにまた夢も、私をとり巻くものたち、私のうちに棲まうものたち、日ごと夜ごといまも現われる、いくらか口もきける親しい亡霊たちを、眠りを乱し、意味のわからぬ叫び声をあげ、逃れようとする私に幻影の指で摑み掛かる亡霊たちを——ああなったかも知れぬ人々の影法師、誕生しなかったセルフたち、彼らをも呼び覚まさねばならないのです。あのいにしえの獣もいれば、野蛮人も、またロープのように繋がった内臓に指を突っこみ、がつがつ喰らってはげっぷし、口から出るのはしわがれ声、腸(はらわた)の音という、毛むくじゃらの男も——そう、彼もここにいる。私のなかにうずくまっているのですよ。今宵そいつは、ウズラ肉とサラダを、仔牛胸腺肉（シビレ）を大いに堪能した。いまは上等な年代もののブランデーのグラスを摑んでいる。私がちびりと飲むにつれ、そいつはまだらになり、喉を鳴らし、私の背骨にぞくっと温かな戦慄の矢を走らせる。まあ、たしかに食前に洗っただろうが、どうしたって毛深い手。いくらズボンやベストのボタンを留めても、その肉にしまわれている臓器は変わらぬまま。私がいつまでも食事をじらすと、言うことを聞かず動かない。ひっきりなしに顔をしかめては、意地汚い貪欲な身振りで食いたいものを指さす。いや実際、そいつを手なづけるのに、時にはたいそう手こずりますがね。この毛むくじゃらのサルのような男は、私の人生にそいつなりの貢献はしたのです。緑色のものにはさらに緑色の輝きを与え、目にしみる煙をもうもうと吐きながら赤く燃える松明（たいまつ）を、あらゆる葉の裏にかざしてきた。冷たい庭も等しく照らしてきました。うす汚れた裏路地でそいつが松明を振りまわすと、そこの女たちもとたんに赤々と、酔いしれたように、半透明に輝き出すようでしたよ。ああ、そいつは松明を高く投げあげた！　私を野性的な踊りに引きこんだ！

「しかし、それも終わりました。今宵、私の身体は一段、また一段と上がっていくのです。まるで絨毯が敷きつめられ、ざわめきが起こり、供物台からは煙が立ちのぼる、どこかのひんやりした神殿のよう。けれど上のほう、私の澄みわたる頭にふき寄せるのは、美しいメロディと芳（かぐわ）しいお香の波だけ。その一方で、さ迷えるハトはむせび鳴き、軍旗は墓に打ちふるえ、真夜中の闇の微風は開いた窓の外、木々を揺さぶるのです。この超越の高みから見おろせば、粉々になったパンの残骸さえ、なんと美しいのでしょう！　洋梨の皮がなんと見事な螺旋をなし――なんと薄く、まるで海鳥の卵のようなまだら模様をしているのでしょう。まっすぐに並べて置かれたフォークまでもが、明晰で、理にかない、的確に思われる。我々が食べ残したロールパンの角はつややかに光り、黄金色にめっきされ、硬そうです。自分の手までも賛美できそうですよ。神秘的な青い静脈のレースで編みあわされた骨の扇、驚くほど機敏で、しなやかで、やわらかに握ったり、かと思うといきなり叩き潰すこともできそうな手――その限りない感覚の鋭さを。

「尽きせぬ受容力を持ち、あらゆるものを抱擁し、充足感に身をふるわせ、かつ明快で抑制もされている――これが私という存在と思われるのですが、しかしいまではその私を、欲望がはるか彼方へ駆りたてることも、好奇心が幾千もの色彩に染めあげることもありません。それは、潮の満ち干きもなく、何とも関わらず、ただ深々と横たわるのみ。あの男は死んだのですから。私が「バーナード」と呼んでいた男、メモを記す手帳をいつもポケットにしのばせていた男――そこには月についてのフレーズ、人々の容貌の特徴、人々がどんなふうに見たり、振り向いたり、タバコの吸い殻を投げ落としたりするか。「チ」の見出しには、千々に砕ける蝶、「シ」の見出しには死の種々様々な呼称が記されていました。しかしまあ、ドアを開けるとしましょうか。蝶つがいのところから絶えず開いては閉じるガラスのドアをね。そして女性がひとり入って来る。正装に口髭の若者が席につく。

さて、彼らが何か私に伝えてくれることはありますかな？　何も！　私は何もかも知っていますよ。そして彼女が急に席を立って出て行くのなら、こう言うのです。「あなた（マイ・ディア）、もう私にお役目はありませんね」と。私の人生にいつも鳴りわたり、私をゆり起こしては戸棚の金の輪を見せてくれた砕ける波の響きも、いまでは私が抱く何ものも、ふるわせはしないのです。

「こうしていま、この世の神秘を知る私*は、この場を動かぬまま、この椅子から立ちあがらぬまま、スパイのごとく行けるかもしれません。いや、未開人たちがたき火を囲む、地の果ての砂漠へも行けるのです。日が昇る。乙女が水のような炎の中心を持つ宝石をその額にかざすと、太陽は光の束を、まどろむ家へとまっすぐに投げかける。波はその筋をいっそう深める。岸へと激しく身を打ちつける。しぶきが跳ね返り、波はさっと岸を洗い、ボートやエリンギウムをとり囲む。小鳥たちが声を合わせて歌う。花々の茎のあいだ深くをトンネルが貫く。日の光を浴びて家は白く輝き、眠り人（びと）は伸びをする。やがてあらゆるものがざわめきだす。光が室内にも満ち溢れ、謎めいた襞となって垂れこめていた影の向こうに、影を追い立てる。中心をなす影は何か隠しているのだろうか？　何か？　何も？　私には測りがたい。

「ああ、でもそこに君の顔がありますね。君の視線を捉えましたよ。かつて私は、自らをとてつもなく広大で、神殿とも、聖堂とも、全宇宙とも思い、果てなどなく、何かのときにはここにでも、どこにでも遍在できると思っていたのですが、その私もいまではご覧のとおり――太った、こめかみの白い、年老いた男（グラスに自分が映っているのでね）、片肘をテーブルにつき、左手に年代もののブランデーのグラスを持つ老人にすぎない。あれは君からくらった衝撃ですよ。私は歩いていて郵便ポストに突っこんだことがありましてね。私は右へ左へとよろめく。頭に両手をやる。帽子がないぞ――ステッキを落としてしまった。こんな醜態を曝した私は、通り掛かりの誰彼に嘲笑われても仕方ないですな。

「ああそれにしても人生とは、なんといわく言いがたく忌まわしいものか！　なんと卑劣な手を使うのか。ほんの一瞬自由を与え、かと思うと次の瞬間にはこれだ。さて、我々はまたもパン屑と汚れたナプキンのただ中に戻ってきました。ナイフにはもう脂が凝固している。無秩序、不潔、腐敗が我々をとり囲んでいます。我々は鳥の死骸を口に詰めこんでいたのですよ。しかし結局、脂まみれのパンの欠片、こぼし物で汚れたナプキン、小鳥の亡骸、我々はこういったもので、作り上げねばならないのですよ。またも再スタートする。そしてそこには常に敵がいる。目と目が合う。指が指をぐいっと引く。苦闘が待ち受ける。ウェイターを呼ぶ。支払いをする。椅子から自分の身体を引っぱり上げねば。自分のコートを見つけねば。帰らねば。せねば、せねば、せねば――忌々しい言葉だ。かつて、自分は逃げおおせたぞと思っていた私、「おれは、ああいったすべてから自由だぞ」と言っていた私は、いまふたたび頭から大波にのまれ、まっ逆さまにされ、持ちものをばらまかれ、あとはまたひとり、それを拾い集め、積み上げ、自分の力を掻き集め、立ち上がり、敵と対峙するのです。

「おかしなものですな、これほどの苦難に耐えられる我々が、これほどの苦難を与えうるとは。おかしなものですな、アフリカ行きの船上で一度会った気がする以外、ほぼ面識もない人物の顔に——目、頬、鼻孔のぼんやりした輪郭だけですよ——これほど私を辱める力があろうとは。君は見て、食し、微笑み、退屈し、楽しみ、苛立つ——私にわかるのはそれだけだ。にもかかわらず私のかたわらに一、二時間座っていたこの影（シャドウ）、二つの目を覗かせているこの仮面に、私を過去に連れ戻し、あの顔すべてのところに縛りつけ、暑苦しい部屋に閉じ籠める力があろうとは。蠟燭から蠟燭へとゆく蛾のごとく、私に身を打ちつけさせる力があろうとは。

「いや、だが待ってくれ。ついたての向こうで彼らが支払いの計算をするあいだ、あとほんの一瞬ですよ。君が一撃で、私をくだものの皮やパン屑や、肉の切れ端のなかに打ち倒したので、私は君を悪しざまに言いましたね。ですからこんどは、君のその強迫的な視線のもと、私があれやこれやをどんなふうに知覚しはじめているかを、一音節の言葉で告げるとしましょう。時計がティック。女がくしゃみ。ウェイターが来る——ゆるやかに集まり、ひとつに流れこみ、加速し、一体化する。お聞きなさい。ほら、笛の音、車輪の唸り、蝶つがいで軋るドア。私はとり戻しましたよ。複雑さと、現実感と、苦闘の感覚を。

それを君に感謝するとしましょう。そういうわけで、幾ばくかの憐れみと羨望と、多大なる厚意をこめて君の手を握り、今宵のお別れと致しましょうかね。

「ああ、素晴しきかな、孤独よ！　ひとりになったぞ。ほとんど見も知らぬあの男は、列車に乗るのか、タクシーをつかまえるのか、どこか別の場所か、私の与り知らぬだれかのところへ行くのか、とにもかくにもいなくなった。私を凝視する顔はなくなった。圧迫感は取り除かれたぞ。あとには空っぽのコーヒーカップ。向きを変えられ、けれどだれも座るもののない椅子。だれもいないテーブル。今夜このテーブルへ食事をしにくるものは、もうだれもいない。

「さあ、栄光の歌声をあげよう。素晴しきかな、孤独よ。さあ、ひとりでいるのだ。存在に覆いかぶさるこのヴェールを、昼も夜も、昼じゅう夜じゅう、微かな風のそよぎにも形を変えるこの雲を振り払おう。ここに座っていたあいだにも、私は変わりつづけていたのだ。変わりゆく空をずっと見上げていた。雲が星を隠しては解き放ち、また隠すのを見ていた。いま変化をやめた雲を見ている。いまはもう私を見るものはだれもおらず、私は変化をやめた。素晴しきかな、孤独よ、それは視線の圧迫や、肉体の誘惑や、嘘やフレーズすべてから解放してくれたのだ。

「フレーズに埋めつくされた私の手帳は、床に落ちた。掃除婦に掃き捨てられるよう、テーブルのしたに転がっている。彼女が明け方早くだるそうにやって来て、紙屑や、用済みのトラムの切符や、あちこちまるめて捨てられたメモなどほかのゴミといっしょに掃き捨てられるように。月のためのフレーズは何だ？　愛のためのフレーズは？　死をどんな名で呼べばいいのだ？　わからない。私に必要なのは、恋人たちが交わすような短い言葉。幼な子のような、部屋に入ってきて縫いものをする母親を見つけ、鮮やかな毛糸屑や羽根や木綿の端切れを拾いあげるときに発するような、一音節の言葉。私がほしいのは咆哮、叫び。烈風が沼地を吹き抜け、見捨てられて溝に横たわる私を吹き払うとき、言葉はいらないのだ。整ったものなどいらない。現実にきちんと足をつけて降り立つものも。砕けては我々の胸のなかで琴線を鳴らし、野性的音楽や偽りのフレーズを作るあの響きも、美しい木霊も、どれもいらないのだ。私はフレーズとは決別したのだ。

「沈黙のほうがどれだけ良いだろう。コーヒーカップやテーブルのほうが、杭のてっぺんで翼をひろげる孤独な海鳥のようにひとりでいるほうが、どれだけ良いだろう。このコーヒーカップ、このナイフ、このフォーク、ありのままのもの、あるがままのものとともに、私自身である私とともに、永久にここにいさせてほしい。ああ、私のところに来て閉店のお時間ですが、お帰りの時間ですが、と匂わせて煩わせないでくれ。邪魔せず、いつまでもいつまでも静かに、ひとり、ここにいさせてくれるなら、あり金すべてを喜んでさし出そう。

「だが、ウェイター長が自分の夕食も終えて現われ、眉をひそめる。ポケットからマフラーをとり出し、これ見よがしに、帰りますよ、というそぶりを見せる。彼らとて帰らねばならないのだ。シャッターをおろさねば、テーブルクロスを畳まねば、テーブルのしたに濡れモップを掛けねばならないのだ。

「ちくしょう、それならどんなに擦り切れぼろぼろでも、自分の身体をなんとか引きずりあげ、自分のコートを探し出さねばならない。袖に腕を押し込まねば。夜気に備えて身をくるみ、外に出なければ。私、私、私。疲れきった私。消耗しきった私。あれだけのものの表面に鼻をすりつけてきて、衰え果てた私。かなり太って骨折りが億劫になった老いぼれの私。その私すら、立ち上がって最終列車を摑まえねばならないのだ。

「またしても目の前に、いつもと変わらぬ通りが見える。文明の天蓋（キャノピー）は燃え尽きている。空は磨かれた鯨骨（くじらぼね）のような暗闇。おや、でもランプの灯か、暁（あかつき）の光か、空の一点が明るんでいるではないか。何かのかすかなうごめき——どこかのプラタナスでスズメが囀っている。明け初（そ）める気配がする。夜明けとは呼ぶまい。通りに佇み、めまいを覚えつつ空を見上げる老人に、街の夜明けなどいったい何ほどのものだ？　夜明けとは空が白むことだ。一種の再生だ。新たな一日。新たな金曜日。新たな三月二十日、あるいは一月か九月の二十日。あまねく新たに目覚めるのだ。星々は退き、消えていった。水面の筋は波間に身を沈めてゆく。朝靄（あさもや）のうす絹が野にたち籠める。薔薇の花々に、ベッドルームの窓辺に咲く淡い一輪にさえも、赤みがさしていく。一羽の小鳥が囀る。小さな家の人々が暁の蠟燭を灯す。そうだ、これが永遠なる再生だ。絶え間ない上昇と下降、下降と上昇なのだ。
「そして私の内部にも波が盛りあがる。膨れあがり、弓なりに反り返る。新たな欲望が、何ものかが、私の奥底から、誇らかな馬のように、ふたたび盛りあがるのを感じる。乗り手は拍車をかけ、そしてこんどは手綱をひき絞る。そなた、私がまたがるそなたよ、*いま、前に伸びるこの舗道を蹄で掻く我らに、立ち向かってくるあの敵は、何者なのだ？　死だ。死が敵なのだ。*私は槍を低く構え、若者のごとく、インドで馬を疾駆させたパーシヴァルのごとく、髪をなびかせ、馬を駆る。それは死に向かってなのだ。私はわが馬に拍車をかける。お前に向かって躍りかかる、打ち負かされず、屈せず、おお、〈死〉よ！」

波は、岸に砕けて散った。

訳注

005 **空と見分けるものとてない**　旧約聖書『創世記』の天地創造を思わせる表現。

007 **けもの**　アイルランドの詩人イェイツの「再臨」（一九二〇）の獣を思わせる。そのほかロシアの作曲家ストラヴィンスキーのバレエ音楽『春の祭典』（一九一三）や、ダンテ『神曲』「地獄篇」の詩人を阻む獣との関連も指摘されている。

011 **まぶたのない石像**　パーシー・ビッシュ・シェリーの「オジマンディアス」にも砂に半ば埋もれた石像が登場する。シェリー（一七九二―一八二二）は、イギリスのロマン派の詩人。

015 **わたしはね、愛して（……）そして憎むの**　古代ローマの詩人カトゥルス（紀元前八四頃―前五四頃）の詩八五番。「わたしは憎み、わたしは愛する。なにゆえ、とあなたは問うでしょう」。

016 **エルヴドン**　ウルフが少女時代に夏を過ごしたコーンウォール州セント・アイヴスにあった森のイメージも重ねられている。ウルフはそこを「フェアリー（妖精）ランド」と呼んでいた。エルヴドンの名称は、エルフ（妖精）とエデンの合成語との説やアーサー王伝説の異界の島アヴァロンの意を含むとの説も。

016 **オークアップル**　没食子（もっしょくし）のこと。オークの木にできる虫こぶのこと。

018 **スイートアリス**　おそらくスイートアリッサムのこと。白い小花が集まって咲く。

020 **むらさき色のボタン**　二十世紀初頭イギリスの女性参政権運動家（サフラジェット）がしばしば身につけた。

023 **アレクサンドラ女王**　一八四四—一九二五。イギリス王エドワード七世（在位一九〇一—一九一〇）の王妃。デンマーク王クリスチャン九世の娘。

024 **青ガラスのぼんやりした目の光**　歩道に敷かれた地下室への採光ガラス。ヴィクトリア朝頃から登場し、丸形や青ガラスもあった。

025 **りんご樹の間の死**　このイメージはウルフの幼いころの出来事に由来している。ある夜ウルフは偶然、ミスター・ヴァルピーという人が自殺したという話を耳にする。「次に憶えていることは夜、庭にいて、りんごの木のそばの小道を歩いていたことだ。りんごの木はヴァルピー氏の自殺の恐怖と結びつけられているように思われた。私はりんごの木を通り過ぎることができなかった」（「過去のスケッチ」『存在の瞬間』）。

026 **わたしは恐れない、灼ける暑さも凍える冬も**　「もう恐れるな、灼熱の太陽を、激しい冬の嵐を」。シェイクスピア（一五六四—一六一六）『シンベリン』四幕二場より。『ダロウェイ夫人』でもくり返し引用される言葉。

028 **スプリングヒールジャック**　またはバネ足ジャック。切り裂きジャックと並ぶ、ヴィクトリア朝末期の都市伝説的殺人鬼。ブーツを履いて、数メートルの塀をらくらく飛び越したと言われる。

034 **ナックルボーンゲーム**　サイコロや小石などをお手玉のように投げ上げる遊び。古代ギリシャまで遡り、古くは羊の骨が使われていた。

035 **ウェルギリウス**　紀元前七〇—前一九。古代ローマの詩人。ダンテの『神曲』で詩人の導き手として登場する。

035 **ルクレティウス**　紀元前九九頃—前五五頃。古代ローマの詩人、哲学者。エピクロスの原子論的唯物論を詩で表わした。ウルフは「文学的告白」というアンケートで、最も好きなラテン語詩人としてル

クレティウスの名を挙げている。（二〇二一年一月六日付Richmond and Twickenham Timesより）

035 **カトゥルス** 前出（訳注015）。カトゥルスは恋愛詩で知られた。

039 **わななき打ちひしがれて進んでゆく姿を** 十字架を負う受難のキリストのこと。また第一次世界大戦の死者の姿も重ねられている。

053 **ポープ** 一六八八―一七四四。十八世紀イギリスの古典派詩人。

053 **ドライデン** 一六三一―一七〇〇。王政復古時代を代表するイギリスの詩人。

058 **リシュリュー公爵** 一五八五―一六四二。フランス王ルイ十三世の宰相を務めた大政治家であり、カトリックの枢機卿。

058 **サン・シモン公爵** 一六七五―一七五五。フランスの軍人、文筆家。フランス王ルイ十四世の宮廷を記録した『メモワール』で知られる。

059 **プラトン** 紀元前四二〇頃―前三四七。古代ギリシャの哲学者。

062 **ロシアの皇后** ロシア革命（一九一八）で処刑された帝政ロシア最後の皇后アレクサンドラ・フョードロヴナか。ニコライ二世の皇后。ヴィクトリア女王の孫。

063 **花束を作り（……）ああ！　でもだれに** シェリーの詩「問い」がパラフレーズされている。

064 **ホラティウス** 紀元前六五―前八。古代ローマの詩人。

064 **テニソン** 一八〇九―一八九二。イギリス、ヴィクトリア朝の桂冠詩人。

064 **キーツ** 一七九五―一八二一。イギリス、ロマン派の詩人。

064 **マシュー・アーノルド** 一八二二―一八八八。イギリスの詩人、批評家。

064 **男らしく強くあれ** 新約聖書「コリント人への第一の手紙」十六章十三節。

067 **ボウラーハット** またはビリーコックハット、ダービーハット。フェルト製の山高帽のこと。

072 **水たまりに行き当たった。でも横切れなかった**　ウルフの子供時代にあったできごとで『ある作家の日記』や「過去のスケッチ」に記されている。「水たまりの上を歩いてわたることができなかったことがある。なんてふしぎだろう――私は何なのか、などと考えてわたれなかったことを思い出す」（一九二六年九月三十日『ある作家の日記』）。

072 **トラの跳躍**　T・S・エリオット『ゲロンチョン』やバイロン『ドン・ジュアン』に見られる表現。エリオットはアメリカ生まれの詩人（一八八八―一九六五）で、『荒地』など二十世紀を代表するモダニズム詩人。バイロンは後出。

073 **赤いポピー**　血と再生の象徴。第一次世界大戦以降、フランドル地方などの激戦地の戦没者を追悼する花となっている。

080 **古代ローマの城壁**　二世紀にイングランド北部、スコットランドとの境界近くに建造された「ハドリアヌスの城壁」。全長約百十八キロに及んだ。

085 **ブランパイ**　福引きの一種。小麦殻でいっぱいの桶を探り、埋めてあるプレゼントを引き当てる。

088 **バイロン**　一七八八―一八二四。イギリス、ロマン派の詩人。ここでは彼の長篇詩『ドン・ジュアン』（一八一九―一八二四）などの詩句が引用されている。

091 **遠くで鐘が鳴る**　イギリスの形而上詩人ジョン・ダン（一五七二―一六三一）の詩「信仰」十七番の「誰がために鐘はなるのか、それは汝がため」というフレーズを思わせる。

093 **言葉、言葉、言葉**　シェイクスピア『ハムレット』二幕二場、ハムレットの台詞。

098 **トルストイ**　一八二八―一九一〇。ロシアの作家。ウルフは一九二三年、コテリアンスキーの「トルストイの恋文」の翻訳に協力している。

098 **メレディス**　一八二八―一九〇九。イギリス、ヴィクトリア朝を代表する小説家。

103 **人々は通り過ぎてゆく**　T・S・エリオット『荒地』や「窓辺の朝」に見られるイメージ。

105 **ぼくは流れを（……）意識する**　物理学者ジェイムズ・ジーンズ（一八七七―一九四六）による考えか。ジーンズは惑星・宇宙に関する潮汐生成論で知られる。『波』執筆当時、ウルフは彼の『神秘な宇宙』（一九三〇）を読んでいた。

106 **ホンブルグ帽**　プロイセン・ホンブルグ発祥の中折れ帽。エドワード七世が皇太子時代に愛用してイギリスでも流行した。

109 **この門に身をもたせ（……）このわたしは**　『オーランドー』に収録された写真のなかで、ウルフの恋人ヴィタ・サックヴィル＝ウェストは、二匹の犬とともに門にもたれ掛かった姿で写っている。

118 **一羽のツバメが、暗い水たまりで翼を濡らす**　アルフレッド・テニソンの詩『イン・メモリアム』（一八五〇）に見られるフレーズ。テニソンはウルフの戯曲『フレッシュウォーター』（一九二三）にも戯画化されて登場する。

124 **ああ、ロンドンはなんと美しく（……）劇場が屹立している**　この一節全体が、ワーズワス（一七七〇―一八五〇、イギリスロマン派の詩人）の「ウェストミンスター橋にて詠める」のパラフレーズとなっている。同節内の「蟻の群れをその胸に抱いて」もワーズワス『プレリュード』（一八五〇）のロンドンを描写する詩句。ウルフは『波』執筆中『プレリュード』を読み、書き写していた。

129 **ランドー馬車**　四人が向かい合わせに座る豪華な馬車。現在の王室でも使われる。

129 **円く膨らんだ**　ヴィクトリア朝で流行した、クリノリンで膨らんだドレスを指すと思われる。

143 **アラブの皇子**　当時流行していたバートン版『千夜一夜物語』からの連想か。

148 **赤紫（パープル）の一色**　スーザンの感情の激しさを表わしている。子どものころのウルフは内気であったが時に激することがあり、家族はそれをヴァージニアの「赤紫色の怒り（パープル）」と呼んでいた。

152 **博覧会場** 一九二四年から二五年、ロンドン・ウェンブリーで大英帝国博覧会（ブリティッシュエンパイアエグジビション）が開かれている。

152 **キンマ** またはビンロウ。コショウ科の植物で、東南アジアで広く嗜好されている。葉に石灰を塗るなどして噛みタバコのように口に含んで噛む。

155 **何か白くて、でも石像ではないもの** イェイツの詩「再臨」にも見られるイメージ。

156 **いまはもうさ迷うな（……）ここが終着点なのだ** シェリーの詩『アドネイアス』の一節。ローマに客死した詩人キーツを悼む四九五行からなる長篇詩。

157 **踊りと太鼓** ウルフの蔵書にあった縮約版フレイザー『金枝篇』（一九二九）にも関連する表現か。

158 **スミレには死が織り込まれている** シェイクスピア『ハムレット』四幕五場、五幕一場参照。

163 **われらは創造者だ。（……）創り上げたのだ** フランスの作家マルセル・プルースト『失われた時を求めて』（一九一三―一九二七）を指すと推測される。ウルフは一九二五年、同書をフランス語で熱心に読んでいる、と『日記』に記している。

169 **彼は死んだ** これと同じ、または似た詩句は、『ハムレット』四幕五場、ミルトン『リシダス』（一六三八）、シェリー『アドネイアス』、テニソン『イン・メモリアム』に見られる。またウルフは『ダロウェイ夫人』『灯台へ』でもこのフレーズを用いている。

169 **世界の光** 新約聖書「ヨハネによる福音書」八章十二節「わたしは世の光である」。当時、ラファエル前派の画家ホルマン・ハントのキリスト像「世（界）の光」が大変な評判となっていた。母ジュリア・スティーヴンは若いころ、ラファエル前派の画家たちのモデルを務めた。またヴァージニアは子どもの時に母に連れられてハントのアトリエを訪れている。

169 **非現実世界** T・S・エリオットは『荒地』で、ロンドンを「非現実世界」としている。

170 **おお見よ、彼が来る**　シェイクスピア『ハムレット』初期のテキストに見られるフレーズ。ウルフの蔵書には、一八六〇年版の『ハムレット』初期テキスト四つ折判（Q1、Q2）が含まれていた。

172 **天井から下がった大うちわ**　パンカーのこと。天井に取りつけた幕などを人力で動かし風を送る。

173 **二十五歳**　ウルフの兄トビーも二十五歳で亡くなっている。

173 **横たわって嘆きのうちに一生を送る**　シェリーの詩『ナポリ近く失意のうちに詠める歌』32―33行目「私は疲れた子供のように横たわり／嘆きのうちに生涯を送る」。

175 **美術館**　ロンドンのナショナル・ギャラリーのこと。一九三〇年当時、ナショナル・ギャラリーには十一程のイタリア絵画室があり、以下の場面ではそこに展示された絵画に言及していると思われる。

175 **包帯を巻かれた頭**　おそらくジョバンニ・ドメニコ・ティエポロ（一七二七―一八〇四）の「トロイの木馬の行進」。

175 **花に囲まれたヴィーナス**　ボッティチェッリ（一四四五―一五一〇）「ヴィーナスとマルス」や、コレッジョ（一四八九頃―一五三四）「ヴィーナスとマルスとキューピッド（キューピッドの教育）」、ブロンズィーノ（一五〇三―一五七二）「ヴィーナスとキューピッドの寓意（愛の寓意）」など。

175 **見ろよほら、彼が来る**　シェイクスピア『アントニーとクレオパトラ』の言葉のもじり。

176 **ティツィアーノ**　一四八七―一五七六。ヴェネツィア派の画家。鮮やかな色彩で知られる。

176 **とはいえあの真紅は（……）あの転落で**　ティツィアーノの「ヴェンドラミン家の肖像」と思われる。絵の中心人物は、ヒョウの毛皮が裏地の真紅のローブをまとっている。「彼」とはこの人物を指すか。一七七頁の「緑色の裏布が波立つ真紅に」もおそらく同絵画の色彩描写。この肖像画は一九二九年にナショナル・ギャラリーが購入し、『波』執筆当時話題になっていた。

178 **ハンプトン・コート**　ロンドン南西部に位置する旧王宮。一五二〇年にヘンリー八世の所有となった。赤レンガ造りの外観、幾何学庭園、迷路園、噴水なども有名。

181 **女王たちのドレスが飾ってある博物館**　サウス・ケンジントンにあるヴィクトリア・アンド・アルバート博物館と思われる。

182 **コンサート・ホール**　オックスフォード・サーカス近くのウィグモア・ホールか。

184 **グリニッジ**　ロンドン南東部テムズ川南岸に位置する町。現在、市中心部から電車で三十分ほど。

191 **チャタム**　以下四人は、歴史上有名なイギリスの政治家。初代チャタム伯（一七〇八―一七七八）。一七六六―一七六八、イギリス首相。

191 **ピット**　一七五九―一八〇六。初代チャタム伯の次男。一七八三―一八〇一、一八〇四―一八〇六、フランス革命、ナポレオン戦争時代に、二度にわたって首相を務めた。

191 **バーク**　一七二九または一七三〇―一七九七。下院議員、作家。

191 **サー・ロバート・ピール**　一七八八―一八五〇。一八三四―一八三五、一八四一―一八四六、二度にわたって首相を務めた。

192 **自分の屋根裏部屋**　T・S・エリオットの詩「前奏曲集」や「J・アルフレッド・プルーフロックの恋歌（ラブソング）」のイメージ。「タイピスト」（一九三頁）「ジャグ、ジャグ、ジャグ」（二〇一頁）などエリオット『荒地』の言葉が響いている。

199 **エジンバラからカーライル**　一八四九年開通の両市間の鉄道は、距離にして一六〇キロほど。スコットランドの歴史小説家ウォルター・スコットの代表作にちなんでウェイバリー・ラインと呼ばれた。

202 **時は過ぎゆく**　ウルフ『灯台へ』第二部のタイトルと同じ言葉。

202 **公園**　リージェンツ・パークか。『波』草稿には「リージェンツ・パークからエンバンクメントまで」とある。

202　**セント・ポール大聖堂**　イングランド国教会の大聖堂。現在の大円蓋のあるバロック様式建築は、十七世紀にクリストファー・レンが設計したもの。

211　**永遠の都**　ローマのこと。バーナードがいる庭園はローマのパラッツォ・フォルネーゼの庭園か。

211　**赤紫色のサッシュ**　ローマ・カトリックでは、司教・大司教が赤紫色のサッシュ、さらに高位の枢機卿が赤のサッシュを締める。

214　**レディ・ハムデン**　既出のレディ・ハンプトン（六五頁）を指すと思われる。

216　**茫漠たる海に鰭**　ウルフは一九二六年九月三十日の『日記』に、「鰭」について書き記している。これが（のちに『波』となる）新たな小説のアイディアについて最初の記述であり、核となるヴィジョンのひとつとなる。「ヒレが遠くを通っているのがみえる。私の言おうとするところをどんな心像（イメージ）で伝えることができるだろうか」。

218　**ベッドサイドに座る**　ウルフの母ジュリア・スティーヴンをモデルとした『灯台へ』のミセス・ラムゼーを想起させる。

220　**地下鉄の駅**　地下鉄ピカデリー・サーカス駅はロンドンの繁華街の中心部に位置し、そこからピカデリー、リージェント・ストリート、シャフツベリー、ヘイマーケットなど各方面に出られる。一九二八年当時、駅構内にはピカデリーを中心とした巨大な世界地図のパネルが掛けられていた。

224　**飾り船のうえで輝いていたクレオパトラ**　『アントニーとクレオパトラ』二幕二場の言葉より。またT・S・エリオット『荒地』にも同様のフレーズが見られる。

226　**ロウダは首を長く伸ばし**　白鳥のイメージ。古代ギリシャの女性詩人サッフォー（紀元前六三〇頃―前五七〇頃）は、ギリシャのレフカダ島で身投げし、白鳥に化身したと伝えられている。

228　**ああ、西風よ**　十五世紀の作者不詳の詩。

233　**あなたたちに穢され、堕落させられたのよ**　前出シェリーの『アドネイアス』(訳注156・169)に似通った詩句が見られる。

247　**ウォータールー駅**　ロンドンのターミナル駅のひとつ。ハンプトン・コート行きの列車もここから出発する。ウルフのロンドン郊外のホガース・ハウスに向かう列車もここから出ている。

248　**ロザリオ**　カトリックで祈禱を唱える時に用いる数珠。またアヴェ・マリア等の連禱。

248　**バラッド**　十一から十三世紀南ヨーロッパに現われた吟遊詩人は、詩歌(バラッド)を吟じて各地を巡り一夜の宿や食物を受けた。またロザリオなど祈禱を唱え家々を巡る托鉢の修道士もおり、ここではそれを指すか。シェリーの詩「オジマンディアス」やウィリアム・ブレイク(一七五七―一八二七、ロマン派の詩人、画家)の「心の旅人」の「旅人」もこれに通じる。

256　**ひとり、ひとり、ひとり**　コウルリッジ(一七七二―一八三四)の長篇詩『老水夫行』のフレーズ。

257　**礫にすぎない**　前出のジェイムズ・ジーンズ『神秘な宇宙』(訳注105)に見られる太陽系惑星・地球の起源に関する説。

258　**戦え(……)戦え**　ウルフは一九二九年十月十一日の日記に「朝早くわたしは目を覚まし、自分にこう言い聞かせる。戦え、戦え!」と記している。

259　**モグラ塚につまずいて落馬したのだ**　イギリス王ウィリアム三世(一六五〇―一七〇二、在位一六八九―一七〇二)は、ハンプトン・コートで乗馬中に馬がモグラ塚につまずいて落馬し崩御。

260　**不滅(イモータリティ)**　シェイクスピアのソネット一八番や五五番は「不滅(イモータリティ)」が主なテーマとされている。

260　**ブレンハイムの戦い**　一七〇四年。カルロス二世の崩御に伴って起きたスペイン王位継承戦争(一七〇一―一七一四)のひとつ。現ドイツ・バイエルンのブレンハイムで、イングランド・オーストリア同盟軍とフランス軍が戦い、イングランド側が大勝利を収めた。

261 **ジョージ王**　『波』執筆時はジョージ五世（一八六五―一九三六、在位一九一〇―一九三六）時代。ここではジョージ一世（一六六〇―一七二七、在位一七一四―一七二七）時代が重ねられているか。

261 **ハンプトン・コートのこの一角**　ウィリアム三世時代、クリストファー・レンが設計した翼棟。

261 **四重奏**（カルテット）　ロウダがコンサート・ホールで聴いた曲を指すと思われる。またウルフは一九三〇年十二月二十二日『日記』に、ベートーヴェンの四重奏曲を聴いていた時に『波』最終部のインスピレーションを得たと記している。

265 **わたしの決意はぐらつくの**　シェイクスピア『マクベス』一幕五場のマクベス夫人の台詞。後出の「ノック、ノック、ノック」（二六八頁）も同二幕三場、門番の台詞。

274 **雨の降り続く荒れた日**　一連のイメージは、シェイクスピア『リア王』三幕二場による。

275 **はじめに幼稚園ありき**　旧約聖書『創世記』の「はじめに言葉ありき」のパロディ。

276 **ストーンヘンジ**　イギリス、ソールズベリー平野にある古代遺跡。トマス・ハーディー（一八四〇―一九二八）『ダーバヴィル家のテス』の終幕、主人公テスは警官に「とり囲まれて」ストーンヘンジで目を覚ます。

279 **ルーシーの（……）薔薇色の頬**　ジョージ・エリオット（一八一九―一八八〇）『フロス河の水車場』の登場人物、ルーシーを指すと思われる。ブロンドで色白の純真な少女として描かれている。

286 **ドストエフスキーの主人公**　『波』の草稿には、ドストエフスキー（一八二一―一八八一）『悪霊』の主人公スタヴローギンの名が書かれている。ウルフは一九二二年、コテリアンスキー『スタヴローギンの告白』の翻訳に協力し、自身の出版社ホガース・プレスから刊行している。

287 **何も見ず、何も聞かず**　旧約聖書『申命記』四章二十八節。

289 **小鳥一羽囀らぬ**　キーツの詩「つれなき乙女」の一節。

290 **みすぼらしい想像力**　T・S・エリオット「前奏曲集」に見られるフレーズ。

290 **散弾製造タワー**　溶けて液状になった鉛を落下させて散弾を製造する、高いタワー。

295 **カンバーランド**　イングランド北西端、現在のカンブリア州の一部。湖水地方などの高原地を含む。

298 **ほら、きけ、きけ、犬がほえているぞ**　十七世紀イギリスの童謡。

298 **来たれ、来たれ、ああ死よ**　シェイクスピア『十二夜』二幕二場で道化フェステが歌う歌。

298 **真の心と心との結びつきを阻ませることなかれ**　シェイクスピア『ソネット集』の中でも広く知られる一一六番の一行目。「真の愛」がテーマ。

301 **小売店主**　『国富論』（一七七六）の経済学者アダム・スミス（一七二三―一七九〇）やナポレオンが、英国を「小売店主の国」と呼んだと言われる。

303 **深い悲しみを知る姿**　旧約聖書『イザヤ書』五十三章三節の言葉。

304 **このひと日のユリ花は、五月になおかぐわし**　シェイクスピアと同時代の詩人・劇作家ベン・ジョンソン（一五七二―一六三七）の詩「ルシアス・ケアリ卿とH・モリソン卿の不滅なる追憶と友情に捧げるオード」の詩行。「夜には散り落ちる、光の花なりき」と続く。

307 **リンカンシャー州**　イングランド東部の農業地域。

315 **月影のもと、荒野（ムーア）は闇に沈む**　シェリーの詩「一八一四年四月」の最初の詩行。

315 **人生とは夢幻**　シェイクスピア『テンペスト』四幕一場の言葉に似たフレーズ。

321 **フリート街**　十九世紀から二十世紀には、主要な新聞社の多くがここにオフィスを構えた。

324 **ベデカーのガイドブック**　十九世紀末に刊行が始まった旅行ガイドブック。

324 **ピリコックがピリコックの丘に座って**　シェイクスピア『リア王』三幕四場の台詞。

325 **偉大なる時がいまふたたび始まる**　シェリーの詩劇『ヘラス』のコーラスの一節。ピサ滞在中、ギリシャ独立戦争のために書いた。

326 **日蝕**　ウルフは一九二七年、夫レナードや、甥クウェンティン・ベル、ヴィタ・サックヴィル＝ウェストらと、ヨークシャーへ皆既日蝕を見物に出かけた。そのときの様子は、六月三十日の『日記』に詳細に記されている。

326 **人の群れが踊る**　ダンス・マカブル（死の舞踏）のイメージ。

327 **セルフのない男**　ニーチェ『善悪の彼岸』に「実体のない人間、つまり自己（セルフ）のない人間」という記述が見られる。この後にある「永遠なる再生」（三四一頁）もニーチェの「永劫回帰」と通じる概念。ウルフの蔵書にはニーチェの『ツァラトゥストラ』『書簡集』などがあった。

335 **この世の神秘を知る私**　『リア王』五幕三場、リアの言葉。

341 **私がまたがるそなたよ**　ここでまたがる馬は、ギリシャ神話に登場する翼を持つ天馬ペガサスを思わせる。ペガサスは詩人を不滅（イモータリティ）へと運ぶ。またプラトン『パイドロス』では魂の象徴。

341 **死が敵なのだ**　テニソン『イン・メモリアム』や、新約聖書「コリント人への第一の手紙」十五章二十六節に類似の表現が見られる。また、最後の「おお、〈死〉よ！」は、ジョン・ダン（訳注091）の『聖なるソネット集』十番、最終行と呼応している。

訳者あとがき

本書『波』（*The Waves*）は、ヴァージニア・ウルフ（一八八二―一九四一）の長篇第七作にあたり、一九三一年十月に、ホガース・プレス社より刊行された。

ウルフは、一九二五年に『ダロウェイ夫人』、一九二七年に『灯台へ』、一九二八年に『オーランドー』、一九二九年に『自分ひとりの部屋』、一九三一年に『波』と、わずか七年の間に小説やエッセイの代表作を集中的に発表している。

なかでも『波』は、純粋性と抽象性を究極まで押し進めた傑作で、寄せては返す波のような詩的で透徹した文体は、二十世紀初頭のモダニズム文学の極北として高い人気と評価を誇り、ウルフも「この本を書いたことで私は私に敬意を払う」と、自負の念を書き記している。

＊

『波』は、登場人物の「ドラマティック・モノローグ＝劇的独白」による九つのエピソードから成る。バーナード、ネヴィル、ルイ、スーザン、ジニー、ロウダ男女三人ずつ六人の、幼年期、少年／少女期、青年期、中年期、老年期と物語は展開していく。また物語の中心には、パーシヴァルという神話的名を持つ、言葉を発さぬ第七の人物も存在する。

もう一つの重要な要素は「間奏曲＝インタールード」。つまりモノローグによる九つのエピソードの合間に差し挟まれた詩的散文だ。そこには夜明けから日没までの海や波の様子、太陽の光、小鳥たちの囀り、木々や花壇の花、室内を移りゆく光と翳りなど、一日の自然の移りゆきが描写され、それが六人の人生と照らし合い、重なってゆくのである。ウルフは語りのエピソード部分と間奏部が響き合っていく構想を、ベートーヴェンの弦楽四重奏曲（カルテット）を聴いていたときに得たという。一種の音楽的融合、オーケストレーションだ。

ウルフは『灯台へ』の執筆後、さらなる新しい文学的境地を求め、日記に次のように記している。

新しい種類の劇を発明したらどうだろう。たとえば次のような――

女が考える……
彼は行なう。
オルガンが鳴る。
彼女は書く。
彼らは言う。
彼女は歌う。
夜が語る。
彼らは逸する。

こんなような行きかたであるべきように思う——でも今はまだ何かよくわからない。事実から脱出すること。自由で、しかも集中しているもの。散文ではあるが詩であるもの。小説にして劇であるもの。

(『ある作家の日記』一九二七年二月二十一日)

このアイディアが熟し、やがて生まれたのが『波』。彼女は後に本作を「プレイポエム／劇＝詩」と呼ぶことになる。「劇」は、六人のドラマティック・モノローグを指すとすると、彼女はどのような意味で「詩」と言ったのだろうか。

ひとつには引用にあるように、事実からの「脱出」という含意での「詩」。つまり十九世紀的小説のリアリズムを捨て、「よけいな物」を極限まで削り、詩的言語の密度と抽象性とヴィジョンを目指した、ということだろう。三人称による客観的描写、解釈、あるいは「神の視点」がないのだから、登場人物の輪郭も明快に摑めず、ときにおぼろに霞む。それぞれの容貌の特徴などは背景に退き、個の内面の真実のみが追究されるのだ。

ウルフ自身『波』は緊張度と密度が高い」と書き残している。最初の読者であった夫レナードも「傑作だ」「君の書いた本の中で最上のもの」と激賞しつつ、「初めの一〇〇ページはとてもむずかしくて、一般の読者がどれくらいついて行けるか」と言い添えている。ウルフ作品のなかでも最も暗示性に富み、難解といわれるゆえんだ。意識の流れの表面が、色彩やイメージに溢れ煌めいても、底を見通すことは叶わず、読者は時に混乱させられる。絶えず流れゆく水のような内的言語。それこそが『波』のあり方であり、ウルフが新しい小説として目指した極点だろう。

詩的要素のもうひとつは、言葉のリズムだ。ウルフは作中、詩人バイロンを模すバーナードにこう言わせている。「リズムこそが書きものの生命だ」と。恋人でもあった作家・詩人のヴィタ・サックヴィル＝ウェスト宛にも「リズムがすべて。リズムさえ摑めれば、自然とぴったりの言葉が出てくるのです」と書き送っている。たしかに原文の英語を口ずさんでみれば、そのリズミカルでメロディアスな音の響きに魅了されるだろう。

＊

さて、ウルフが意図的に外的事実を曖昧にしたキャラクターではあるが、少し七人の特徴を記したい。

バーナードは、湧き上がる「フレーズ」をいつも手帳に書きとめ、言葉、人物、物語を創る人物。いつかフレーズすべてを纏めあげる作品を書こうという野心を抱いている。ヴァージニア・ウルフに近い人物といえるだろう。作家E・M・フォースターを思わせるとも言われる。

ネヴィルは、美意識が強く繊細で過敏な神経の持ち主。同性愛者で刹那的な愛の瞬間を求め続ける。ウルフの文学・芸術サークル、ブルームズベリー・グループの仲間で伝記作家のリットン・ストレイチー像を見る人もいる。

ルイは、オーストラリア出身の優等生タイプの少年として登場する。その反面、心の中では古代エジプトやフランスの宮廷人としての自分を夢想する。詩人気質の彼が住む屋根裏部屋や下町のロンドンから、T・S・エリオットを連想する人も多いだろう。

スーザンは、激しい感情の持ち主で独占欲が強く、のちには自然や家族との強い結びつきをもつ母性的存在となっていく。ウルフの姉ヴァネッサ・ベルがモデルと言われる。

ジニーは、「いまここ」のみを信じ、身体的に生きる現実的な人物。華やかな装い、華やかなパーティー、男性関係のなかに生きていく。ウルフの友人メアリ・ハッチンソンを思わせるという。

ロウダは、現実にうまく適応できず、夢想や幻覚の中に生きる少女として登場する。ロウダとは、ギリシャ語で薔薇の意味。ヴァージニア・ウルフ自身も投影されている。

パーシヴァルは、二十五歳で急死したウルフの兄トビーと言われる。彼は言葉を発さず、多くの場面で不在であるがゆえに、名指されることもまれであるがゆえに、いっそう六人の中心で輝き続ける。この名はむろん、アーサー王伝説の円卓の騎士に由来する。騎士パーシヴァルは数々の苦難に遭いながら聖杯を求めるが、『波』では英雄的な行いとは異なる人生を辿ることになる。

これが私たちに知らされるいくつかの個性だろう。モデルについては、これまで夫レナードや伝記作家、研究者によって名を挙げられた人物たち。けれどあくまでひとつの可能性だ。なにより彼ら／彼女らはヴァージニア・ウルフの創造物であり、またウルフの分身でもあるのだから。実際、各人物には彼女の実体験が織り込まれている。

たとえば重要な場面のいくつかは、ウルフが子ども時代に経験し、生涯忘れられなかった決定的な「激しいショック」の瞬間だ。

私は正面玄関のそばの花壇を眺めていた。「あれが統一なのだ」と私は言った。私はよく葉の茂った植物を見つめていた。とつぜん、花そのものが大地の一部であることが明白に思われた。ひとつの環が花であるものを取り巻き、それがほんとうの花で、一部は大地であり、一部は花なのだとはっきり思われた。

（「過去のスケッチ」『存在の瞬間』）

これは『波』でいえば、幼年時代のルイの庭での感受だろう。また訳注にも記したように、「りんご樹の間の死」はネヴィルの、「水たまりを横切れなかった」という恐怖はロウダのものとして書かれているが、これは「過去のスケッチ」の同箇所に、また『ある作家の日記』に、ウルフの実体験として記録されている。そのほか「ジニー」という呼び名は、ヴァージニアの少女時代のニックネームのひとつで、父レズリー・スティーヴンは、彼女をジニーと呼んでいたのだ。つまり六人はウルフの自我の多面を表わしており、彼女の名前や経験や個性が分け与えられている。まずはそう言ってみることにしよう。

＊

ヴァージニア・ウルフは、エッセイ集『自分ひとりの部屋』で、イギリス・ロマン派の詩人サミュエル・テイラー・コウルリッジの〈偉大な精神は両性具有である〉を引用した後、「創造の業を成就させるためには、精神の女性部分と男性部分の共同作業が欠かせません」と記している。個のなかにある二つの要素の「融合が起きて初めて心は十分に肥沃になり」、創造力が発揮できる、というのだ。『波』は、その両性具有性が劇的に、ダイナミックに表象された作品といえるのではないか。

バーナードは六人／七人の人生を回想したあと、「おれはひとりの人間ではない、多くの人間だ」と考え、こう言葉を継ぐ。「これはひとりの生ではないのですから。自分が男なのか女なのか、バーナードなのか、ネヴィル、ルイ、スーザン、ジニー、それともロウダなのかすら定かではないのですから」。ウルフは友人宛の手紙にも「人は別個の存在ではなく同一の存在なのだということが言いたかったのです。六人の人物たちはひとつであるよう意図されているのです」と書き送っている。

実際、バーナードは冒頭の幼年時代から、「ぼくは分断など信じないぞ。ぼくらは個別の存在ではないのだ」と感じている。けれど自意識が芽生え成長していくにつれ、痛みを感じながら、独立した個として分離していったのだ。

ウルフのメタフィクション的傑作『オーランドー』では、一六〇〇年頃に生まれた主人公が、三〇〇年の時を越え、イギリスやトルコ・イスタンブールなど空間を越え、性をも越えて生き続ける。転生するオーランドーは、両性具有者そのもの、「時空を越えての両性具有」だろう。

　であるとすれば、『波』の世界は「存在の瞬間における両性具有」とは呼べないだろうか。オーランドーが、転生によってジェンダーの可変性を実現し、ひとつの生として統合されたとすれば、『波』の六人の「自己／セルフ」は、存在の瞬間のなかで、あるいはひとつの生の時間内で、性別を越えて融合されたのだから。ネヴィルが同性愛者であることも重要だろう。彼らはそれぞれが内包する「男性性」「女性性」を越（トランス）えて包括される。ロウダは言っている。「それでも心の壁が薄くなっていく瞬間がある。溶け合わぬものはない瞬間がある」。また「まるで奇跡がおきて、人生が、いま、ここに、静止したかのよう」とジニーも思うのだ。

　「時間」の輪の外側にまで連れだされた六人は、ついには宇宙の源のようなところにまで至り、神秘的ヴィジョンを共有することになる。暗闇の猛（たけ）る音、つまり宇宙を動かす潮流の、その源流の音を耳にするのだ。（訳注にも示したように、ヴァージニア・ウルフは『波』執筆時、宇宙物理学者の『神秘な宇宙』を読んでいた）。「ぼくらのひとつひとつ分離した滴は消滅した。われわれは絶滅し、時の深淵のなかに、闇のなかに滅びていった」とルイは言う。

　しかし忘我（トランス）の境地は束の間。それを長く持続することは困難だ。この世に生きる人間にとって、他者と隔たる壁が薄くなり、透過的／多孔質な両性具有的個となることは、官能的で多幸的であるとはいえ、一種の自己喪失。狂気、死に接近した状態でもあるだろう。生の情動と死の衝動が表裏一体となる危うい一瞬であり、「生命の一線を越え」るときだ。事実ロウダは、深淵へと落下してゆく恐怖と戦っているではないか。転生するオーランドーが、長い眠り＝一種の仮死状態をくぐり抜けるのも必然だろう。もう二度と目覚めることはないかもしれないのだ。

＊

『波』は、絶えることのない動きのなかにある。寄せては返す波、満ちては引く海の潮。形を変え、ちぎれ、留まることのない空の雲。小鳥たちの上昇と下降、高く膨れ上がり崩れ落ちる波。階段を上っては、下りる人々。円環・輪の収縮と拡張、回転。登場人物たちは、幻想や記憶と現実、意識と無意識、生と死、時間の輪の外側と内側、その間(あわい)を絶えず行き来し、揺れ動く。それは生命の絶えざる躍動でもあるが、死へと向かう行進でもある。そのような運動（momentum）のなかに、瞬間（moment）が顕現するのだろう。

ウルフは後年、友人のエドワード・サックヴィル＝ウェスト宛てにこう書き送っている。

これは、自分でも時々読んでいて喜びを感じる唯一の本です。喜びをもって書いたのではなく、一種の神がかり状態で書きましたが、もう二度とあの状態に戻ることはないでしょう。

ヴァージニア・ウルフが一作一作と限界を突き破り、革新を果たし、「精神をぎりぎりまで拡張させ」て至ったひとつの極点が『波』ではないだろうか。それはまるで、岸に砕ける波のように、客体や物語性や言語を破壊し、男性原理的ロゴスの連続性を破壊したかのよう。そしてプレイポエムとして、詩的言語を目指した先にあったのは、未生の言語ともいうべきもの。バーナードはこう独白している。「フレーズに、どれだけうんざりしていることか！（……）私はいまでは、恋人たちが使うような短い言葉、歩道で足を引きずるような切れ切れの言葉、不明瞭な言葉を切望するようになっている」「幼な子のような、（……）一音節の言葉」を必要としている、と。

これは男性的言語に対する、女性としての言語／エクリチュール・フェミニンのひとつとも言えないだろうか。女性が小説を書こうと思うなら、「お金と自分ひとりの部屋を持たねばならない」と書いたウルフだが、孤独な創造者の空間で、意識の底、無意識層へと深く沈潜し、時間の輪の外へと結界を越え、フェミニストとして言語の融和点に到達したように思われてならないのだ。

そうした『波』の言語空間において、六人ばらばらの人生の濁流は激しくぶつかり、合流し、清流となったかのようにひととき融合する。互いの愛、パーシヴァルへの愛に象徴される情動によって。ウルフの分身としての存在を越え、ひとつの大きな普遍的生命となるのだ。それは六つの面をもって咲く花、全世界を包みこむ水銀のような滴、地平線上で燃え上がる炎など、美しい瞬間のイマージュとして輝き出る。そして私たちもまた『波』を読む行為を通して彼ら／彼女らが囲むテーブルに招き入れられる。私たちも個を持ち寄り、神秘のヴィジョンにともに与(あずか)れるのではないか。それがひと時であるとしても――。その魂の経験の積み重ねが自己を深め押し広げ、真の深みで他者と結びつけてくれると思いたい。コロナ禍にあって孤立しがちないま、分断や距離を越えて私たちにもたらされる光ではないだろうか。

＊

一九三七年、作家のマルグリット・ユルスナールは『波』をフランス語に翻訳し、ロンドンのヴァージニア・ウルフを訪ねている。その十ヶ月の訳業は、「暖炉のほのかな光に照らされた客間」で「輝かしくも慎ましい女性のそばで二時間を過ごすことで報われた」と書き残している。そしてたとえウルフ自身はそう述べることを躊躇(ためら)い拒んでいるとしても、彼女の作品は「本質的に神秘主義なのだ」とユルスナールは言い切っている。

たしかに暗示的で神秘性をまとう『波』は、ウルフ作品のなかでも格別難解だ。高く凝縮された言語を、ウルフの目指した多義性を保ちつつ、ポエジーを生かし、いかに伝わりやすい日本語にするか腐心した。非力な私にどこまでできたか心もとない。またいわゆる「女ことば、男ことば」をどう扱うかにも心を砕いた。ジェンダーニュートラルな言葉を目指しつつも、やはり一〇〇年前の言葉である。しかもウルフが内なる男性性、女性性を描いたことも考え、ある程度の言語的性差は必要と判断した。いずれも読者の皆様のご批判に委ねたい。また『波』ご翻訳の川本静子先生はじめ、すべてのヴァージニア・ウルフ作品の先人の翻訳者・研究者方に敬意を捧げお礼を申し上げます。

＊

私とウルフとの出会いは、英文学科の学部生のときでした。「ブリティッシュ・コンテンポラリーズ」の教科書に載っていた短篇「キュー植物園」と「壁のしみ」。はっとするような視点の移動の自在さと、色彩感覚の鮮やかさに驚嘆し魅了されました。また「意識の流れ」という言葉から想像していたよりも、はるかに強靭な精神のエネルギーに強烈なショックを感じたのも覚えています。当時、講義はほぼすべて英語。英語で読み書きするという環境にあって、ウルフ作品にはじめから原語でじかに触れられたのも、幸せなことだったと思います。

大学院に進み、山内久明先生とコウルリッジやワーズワスを、須賀敦子先生とダンテ『神曲』を、そのほか聖心の先生方とはミルトン、エミリ・ディキンソン、トマス・ハーディなど多くの作品を講読しました。なにより丹治愛先生のご指導のもと、深くウルフ作品を学んだのです。『ダロウェイ夫人』の講義で文学の新しい扉を開かれた私は、ウルフの研究を続け修士論文を書くこととなりました。今回の翻訳にあたっても、浅学な私に惜しまぬご助言と励ましをくださいました。限りない感謝を申し上げます。

またケンブリッジ大学クレア・ホールのシニア・チューター、ドクター・トゥルディ・テイト氏、英国ヴァージニア・ウルフ協会理事のスチュワート・N・クラーク氏から貴重なご助言を賜りました。最新の研究成果を惜しみなくご教示くださったことに、心からの感謝を述べたいと思います。トマズ・タデーウ・シルヴァ氏とは、同時期に『波』をブラジル・ポルトガル語に翻訳中という大洋を越えたご縁を頂きました。ロンドン在住の内田美穂さんの暖かなご協力にもお礼を記します。

『源氏物語 A・ウェイリー版』をともに訳した姉の毬矢まりえには、本書も共訳とすべきと思うほど多くの助けをもらいました。感謝を記します。最後に、この企画を実現してくださった編集者の小澤みゆきさんにお礼を申し上げます。彼女の情熱と実行力なくしては新訳『波』は、この世に生まれていません。装幀の名久井直子さん、校正の宮本いづみさん、また担当編集の窪木竜也さんはじめ、早川書房の皆様にも心からの感謝を申し上げます。

*

波は岸に砕け散って終わりますが、ヴァージニア・ウルフはこの散文詩部分を「間奏曲（インタールード）」と呼びました。つまりそれは終楽章ではないということ。うち寄せる波の運動は絶えることなく、物語は輪を描いて円環するのです。末尾の一行は初めの一行目へと繋がり、私たちは波に運ばれ、ふたたび生命のはじまりへと、冒頭の一音の再生へと導かれゆくのではないでしょうか。

「太陽はまだ昇っていなかった。海が、布のなかの襞（ひだ）のようにかすかに皺立つほか、空と見分けるものとてない」

ロウダが「ちっぽけなスミレの花束」を捧げものとして海へと放ったように、いまはもう日本語でも英語でもない、詩や小説が生まれる前の言葉の海へ、切れ切れの言葉、言語以前の言語がゆらめく水のなかへ、投瓶通信としてこの作品を捧げたいと思います。この翻訳を手がけられたことは、なににも代えがたい大きな喜びとなりました。どこかのだれかの魂の岸辺に、命の希望として「波」のポエジーが流れ寄せますようにと祈りつつ。

二〇二一年　五月二十五日

森山恵

＊翻訳にあたっては、ケンブリッジ大学出版 *The Waves : The Cambridge Edition of the Works of Virginia Woolf*. CUP, 2011 を底本とし、適宜ペンギンクラシックス版、オックスフォード大学版を参照した。

ヴァージニア・ウルフの引用は以下より。

『ある作家の日記』神谷美恵子訳（みすず書房）

『存在の瞬間』出淵敬子ほか訳（みすず書房）

『自分ひとりの部屋』片山亜紀訳（平凡社ライブラリー）

ナイジェル・ニコルソン『ヴァージニア・ウルフ』市川緑訳（岩波書店）

マルグリット・ユルスナール『波』フランス語版「序文」Marguerite Yourcenar, *En pèlerin et en étranger*, Collection Blanche, Paris, Gallimard, 1989 より。毬矢まりえ訳

本書原文には、今日では差別的と思われる表現もありますが、
時代的・文学的背景を考量しそのまま訳出しました。

訳者略歴　詩人・翻訳家　聖心女子大学大学院文学研究科英文学専攻修了　詩集『夢の手ざわり』，『エフェメール』，『みどりの領分』，『岬ミサ曲』　訳書『源氏物語　A・ウェイリー版［全4巻］』紫式部（英訳：アーサー・ウェイリー，日本語訳：毬矢まりえ＋森山恵）同書の翻訳で2020年ドナルド・キーン特別賞受賞

波（なみ）
〔新訳版〕

2021年6月25日　初版発行
2022年4月15日　3版発行

著者　ヴァージニア・ウルフ

訳者　森山（もりやま）　恵（めぐみ）

発行者　早川　浩

発行所　株式会社早川書房
東京都千代田区神田多町2－2
電話　03－3252－3111
振替　00160－3－47799
https://www.hayakawa-online.co.jp

印刷所　株式会社亨有堂印刷所
製本所　大口製本印刷株式会社

Printed and bound in Japan

ISBN978-4-15-210027-6 C0097